# SEDUZIONE PECCAMINOSA
## IL CIRCOLO DELLE CANAGLIE
### LIBRO II

## LAUREN SMITH

Traduzione di
**CECILIA METTA**

ISBN Ebook: 978-1-958196-39-7

ISBN: Print: 978-1-958196-40-3

❧ I ❧

# Regola 2 del Circolo

È vietato sedurre la sorella di un altro membro. Se questa regola viene infranta, il membro, la cui sorella è stata sedotta, ha il diritto di chiedere soddisfazione.

*Estratto da The Quizzing Glass Gazette, 30 settembre 1820, rubrica Lady Society:*

*Questa settimana Lady Society ha puntato gli occhi su uno degli amanti più famosi di Londra, il marchese di Rochester. Membro del famigerato Circolo delle Canaglie, il marchese è considerato dalle signore del ton un demone dai capelli di fuoco capace di piaceri sconvolgenti a porte chiuse.*

*Lady Society è venuta a conoscenza del fatto che nessuna donna ha mantenuto a lungo l'interesse di Rochester. Forse si strugge in segreto per una donna ben educata e di buon senso?*

*Lady Society vorrebbe conoscere la risposta a questa affascinante domanda. Forse Rochester si concede per alleviare le pene di un amore non corrisposto per qualche donna misteriosa. Si dovrebbe azzardare un'ipotesi sulla sfortunata - o forse fortunata - fanciulla che ha rubato il cuore del nostro oscuro marchese?*


## LONDRA, DICEMBRE 1820


SARÀ LA MIA MORTE.

«Lucien! Non mi stai nemmeno ascoltando, vero? Ho un disperato bisogno di un nuovo valletto e tu hai la testa fra le nuvole piuttosto che offrire suggerimenti.»

Lucien Russell, marchese di Rochester, guardò il suo amico Charles. Stavano camminando per Bond Street, Lucien sorvegliava attentamente una signorina in particolare e Charles si stava semplicemente godendo l'occasione di una passeggiata. Sorprendentemente, la strada era affollata per essere così presto e con un tempo invernale così brutto.

«Ammettilo» lo incalzò Charles.

Lucien lottò per concentrarsi sull'amico. «Scusa?»

Il conte di Lonsdale fissò l'amico con un'espressione severa, atteggiamento un po' preoccupante visto che i suoi modi abituali tendevano alla giovialità.

«Dove hai la testa? È tutta la mattina che hai la testa fra le nuvole!»

Lucien grugnì. Non aveva alcuna intenzione di dare spiegazioni. I suoi pensieri erano peccaminosi e lo avrebbero portato dritto all'inferno, ammesso che non gli fosse stato già riservato un posto. Tutto a causa di una donna: Horatia Sheridan.

La giovane era a metà di Bond Street, sul lato opposto della strada, un faro di bellezza che si distingueva dalle altre donne. Un valletto con la livrea degli Sheridan la seguiva diligentemente, tenendo una grande scatola tra le braccia. Un vestito nuovo, se Lucien avesse dovuto azzardare un'ipotesi. Non sarebbe dovuta andare in giro per i marciapiedi coperti di neve, non con quelle carrozze che passavano rumorosamente, gettando fanghiglia ovunque. Lo frustrava pensare che Horatia rischiasse di raffreddarsi per il gusto di fare acquisti. Lo frustrava ancora di più il fatto di essere così preoccupato.

«So che pensi che io sia uno stupido, la maggior parte dei giorni, ma...»

«Solo la maggior parte?» Lucien non riuscì a resistere alla battuta.

Charles sorrise. «Come stavo dicendo, è ovvio che la nostra piacevole passeggiata sia solo una scusa. Ho notato che ci siamo fermati diverse volte, come una certa signorina di nostra conoscenza dall'altra parte della strada.»

Quindi Charles era stato attento, dopo tutto. Lucien non avrebbe dovuto sorprendersi. Non aveva fatto del suo meglio per nascondere il suo interesse per Horatia Sheridan. Era troppo difficile combattere l'attrazione naturale del suo sguardo ogni volta che lei era nelle vicinanze. Aveva vent'anni, eppure aveva la grazia naturale di una regina matura e educata. Non molte donne potevano raggiungere una tale impresa. Da quando la conosceva, era sempre stata così.

Lucien aveva vent'anni quando l'aveva incontrata e lei ne aveva quattordici. Era stata come una sorella minore per lui. Anche allora, gli era sembrata più matura mentalmente ed emotivamente della maggior parte delle donne in là con gli anni. C'era qualcosa negli occhi di Horatia, il modo in cui le sue pozze marroni tenevano un uomo incollato con intelligenza e, in quegli ultimi mesi, l'attrazione.

«Faresti meglio a smettere di fissarla» gli suggerì Charles a bassa voce. «La gente comincia a notarlo.»

«Non dovrebbe uscire con questo tempo. Suo fratello si arrabbierebbe.» Lucien strinse i guanti di pelle, sperando di cancellare gli effetti persistenti del vento gelido che s'infilava tra le maniche del cappotto.

Charles scoppiò a ridere così forte da attirare l'attenzione dei vicini. «Cedric ama lei e la piccola Audrey, ma sappiamo entrambi che questo non impedisce a nessuna delle due di fare quello che vogliono.»

C'era troppa verità in ciò. Lucien e Charles conoscevano Cedric, il visconte Sheridan, da molti anni, legati da una notte buia all'università. Il ricordo di quando lui, Charles, Cedric e altri due, Godric e Ashton, si erano incontrati per la prima volta, lo aveva sempre turbato. Eppure, quello che era successo aveva forgiato un legame indissolubile tra loro cinque. In seguito, Londra, o almeno le pagine mondane, li aveva soprannominati il Circolo delle Canaglie.

Il Circolo. Era tutto molto divertente... tranne che per una cosa. La notte in cui avevano stretto la loro alleanza, ognuno dei cinque uomini era stato marchiato dal diavolo in persona. Un uomo di nome Hugo Waverly, un compagno di studi a Cambridge, aveva giurato vendetta su di loro.

E a volte Lucien si chiedeva se non lo meritassero.

Lucien si scrollò di dosso i pensieri. Fu attratto dalla visione di Horatia che si soffermava ad ammirare una vetrina in cui era esposta una serie di cappellini adagiati su degli stand. Il valletto era in piedi, destreggiandosi con la scatola tra le braccia, e annuì elegantemente quando Horatia indicò un cappellino in particolare. Lucien era tentato di avventurarsi a parlare con lei, magari attirandola in un vicolo per stare un attimo da soli. Anche se avessero solo parlato, temeva che l'intimità di quella conversazione gli potesse procurare una pallottola nel cuore se il fratello della giovane lo avesse scoperto.

Charles avanzò qualche metro, poi si fermò e si voltò per calciare un mucchio di neve sulla strada. «Se intendi trascorrere la giornata in questo modo, allora considerami sparito.

Potrei essere al *Jackson's Salon* in questo momento, o meglio ancora, ad assaporare i favori delle belle signore al *Midnight Garden*.»

Lucien sapeva di aver messo Charles a disagio chiedendogli di accompagnarlo, ma da quando si era alzato quella mattina, aveva avuto una strana sensazione, come se qualcuno stesse camminando sulla sua tomba. Da quando Hugo Waverly era tornato a Londra, aveva tenuto d'occhio le sorelle di Cedric, in particolare Horatia. Waverly era solito creare danni collaterali e Lucien avrebbe fatto di tutto per tenere al sicuro quelle giovani innocenti. Ma Horatia non doveva sapere che lui la stava sorvegliando. Aveva passato gli ultimi sei anni a essere freddo con lei, pregando che smettesse di guardarlo con quel suo modo dolce e amorevole.

Era stato crudele da parte sua, sì, ma se non avesse creato una certa distanza, l'avrebbe fatta cadere di schiena sotto di sé. Era una donna troppo buona per questo e lui era troppo malvagio per essere degno di lei. Un po' come un demone che s'innamora di un angelo. La desiderava come non aveva mai desiderato altre donne, ma non avrebbe mai potuto averla.

Il motivo era semplice. La sua reputazione pubblica non rendeva giustizia alla vera profondità della sua dissolutezza. Un uomo come lui non avrebbe mai potuto e dovuto stare con una donna come Horatia. Lei era bella, intelligente e forte, e lui l'avrebbe corrotta passando una sola notte tra le sue braccia.

All'interno del *ton*, c'era scandalo e scandalo. Per certe donne, essere viste con l'uomo sbagliato nel posto sbagliato, poteva essere sufficiente a rovinare la loro reputazione e il loro futuro. Quelle creature gentili meritavano solo il massimo della cortesia e della correttezza.

Per le altre, le vedove che desideravano ancora l'amore, quelle che non nutrivano alcun interesse per i propri mariti ma che di tanto in tanto cercavano compagnia, e quella rara e bella razza di donna che aveva sia la ricchezza sia la posizione per permettersi di non dare importanza a ciò che pensava la società, c'era Lucien. Le seduceva tutte, insegnava loro ad aprirsi ai loro desideri e bisogni più profondi e a cercare soddisfazione. Nemmeno una volta una donna si era lamentata o era rimasta insoddisfatta dopo che lui era uscito dal letto. Ma in quel momento cercava solo un letto ed era uno di quelli in cui non avrebbe mai dovuto essere invitato.

Lucien rivolse un'occhiata in giro e notò una carrozza familiare. Gran parte del traffico della strada si muoveva costantemente e più velocemente delle persone a piedi ma non quella carrozza. Non c'era nulla d'insolito; il conducente era avvolto da una sciarpa per ripararsi dal freddo, proprio come tutti gli altri, eppure ogni volta che lui e Charles avevano attraversato una strada, la carrozza li aveva seguiti.

«Charles, pensi che ci stiano seguendo?»

Charles si tolse un po' di neve dalle mani guantate quando gli cadde addosso dalla grondaia di un negozio vicino. «Cosa? Per quale motivo?»

«Non lo so. Quella carrozza. Ci sta seguendo da un bel po'.»

«Lucien, siamo in una zona popolare di Londra. Senza dubbio qualcuno sta facendo acquisti e ordina alla sua carrozza di restare vicina.»

«Hmm» fu tutto quello che Lucien disse prima di rivolgere la sua attenzione a Horatia e al suo valletto. Uno dei guanti della giovane le scivolò dal mantello e cadde a terra, passando inosservato sia a lei sia al valletto. Lucien rifletté per un istante se fosse il caso di intervenire e avvertirla del fatto che lui e Charles la stessero seguendo. Quando lei continuò a camminare, lasciandosi il guanto alle spalle, prese la sua decisione.

Lucien raggiunse il suo amico che lo precedeva. «Non ti

trattengo. A Horatia è caduto un guanto e desidero restituirglielo.»

«Afflitto da un po' di cavalleria, eh? Vai pure, voglio fermarmi qui un momento.» Indicò una libreria.

«Molto bene. Raggiungimi quando hai finito.»

Lucien schivò il traffico ma a metà strada scoppiò il pandemonio.

Bond Street fu messa a soqquadro mentre le urla si diffondevano nell'aria. La carrozza che li aveva seguiti, si precipitò lungo la strada in direzione di Lucien. Tuttavia, invece di cercare di fermarsi, il conducente frustò i cavalli, spingendoli direttamente verso l'uomo.

Era troppo lontano dall'altra parte della strada per tornare indietro; doveva mettersi in salvo e togliere di mezzo gli altri. Horatia! Poteva essere calpestata quando le passava davanti. Il cuore gli salì in gola mentre correva. Il conducente frustò di nuovo i cavalli, come se avesse percepito la determinazione di Lucien a fuggire.

«Horatia!» urlò Lucien a squarciagola. «Togliti di mezzo!»

Non avrebbe mai dimenticato lo sguardo della giovane. Il modo in cui la sua espressione confusa si trasformò in gioia pura nel vederlo, poi in terrore quando si rese conto che la carrozza stava piombando su di loro.

Lucien attraversò la strada poco prima che i cavalli lo raggiungessero. Affrontò Horatia, facendola cadere a terra in un vicolo tra i negozi. Le ruote della carrozza solcarono la neve e la fanghiglia a pochi centimetri dai suoi stivali, inzuppandoli di acqua gelida.

Per un lungo istante, Lucien non riuscì a muoversi. Era viva. Ce l'aveva fatta. La carrozza non aveva investito nessuno...

Poi il suo corpo sembrò rendersi conto di avere una donna sotto di sé. Una donna con le curve più belle che Dio avesse mai creato per tentare un uomo. La cuffietta della giovane era storta, rivelando lunghi e lucenti riccioli di capelli castani. I suoi occhi scuri, così innocenti, si fissarono sul volto di lui con espressione stupita.

«Mio signore...» mormorò, stordita. Le sue mani guantate si posarono sul petto di Lucien, tenendolo a bada. Lucien sentì il tremito delle mani di lei fino alle ossa e il suo corpo rispose con interesse.

«Che diavolo succede?» Charles si precipitò nel vicolo, con gli occhi grigi accesi dalla furia. «Hai visto chi stava guidando quella carrozza?» Charles fece una pausa e osservò la scena davanti a sé, sorridendo. «Horatia, tesoro, come stai? Non troppo ammaccata, spero!» Charles non si era mai preoccupato in vita sua dei titoli. E nemmeno Lucien che non rimase sorpreso che il suo amico trattasse Horatia come faceva lui.

«Oh Charles!» esclamò la giovane che sembrò rendersi conto solo in quel momento di essere distesa in un vicolo appena fuori Bond Street con Lucien sopra di lei mentre una folla di curiosi li stava osservando.

Lucien strinse i denti. «Oh Charles!» aveva detto lei, ma Lucien era sempre «Mio signore.» Gli dava sui nervi il fatto che lei non gli offrisse una tale intimità. Era colpa sua. La respingeva a ogni occasione, solo per evitare di trascinarla nell'anfratto più vicino e baciarla. Qualcosa in lei sembrava renderlo nello stato più barbaro possibile. Non aveva altro in mente se non il sapore della giovane, i suoi gemiti e i suoi sospiri, se solo fosse riuscito a metterle le mani addosso.

«Lucien...» balbettò Horatia. Il suo nome su quelle labbra era più eccitante del sospiro sazio di un'amante. «Che diavolo è successo?»

«Temo che qualcuno abbia appena tentato di investirmi, e tu, sfortunatamente, eri in mezzo» spiegò, preoccupato dall'espressione stordita che inghiottiva gli occhi scuri della giovane.

«Dico, Lucien, che forse è meglio che tu scenda dalla

ragazza, sta diventando blu» disse Charles, scherzando. «Inoltre, se le stai addosso ancora un po', la gente parlerà. Non vorrai mica finire sposato solo per averle salvato la vita, vero?»

Horatia era rossa in viso e Lucien non era sicuro se fosse per la mancanza d'aria o perché giaceva sotto di lui vicino a una strada pubblica in una posizione così compromettente. Il giovane rotolò via da lei e si alzò in piedi. Charles passò a Lucien il cappello e lui lo rimise a posto. Spazzolò via la neve dai suoi vestiti con una mano, porgendo l'altra a Horatia.

L'esitazione di lei lo colpì. Alla fine la mano guantata della giovane si posò sulla sua e la aiutò ad alzarsi, tirando quanto bastava perché lei inciampasse tra le sue braccia. Non poté fare a meno di sorriderle.

Se si fosse chinato solo di qualche centimetro, avrebbe potuto baciarla, aprirle le labbra... Per un momento, si perse nel sogno di come sarebbe stato. Horatia lo fissava, senza battere ciglio, con quegli occhi dannatamente belli che si scaldavano fino a diventare incandescenti per l'eco del desiderio. Sarebbe stato così facile...

«Ehm.» Il valletto le porse la scatola con un'espressione mortificata sul volto. «Mia signora...» gracchiò, mostrandole il pacco completamente fradicio, proprio come Horatia e Lucien.

Horatia si liberò dalle braccia di Lucien. «Oh caro!»

L'incantesimo si spezzò quando la giovane si precipitò a prendere la scatola dal valletto. «Oh caro, oh caro.» Il luccichio delle lacrime era nitido nei suoi occhi quando si girò.

«Il mio vestito. È rovinato.»

Lacrime per un abito? Quel comportamento era più adatto ad Audrey, sua sorella minore. La piccola e adorabile ragazza era ossessionata dalla moda. Horatia, invece, era sempre stata più tranquilla e di natura più accademica.

«Non puoi comprarne un altro?» le chiese Charles.

«No... non posso chiedere a Cedric di spendere più di quanto abbia già speso.»

Ahh, eccola lì. L'Horatia che conosceva era frugale fino all'eccesso. Cedric era ricco come Creso ma Horatia non gli avrebbe mai permesso di viziarla.

«Oh...» rispose Charles, un po' confuso. Era uno spendaccione, non era un segreto.

Lucien prese la scatola dal valletto e la osservò.

«Potrebbe essere recuperabile. Ti accompagneremo a casa e potrai chiedere alla cameriera della tua signora di occuparsene.»

Horatia rivolse uno sguardo incerto a Charles e Lucien. «Non vi sto mettendo in difficoltà? Peter ed io possiamo tornare a casa da soli, vero, Peter?». Lanciò uno sguardo deciso al valletto, che annuì frettolosamente.

«Ce la caveremo, signori miei.»

«Sciocchezze» disse Lucien. «Hai preso uno spavento e sei bagnata fradicia. Ti accompagniamo a casa. Fine della discussione.» Le afferrò il gomito con una mano e consegnò il pacchetto a Peter.

Dovevano dare uno strano spettacolo. Lucien e Charles fiancheggiavano Horatia come guardie, seguiti da vicino dal valletto che portava tra le mani una scatola fradicia.

Lucien ignorò gli sguardi curiosi e si godette semplicemente il sollievo di poter accompagnare Horatia a casa senza un altro incidente mortale.

Quando raggiunsero la residenza degli Sheridan, Horatia si sfilò il mantello bagnato dalle spalle e si scusò per salire al piano di sopra con il pacco. Lucien indugiò nel corridoio, osservando lo svolazzare delle gonne bagnate, desiderando di poterla seguire nelle sue stanze e scivolare nell'acqua calda del bagno che senza dubbio avrebbe fatto. Il pensiero di Horatia, nuda in una vasca, era solo leggermente meno allettante del sogno che aveva fatto su di lei la notte precedente. Negli ultimi tempi la giovane aveva popolato i suoi pensieri, fin troppo spesso.

«Aspettiamo Cedric?» gli chiese Charles, raggiungendolo ai piedi delle scale.

«Non c'è?»

Charles scosse la testa. «Il maggiordomo ha detto che sta cercando, per così dire, Horatia.»

Cerca sua sorella? Per quale motivo?

«Dovremmo aspettare» suggerì Lucien. «Vieni, prendiamo del brandy.»

Il suo amico sorrise. «Questa è l'attività che avevo in mente quando siamo usciti stamattina.»

Seguirono un cameriere nella sala per attendere il ritorno di Cedric.

Charles si sistemò in una grande poltrona di broccato, incrociando una caviglia sul ginocchio. «Lucien, pensi che Horatia si riprenderà?»

«Suppongo...»

«Visto il suo passato, voglio dire» spiegò Charles. «Con i suoi genitori e l'incidente della carrozza. Tu eri lì. Pensi che questo riporterà a galla dei ricordi?»

Lucien rabbrividì. Era il giorno in cui Cedric aveva perso entrambi i genitori. Stavano attraversando la città, quando due uomini avevano deciso di far correre le loro carrozze per le strade. Horatia, appena quattordicenne, era nella carrozza con i genitori. L'incidente era stato terribile. Cavalli con le zampe rotte, diverse persone ferite. Un giovane morto, un altro terribilmente ferito. I genitori di Cedric e Horatia non erano sopravvissuti all'impatto con la carrozza quando si era ribaltata.

Horatia era rimasta bloccata nella carrozza con i corpi dei suoi genitori, incapace di uscire, stordita dallo shock. Non aveva nemmeno gridato aiuto. Quando Lucien era arrivato, si era arrampicato sul fianco della carrozza e aveva aperto lo sportello. L'aveva chiamata per nome e lei lo aveva guardato con gli occhi pieni di terrore. Lui l'aveva tirata fuori e l'aveva stretta tra le braccia. Lo stomaco di Lucien si agitò al ricordo del corpo di lei che tremava violentemente contro il suo.

«È forte. Starà bene.» Le parole di Lucien erano più una rassicurazione per se stesso che per Charles. Doveva credere che non sarebbe stata troppo sconvolta dopo quella mattina.

Pensare a lei sconvolta, gli lasciava una sensazione di vuoto nel petto. Nonostante la sua intenzione di ignorarla il più possibile e fingere che non esistesse, Horatia aveva posseduto ogni suo pensiero negli ultimi mesi. Sapeva esattamente a chi dare la colpa di questo. Alla duchessa di Essex, precedentemente Miss Emily Parr.

Il suo amico Godric, il duca di Essex, aveva rapito Miss Parr all'inizio dell'autunno. Il piano non era andato come previsto e, qualche mese prima, Godric si era ritrovato con le gambe incatenate al matrimonio.

Lucien si ritrovò a sorridere, cosa che avrebbe dovuto innervosirlo, dato che il sacro vincolo del matrimonio era quello che temeva più della morte. Ma che fosse stato dannato se non era un po' geloso della felicità di Godric ed Emily. I due avevano caratteri opposti, eppure erano una coppia innamorata.

Gli eventi successivi al rapimento di Emily avevano gettato Lucien di nuovo nel mondo di Horatia. Tutti gli sforzi, che aveva fatto per schivare con tatto le cene e i balli, erano stati inutili. Il Circolo era così affezionato a Emily che nessuno di loro poteva esimersi dall'andare quando lei chiamava. Cedric lo chiamava l'effetto 'cagnolino': erano stati trasformati da pericolosi libertini della peggior specie a gentiluomini perfettamente educati in presenza della duchessa di Essex. Se solo Emily e Horatia non fossero diventate così amiche, Lucien avrebbe potuto evitarla con più facilità.

Il fatto che Horatia fosse ancora nubile all'età di vent'anni lo sorprendeva. Com'era possibile che nessun altro uomo avesse voluto portarsi a letto una creatura con gli occhi castani da cerbiatto e quelle curve fatte per essere prese tra le mani? O passare un'intera giornata a progettare scherzi solo per strapparle una risata dalle labbra morbide? Conoscendo Cedric, comunque, probabilmente c'erano parecchi giovanotti nel *ton* che avevano paura di avvicinarlo per chiedergli il permesso di corteggiare sua sorella.

Lucien aveva cercato di placare la sua sete di Horatia tra le cosce di altre donne, ma era stato inutile. Solo la notte precedente aveva tentato di portarsi a letto una donna e aveva scoperto di non essere abbastanza eccitato da poterlo fare. Se si fosse sparsa la voce, sarebbe diventato lo zimbello di tutti. L'ironia della sua reputazione di libertino danneggiata da una donna innocente non gli sfuggiva. In quel momento temeva l'arrivo del suo amico, considerando il sogno che aveva fatto la notte precedente.

Horatia era nuda, distesa davanti a lui, con le caviglie e i polsi legati alla spalliera del letto da seta rossa. Il sudore le lambiva la pelle mentre lui risaliva il suo corpo per accarezzarle i capezzoli perfetti. Lei si era inarcata, strofinando il suo sesso contro di lui, bruciandolo con il calore della sua eccitazione. Aveva infilato la lingua nella bocca della giovane, assaggiandola, e le aveva palpato il sedere lussurioso, sollevandolo per ottenere l'angolazione migliore per una spinta potente. Il sogno si era dissipato nella nebbia, lasciandolo con un'erezione abbastanza dura da fare un buco nel muro.

Sarebbe stato un miracolo se fosse riuscito a controllare le sue espressioni e a nascondere il suo senso di colpa a Cedric dopo aver sognato di fare certe cose con la sorella.

Lucien guardò l'orologio sulla mensola del camino. Ormai era quasi mezzogiorno. Cedric avrebbe già dovuto essere a casa.

Una sensazione strisciante sotto la pelle lo inquietava.

Aveva già provato quella sensazione, poco prima che scoppiasse una tempesta. La preoccupazione si annodò dentro di lui, torcendogli lo stomaco fino a fargli mancare il respiro. Delle nuvole scure s'iniziavano a intravedere all'orizzonte.

Charles aggrottò la fronte e si chinò in avanti sulla sedia, con la preoccupazione che gli appesantiva gli angoli della bocca. «Ti senti bene?»

Un respiro profondo. Due. La morsa di ferro nel petto si attenuò. «Sono stato meglio, suppongo. È solo che...» Lucien esitò.

Charles prese il decanter del brandy e versò a Lucien un altro bicchiere. «Cosa c'è?»

Lucien aprì la bocca, ma la porta della stanza si spalancò e Cedric comparve come un angelo vendicatore, o un demone. Entrò a grandi passi tenendo un biglietto in una mano e il bastone d'argento con la testa di leone nell'altra.

«Che cosa c'è, Cedric?»

La rabbia di Cedric era fin troppo evidente. «Quel bastardo!»

Ci fu un momento di silenzio mentre Lucien scambiò uno sguardo preoccupato con Charles che si alzò e andò verso la scatola di sigari sul tavolino, appoggiato alla parete più lontana. «Dovrai essere un po' più preciso; ci sono molti bastardi in giro.» Si passò il sigaro sotto il naso. «Alcuni sono anche in questa stanza.»

Lucien si alzò e si diresse verso la finestra che dava sulla strada. Vide la scena comica di un dandy troppo vestito che saltellava con un monocolo, esaminando i vestiti di varie signore che gli passavano accanto. L'uomo sembrò percepire lo sguardo di Lucien e sollevò la testa. Un brivido freddo lo attraversò. Qualcosa nell'uomo e nei suoi occhi inespressivi e freddi accese i suoi nervi, lasciandolo inquieto. Aveva già visto quell'uomo? Un senso di timore gli percorse la schiena.

L'uomo si voltò e scomparve attraverso una porta qualche casa più in là, di fronte a quella di Cedric.

Lucien riportò la sua attenzione sui suoi amici. «Allora, chi è questo bastardo?»

Cedric si accasciò su una sedia di broccato rosso e oro e batté la punta del bastone sullo stivale destro. «Chi pensi che sia?»

Il cuore di Lucien si bloccò. «Waverly.»

Cedric annuì.

«Non è una novità per noi. Qualcuno ha cercato di investire Lucien in Bond Street. Horatia si trovava nelle vicinanze. Per fortuna Lucien l'ha messa in salvo.» Charles spiegò l'incidente della mattina a Cedric, che non disse una parola mentre ascoltava. Sapevano tutti di cosa fosse capace Waverly. Ciò che forse era più preoccupante, era la mancanza totale di onore di quell'uomo. Non si faceva scrupoli ad attaccare alle spalle i suoi nemici o i loro cari.

Lucien incrociò le braccia sul petto e si appoggiò alla parete di fronte a Cedric. Sotto la furia dell'uomo, rughe di preoccupazione si allungavano vicino ai suoi occhi.

«Mia sorella sta bene?» chiese Cedric.

Lucien annuì. «Sta bene come ci si potrebbe aspettare. Sono riuscito a metterla al riparo ma è terribilmente turbata.» Per fortuna, solo l'abito era morto per la malvagità di Waverly. Si trattenne dall'impulso di trovare il demonio e di strozzarlo a mani nude. Lucien sapeva che Horatia non avrebbe apprezzato che lui uccidesse un uomo per lei. Le sue passioni tendevano a dominarlo più del dovuto.

Indipendentemente dal fatto che non fosse sua, poteva almeno tenerla al sicuro. Horatia doveva essere protetta a tutti i costi.

«Cedric» Charles interruppe i pensieri di Lucien. «Perché sei uscito a cercare Horatia?»

Il volto di Cedric si oscurò di nuovo. «Stavo andando da

Ashton e Godric a Tattersalls quando uno dei miei camerieri ha trovato questa lettera infilata sotto il battente della porta.»

Tese il pezzo di pergamena che aveva in mano.

Con trepidazione, Lucien prese il biglietto e lo lesse. Charles gli si mise dietro, piegandosi per leggere. Il biglietto era di carta spessa e costosa. Una grafia nera scarabocchiata, a lui sconosciuta, chiaramente non di Waverly, ricopriva la superficie del biglietto con sinistra sicurezza.

Lucien lesse le parole ad alta voce affinché Charles le sentisse. «Gli incidenti in carrozza sono una cosa terribile, vero?» Poi passò il biglietto a Cedric che lo mise in tasca. «Non sembra la scrittura di Waverly. Siamo sicuri che sia lui?»

Cedric scrollò le spalle. «Chi altro oserebbe ricordarmi un evento così orribile?»

«Se si riferisce al passato» disse Lucien «forse il tempismo è stato intenzionale.»

Charles tornò indietro e si sedette su una poltrona, accigliandosi. «Ci ha già minacciato in passato, ma non ne è venuto fuori nulla. Cos'è cambiato?» Gli occhi del conte brillavano come il mercurio, luminosi e mutevoli.

«Dannazione, se lo sapessi!» Cedric accarezzò la testa di leone argentata del suo bastone. «Ha trascorso gli ultimi anni all'estero. Ora è tornato e sta rinnovando le sue minacce.»

Lucien si chiese se il suo corpo avesse in qualche modo saputo che qualcosa era stato messo in moto. Poteva quasi sentire il ticchettio dell'orologio, ma era dannatamente difficile sapere come proteggere chi amava se non riusciva a capire da quale direzione sarebbe arrivata la minaccia.

Cedric si alzò, strofinandosi il viso con una mano. «Cattive notizie a parte, vorrei estendere un invito a cena a entrambi stasera e mi rendo conto che è all'ultimo minuto, ma Audrey è determinata a vedere tutto il Circolo.» Rivolse uno sguardo speranzoso ai suoi amici.

Charles sorrise. «Sai che sono sempre ansioso di vedere le tue sorelle!»

Cedric inarcò un sopracciglio. «Non troppo impaziente, spero.»

Era una dannata seccatura. Ogni fibra del suo corpo chiedeva a Lucien di infrangere la seconda regola del Circolo. Non voleva che la sua lussuria lo portasse a sfidare Cedric su un campo all'alba o a fare qualcosa di altrettanto ridicolo. Con qualsiasi altra donna se la sarebbe portata a letto e sarebbe andato avanti. Ciò era impossibile con Horatia. Il solo pensiero di lei gli riscaldava il sangue e gli procurava un dolore lancinante direttamente ai lombi. Si spostò e si sistemò i pantaloni.

«E tu, Lucien?» Cedric lo fissò. «Non osare darmi delle scuse.»

Anni prima Lucien aveva detto a Cedric che non si sentiva a suo agio in presenza di Horatia perché lei gli aveva rovinato una proposta di fidanzamento che aveva fatto a un'ereditiera. Ma era una mezza verità, semmai. Horatia era presente e la proposta era andata a monte quando lei aveva rovesciato un secchio d'acqua sulla testa della promessa sposa. Ma in quel momento il bisogno di Lucien di evitare Horatia aveva a che fare con la voglia di portarla nel letto più vicino e... Scosse la testa, liberandola da quei pensieri.

Cominciò a protestare. «Cedric, sai che io...»

«Suvvia. Non avrai paura delle mie sorelle, vero?»

Dannazione. Non c'era modo di evitarlo. «Verrò.»

«Meraviglioso! Vi aspetto alle sette!» dichiarò Cedric, soddisfatto.

«Meraviglioso» fece eco Lucien con tono cupo. Come avrebbe fatto a sopravvivere a tutto ciò?

❧ 2 ☙

Horatia si premette due dita sottili sulle tempie, mentre la forma saltellante della sorella minore le passava accanto, distraendola dal suo ultimo libro. Non era il modo in cui una giovane donna doveva comportarsi ma cercare di fermare Audrey era come tentare di affrontare una tempesta. Horatia cercò di concentrarsi sulle parole ma, tra il caotico agitarsi di Audrey e i ricordi dell'incidente di quella mattina, non ci riuscì. Gli strascichi della paura provata le avevano lasciato l'amaro in bocca. Si disprezzava per essere stata così debole da lasciarsi dominare da tali ansie. Un attimo prima si stava godendo una passeggiata e l'attimo dopo c'erano cavalli impazziti, ruote di carrozze che giravano e acqua gelida che la bagnava fino alle ossa mentre cadeva sul marciapiede.

Era stato come rivivere la sua infanzia. La morte l'aveva colpita senza preavviso e, come l'ultima volta, era stata risparmiata. Ma l'episodio aveva risvegliato vecchie paure. Anche questa volta, Lucien le aveva salvato la vita. Il giovane non avrebbe mai saputo quanto si fosse sentita viva quando l'aveva fatta cadere sulla neve del vicolo o come il suo cuore avesse battuto come un uccello selvatico contro la cassa toracica. Il corpo duro di lui sopra il suo, che premeva su di lei, era stato così vicino che aveva intravisto frammenti di verde incastonati nel marrone dei suoi occhi, come una foresta oscura che la chiamava. La paura di essere calpestata era stata spazzata via dall'ondata confusa di calore che aveva provato quando Lucien si era spostato sopra di lei, premendo i fianchi e il petto. Sicuramente la sua reputazione era stata sul punto di essere compromessa. Se qualcuno d'importante avesse visto Lucien sopra di lei, sarebbe stato uno scandalo.

Horatia non avrebbe mai dimenticato il volto di Lucien e la sua reazione feroce e protettiva. Ma quella protezione non era all'altezza di quella del fratello, che, non appena l'aveva saputo, si era precipitato al piano di sopra per controllarla. Aveva mostrato loro una lettera contenente una vaga minaccia d'incidenti in carrozza. Cedric era pronto a spedire le due sorelle in Francia e a cambiare i loro nomi per proteggerle. C'era voluto ogni grammo di diplomazia che lei possedeva per convincerlo che lei e Audrey erano più al sicuro lì.

«Oh Horatia, coraggio! Cedric ha detto che stasera ceneremo con il Circolo!» lo sguardo color cannella di Audrey era fisso sul viso della sorella maggiore. Audrey scambiò il rimuginare di Horatia per infelicità e non per la preoccupazione che era.

«Audrey, smettila di saltellare!» Il tono di Horatia era più tagliente di quanto volesse. Chinò la testa, premette di più le dita sulle tempie mentre i suoi nervi logori scintillavano di dolore. Alzò lo sguardo per vedere smorzare il sorriso sul volto di Audrey. «E smettila di definirlo Circolo. Sembri quella terribile Lady Society del *Quizing Glass*.»

«Mi dispiace, Horatia, è solo che...» balbettò Audrey, mentre le spuntava una lacrima all'angolo dell'occhio. «Con tutto quello che è successo oggi, volevo solo tirarti su il morale.» Si voltò e uscì dalla stanza, senza più il suo slancio energico.

Horatia iniziò a seguirla. «Audrey, aspetta...» Si fermò e sprofondò sulla poltrona, con la testa ancora dolorante.

Un attimo dopo entrò Ursula, la cameriera. «Cos'è questa storia? Quella povera ragazza sembrava pronta a piangere per una settimana.» Ursula aveva circa quarant'anni, era una donna grassottella ma attraente, con un filo di grigio nei capelli biondi. Lavorava per la famiglia Sheridan da dieci anni ed era la cosa più simile a una figura materna che Horatia avesse.

«Si stava comportando come una bambina, così mi sono arrabbiata con lei. Ho cercato di scusarmi.» Horatia si difese solo in parte. La colpa era sua, non di Audrey. Il suo temperamento non avrebbe mai dovuto danneggiare gli altri.

«E cosa vi ha messo di umore così indelicato, mi chiedo? Capisco che l'incidente deve avervi spaventata ma Lord Rochester era presente e voi non vi siete fatta male, vero?» Ursula si diresse verso l'armadio e cominciò a cercare un abito con cui vestire Horatia quella sera.

Era una delle tante qualità di Ursula che Horatia ammirava: la sua capacità di trattare le situazioni e i problemi con una mente fredda e razionale, piuttosto che con una mente emotiva. Dato che aveva stabilito che Horatia aveva maltrattato Audrey a causa del suo malumore, avrebbe senza dubbio individuato cosa aveva fatto arrabbiare Horatia, per poi decidere un consiglio da dare.

«No, hai ragione. Sto bene, sono solo un po' scossa ma poteva andare peggio» rispose Horatia.

In realtà era in preda al panico per l'arrivo di Lucien a cena quella sera. Quando aveva incontrato il Marchese di Rochester quella mattina, beh... era stato esplosivo. Il tocco, lo sguardo, il respiro caldo del giovane sulle sue guance, tutto ciò aveva acceso un fuoco nel suo ventre che rifiutava di spegnersi. Se solo fossero potuti rimanere così vicini...

Horatia non poteva fare a meno di sognare dove avrebbe potuto portare tutto ciò. Avrebbe osato baciarla? *Certo che lo avrebbe fatto*, rispose la sua voce interiore, *è un libertino*. Se fossero stati soli, lui avrebbe potuto approfittare della situazione e lei glielo avrebbe permesso.

Era una fortuna che di solito sembrasse deciso a evitarla. Eppure Horatia non poteva fare a meno di volerlo vedere, di cogliere il suo odore quando le stava vicino, o lo sfiorarsi delle loro mani a colazione quando entrambi prendevano le uova.

Per quanto irrazionale, desiderava persino il modo affamato in cui lui la guardava con quegli occhi ardenti, con la lussuria che ribolliva appena sotto la loro superficie nocciola. Il cuore le sbatteva contro le costole e i palmi delle mani le si imperlavano di sudore.

Ursula prese un abito viola con delle scarpette scure da far indossare a Horatia. «Temo che il vostro nuovo abito natalizio si sia rovinato. Nessuna donna può essere di buon umore dopo una simile tragedia.» Il tono di Ursula era per metà scherzoso. L'altra metà era sarcastica.

«Sì, è un peccato per l'abito.»

L'abito era una perdita, ma poteva conviverci. Era il genere di dramma quotidiano a cui si era preparati. Quello a cui non era preparata era Lucien. Horatia gli aveva conficcato le dita nel petto e lo aveva fissato, incurante del freddo del terreno. Lo sguardo di lui era stato selvaggio. L'aveva terrorizzata scorgere quel cambiamento improvviso. Era un lato che non aveva mai visto.

Era stata costretta ad affrontare la verità: c'erano cose di lui che non conosceva. Era dominato da segreti e passioni. Era per questo che gli uomini del Circolo erano così uniti? Condividevano qualcosa che lei non riusciva a capire? Era per questo che Lucien si teneva a distanza? Forse non aveva il controllo delle sue passioni. Forse la evitava per questo motivo.

*Ma io non sono il tipo di donna che mette alla prova il controllo di un uomo.* La sua voce interiore la rimproverò per essere stata così sciocca da pensare di rappresentare una tentazione per Lucien. Non era una seduttrice. Bastava che lui schioccasse le dita e lei sarebbe accorsa. Patetico ma vero. Era un peccato che lei non sembrasse valere lo sforzo di sedurre.

Lasciò che Ursula la vestisse. Quando ebbe finito, Horatia uscì dalla stanza e si diresse verso le scale. Un gatto bianco e nero le si avvicinò, con gli occhi gialli spalancati e un topo morto che pendeva mollemente tra i denti.

«Muff! Sai bene che non devi portare i regali dentro casa!»

Si lanciò all'inseguimento del gatto. Muff corse giù per le scale e superò la porta principale fino a entrare in un salotto inutilizzato. Il gatto s'infilò tra il camino di marmo e la griglia del fuoco, scomparendo dalla vista insieme al suo premio.

«Oh, per favore» borbottò Horatia, tirando la grata.

Muff era scomparso nel camino, forse era addirittura nella canna fumaria. Presto sarebbero arrivati gli ospiti e non poteva rischiare di ricoprirsi di fuliggine. Per fortuna quella sera nessun domestico avrebbe acceso il fuoco in quella stanza. Sperava che il gatto avesse abbastanza buon senso da abbandonare il camino prima della mattina seguente.

Muff era uno dei due gatti che risiedevano nella casa degli Sheridan in Curzon Street. L'altro gatto, Mittens, era una femmina nera. Cedric li aveva comprati per Audrey come regalo di Natale quando era bambina. Aveva ricevuto anche un paio di guanti e un manicotto, e naturalmente aveva dato lo stesso nome ai suoi gatti. Ma quello era il genere di cose che Audrey faceva a quei tempi.

Ormai i gatti erano piuttosto anziani. Horatia temeva il

giorno in cui avrebbe scoperto che uno o entrambi erano morti. Erano i suoi compagni fedeli, i guardiani della biblioteca, i difensori della cucina.

Horatia era più riservata e più tranquilla di Audrey. Aveva pochi amici e spesso passava le giornate a leggere o a cavalcare. I gatti la raggiungevano sul sedile della finestra o su una sedia e arricciavano la coda intorno al corpo, facendo le fusa con amore incondizionato. Stando con loro dimenticava i suoi problemi, dimenticava di desiderare un uomo che era solo freddo nei suoi confronti.

Qualcuno bussò alla porta. Audrey passò di corsa davanti alla porta aperta dello studio, con il volto raggiante per l'eccitazione. Sembrava essersi ripresa dal rimprovero. Horatia esitò prima di raggiungerla nel corridoio. Sapeva che Lucien sarebbe stato lì e, come sempre, era combattuta tra il desiderio di vederlo e il timore del suo insensibile disprezzo per lei. Facendo un respiro profondo, uscì per andare dai suoi ospiti.

I suoi occhi scorgevano sempre Lucien per primo. Tra il gruppo di uomini affascinanti che si trovavano nella sala, solo lui la seduceva. Con i capelli rossi e lunghi quanto bastava per arricciarsi sopra il colletto e gli occhi nocciola ardenti, era la tentazione in persona. Horatia sarebbe caduta volentieri ai suoi piedi e gli avrebbe offerto il suo corpo, il suo cuore e la sua anima come tributo. Ma lui l'avrebbe respinta, proprio come aveva sempre fatto.

Lo sguardo di Lucien si fissò su di lei mentre gli altri si dirigevano verso il salotto. Il giovane rimase immobile, seguendo ogni respiro e ogni movimento di Horatia. Il bagliore negli occhi di Lucien la fece trasalire, mentre un lampo di calore le scendeva dai seni fino in mezzo alle gambe. Il suo viso arrossì. Lucien rispose con un sorriso freddo, come se sapesse esattamente cosa le aveva suscitato.

Lucien le offrì il braccio e Horatia esitò solo un attimo

prima di attraversare il corridoio e posare le dita sulla manica. Lui le strinse più saldamente il braccio e il calore delle sue dita le bruciò la pelle. Horatia si guardò intorno, chiedendosi se qualcuno l'avesse notata, ma nessuno guardò verso di lei. Incapace di resistere, si appoggiò al giovane, posando il braccio nell'incavo di quello di lui, assaporando il calore del punto in cui i loro corpi si toccavano.

«Andiamo?» La voce di Lucien era morbida e profonda. Un tono più adatto alla camera da letto che all'ingresso.

Le si seccò la gola ma riuscì a fare un cenno tremante.

Dopo cena Lucien e gli altri uomini decisero di giocare a whist, ma il giovane non riuscì a concentrarsi sulle carte. Le signore nell'angolo più lontano della stanza avevano attirato la sua attenzione. Ursula, una delle cameriere delle ragazze Sheridan, era seduta su una sedia e leggeva un libro, incurante delle due sorelle. Horatia e Audrey erano sedute ai lati di Emily, la giovane duchessa di Essex. Emily e Horatia indossavano abiti scintillanti, mentre quello di Audrey era di mussola rosa chiaro. Le loro teste si chinavano vicine mentre sussurravano, facendogli pensare a tre fate fuggite dalla corte della regina Mab in *Romeo e Giulietta*. Di tanto in tanto una lanciava un'occhiata agli uomini prima di tornare alla loro conversazione segreta.

Lucien avrebbe pagato qualsiasi cosa per essere una mosca sulla parete vicino alle donne, per vedere meglio le labbra di Horatia aprirsi e formare ogni parola, così come gli sarebbe piaciuto avere quelle labbra avvolte intorno alla sua asta dolorante, mentre lo succhiavano fino al dolce oblio.

*Dannazione.* Lucien distolse lo sguardo dalla giovane.

«Di cosa credi che stiano parlando?» gli chiese Charles.

Sembrava che non fosse l'unico a morire di curiosità.

«Vorrei proprio saperlo» ammise sinceramente Lucien, proprio mentre Audrey scoppiava in una risatina.

Charles agitò le dita verso Audrey e le mandò un bacio. Audrey arrossì e voltò rapidamente le spalle ai due.

«Non dovresti incoraggiarla, Charles. È giovane e impressionabile.» Lucien ricordava fin troppo bene i pericoli di essere seguito da una bambina innamorata.

«Che cosa c'è da incoraggiare? Quel piccolo folletto non nutre il minimo interesse nei miei confronti.» Charles sorrise ironicamente e si appoggiò alla sedia fino a rilassarsi.

«Cosa? Sei sicuro? Ho sempre pensato che forse lei...» Lucien s'interruppe quando notò che la testa di Audrey girava in una direzione ben precisa, e non era verso Charles.

«Oh cielo!» esclamò Lucien a bassa voce. Audrey aveva chiaramente occhi per il fratellastro di Godric, Jonathan.

«Oh, cielo, davvero. È meglio fare attenzione ai fuochi d'artificio. Cedric farà a pezzi Jonathan.» L'espressione compiaciuta di Charles fece quasi ridere Lucien.

«Vuoi *che* venga scoperto, vero?»

Charles sbadigliò. «Questo mese è stato una noia mortale, come ben sai. Dopo il licenziamento di Tisdale non sono più uscito molto, se non con te. Guardare Cedric che insegue Jonathan per la città per l'onore di Audrey mi divertirebbe di certo.»

L'umorismo di Lucien si spense. Se Cedric avesse scoperto che lui voleva Horatia, in modi che avrebbero fatto arrossire le guance di una cortigiana, sarebbe stato un uomo morto.

Quando gli uomini finirono la loro partita a whist e si scolarono l'ultimo brandy, decisero che la serata era finalmente finita.

«Per me è abbastanza.» Godric si voltò verso le signore. «Vieni, Em. È ora di andare.»

Emily non degnò il marito di uno sguardo. Teneva una mano sulla spalla di Horatia e un'altra su quella di Audrey mentre parlava con le due in cerchio. Nessuno degli uomini si preoccupò di cercare di capire cosa sussurrassero le donne.

Lucien immaginava che sarebbe rimasto per sempre uno dei misteri della vita, come il motivo per cui una donna avesse bisogno di innumerevoli cuffiette quando erano così brutte e inutili. Era una dannata seccatura cercare di sciogliere metri di nastri inutili per sfiorare i capelli di una donna mentre la baciava.

«È un'alleanza scellerata, se mai ne ho vista una» osservò Cedric.

Le sorelle Sheridan erano già abbastanza problematiche ma l'aggiunta di Emily era come un fiammifero acceso vicino a un'enorme polveriera.

«È meglio che vada a prendere mia moglie prima che crei problemi» rispose Godric.

A Lucien non sfuggì il tono soddisfatto di Godric quando pronunciò la parola *moglie*.

Godric si alzò, si avvicinò silenziosamente e la strappò al gruppo, prendendola in braccio.

«Godric!» Emily scalciò i piedi, indignata. «Mettimi subito giù!»

«Non credo proprio, mia cara. È ora che ti metta a letto.» Godric chinò la testa fino ad avere il viso a pochi centimetri da quello della moglie.

«Oh, se proprio devi.» Emily cercò di sembrare riluttante, ma la sua voce era trafelata e non ingannava nessuno. Per un attimo Lucien fu colpito da un forte senso d'invidia. Se Horatia non fosse stata la sorella del suo amico, l'avrebbe portata fuori dalla porta nello stesso modo, per trovare il letto più vicino.

«Buonanotte a tutti!» salutò Godric sopra le spalle, lasciando il salotto con Emily.

Cedric scosse la testa ma i suoi occhi brillavano di allegria. «Da come si comportano, giuro che non si direbbe che sono sposati.»

«Sono davvero fortunati» disse Ashton. «Sono così innamorati che il matrimonio è una benedizione piuttosto che un peso.»

«Forse dovremmo andarcene anche noi?» Jonathan lanciò un'occhiata nervosa in direzione di Audrey, che lo fissò con malizia. Era rimasto a casa di Ashton per lasciare un po' da soli gli sposi prima di trasferirsi da loro. Godric aveva conferito a Jonathan un patrimonio non vincolato, ma lo aveva posto in amministrazione fiduciaria fino a quando suo fratello non fosse stato pronto a sistemarsi e a gestire la proprietà da solo. Fino a quel momento, Jonathan avrebbe vissuto con Godric e la sua nuova moglie.

«Dopo di te, Jonathan.» Ashton rivolse un cenno di saluto a Lucien, Charles e Cedric e augurò la buonanotte alle signorine Sheridan prima di andare via con Jonathan.

Cedric guardò speranzoso i compagni rimasti.

«Siete entrambi i benvenuti se volete rimanere per la notte.»

Charles accettò subito. «Manderò un messaggio al mio valletto.»

Lucien, però, era riluttante.

Il sorriso smanioso di Cedric vacillò. «Capirò se vorrai rifiutare, Lucien, ma spero che tu rimanga. Dopo aver ricevuto quella lettera sugli incidenti alle carrozze, sarebbe bene che qualcuno di noi facesse la guardia.»

Il suo amico sembrava così serio che Lucien non ebbe il coraggio di abbandonarlo. «Molto bene, allora.»

«Eccellente» commentarono all'unisono Charles e Cedric.

Lucien sentiva di aver commesso un grave errore di valutazione e che presto l'avrebbe pagato a caro prezzo. Tuttavia, preferiva restare lì a proteggere Horatia che sarebbe stata più al sicuro con Cedric, lui stesso e Charles a vegliare. D'altra parte, non era protetta da ogni minaccia. Lucien sentiva il desiderio di entrare nella camera da letto della giovane, di strisciare nel suo letto, di immobilizzarla e...

*Dannazione.* Stare nella stessa casa con Horatia per un'intera notte era sia la sua tentazione più grande sia il suo incubo peggiore.

Horatia non si era ancora cambiata con gli abiti da notte. L'inquietudine la teneva sveglia ben oltre la mezzanotte. Sapere che Lucien fosse da qualche parte in casa la inquietava ed era preoccupata per quel gatto maledetto. Muff sarebbe dovuto essere accoccolato sul cuscino nel suo letto ma non c'era. Era possibile che un cameriere o una cameriera di passaggio avessero chiuso le grate intorno al camino e lui non fosse riuscito a scendere.

Non volendo lasciarlo nel camino freddo per tutta la notte, Horatia uscì dalla sua stanza e andò a cercare il gatto. Cercò di pensare a tutti gli altri posti in cui potesse essere e non all'unico posto in cui lei avrebbe voluto essere in quel momento. Tra le braccia di Lucien.

Suo fratello era felicissimo di avere Lucien e Charles lì. Se non fosse stato per il Circolo, Cedric si sarebbe sentito molto solo. Horatia sapeva che amava lei e Audrey ma Cedric aveva sempre desiderato avere dei fratelli. Era difficile non notare il modo in cui si illuminava ogni volta che i suoi amici andavano a cena o come aspettava con ansia i pomeriggi al club per gentiluomini, il *Berkley*. Forse perché poteva rilassarsi con loro, senza dover fare il guardiano.

Dopo la morte dei loro genitori, Cedric si era assunto una grande responsabilità, non solo per accudire e crescere lei e Audrey ma anche per le questioni di affari. Era un bene che avesse degli amici per alleggerire i fardelli e le pressioni della famiglia.

Horatia scese le scale fino al pianterreno e passò davanti al salotto, dove il fumo dei sigari profumava l'aria e delle risate sommesse risuonavano contro la porta parzialmente aperta.

Almeno qualcuno stava passando una bella serata. L'irritazione le fece accapponare la pelle. Sembrava che Lucien si divertisse a torturarla. Tra sguardi accesi e sorrisi freddi, la stava facendo impazzire. Era frustrante non sapere come comportarsi con lui, se essere calorosa o mantenere le distanze.

Uno degli uomini disse qualcosa e la risata di Lucien le stuzzicò le orecchie. Il petto di Horatia tremò per il desiderio. Avrebbe voluto farlo ridere in quel modo, essere al centro della sua attenzione.

Una piccola ombra scura attraversò il corridoio e sfrecciò attraverso la porta della biblioteca.

«Muff!» sibilò Horatia, sperando di richiamare il felino ribelle. Data la natura dei gatti, però, sapeva che era un'impresa da pazzi.

La giovane entrò nella biblioteca, accese una candela e iniziò a cercare sotto i divani e dietro le sedie. Per poco non le sfuggì lo scatto delicato con cui qualcuno entrò dietro di lei e chiuse la porta. La fiamma della candela che teneva in mano tremò, quando si voltò.

Lucien si trovava a meno di un metro e mezzo da lei e la stava osservando. L'aroma del brandy la raggiunse rapidamente. La luce della candela gettava ombre tremolanti sul viso di lui, facendo risaltare una piccola cicatrice vicino alla fronte.

Con pochi passi lenti, la sovrastò. All'improvviso Horatia fu consapevole della mascolinità del giovane: l'ampiezza delle spalle, l'altezza. Sapeva di essere alta, ma accanto a Lucien si sentiva piccola, delicata e vulnerabile. Era strano, ma le piaceva sentirsi così indifesa con lui. Piena di desiderio, si trattenne a stento dal raggiungerlo. Era troppo bello, troppo virile. Ogni volta che era vicino a lei, la riduceva a una creatura selvaggia e vogliosa che avrebbe fatto qualsiasi cosa per avere la possibilità di provare piacere tra le sue braccia.

«Horatia» Il nome di lei gli uscì dalle labbra come un dolce raffinato. «Dovresti essere a letto.»

Il tono malizioso in cui Lucien disse *letto*, le fece girare la testa.

«Non riuscivo a dormire.»

Lucien si chinò in avanti, portando il corpo vicino a quello di Horatia e spegnendo la candela che la giovane aveva in mano. L'improvvisa oscurità intorno a loro le fece riprendere fiato. Un raggio di luce lunare si fece strada, illuminando i loro volti. Il fumo si arricciò e danzò tra loro. Il sorriso di Lucien le offrì un mondo di conoscenze sul piacere.

«Uso sempre un piccolo rimedio per dormire. Vuoi sapere di cosa si tratta?» Il tono basso di lui le incendiò la pelle.

*Non dovrei rispondere. So cosa sta per dire.* «Qual è?» *Esplosione!*

La flebile luce lunare proveniente dalle finestre alte della biblioteca gli illuminò il viso, mentre si avvicinava ancora di più a lei.

Lucien le sorrise come un gatto del Cheshire. «Trovo la donna bella più vicina, mi infilo nel suo letto e mi avvolgo a lei.» L'alito caldo e profumato di brandy di lui le sfiorò il viso. Brividi di consapevolezza le attraversarono il corpo e Horatia soffocò un sussulto.

Lucien sollevò una mano e con un dito le tracciò lo zigomo. «Il tuo viso è caldo. Ti ho fatto arrossire? Mi piacerebbe far arrossire anche altre parti di te.» Le prese il portacandele e lo posò su una mensola.

Le ginocchia di Horatia tremarono. Indietreggiò e la sua testa si scontrò con la libreria alle sue spalle. Lucien colmò la distanza tra loro e appoggiò le mani ai lati del viso di lei. Le loro labbra erano a pochi centimetri di distanza.

«Vuoi che ti baci, Horatia? È difficile resistere quando mi guardi con quegli occhi scuri. Mi implorano di baciarti. Lo sapevi?» La voce di Lucien era un ringhio sommesso che le fece appesantire i seni e indurire i capezzoli.

Incapace di parlare, Horatia riuscì a scuotere la testa. Avrebbe voluto gettargli le braccia al collo e trascinare la bocca su quella di lui. Aveva voglia di passare le mani tra quei capelli rossi. Aveva passato notti interminabili a immaginare come sarebbe stato quel momento, quando lui sarebbe stato abbastanza vicino da poterlo toccare, baciare.

Qualcosa di profondo dentro di lei si lacerava nell'angoscia. Non era fatto per lei. Tutti sapevano che portava a letto solo donne belle ed esperte. Lucien non l'avrebbe mai considerata tale. Lei era accettabilmente attraente, ma non era un diamante di prima scelta. Non avendo nulla da offrire a Lucien, doveva stuzzicarla come qualsiasi libertino faceva con un'innocente. Era il serpente che le offriva la conoscenza carnale. Tutto ciò che lei voleva e non poteva avere. Era una cosa terribile essere innamorata di un demonio simile.

Lucien spostò le labbra sull'orecchio di lei e con un dito tracciò un disegno lungo la clavicola e il petto e verso la valle tra i seni.

Horatia inspirò, spingendo i seni verso l'alto. «Avete bevuto, mio signore» disse. Quando lui insinuò un dito sotto la stoffa del corpetto, sfiorandole un capezzolo teso, lei sussultò.

Il sorriso che le rivolse fu di puro peccato. «Certo...»

Horatia si avvicinò e gli allontanò le mani dal corpetto.

Tentò di fargli cadere l'altro braccio per andarsene. «Come osate!»

Lucien la afferrò, la trascinò contro la libreria e la intrappolò con il suo corpo. Le passò una mano tra i capelli sciolti, trascinandole la testa all'indietro. Gli occhi di lei si alzarono per incontrare quelli di lui. Un'espressione famelica lampeggiò negli occhi del giovane, vorticando in gorghi di colori cangianti.

«Dimmi di lasciarti andare» la implorò in un sussurro stentato. «Dimmelo.»

Horatia lo fissò, incapace di protestare.

«Dannazione. Non sono un santo, donna. Non posso... Oh, al diavolo!»

Il calore del respiro di Lucien le solleticò le labbra prima di divorarle il collo in un bacio lento e languido. Pozze di calore umido le si formarono tra le gambe e la lingua di lui guizzò contro la sua pelle mentre la assaggiava. Horatia gemette. Lucien fece scivolare la mano sul sedere e la afferrò, facendola sussultare contro la sua asta rigida.

Le gambe della giovane tremavano mentre Lucien le divaricava con la coscia, trascinandola per tutta la lunghezza della gamba, in modo che le dita dei piedi toccassero appena il suolo. Il movimento le provocò un'ondata di eccitazione e la fece inspirare bruscamente. Horatia appoggiò le mani sulle spalle del giovane, cercando di aggrapparsi. Le loro labbra si unirono di nuovo e i palmi delle mani di lei risalirono il collo di Lucien fino ai capelli, tirandoglieli. Lucien gemette e la baciò più forte.

Dirgli di no era la cosa più lontana dalla sua mente. Esisteva solo quel momento: il bacio di Lucien, il tocco delle sue mani, le sue dita che scavavano possessivamente nella carne, che le palpavano il sedere fino a quando qualcosa iniziò a pulsare dentro di lei. Cercò di dondolare contro di lui, di creare più attrito. Qualsiasi cosa pur di avvicinarsi, per soddisfare il suo bisogno di qualcosa che non comprendeva appieno.

«Mio Dio, sei fatta per il peccato» gemette Lucien, cercando di infilare di più l'altra mano nel corpetto.

Era fatta per il peccato? Era solo un corpo che lui avrebbe voluto portarsi a letto? Una tentazione su cui sfogare i suoi bisogni? Quelle parole accesero una fiamma nella giovane. Gli artigliò il petto e affondò i denti nella spalla per liberarsi. Lucien si allontanò, imprecando a bassa voce, lasciando che i piedi di Horatia toccassero di nuovo il pavimento.

Imperterrito, Lucien continuò: «Attenta a questo tuo carattere, mia cara» e si avvicinò per baciarla di nuovo.

In altre circostanze si sarebbe sciolta tra le sue braccia. Ma Lucien aveva esagerato. Horatia gli colpì l'inguine con il ginocchio.

Il silenzio riempì la stanza. Per un attimo Horatia si chiese se lo avesse reso una statua. Alla fine un gemito, più alto di diverse ottave, sfuggì dalle labbra di Lucien, mentre barcollava di un paio di passi e poi crollava in ginocchio.

«Che tu sia maledetta, donna!»

«Ti sta bene... bastardo!» Horatia si coprì la bocca, shoccata dal suo stesso linguaggio.

Nonostante il gemito di dolore, Lucien ridacchiò.

«Touché, tesoro mio. Touché.» Cercò di raggiungerla di nuovo ma Horatia si precipitò verso la porta.

«Creatura maledetta. Stavo per scusarmi» mormorò Lucien tra sé e sé mentre, zoppicando, si avvicinava a una sedia e si accasciava.

L'effetto anestetizzante del brandy era svanito e il senso di colpa lo avvolgeva come un sudario di morte. Era stato un vero bastardo. Avrebbe dovuto sapere che non era il caso di bere quando lei era vicina. Doveva esserci un modo per rimediare alla sua mancanza di giudizio.

Cercò di trovare un modo per scusarsi. Si sarebbe scusato, naturalmente, ma le donne sono maestre nel creare i sensi di colpa. Un monile, forse? Un bel monile che lei potesse indossare con un nuovo abito... Un abito! Le avrebbe comprato un nuovo abito per Natale, per sostituire quello che si era rovinato.

Horatia non si era mai viziata, se non per acquistare un abito costoso ogni dicembre. Il resto dell'anno indossava i suoi soliti abiti di seta, alla moda ma piuttosto sobri. Solo durante le feste sembrava incapace di resistere al fascino di un abito incantevole. Lucien avrebbe voluto vedere l'abito che lei aveva scelto per quell'anno, prima che si rovinasse.

Le avrebbe comprato qualcosa di nuovo, qualcosa con una scollatura bassa ma ancora socialmente accettabile, fatto di seta rossa brillante, il colore e il tessuto che preferiva. Anche in quel momento Lucien poteva immaginare come si sarebbe sentita sotto la lieve pressione delle sue mani mentre la accarezzava, la esplorava. I suoi lombi s'irrigidirono di lussuria e il dolore per la recente ferita si infiammò di nuovo. Era stato punito giustamente per le sue azioni avventate.

AL PIANO DI SOPRA, NELLA SUA STANZA, HORATIA ANSIMAVA, con il volto arrossato. Tremava per un misto di desiderio e rimpianto. Anche se quell'uomo era uno spietato libertino, lo desiderava ancora. Quello faceva parte del fascino, supponeva, quella minaccia della sua passione che si manifestava in un bacio esplosivo, in una carezza esigente di luoghi coperti. Dormire sarebbe stato impossibile.

Dov'era Ursula? Si era già ritirata? Era sempre rimasta sveglia fino a tardi per aiutarla a spogliarsi. Ma Horatia era troppo esausta per preoccuparsene. Voleva dormire e non voleva svegliare la casa per cercare la cameriera.

Un rumore leggero alla porta la fece voltare.

«Oh Ursula, speravo...»

Ma non era la sua cameriera. Lucien era appoggiato allo stipite della porta. Aveva un'aria meno maliziosa di prima, il che, sorprendentemente, non la confortò affatto.

Horatia sollevò il mento. «Che cosa vuoi, Lucien? Non hai fatto abbastanza danni questa notte?»

«Mi dispiace, Horatia. Sono stato veramente un bastardo.» Sorrise un po'.

«Allora, visto che siamo d'accordo, puoi andartene. Ho delle cose da sbrigare. Inoltre, se Cedric ti trovasse qui...»

«Cose? Che cosa dovresti fare dopo mezzanotte? Andare a un appuntamento segreto con un amante, suppongo?»

La sola idea era ridicola. Non avrebbe mai guardato un altro uomo quando lui era tutto ciò che aveva sempre desiderato. Non aveva molto senso amare un uomo che non nutriva alcun interesse reale per lei, eppure eccola lì. Quando era più giovane, Lucien era stato estremamente gentile con lei. Era stato lui a salvarla nella carrozza dei genitori.

Ricordi indesiderati le sussurravano agli angoli del cuore, squarciandole l'anima. I suoi genitori giacevano feriti e senza vita intorno a lei, come marionette con i fili tagliati, con gli occhi aperti ma senza vedere nulla, con le teste inclinate in una posizione innaturale. La carrozza adagiata su un fianco, schegge enormi di legno conficcate nei loro corpi. Gente che urlava. Poi un'esplosione di luce, quando la porta della carrozza si spalancò sopra di lei e intravide un'aureola di capelli di fuoco e dei caldi occhi color nocciola. «Vieni, tesoro, vieni da me. Ecco. Prendi le mie mani, Horatia, ed io ti terrò al sicuro.»

Al sicuro. Era tutto ciò che lei aveva sempre desiderato e, per un breve periodo, lui aveva mantenuto la promessa. Ma quando lei aveva rovinato la proposta di matrimonio di Lucien a una donna, lui aveva iniziato a mantenere le distanze. La situazione peggiorò solo quando lei gli confessò i suoi sentimenti. Lui l'aveva guardata quando era entrata nelle sale delle assemblee di Almack e se n'era andato, lasciandola completamente sola in una sala da ballo di volti familiari. Se prima era stato solo distante, da allora era diventato freddo. Il suo cuore era maledetto. Ma Horatia poteva sognare quello che sarebbe potuto essere, finché lui fosse rimasto celibe. Era pietoso che le fossero rimasti solo i sogni e, peggio ancora, che amasse e desiderasse un uomo che non l'avrebbe mai vista veramente.

«Per favore, vattene.» Si strinse la schiena dell'abito, esausta.

Lucien notò gli sforzi della giovane. «Hai qualche problema?»

Prima che Horatia potesse protestare, Lucien chiuse la porta, la fece girare di spalle e iniziò a slacciarle l'abito.

Horatia cercò di allontanarsi. Se qualcuno li avesse trovati, l'avrebbero pagata cara. «Non dovresti essere qui, figuriamoci ad aiutarmi a spogliarmi!»

Lucien la sculacciò e lei sussultò, sorpresa ed eccitata allo stesso tempo. «Vuoi toglierti questo abito o no?»

La giovane si liberò di scatto e lui sollevò le mani in segno di resa. «Bene! Dormi vestita tutta la notte. Non mi interessa.»

Era quasi vicino alla porta quando la giovane parlò con voce esitante e insicura: «Lucien.»

Il giovane esitò, tenendo la mano sulla maniglia.

Lentamente, Horatia gli offrì la schiena, stupendosi di potersi fidare ancora di lui dopo quello che era successo in biblioteca.

Lucien riprese a liberarla dall'abito. Horatia conosceva la sua reputazione, sapeva che era stato con decine di donne. Anche se questo la preoccupava, non poté fare a meno di notare che le dita di Lucien erano più maldestre di quanto si aspettasse.

«Un libertino non dovrebbe essere esperto in questo genere di cose?»

Lucien rispose, irritato, strattonando i lacci annodati:«Chi ti ha legata in questo modo? Questi nodi sembrano opera di un marinaio esperto.» Con un ultimo strattone il corpetto si liberò, poi le sciolse i lacci. Il cuore di Horatia accelerò mentre incrociava le braccia sui seni, nascondendoli. Era stata così concentrata a spogliarsi che solo in quel momento si era resa conto che Lucien era nella sua camera da letto e che lei era mezza nuda. Mai prima di allora era stata così vulnerabile.

Un respiro roco sibilò tra i denti di Lucien mentre spostava le mani sul collo di lei, cadendo sulle scanalature tra le spalle e la gola. Horatia represse un brivido di paura e di piacere. L'avrebbe baciata di nuovo? Avrebbe osato fare di più? Il suo corpo e la sua anima urlavano di più, imploravano di essere abbracciati da lui.

*Dio, vorrei essere punita.*

Lucien si schiarì la gola e balbettò goffamente: «Mi... mi dispiace per quello che è successo prima. Non ero in me.»

Il cuore di Horatia sussultò. Si voltò a guardarlo. Lucien le fissava la gola con un'espressione illeggibile.

«Sei perdonato.» Horatia avrebbe dovuto dire che non avrebbe mai voluto che lui facesse una cosa del genere, ma dentro di sé sapeva che voleva che lui perdesse il controllo e la baciasse di nuovo in quel modo.

Se solo non fosse stato così freddo, così spietato quando la baciava, come se lei fosse solo un'altra conquista di una lunga serie di donne che imploravano un briciolo del suo affetto.

IL SANGUE DI LUCIEN GLI RIMBOMBÒ NELLE ORECCHIE mentre il suo autocontrollo veniva meno. Horatia rimase immobile come una statua, con il respiro flebile come se aspettasse che lui agisse ulteriormente. Lucien chiuse gli occhi, scacciando l'immagine di lei nuda fino a quando riuscì a trovare la forza di togliere le mani e di allontanarsi.

«Grazie» sussurrò la giovane.

«Non c'è di che.» Avrebbe voluto trascinarla tra le braccia e saccheggiarle la bocca con la sua, ma il momento era passato. Riprese il controllo su di sé e la lasciò sola.

Lucien uscì dalla camera di Horatia, affrettandosi a tornare nella propria.

Mise in dubbio la sua sanità mentale per averla toccata, baciata, desiderata. Era un convinto difensore della regola del Circolo sul *divieto di sedurre le sorelle*. Quante volte aveva minacciato Charles, pena la morte, di stare lontano da sua sorella?

*Se Cedric scoprisse che l'ho baciata e che l'ho aiutata a spogliarsi...* Lucien rabbrividì. Gli uomini avevano ucciso per piccole offese all'onore delle loro sorelle. Cedric? Era un uomo timorato di Dio ma, davanti a una situazione del genere, sarebbe stato saggio temerlo più di Dio.

Lucien stava chiudendo la porta della sua stanza quando Charles irruppe all'interno.

«Che diavolo stai facendo?» Charles chiuse la porta, lo afferrò per la camicia e lo spinse all'indietro. Lucien inciampò e colpì il letto dietro di sé.

«Vuoi spiegarmi perché ti ho appena visto uscire dalla stanza di Horatia?»

«Non è come pensi. Non stavamo...»

«Non mentirmi. Sei peggiore in questo che a whist.» Gli occhi grigi di Charles erano insondabili. «Non sei stato lì dentro abbastanza a lungo per fare qualcosa di serio, ma sei *stato* lì dentro. Voglio sapere perché.»

«Stasera l'ho insultata. Dovevo scusarmi.»

«E non potevi farlo in quel maledetto corridoio?»

Lucien incrociò le braccia sul petto e ricambiò lo sguardo. «Non volevo che mi sbattesse la porta in faccia, così sono entrato dopo di lei. Sai come sono le donne. Serbano rancori di proporzioni bibliche se non ti scusi subito. Ho avuto abbastanza amanti arrabbiate da sapere quando devo chiedere perdono per amore della pace.»

«Quindi tratti Horatia come una delle tue mantenute?» Charles inarcò un sopracciglio.

«Credimi, Horatia è l'ultima donna al mondo che sedurrei volentieri.» Quella bugia gli lasciò un gusto amaro e pesante in bocca. Aveva iniziato a sedurla solo pochi istanti prima. Ma non era lucido. Il maledetto brandy lo aveva messo nei guai. Gli ricordava di quando aveva impigliato le dita nei suoi lacci. Dio, avrebbe voluto tornare subito nella stanza di Horatia, strapparle i vestiti di dosso e portarsela a letto.

«Non c'è nessuna regola che vieta di essere amici della sorella di un uomo. Cedric non ti sparerebbe mai per questo. Ma negli ultimi anni sei stato freddo con lei. L'amicizia non è alla tua portata?» Charles incrociò le braccia sul petto.

Lucien sospirò pesantemente e si appoggiò al letto. Era il momento di riesumare la vecchia bugia. Non si poteva fidare di Charles e confessargli la verità, sarebbe stato come dirlo a Cedric.

«Ti ricordi, anni fa, quando corteggiavo la signorina Melanie Burns?»

«Certo...» La voce di Charles si interruppe.

Melanie Burns, una delle ereditiere più ricche e più belle, aveva quasi sposato Lucien. Invece, dopo l'interferenza di Horatia, aveva rifiutato la sua proposta e un mese dopo si era fidanzata con nientemeno che Hugo Waverly. Invece di essere veramente arrabbiato con Horatia, le era stato grato. Lo aveva salvato dal matrimonio con una donna che era diventata la moglie del suo nemico. Per i quattro anni successivi era stato cordiale ma aveva mantenuto una certa distanza. Poi era arrivata la confessione di Horatia, quando aveva compiuto diciotto anni. Lucien non avrebbe mai dimenticato la prima sera in cui lei era andata da *Almack* con i capelli acconciati ad arte e il suo vestito elegante. Quella sera era stata assolutamente affascinante e l'unica cosa che lui aveva potuto fare era scappare. Mettere la distanza tra loro prima di fare qualcosa di stupido. Riportare in auge l'incidente della proposta di matrimonio era stata l'unica goccia che aveva fatto traboccare il vaso per stare lontano da lei. Se non poteva metterle le mani addosso, non poteva baciarla, non poteva fare l'amore con lei, non poteva amarla. Era meglio così, anche se ultimamente funzionava sempre meno.

«Stai dicendo che Horatia ha qualcosa a che fare con Melanie Burns?»

«Sì» rispose Lucien, senza mezzi termini.

«Come? All'epoca, era una bambina.»

«Horatia era con Cedric nella mia tenuta nel Kent per una visita. C'era anche Melanie Burns. Ero nel bel mezzo della proposta di matrimonio quando Horatia ha rovesciato sulle nostre teste un secchio d'acqua di stagno dal tetto del gazebo. Melanie fu umiliata, il suo vestito si rovinò e il piccolo folletto, Horatia, osò ridere di lei. Per quanto mi scusassi, Melanie rifiutò di sposarmi.»

«Poi ha sposato Waverly. Se il suo tipo era lui, dovresti ringraziare Horatia, non punirla.»

«C'è dell'altro. Horatia mi ha confessato il suo amore. Aveva solo quattordici anni» borbottò Lucien.

«L'infatuazione di una bambina. Non è un motivo per essere crudeli» rispose Charles, con dolcezza.

«Ho detto a Horatia che non l'avrei mai amata. Che non significava nulla per me.»

Un'epifania colpì il volto di Charles. «Le hai spezzato il cuore.»

«Non potevo farci niente. Ero molto più grande di lei. Ora è cresciuta e non voglio che si metta a fare i capricci con me. Non sono attratto da lei e non lo sarò mai.» Lucien pregò con ogni fibra della sua anima nera di sembrare sincero.

Charles rimase in silenzio per un lungo istante.

«Ash una volta mi ha spiegato che tra l'amore e l'odio corre una linea sottile. A volte la si può oltrepassare senza nemmeno rendersene conto.»

«Non puoi davvero insinuare che io ami Horatia! Tu sai di che tipo di donna ho bisogno. È troppo elegante e raffinata per i miei gusti. Non provo nulla per lei, di certo non *amore*.» Un sapore amaro riempì la bocca di Lucien per una simile negazione. Provava troppo per lei e, anche se non poteva essere amore, era più forte della lussuria e quindi più pericoloso.

Charles aggrottò le sopracciglia e i suoi occhi grigi si tinsero sorprendentemente di tristezza.

«Sei così deciso a evitarla a causa della seconda Regola del Circolo? Non hai imparato nulla da Godric ed Emily?»

«Non eviteresti una donna se questo significasse che il tuo amico potrebbe cercare soddisfazione contro di te? Charles, tu mi conosci. Sai come sono con le donne. Non potrei starle vicino ancora a lungo e non desiderare più di un'amicizia, e qualsiasi cosa vada oltre potrebbe finire molto male. Non c'è bisogno che ti ricordi quanto Cedric sia protettivo nei confronti delle sorelle. Ha sempre preso molto sul serio la seconda Regola.»

«Davvero non riesci a controllarti con lei? La tua unica soluzione è essere freddo e crudele per evitare la tentazione?» Il suo amico sembrò sconcertato ma d'altronde Charles era il tipo di uomo che non si lasciava mai tentare dalle cose proibite: vi si tuffava a capofitto.

«Purtroppo è esattamente quello che sto dicendo. Più le sto vicino e più voglio stare con lei. Sappiamo entrambi che non sono un tipo da matrimonio, quindi ogni momento trascorso con lei porterebbe a un'unica conclusione e il risultato non piacerebbe a nessuno.»

Charles si passò una mano tra i capelli. «Sei uno sciocco e stai facendo del male a Horatia per questo. Non posso stare qui, non quando ho la tentazione di prenderti a schiaffi.»

«Charles.» Lucien appoggiò una mano sulla spalla dell'amico che si stava voltando per andarsene, ma Charles si liberò con una scrollata di spalle.

«Buona notte, Lucien.»

Lucien fissò la porta che si chiudeva. Un nodo gli si formò in gola. Charles aveva ragione? Si era tenuto a distanza da Horatia per evitare di andare a letto con lei?

Lucien amava le donne ma non si *innamorava* di loro. Non era nella sua natura e le donne che aveva avuto lo avevano capito. Horatia meritava un uomo che le fosse fedele. Non avrebbe mai potuto averla, né come amante né come moglie. Cedric non gli avrebbe mai concesso il permesso, e in ogni caso c'era la seconda regola del Circolo. Tuttavia, il pensiero di averla, di definirla sua...

Perché gli faceva così male il cuore sapere che non sarebbe mai stato così?

~ 4 ~

Nella tarda mattinata successiva, quando scese a fare colazione, Lucien notò che sia Horatia sia Charles erano scomparsi.

«Dov'è Charles?» domandò, trattenendosi dal chiedere anche di Horatia.

Cedric sollevò lo sguardo dal piatto. «Ha portato Horatia a cavalcare a Hyde Park per far esercitare i miei arabi.»

«Oh!» Una fitta di gelosia lo attraversò come un attizzatoio rovente. L'idea di Horatia con un altro, soprattutto con Charles, gli fece vedere rosso.

Audrey era più tranquilla del solito. La sua allegria giovanile, che tanto spesso lo divertiva quando era lì, sembrava assente.

Anche Cedric sembrava averlo notato. «Ma che ti prende, mia cara? Prima Horatia ha un attacco isterico e ora tu hai la faccia distrutta.»

Non era un segreto che a Cedric non piacesse vedere le sorelle infelici. Lucien lo capiva fin troppo bene. Anche lui aveva una sorella e vederla turbata gli faceva sempre saltare i nervi.

«Sarei voluta andare a fare compere oggi, ma Horatia è andata a cavallo e tu hai degli affari da sbrigare da Lloyd, quindi sono bloccata qui da sola.»

Audrey iniziò a borbottare come è solita fare una giovane donna carina, imbronciando le labbra a forma di arco di Cupido. Quando quella reazione non attirò l'attenzione, iniziò a tirare su con il naso in modo teatrale. I suoi occhi brillavano come diamanti per le lacrime. Era sempre divertente guardare Audrey che cercava di fare la sua magia sul fratello maggiore quando voleva qualcosa.

Lucien trovò subito una soluzione per asciugarle gli occhi. «Con il permesso di tuo fratello, sarei felice di accompagnarti. Anch'io ho alcune commissioni da sbrigare e sarei lieto di usare la tua esperienza sulle ultime mode.»

Ogni segno di lacrime svanì, mentre Audrey guardava trepidante il fratello. Cedric le fece un cenno. «Va bene ma porta la tua cameriera.»

Audrey si precipitò nella sua stanza per recuperare la reticella, la cuffietta e il mantello. Quando tornò, si strinse al collo del fratello e gli baciò la guancia. Lucien soffocò una risata per l'espressione divertita di Cedric.

«Qualsiasi cosa per tenerti di buon umore.» Accarezzò la schiena di Audrey e la spinse via delicatamente. La giovane uscì dalla stanza come un cucciolo con un'energia sconfinata.

*Ah, essere di nuovo così giovane*, pensò Lucien.

Quando furono di nuovo soli Cedric gli chiese: «Sei sicuro che non ti dispiaccia accompagnarla?»

Lucien sorrise. «Niente affatto. Ho bisogno dei suoi consigli su alcune cose. La ragazzina se ne intende di moda» Audrey era una ragazza intelligente, ma riempiva quel suo cervello con troppe sciocchezze sui tipi di abiti e sulle fogge delle cuffiette. D'altra parte, non avrebbe dovuto desiderare che la sua intelligenza fosse usata altrove. Dio solo sapeva che quella piccola creatura avrebbe potuto sposare un membro della Camera dei Lord. Non le avrebbe dato credito per niente di meno e la sola idea che potesse avere una qualche influenza su un politico lo terrorizzava.

«Molto bene, allora, ci vediamo dopo.» Cedric finì il suo caffè, posò la tazza e prese il bastone appoggiato al bordo del tavolo. Cedric non perdeva mai di vista il bastone. Un promemoria di restare vigile, forse. Si fermò sulla soglia della porta. «Ricordati di stare in guardia, amico mio.»

Quando Audrey fu pronta a uscire, Lucien ordinò a una delle carrozze di Cedric di condurli a Bond Street. Con Lucien come scorta, Audrey sarebbe stata libera dalle occhiate degli uomini affascinanti di Bond Street. Sapevano bene che non dovevano fissare nessuna donna in compagnia di Lucien che li guardava con non poca condiscendenza, come se fossero delle innocue ghiandaie. Il vero pericolo per Audrey era essere vista in pubblico con uno come lui. Le voci potevano diffondersi a macchia d'olio e la stampa non faceva che alimentare le fiamme.

Audrey svolazzava sottobraccio a Lucien, ammirando ogni vetrina colorata che passava, finché alla fine scelse una modista famosa. Gillian, la sua cameriera, una ragazza tranquilla della sua stessa età, vestita con un abito di cotone grigio, la seguì.

«Madame Ella è la migliore sarta di tutta Londra» spiegò la giovane. «Ha cucito lei quel bel vestito di Horatia, quello che quell'autista disgraziato ha rovinato.»

Sembrava che quel giorno la fortuna favorisse Lucien. Quello era esattamente il posto in cui doveva trovarsi per comprare un nuovo abito a Horatia.

Lucien mantenne un tono basso per evitare di essere ascoltato. «Audrey, saresti interessata ad aiutarmi con un favore speciale?»

La giovane gli sorrise. «Oh, certo, ma un giorno pretenderò un favore da te.»

Lucien non aveva detto nulla che potesse far capire le sue intenzioni, eppure lei sembrava sapere di averlo esattamente dove lo voleva. Se fosse stata un uomo, Audrey sarebbe stata un ottimo politico.

Lucien cercò di comportarsi con disinvoltura. «Finché è nei limiti della legge e tuo fratello non mi sfida a duello, allora lo avrai.»

«Eccellente. Abbiamo un accordo.» Gli occhi castani di Audrey scintillarono maliziosi e Lucien sapeva che avrebbe rimpianto quel giorno. «In che cosa hai bisogno di aiuto?»

«Vorrei sostituire l'abito rovinato di tua sorella, ma non voglio comprare esattamente lo stesso. Voglio qualcosa di meglio. Qualcosa di rosso, magari...» La sua voce si interruppe mentre le labbra di Audrey si aprivano per lo stupore.

«Vuoi comprare un abito a Horatia?»

«Ehm... sì.» Lucien trattenne il fiato, aspettando che Audrey rivelasse di essere a conoscenza dei suoi segreti. Per fortuna non lo fece.

L'espressione della giovane cambiò dalla sorpresa alla riflessione. Il suo sguardo sagace era fisso su di lui, come se sapesse qualcosa che nemmeno lui sapeva. Era molto inquietante.

«Molto bene. Rosso, hai detto? Seta, forse?» suggerì lei con un sorriso che andava oltre ogni accenno d'innocenza.

Audrey non poteva sapere delle visite di Lucien al famigerato *Midnight Garden* o dei giochi che vi aveva fatto, legando le donne con lacci di seta rossa per concedersi tutto il tempo necessario per portarle a orgasmi urlanti. Aveva pagato una bella somma per mantenere privati i suoi interessi. Eppure la ragazza sembrava alludere al fatto di sapere più del dovuto su di lui.

«Il rosso è un colore eccellente su di lei, sono d'accordo. Non ho la più pallida idea del perché non lo indossi più spesso.» Audrey si voltò e andò ad abbracciare l'imponente donna matura che era apparsa dal retro del negozio. «Madame Ella!»

«Signorina Audrey! Sono così felice che sia tornata. Ho conservato i guanti di York Town, quelli color fulvo che ammirava tanto qualche giorno fa.». Madame Ella si scostò dal viso una ciocca di capelli scuri e recuperò una piccola scatola, grande come un guanto. Audrey trattenne a stento un gridolino.

Madame Ella fece un inchino quando vide Lucien aggirarsi sulla porta. «Buongiorno, mio signore.»

Lucien fece un cenno con la testa e si avvicinò. L'aveva già incontrata, qualche anno prima, quando era andato lì con sua madre e Lysandra, sua sorella, a comprarle il guardaroba per la sua prima stagione. Sembrava che Madame Ella avesse un'ottima memoria.

Audrey prese in mano la situazione e richiamò l'attenzione di Madame Ella. «Siamo qui per ordinare un nuovo abito per mia sorella.»

Le sopracciglia di Madame Ella si aggrottarono con un'espressione preoccupata. «Non è rimasta soddisfatta della mia creazione?»

«Al contrario. Le piaceva molto, ma ha incontrato un destino sfortunato.» Audrey spiegò gli eventi del giorno precedente.

«Capisco. Allora, che cosa aveva in mente, signorina Sheridan?»

«Un abito da ballo verde con una sopravveste di raso rosso. Ricamate le maniche dell'abito con disegni di agrifoglio, rifinite l'orlo con una balza di pizzo belga bianco. E una fascia di raso verde sotto il seno» Audrey guardò Lucien, scrutandolo attentamente, prima di aggiungere: «Inoltre, ornate il decolleté con rametti di vischio finto.»

Sia Lucien sia Madame Ella alzarono gli occhi sentendo quest'ultima richiesta.

«Vischio?» le chiese Lucien a bassa voce.

Audrey ridacchiò.

«Te la immagini, Lucien? Sarà così bella con questo vestito, impacchettata come un bel regalo di Natale.» Audrey aggrottò le sopracciglia con un'espressione allusiva.

«E dicono che io sono malizioso» pensò Lucien fra sé.

Se l'immagine che Audrey aveva creato nella sua testa era anche solo vicina alla realtà, Horatia sarebbe stata un regalo di Natale da scartare. Con quel vischio annidato sui seni, sarebbe stato tentato di baciarle ogni centimetro del suo seno per onorare adeguatamente la tradizione.

«Indosserebbe un abito del genere?» le chiese Lucien. Non gli sarebbe dispiaciuto il costo dell'abito, ma se Horatia si fosse rifiutata di indossarlo, sarebbe stato un crimine indicibile contro l'abito, la sua creatrice e i pensieri poco signorili di Lucien in quel momento.

«Lo indosserebbe, se tu glielo chiedessi» rispose Audrey, la cui attenzione ora era rivolta ai guanti che aveva preso dalla scatola. Ne strofinò uno sulla guancia, emise un sospiro di piacere e lo rimise nella scatola.

«Che cosa vorresti dire?» Lucien si sentì mancare il fiato mentre aspettava la risposta della giovane. Che cosa sapeva?

Audrey scrollò le spalle. «Horatia tiene in considerazione la tua opinione. Se le dessi l'abito e le chiedessi di indossarlo, lo farebbe.»

La risposta di Audrey sembrava così decisa che Lucien non poté fare a meno di crederle.

«Allora ha il nostro ordine, Madame Ella. Proprio come richiesto da Miss Audrey.»

«Sarà un piacere, mio signore. Miss Audrey ha dei gusti molto raffinati.»

Lucien accarezzò la mano morbida di Audrey. «È proprio vero.»

Diede istruzioni alla modista di inviargli il conto dell'abito e dei guanti. Mentre uscivano dal negozio, Lucien prese Audrey in disparte, mentre la cameriera rimaneva discretamente a qualche metro di distanza.

«Non devi far sapere a Cedric che sono stato io a comprare l'abito. Hai capito? Se proprio devi mentire, dì che lo hai comprato tu.»

«Perché dovrei...»

Lucien la zittì. «Non posso comprare a una donna un regalo del genere senza che tutto il *ton* pensi che sia la mia amante, tuo fratello compreso. Pensa alle conseguenze.» Quando gli occhi di Audrey si allargarono e fece un piccolo cenno di assenso, Lucien comprese che la giovane aveva capito. La reputazione di sua sorella era fondamentale.

HORATIA SI AGGRAPPÒ AL MANTELLO DI VELLUTO BLU scuro, stringendo il cappuccio foderato di ermellino contro il viso. Charles schiaffeggiò le redini sul dorso dei due cavalli, esortandoli ad accelerare. Si stavano dirigendo verso Bond Street, dove, senza dubbio, Audrey aveva trascinato Lucien a fare compere, dato che Cedric era impegnato in altre faccende.

«Perché hai fretta, Charles?» Horatia si appoggiò alla carrozza e rivolse un'occhiata alle sue spalle per controllare Ursula, che viaggiava dietro. «Abbiamo cavalcato a malapena nel parco prima che tu insistessi per riportarli alle scuderie.»

Quando Charles le lanciò un'occhiata, Horatia vide che gli occhi grigi del giovane erano stranamente turbolenti e rispecchiavano le nuvole invernali in tempesta sopra le loro teste. «Mi sono appena ricordato che devo accompagnare Audrey a trovare Avery. È tornato a Londra, sai. Sarei nei guai se non la portassi in città per trascorrere un pomeriggio con lui. Adora tua sorella. Sei la benvenuta.» Le lanciò un altro sguardo.

Horatia scosse la testa. Non si sentiva affatto socievole in quel momento.

«Non c'è bisogno che mi accompagni a casa. Ursula ed io possiamo noleggiare un calesse per tornare.»

Charles si schernì come se si fosse offeso per averla lasciata sola. «Sciocchezze. Vedo Lucien più avanti. È con tua sorella. Ti farò accompagnare a casa.» Le parole uscirono in modo stranamente teso, come se fosse combattuto sulla questione. «Ti dispiace se ti lascio con Lucien?»

«No, non mi dispiace. Mi riporterà a casa sana e salva, come ha sempre fatto.» Non era sicura del perché avesse aggiunto l'ultima parte, ma sentiva che fosse necessario per rassicurare Charles.

Horatia appoggiò una mano guantata sul braccio del giovane che non sembrò nemmeno accorgersene. «Charles, non ti senti bene?»

Il giovane si irrigidì. «No, sto abbastanza bene. Ci sono molte cose che mi preoccupano in questi giorni. Non preoccuparti per me.»

Horatia lo fissò per un lungo istante, chiedendosi se dovesse indagare ulteriormente sulla natura di quel disagio. Charles era sempre molto riservato quando si trattava di quelle cose. Suo fratello sosteneva sempre che Charles non fosse in grado di mantenere un segreto ma Horatia lo sapeva bene. Quando si trattava di questioni di cuore, il conte di Lonsdale poteva rimanere in silenzio per sempre. Rivolse di nuovo l'attenzione alla strada.

Quando si avvicinarono a Lucien e ad Audrey, Charles li chiamò e fece loro cenno di avvicinarsi. Poi aiutò Ursula a scendere dalla carrozza.

«Lucien, ho bisogno che tu accompagni Horatia a casa. Audrey ed io abbiamo un impegno a pranzo con Avery, vero?» Rivolse un'occhiata ad Audrey che sbatté le palpebre una volta prima che il ricordo le balenasse sul viso. «Oh sì!»

Prima che Lucien potesse protestare, Horatia e la sua cameriera Ursula furono affidate alle sue cure, mentre Audrey e la sua cameriera Gillian presero il posto della sorella sulla carrozza, e Charles si allontanò.

«Charles ti ha lasciato per portare fuori tua sorella e mio fratello per il pomeriggio?» le chiese Lucien con un tono quasi stupefatto.

«Sembrerebbe di sì.» Horatia era altrettanto sconcertata e arrossì quando si rese conto di essersi appoggiata a lui mentre guardavano il calesse allontanarsi. Con grande riluttanza si allontanò, senza perdersi il modo in cui la mano di lui indugiava sulla sua schiena, come se volesse tenerla vicina. Una piccola fitta le pizzicò il cuore.

Lucien chiamò la carrozza che lo aspettava per riportare lui, Horatia e Ursula a Curzon Street. Aiutò Horatia a salire, facendola sedere. La carrozza partì prima che Lucien si fosse seduto correttamente e fu scaraventato su Horatia che gridò, più per la sorpresa che per il dolore. Lucien si allontanò da lei, scusandosi.

«Sei sicura di stare bene?» incalzò lui.

«Sto bene, mio signore» La giovane rese il suo tono freddo, decisa a cancellare il ricordo del bacio e delle carezze infuocate della sera precedente. «Mi avete semplicemente spaventata. Non sono così delicata come sembrate credere.»

Quando Lucien fece una smorfia, Horatia sospettò che stesse ricordando l'incontro con il suo ginocchio. Il pensiero non le dispiacque.

«Ti sei divertito con Audrey?» chiese la giovane dopo un silenzio imbarazzante.

«Sì, mi ha convinto a comprarle il regalo di Natale in anticipo quest'anno.»

«Che gentile» rispose Horatia, ripensando ai regali che lui le aveva fatto.

Ogni anno Lucien le comprava un libro, che lei segretamente custodiva con tutto il cuore, nonostante sapesse che lo faceva solo per non fare favoritismi con Audrey. Sua sorella era la preferita di tutti. Di solito questo non le dava fastidio, ma con Lucien la colpiva nel profondo del petto. Il giovane rivolse lo sguardo su di lei, come se potesse leggerle i pensieri.

«Ho comprato anche un regalo per te ma non sarà pronto prima di qualche giorno. Madame Ella mi ha assicurato che sarà pronto in meno di una settimana.»

«Madame Ella?» Il cuore di Horatia sussultò.

«Ho pensato che forse ti sarebbe piaciuto un abito da sera, visto che l'altro si è rovinato.»

«Mi hai comprato... un abito?» Tutto il suo corpo si tese al pensiero di indossare qualcosa che lui le aveva regalato. Le si accese il sangue per l'eccitazione.

«Preferisci avere un altro romanzo? Potrei cancellare l'ordine.»

«No!» La speranza la riempì così tanto che fece fatica a respirare. «Un abito da sera sarebbe delizioso. Tuttavia, spero che tu abbia avuto il buon senso di non dirlo a mio fratello.»

«Non ci penso nemmeno.» Lucien fece balenare quel sorriso da libertino fin troppo accattivante. «Tua sorella ed io abbiamo disegnato questo gioiello apposta per te in questo periodo natalizio e sarebbe un peccato che non venisse indossato.»

Horatia si morse il labbro mentre l'eccitazione ribolliva dentro di lei. Era scandaloso che lui le comprasse un abito, ma ne era segretamente felice. Significava che la stava pensando.

La carrozza si fermò davanti a Casa Sheridan. Lucien scese, si avvicinò alla carrozza e fece scendere Ursula dal cameriere che si stava avvicinando, mentre lui aiutava Horatia. Ursula e il cameriere scomparvero all'interno, lasciando Lucien e Horatia soli per un momento.

Lei porse la mano, ma lui la ignorò e si spostò in avanti per prenderla per la vita, facendola scendere a terra. Il calore la percorse con un'ondata violenta mentre lui la lasciava scivolare lungo il suo corpo. Quando la posò a terra, Horatia alzò gli occhi e lo guardò in viso.

«Il ghiaccio è fresco. Non vorrei che tu cadessi» disse lui.

La ruota di una carrozza di passaggio passò su una pozzanghera vicina, lanciando uno spruzzo gelido. Lucien trascinò Horatia nel suo abbraccio, riparandola dagli spruzzi con il suo corpo. Si accasciò mentre l'acqua gelida gli inzuppava i vestiti.

Era bagnato. Di nuovo. Horatia non era sicura del perché il suo corpo tremasse contro quello di lui. Gocce d'acqua gli bagnavano le ciglia e pendevano dalla ciocca di capelli bagnata che gli cadeva negli occhi. Lo fissò, affascinata dal modo in cui le gocce simili a gioielli si aggrappavano alle sue lunghe ciglia scure.

«Accidenti. Devo aver offeso gli dei delle carrozze in qualche vita passata.» La guardò dall'alto in basso, con un'espressione da lupo selvaggio, che gli riempiva gli occhi. La sua passione poteva essere la sua rovina, se lei glielo avesse permesso. Le labbra del giovane erano leggermente blu e tremavano. Le venne voglia di scaldarle con le sue. Un'idea ridicola ma dannazione se non voleva assaggiarlo di nuovo, solo un... po'.

«Dovrei andare» sussurrò Lucien.

«Rimani.»

«Non dovrei.» Il suo respiro caldo le accarezzava il viso e le riscaldava il sangue.

«Almeno entra e fai asciugare il cappotto accanto al fuoco.»

*Ho sempre e solo voluto prendermi cura di te, Lucien. Lascia che mi prenda cura di te.*

«Forse è saggio. Non ho alcun interesse a prendere freddo con i vestiti bagnati. Che gli dei della carrozza siano dannati.» Lucien non fece alcuna mossa per allontanarsi da Horatia mentre lei si girava, rimanendo ingabbiata da lui mentre raggiungevano la porta. Il respiro del giovane le solleticò il collo e lei rabbrividì per qualcosa di diverso dal freddo. La porta si aprì mentre il maggiordomo e un cameriere li aiutavano a entrare. Le sfuggì un sospiro quando la realtà si intromise ancora una volta e fu costretta ad allontanarsi da Lucien. Perché dovevano sempre allontanarsi?

DOPO ESSERE ENTRATI, HORATIA LO ACCOMPAGNÒ NELLA sala del mattino per riscaldarsi ma, con grande sorpresa, il fuoco era spento. Lucien si tolse il cappotto di lana bagnato e guardò il freddo camino con un sopracciglio alzato. Per un attimo Horatia lo fissò. Lucien abbassò lo sguardo, chiedendosi cosa stesse guardando. La camicia gli aderiva alle braccia, mettendo in evidenza gli avambracci e i bicipiti. Quando Lucien si voltò, Horatia aveva gli occhi spalancati e scarlatti ma lo superò in fretta e furia per raggiungere il camino e tirare indietro la griglia. Il giovane si morse l'interno del labbro per non sorridere. Le era piaciuto quello che aveva visto, ne era sicuro.

Un suono basso e rabbioso annunciava la presenza di un fantasma o di un gatto su per il camino. «*Mreoooww.*»

«Muff!» Horatia si mise in ginocchio e scrutò il camino. «Scendi subito!» Si avvicinò ai bordi fuligginosi del camino.

Il fondoschiena di Horatia era in bella mostra per lui, mentre cercava invano di far calare il felino ostinato. Il freddo gelido che ancora sentiva si dissipò sotto il calore che lo attraversava. Come sarebbe stato sentire i fianchi di Horatia tra le mani? Come sarebbe stato il suono del suo nome gemuto da quelle labbra? Lucien scosse la testa, cercando di cancellare quelle immagini e, soprattutto, di scoraggiare una risposta entusiastica nei suoi lombi.

«Ecco, vediamo se riesco a prenderlo» Lucien s'inginocchiò accanto a Horatia. Avendo le braccia più lunghe, riuscì a raggiungere la fessura in cui si era infilato il felino. «Lo vedo. Il problema è se riesco a raggiungerlo. Forse è meglio che ti copra gli occhi, tesoro mio.» L'appellativo uscì dalle labbra di Lucien senza pensarci. Si avvicinò, afferrò il gatto per la collottola e lo trascinò a terra. Lucien tossì, liberandosi da un'ondata di fuliggine che pioveva intorno a lui e a Horatia. Entrambi caddero fuori dal camino e sul pavimento.

Muff sibilò e si fiondò tra le braccia di Horatia, cercando di fuggire. Le conficcò gli artigli nelle braccia prima di allontanarsi, lasciando una scia d'impronte di zampe fuligginose fuori dal salotto. Horatia starnutì e cercò di alzarsi. Lucien le afferrò i polsi per aiutarla ma notò di avere le mani insanguinate. Gli avambracci della giovane erano rimasti graffiati dalla fuga non proprio delicata di Muff.

Horatia, coperta di fuliggine e stringendo le braccia sanguinanti, aveva un aspetto assolutamente sofferente. Qualcosa nel petto di Lucien si strinse. Era stata così coraggiosa; non aveva emesso un gemito di dolore. Al suo posto, avrebbe muggito come un orso ferito. Ma non lei, non Horatia. Lei si mordeva il labbro inferiore, ricacciava le lacrime dagli occhi e lui voleva solo trascinarla tra le sue braccia e baciarla senza ritegno.

«Suvvia, pensiamo a questo.» Le cinse le spalle con un braccio e la condusse nel corridoio e su per le scale fino alla camera da letto. Diede istruzioni a un cameriere di passaggio di portare dell'acqua calda, delle bende e di far accendere il fuoco nella stanza di Horatia, sempre che quel maledetto gatto non ci fosse arrivato prima.

Pochi istanti dopo, la governante di Cedric, una donna matronale con i capelli brizzolati alle tempie, entrò nella stanza portando l'acqua e le bende.

«Eccoci qui...» La donna trasalì, vedendo le ferite sulle braccia di Horatia. «Oh, povera cara!»

«Grazie, signora Stanwick. Potrebbe portarci del tè caldo?» le chiese Horatia.

Le labbra della governante si schiusero per la sorpresa. «Non dovrei lasciarvi soli...»

«Sarà solo per un minuto. Lasciate la porta aperta, se proprio dovete.» Il tono di Lucien era meno un suggerimento e più un comando.

«Molto bene, mio signore, tornerò tra poco.» La signora Stanwick posò le bende e l'acqua calda sul tavolino e andò a prendere il tè.

«Non è necessario che tu rimanga. Ci penso io» disse Horatia.

«Sciocchezze. Mi sono sempre preso cura di te quando eri piccola, non è vero?» Lucien pronunciò quelle parole prima di poterle rimangiare. L'espressione sconcertata sul volto di Horatia, accentuata dagli occhi sgranati, la faceva sembrare così giovane. Non era affatto come le sue solite donne. A lui piacevano le donne con le ossa sottili e le figure piene. Horatia aveva curve ampie e un bel viso, ma le mancava quella punta di fredda passione che avevano tutte le sue conquiste.

Lucien la spinse a sedersi sul letto mentre prendeva gli asciugamani di stoffa dal cameriere che accese il fuoco mentre il giovane si puliva le mani dalla fuliggine. Il fuoco appena acceso crepitava e schioccava sui ceppi. Gli riscaldò la schiena, mettendolo di umore stranamente gentile.

Il labbro inferiore di Horatia tremò un secondo prima di aprire la bocca.

«Shh...» Lucien bagnò un asciugamano e le pulì le mani dalla fuliggine e dal sangue rappreso. Dopo aver applicato un po' di pomata sui graffi, le avvolse le braccia con le bende. Poi si pulì il viso, come Horatia. Lucien notò che le erano sfuggiti alcuni punti.

«Cosa?» gli chiese lei quando lo sorprese a fissarla.

«Stai ferma.» Lucien le afferrò il mento e le inclinò la testa all'indietro.

La giovane aprì le ginocchia, permettendogli di avvicinarsi. Lucien le passò il bordo umido dell'asciugamano sulla punta del nasino all'insù, resistendo all'impulso improvviso di baciarlo. Le asciugò una chiazza di fuliggine, appena sopra la clavicola. Sembrava che Horatia stesse trattenendo il respiro.

Dopo aver finito, Lucien lasciò cadere l'asciugamano e posò le mani sulla pelle di lei. Con il pollice destro le tracciò il labbro inferiore, sentendone la pienezza. Le labbra di Horatia si chiusero intorno al pollice e lo baciarono. La carezza calda e umida della sua lingua gli fece stringere tutto il corpo. Incuriosito, staccò il pollice e si chinò, colmando la distanza tra le loro labbra.

Le divaricò le labbra con la lingua. Le sue mani si arricciarono intorno ai fianchi di Horatia, tenendola ferma mentre si spingeva nella culla del suo corpo.

La barriera dei loro vestiti non sembrava avere importanza. Horatia emise un piccolo suono di soddisfazione mentre le loro lingue si muovevano. Per un breve istante Lucien riuscì a dimenticare che lei era innocente e tutto ciò che lui non poteva avere. Era solo un'altra bella donna a cui stava per rivelare un nuovo mondo di oscure passioni. I gemiti di Horatia lo spinsero al limite. Fece scivolare le mani lungo l'esterno delle cosce, arrotolandole le gonne e le sottovesti, assaporando la pelle satinata sotto i suoi polpastrelli.

Horatia emise un rantolo e sussultò. Le loro bocche si separarono con un leggero schiocco.

La realtà si abbatté su Lucien che inciampò all'indietro e cercò di riprendersi.

Horatia sbatté le palpebre e si leccò le labbra e lui la trascinò di nuovo tra le sue braccia.

Lei batté le ciglia. «Mi dispiace... mi hai spaventata.»

«No. È meglio così. Non possiamo... Questo non è mai successo. Mi hai sentito?»

«Ma...» Horatia si accarezzò le labbra, con gli occhi puntati sul volto di lui, incapace di distogliere lo sguardo.

Lucien doveva mettere una distanza tra loro, e non solo fisica. «Ascoltami, Horatia. Sono un libertino dal sangue caldo, mi sono lasciato trasportare. Non avresti dovuto incoraggiarmi.»

Gli occhi della giovane lampeggiarono con un fuoco appena nascosto. «*Incoraggiarti*? Non ho fatto nulla del genere.»

«Ti sei leccata le labbra e mi hai guardato con desiderio. Questo rende un uomo incapace di resisterti. Era chiaro che desideravi un bacio e mi sono sentito in dovere di accontentarti.»

«Mi hai baciata per *pietà*?» Sembrava combattuta tra il dolore e la rabbia.

Lucien esitò, ma solo un attimo. «Sì.»

La voce di Horatia tremò e i suoi occhi si oscurarono di lacrime. «Per... per favore, vattene.»

«Con piacere.» Lucien uscì dalla stanza, sbattendo la porta.

*QUELL'UOMO NON PUÒ CHIUDERE LA PORTA NORMALMENTE?*
Horatia seppellì il viso nei cuscini e respirò profondamente, ma non servì a nulla. Combatté l'impulso di piangere, ma le lacrime le scendevano comunque sulle guance. Fu allora che Mittens uscì da sotto il letto, saltò su e le si accoccolò sullo stomaco, facendo le fusa.

L'amore incondizionato dell'animale aveva qualcosa di confortante. Solo dopo aver accarezzato il pelo satinato del gatto, Horatia si calmò, ma impiegò molto tempo prima di riuscire ad affrontare il problema in modo razionale.

Nel corso degli anni, aveva sentito sussurrare dalle cameriere e dai camerieri. E, naturalmente, gli avvertimenti di suo fratello le risuonavano sempre in testa. «*Non fidarti mai degli uomini, Horatia. Se qualcuno ti chiede di mostrarti il giardino durante un ballo, corri a cercarmi. Non vorrai finire con uno come Lucien. Ti ruberanno l'innocenza, ti spezzeranno il cuore e rovineranno ogni possibilità di un matrimonio decente. Le voci girano e per noi la reputazione è tutto.*»

Lucien non voleva una donna innocente. Voleva una creatura selvaggia e vogliosa nel suo letto. Se mai fosse riuscita a catturare la sua attenzione, avrebbe dovuto fare qualcosa di drastico. Dopo quella giornata, era certa che lui provasse una certa attrazione verso di lei. Se solo fosse riuscita ad avvicinarsi a lui abbastanza da farlo agire... Ma non riusciva ad avvicinarsi a Lucien. Il più delle volte sembrava avere abbastanza buon senso da starle lontano. Se solo ci fosse stato un modo per convincere quel marchese testardo a vederla come una donna e non come la sorella del suo amico.

Lo sguardo di Horatia cadde sul cassetto aperto del tavolo da toilette. Nel cassetto giaceva una maschera argentata, un pezzo di un ballo in maschera svoltosi all'inizio dell'anno. Le venne un'idea. Doveva essere un'altra persona, il tipo di donna che lui avrebbe cercato.

Ma come fare? Doveva essere in un luogo lontano dall'occhio vigile del fratello. Un posto buio, magari di notte, in modo da avere meno possibilità di essere vista. Se avesse potuto interagire con Lucien in un luogo dove avrebbe potuto indossare una maschera, lui avrebbe potuto non accorgersi di lei. Il rischio che lui la riconoscesse dopo averle parlato era alto, ma se avesse fatto di testa sua, non ci sarebbero state molte chiacchiere.

Le serviva solo la possibilità di convincerlo di essere degna delle sue attenzioni. Voleva essere la seduttrice che lui le faceva sentire. Forse, se avesse dimostrato di essere passionale, lui si sarebbe offerto per lei.

*Sono proprio una fifona.* L'amaro pensiero la colpì come un duro schiaffo. Lucien non si sarebbe offerto per lei. L'avrebbe usata e poi sarebbe andato avanti. D'altronde, una volta si era avvicinato al matrimonio. Perché non un'altra volta? Una vocina nella sua testa le sussurrava che la rovina per mano di Lucien sarebbe valsa la pena. Anche se avesse trascorso il resto della sua vita da sola come una vecchia zitella, una notte con lui sarebbe stata meglio di una vita intera con qualcuno per cui non provava nulla.

Costringendosi a concentrarsi sulla sua idea, valutò la scelta dei luoghi d'incontro clandestini. Quel piano aveva tutte le caratteristiche di uno dei piani di Audrey. Audrey! Giusto. Al suo ritorno, Horatia ne avrebbe parlato con lei. Non le avrebbe detto che cosa intendeva fare, ma avrebbe potuto chiedere consiglio su come corrompere un cameriere della casa di Lucien affinché rivelasse le attività notturne del marchese e i luoghi in cui poteva trovarlo.

Per la prima volta dopo giorni, Horatia sorrise con gioia.

❧ 5 ❧

Lucien entrò infuriato nella sua casa di Half Moon Street, con la mascella serrata e dolorante. Quella giornata era stata un disastro. Aveva perso il controllo, si era avvicinato troppo, e ne aveva goduto ogni istante.

Se non fosse stato per gli occhi caldi di Horatia che imploravano i suoi baci...

La porta degli alloggi della servitù si aprì e ne uscì Felix, il suo valletto, tenendo tra le braccia una pila di camicie bianche appena stirate.

«Felix, stasera esco. Prepara le mie cose.»

Il valletto annuì e si affrettò verso la stanza di Lucien. Le mani del giovane si contorsero, sentendo l'impulso di rompere qualcosa. Si precipitò in salotto e afferrò la prima cosa a portata di mano, un costoso vaso orientale. Arcuò il braccio e...

«Dico, Lucien, stai bene?»

Vide Lawrence, suo fratello, qualche metro dietro di lui, nell'ingresso aperto. A parte il fatto che era più giovane di cinque anni, era l'immagine speculare di Lucien. Con la rabbia che ancora gli ribolliva dentro come un vulcano sopito, Lucien puntò il vaso contro il fratello invadente.

Lawrence indietreggiò, tenendo le mani alzate in segno di resa. «Se lo rompi, la mamma si arrabbierà moltissimo. Ha speso una fortuna per fartelo arrivare da Shanghai. A sentire lei, per una parte del viaggio ha noleggiato un'intera carovana di elefanti come Annibale.»

Con un ringhio, Lucien posò di nuovo il vaso sul tavolino di ciliegio e rivolse un'occhiata al fratello sorridente.

«Pensavo fossi in Francia.»

Lawrence scrollò le spalle con disinvoltura «Sono tornato con Avery.»

«Hai trovato un alloggio?»

«Non ancora.»

«Allora devi restare qui» rispose Lucien, con poco entusiasmo. Non era in vena di intrattenere nessuno, nemmeno i suoi famigliari. Era così brutto desiderare un po' di pace e di tranquillità per risolvere il groviglio di emozioni che lo affliggevano?

Il fratello si tolse un invisibile granello di polvere dalla manica del cappotto. «Sono qui solo per pochi giorni e non oserei impormi, soprattutto perché sembra che tu abbia problemi piuttosto accesi con il tuo arredamento.» Lawrence era noto per il suo sarcasmo. Lucien aveva avuto a che dire con il fratello quando erano più giovani.

«Solo perché non siamo più bambini, non vuol dire che non ti prenderò a schiaffi.»

«Provaci.»

Lucien sferrò un pugno bonario al fratello, che indietreggiò di un passo. Si misero a ridere e la rabbia svanì. *Dio benedica Lawrence.*

«Se non vuoi fermarti per la notte, cosa ti porta qui?» gli chiese Lucien. «Pensavo che forse saresti andato direttamente da nostra madre.» Gli venne in mente un pensiero terribile. «Non è qui, vero?»

Lucien si aspettava che la formidabile Lady Rochester saltasse fuori da un armadio. In più di un'occasione sua madre si era nascosta per origliare la sua prole, per poi rivelarsi all'improvviso e spaventare a morte i suoi figli. Linus, il fratello minore di Lucien, si rifiutava di chiudere le ante dell'armadio della sua stanza proprio per questo motivo.

Lo faceva per amore, naturalmente. Era persino uno scherzo di famiglia. Era talmente innamorata del loro padre che aveva insistito per chiamare ogni figlio con un nome che iniziasse con la L di *love*. Perciò erano stati chiamati Lucien, Lawrence, Linus e Lysandra. Avery era l'unica eccezione allo schema Assomigliava al padre mentre gli altri Russell avevano preso l'aspetto dalla madre.

«Nostra madre è nel Kent» rispose Lawrence. «Ti ha mandato a dire che voleva passare il Natale a casa. Non hai ricevuto la lettera?» Lawrence sembrò sinceramente sorpreso, dato che Lucien era il migliore dei Russell in fatto di corrispondenza.

«Ultimamente sono stato un po' occupato.» Era un eufemismo, e per di più grande. Il suo studio era disseminato di lettere non aperte, l'ultima di sua madre era senza dubbio tra il disordine sulla scrivania. Lucien si accarezzò la mascella con il pollice e l'indice. «La mamma si aspetta che io venga a trovarla?»

«Signore, no. Non che non le dispiacerebbe, ma credo che sia più felice quando viene lasciata sola a tormentare Linus e Lysandra.» Lawrence ridacchiò. «Ora sono entrambi con lei, che Dio li aiuti.»

«E Cambridge? Sicuramente Linus avrà già finito.» Un leggero senso di colpa gli attraversò il petto. Era stato così preso dai suoi affari da perdere di vista la vita dei suoi fratelli?

Lawrence scrollò di nuovo le spalle. «Solo poco tempo fa.»

«Se parti tra qualche giorno, stasera cenerai con me.» Il desiderio di Lucien di essere lasciato solo era cambiato e sperava che il fratello accettasse. Lawrence sarebbe stato una gradita distrazione e gli avrebbe impedito di soffermarsi su desideri senza speranza.

Lawrence sorrise subdolamente. «In realtà, ho programmato una serata al *Midnight Garden*. Sei il benvenuto a unirti a me. Madame Chanson sente la mancanza del tuo patrocinio.»

Il *Midnight Garden* era un club discreto, ricco di scandali nascosti e d'incontri romantici. Il segreto più pubblico di Londra. Madame Chanson lo adattava alle esigenze di ogni individuo, uomo o donna, abbastanza ricco da pagare l'iscrizione. Aveva portato le donne più belle, aveva assunto solo gli uomini più affascinanti e la decadenza dell'ambiente prometteva piaceri peccaminosi di ogni tipo. Aveva anche acquisito la buona volontà e il patrocinio di chi era necessario per tenerlo aperto.

Fino a poco tempo prima, Lucien era stato un ospite assiduo del *Garden* ma, da quando era stato catapultato di nuovo nella vita di Horatia Sheridan, non vi era più tornato in cerca di piacere. L'unica volta, si era conclusa con una delusione da parte di tutti.

*Forse è quello di cui ho bisogno per cancellare il ricordo di Horatia dalla mia mente.* Lucien si accarezzò il mento prima di annuire. «Credo che verrò. Ultimamente sono stato troppo malinconico e il mio spirito ha bisogno di essere risollevato.»

Lawrence rise. «Come altre parti di te, sospetto.»

Lucien lo ignorò. «A che ora è il tuo appuntamento?»

«Alle nove. Avrai bisogno di una maschera. Madame Chanson è in vena di maschere questo mese e chiede a tutti i suoi clienti di indossarle. Si dice che sia arrivata una delegazione dall'Italia, e che sia per loro.»

Lucien si accigliò. Aveva ancora una maschera? Sicuramente sì. Era andato a molte feste a Vauxhall durante la stagione e in molte aveva dovuto indossare una maschera.

«È meglio che vada a cercarne una.» Si avviò verso le scale.

«Ci vediamo al *Garden*, verso le nove» gli disse Lawrence.

«Felix!» chiamò Lucien.

Il valletto fece capolino nella stanza di Lucien. «Mio signore?»

«Cambio di programma. Prepara i miei migliori calzoni neri e una camicia di seta nera. Inoltre, ho ancora una maschera nera?»

Le sopracciglia di Felix si alzarono. «Si sta vestendo per un'occasione specifica, mio signore? Pensavo che i rapimenti non fossero tra i vostri interessi.» Lo sguardo del valletto era freddo ma Lucien vi colse un barlume di divertimento.

Lucien a volte dimenticava che quelli che erano considerati segreti al piano di sopra, a volte erano di dominio pubblico al piano di sotto. Senza dubbio si riferiva all'avventura della signorina Emily Parr di qualche mese prima.

«I rapimenti, se fatti bene, possono risultare abbastanza soddisfacenti. Ma non temere, Felix, stasera vado al *Garden*. Madame Chanson ha chiesto a tutti gli ospiti di indossare una maschera.»

«Ah, sono tornati gli italiani! Beh, siete fortunato, mio signore. Ho conservato una bella maschera a mezzo viso che indossavate l'anno scorso. Dovrebbe essere splendida con l'abito che avete scelto per questa sera.» Felix si avvicinò a una delle cassettiere e vi frugò fino a trovare la maschera. La posò su un tavolino e si infilò nella cabina armadio per prendere gli abiti del suo padrone.

Lucien lasciò la camera per recarsi nel piccolo bagno, dove aveva una vasca. Tirò la corda del campanello per avvertire la servitù, al piano di sotto, che desiderava fare il bagno. Ci sarebbe voluto un po' di tempo prima che il bagno fosse pronto, così fece prendere a un cameriere alcune lettere dal suo studio per leggerle.

Una volta pronto, sprofondò nella vasca d'acqua calda e lasciò che la tensione si allentasse. Stare vicino a Horatia lo stressava. Si bagnò il viso e si strofinò la pelle, cercando di rimuovere il ricordo dei loro corpi uniti. I suoi capelli erano ancora sporchi di fuliggine e li lavò accuratamente, non volendo che qualcosa gli ricordasse quanto fosse stato vicino a perdere la sua sanità mentale.

Più tempo passava con lei, più si avvicinava a mettere in atto quei desideri primordiali che avrebbero tradito i suoi principi, rovinato la sua reputazione e scatenato l'ira del fratello di Horatia. Tuttavia, l'idea di andare da lei e insegnarle come abbandonarsi alle sue passioni era troppo allettante. Era questo che lo eccitava.

Non trascorreva le giornate a contare le conquiste come gli altri uomini, ma piuttosto si vantava di aiutare le donne a conquistare la propria anima e il proprio corpo, accettando i loro bisogni e imparando a soddisfarli a letto. La passione era una cosa che doveva essere condivisa tra un uomo e una donna, e non gli era mai piaciuta l'idea di una donna che si limitava a giacere impassibile sotto di lui. Il sesso era un'esplorazione reciproca, un dono condiviso, non qualcosa di rubato o preso da un altro. Così, mentre la sua reputazione di libertino era assicurata per sempre, le sue donne avevano un'opinione ben diversa di lui. Per loro era un liberatore, per quanto breve fosse il tempo trascorso insieme.

Dopo il bagno, Felix lo aiutò a vestirsi e Lucien uscì dalla porta. Un cameriere chiamò una carrozza nera per non far notare la sua presenza al suo arrivo. Il *Garden* non era un luogo in cui si dovevano vedere le insegne del Marchese di Rochester. Lucien tenne la maschera, controllando il nastro mentre la carrozza si fermava davanti alla casa a schiera in stucco che faceva da facciata al *Midnight Garden*.

Un cameriere gli andò incontro e si inchinò rispettosamente. «Mio signore.» Il cameriere non conosceva la sua vera identità, ma tutti gli uomini e le donne del *Garden* venivano salutati come signore e signora. Se non altro, era un bene per gli affari.

«C'è la signora?» chiese Lucien al cameriere, seguendolo lungo la scalinata. Il giovane annuì e gli aprì la porta.

Di giorno o di notte, il *Midnight Garden* era sempre poco illuminato. L'atmosfera che si respirava era quella di un appuntamento di mezzanotte. Applique dorate fiancheggiavano l'ingresso e i corridoi che conducevano alle varie stanze, che erano almeno venti tra i tre piani. Le pareti erano di un bordeaux intenso con rifiniture dorate e i mobili erano broccati riccamente. Tutto era stato scelto per offrire decadenza e sensualità agli avventori che pagavano per godere dei loro desideri.

Per molti anni Lucien aveva frequentato quelle sale, cercando compagne di letto che non temessero lui o i suoi desideri e che si fidassero di lui per dominare i piaceri dei loro corpi. Sperava di trovare un giorno qualcuna di cui potersi fidare a sua volta, ma fino a quel momento non ci era riuscito. Dopo il rapimento di Emily Parr era stato riluttante a tornare alle sue vecchie abitudini. Voleva trovare un legame tra sé e la sua compagna di letto. I brevi e selvaggi accoppiamenti o il lento piacere di sedurre una donna non erano la stessa cosa che assaporare una donna a cui teneva veramente. Dopo gli incontri frustranti con Horatia, tuttavia, aveva un disperato bisogno di sollievo.

Madame Chanson, una donna formosa sulla quarantina, uscì da una stanza lì vicino accompagnata da una donna che Lucien riconobbe subito. Evangeline Mirabeau, l'ex amante del Duca di Essex. Gli occhi della donna si fissarono su Lucien che capì di essere stato riconosciuto. Evangeline gli rivolse un cenno freddo. Dopo l'aiuto indiretto della donna contro una minaccia a Godric, qualche mese prima, Lucien aveva scoperto una nuova, seppur limitata, stima per la donna francese.

«Mio signore, siete tornato! Temevo che non lo avreste fatto, visto che Lady Society vi ha ritenuto innamorato e ha lasciato le vostre strade alle spalle. Mi rallegra il cuore vedervi tornare.» La voce della donna era bassa e ricca, una voce afosa che gli ricordava le sue notti lì. I capelli biondi e gli occhi grigi la facevano apparire come se si fosse appena svegliata da una notte di sport diabolici a letto.

«Madame Chanson, è un piacere rivedervi. Non credete a tutto ciò che leggete. Lady Society spesso si sbaglia.» Le sorrise e lei ammiccò. Non aveva avuto difficoltà a riconoscerlo con la maschera, la sua altezza e il colore raro dei suoi capelli erano già un indizio per chi lo conosceva.

«Siete nei guai con me, mio signore.» Lo prese in giro con un affetto nato da anni di amicizia. «Non mi piace che siate stato assente così a lungo.»

«Forse più tardi potreste punirmi.» Le rivolse il suo ghigno più rabbioso, facendo arrossire anche l'esperta Madame.

«Forse lo farò» rispose lei. Madame Chanson non andava mai a letto con i clienti che frequentavano la sua casa, ma aveva fatto un'eccezione per Lucien. L'aveva quasi implorato in più di un'occasione e lui l'aveva accontentata.

Libertino una volta, libertino per sempre.

«Ho sentito dire che questa sera mio fratello ha prenotato una stanza.»

«Oh sì, certo. Vi accompagno?»

«Sì, grazie.»

Lucien la seguì lungo il corridoio verso una delle stanze più raffinate, una di quelle che avevano una terrazza dove si potevano aprire le portefinestre sui giardini sottostanti. Lawrence doveva aver pagato molto per quel privilegio. Madame Chanson bussò leggermente alla porta.

Al suono della risposta ovattata di Lawrence di entrare, aprì la porta. Lawrence era seduto su una poltrona e stava dando dell'uva a una giovane donna formosa. Entrambi indossavano una maschera.

«Fratello» esclamò Lawrence.

«Fratello» rispose Lucien, divertito.

La giovane si raddrizzò tra le braccia di Lawrence e lo salutò con un sorriso sornione: «Mio signore.»

Lawrence ridacchiò. «Sentiti libero di unirti a noi» disse, toccando il seno destro della donna, che sussultò, fingendo di essere sorpresa. «C'è tanta uva.»

Lucien si rivolse a Madame Chanson. «C'è qualcuna che potrebbe interessarmi?»

La donna esitò un attimo. «Sì... una giovane donna è venuta qua stasera, non più tardi di mezz'ora fa. Un'aristocratica, si potrebbe dire. Le ho offerto i servizi dei miei uomini migliori, ma lei desiderava che le organizzassi un appuntamento con un uomo di pari livello sociale. Le ho risposto che c'erano diversi gentiluomini di questo tipo e che, se fossi riuscita a organizzarlo, avrebbe passato la notte con uno di loro. Non ho fatto nomi, ma ho accennato che voi sareste arrivato presto. Sembrava molto interessata quando le ho parlato di voi. So che non avrei dovuto presumere di offrirle la vostra compagnia, mio signore...»

Intrigante. Non era raro che le donne sposate cercassero piaceri quando il loro letto matrimoniale si raffreddava. Quella sera, Lucien non aveva molto interesse per una donna smaliziata. Una giovane aristocratica, però... una giovane che era nuova nell'ambiente del *Garden*, per lui era certamente interessante. «Un'innocente?»

Madame Chanson annuì. «Credo di sì. Lo nasconde bene, ma vedo l'innocenza nei suoi occhi. So che donne del genere non sono di vostro gusto...»

In genere la signora avrebbe avuto ragione. Le donne

innocenti non avevano mai destato il suo interesse prima di allora e c'era sempre il rischio che leggessero troppo nel loro primo incontro. Ma le maschere significavano che quella donna sapeva cosa stesse cercando e questo lo tranquillizzava. Lucien voleva una donna dolce, che gli ricordasse ciò che gli era stato negato. Poteva chiudere gli occhi e vedere Horatia, sentire il suo corpo sotto di sé...

«Mi sento avventuroso, Madame. Vi prego di mandarla da me. Non ditele il mio nome.»

«Naturalmente.» Madame Chanson fece un inchino e uscì dalla porta, accompagnata da un fruscio di seta viola.

Lawrence aveva ripreso a imboccare l'uva alla sua compagna. Lucien si tolse il cappotto e il panciotto, gettandoli sulla sedia più vicina, prima di prendere il decanter di brandy sul tavolino. Non aveva problemi a stare nella stessa stanza con il fratello minore mentre l'uomo seduceva il suo attuale giocattolo. Lucien era persino aperto alla condivisione ma quella sera aveva bisogno di un drink e di una donna tutta sua. Non c'era niente di più rilassante che avere una donna da abbracciare e baciare quando le frustrazioni erano fuori controllo. A differenza di altri, Lucien non sfogava la sua rabbia con la boxe o con l'alcol. Preferiva una buona donna e un letto robusto. Spesso pensava che il mondo sarebbe stato un posto migliore se più uomini fossero stati d'accordo con lui.

Bussarono alla porta.

«Avanti.»

Quando la porta si aprì, Lucien fece quasi cadere il suo brandy. La giovane donna sulla soglia indossava una maschera argentata, ma anche a quella distanza la riconobbe.

Horatia.

Aveva passato troppe notti immaginando di sedurla per non dimenticare anche solo un centimetro delle sue forme. Era sollevato dal fatto che la maschera nascondesse la sua identità.

Cosa mai ci faceva lì quella stupida creatura? Era pieno di lupi che le sarebbero saltati addosso, proprio come avrebbe voluto fare lui...

Gli tornarono in mente le parole di Madame Chanson. La giovane donna si era interessata a lui quando le era stato descritto. Era andata lì a cercare un uomo come lui per soddisfare i suoi desideri frustrati? Oppure era stata ancora più furba e aveva scoperto che sarebbe andato lì quella sera? Lucien si ritrovò a sorridere. Indipendentemente dal motivo, Lucien le avrebbe mostrato quanto fosse stata sciocca. Le avrebbe fatto rimpiangere quella decisione e si sarebbe divertito a metterla in imbarazzo.

L'abito da sera di Horatia, di seta bianca scintillante, era ricoperto da una rete argentata. Il corpetto scollato con un'ampia U, era in georgette garzata e plissettata. L'abito aveva le maniche corte dello stesso tessuto, esaltando così l'effetto del suo décolleté. La gonna, di seta dello stesso colore, iniziava appena sotto il seno. Anche se leggermente pieghettata, le sfiorava il corpo quando si muoveva. In breve, era una visione assoluta e il corpo di Lucien reagiva. Quando la porta si chiuse alle sue spalle, la giovane si girò, spaventata, mostrando la scollatura sulla schiena.

«Prego, entrate» la invitò Lucien, avvicinandosi e prendendola per un braccio.

Lei lo guardò e lui vide un guizzo di riconoscimento sotto la maschera argentata. Sapeva che era lui. Lucien rivolse un'occhiata al fratello, troppo occupato con la sua donna per riconoscere la preda di Lucien.

«Credo di essere stata indirizzata nella stanza sbagliata» disse la giovane, con il petto che si alzava e si abbassava, cercando di liberarsi dalla presa.

Lucien la strinse a sé. «Sciocchezze, mia piccola colomba. Venite, sedetevi con me.» Lucien la tirò in grembo sulla sedia più vicina. Lei quasi squittì per il terrore.

*Sarà molto divertente*. La strinse a sé, facendole sentire ogni centimetro del suo corpo. Horatia era tesa, ma presto avrebbe cambiato la situazione.

«Spaventata?» le chiese, sussurrando.

Con grande sorpresa del giovane, Horatia gli fece un piccolo cenno di assenso. «Un po'.»

Lucien non riuscì a trattenere un sorriso. «A volte un po' di paura con qualcuno di cui ci si fida, può essere una buona cosa.»

Prima che lei potesse ribattere, le sollevò il mento con un dito, esponendole il collo con il suo tocco. La giovane deglutì con forza e Lucien poté vedere le pulsazioni che le battevano in gola proprio mentre chinava la testa e le copriva il collo con baci lenti e morbidi.

HORATIA RIUSCIVA A MALAPENA A RESPIRARE, FIGURIAMOCI a pensare. Senza dubbio perché il suo piano aveva funzionato e allo stesso tempo si era completamente ritorto contro di lei. Un'ora prima aveva individuato il misterioso *Midnight Garden*. Le era costato un bel po' pagare uno dei camerieri di Lucien perché le dicesse dove si trovava il *Garden* e se Lucien sarebbe stato presente. Era arrivata in carrozza e aveva pagato Madame Chanson per assicurarsi il posto di dama scelta da Lucien per la serata. Aveva dovuto spiegare a Madame Chanson che il suo desiderio era solo quello di passare la serata con Lucien. La proprietaria del *Midnight Garden* l'aveva guardata con sagacia e le aveva assicurato che quella sera sarebbe stata con Lucien. Questo aveva dato a Horatia un senso di tranquillità.

La giovane aveva avuto l'accortezza di non rivelare la propria identità alla signora, ma non aveva pensato ad altro. Non avendo esperienza, era del tutto impreparata alla seduzione follemente rapida di Lucien. Si ritrovò sulle ginocchia dell'uomo, a pochi metri da Lawrence, che riconobbe facilmente nonostante la maschera, mentre si intratteneva con un'altra donna.

«Perché siete così tesa, mia colomba?» Le grandi mani di Lucien le massaggiavano le spalle, il piacere emanava dalla forza delle dita che le sfregavano i muscoli tesi. Horatia sentì la forte tentazione di rilassarsi in quel tocco, di fondersi con lui. Sarebbe stato così semplice arrendersi. In fondo era quello che voleva.

«La stai spaventando, Lucien?» Lawrence lo stuzzicò tra un chicco d'uva e l'altro.

«Forse sì.» Lucien le prese il mento, fissandola negli occhi. «Avete ancora paura?»

Nonostante la serietà della domanda, gli angoli della bocca del giovane si sollevarono e Horatia capì che stava trattenendo a stento le risate.

«Non sono abituata ad avere un pubblico, mio signore» riuscì a rispondere la giovane, rivolgendo un'occhiata nervosa in direzione di Lawrence. Un rossore le salì sul viso, nascosto solo a metà dalla maschera d'argento.

Lawrence si mise a sedere un po' più dritto prima di sporgersi verso di loro. «Dimmi, fratello, come fai a portarti a letto le donne più ingenuamente affascinanti? Arrossisce come una sposa!» Perse interesse per la sua donna e la spinse via quando lei gli si appoggiò in modo possessivo.

Le dita di Lucien scivolarono lungo la schiena di Horatia e scavarono nei suoi fianchi, tenendola ferma sulle sue ginocchia mentre la studiava.

«Preferireste mio fratello a me? Oserei dire che vi prenderebbe lui, se mi trovaste troppo spaventoso.» La voce di Lucien era come cioccolato fuso e altrettanto peccaminosa. Horatia guardò i due uomini, così simili nei loro abiti neri, nelle maschere e nei capelli rossi.

«Preferirei voi e solo voi, mio signore» rispose Horatia che, vedendo il bagliore di trionfo negli occhi del giovane, avrebbe voluto schiaffeggiarlo per la sua presunzione.

Lucien le mise una mano ferma intorno alla nuca e la spinse in avanti per incontrare le sue labbra. La ricompensò con una profonda spinta della lingua, che giocò con la sua in un ritmo sensuale e suggestivo, facendola ansimare quando spostò le labbra sul collo e giù verso la clavicola.

«Hai un'altra stanza, fratello? O devo convincerti a fare un giro nei giardini con la tua signora?» Lucien sembrava non avere alcuna remora a cacciare il fratello minore.

Lawrence inclinò la testa a destra verso una porta dorata. «Di là c'è una camera da letto.»

Senza guardare il fratello, Lucien continuò a esplorare con le labbra e la lingua le rientranze inclinate del collo e della clavicola di Horatia. «Allora prendi la tua donna e vai di là.»

Sospirando, Lawrence si alzò in piedi e spinse la sua compagna a seguirlo.

«Lascia l'uva» aggiunse Lucien mentre Lawrence prendeva il piatto di frutta, lasciandolo a lamentarsi di chi aveva pagato la stanza.

Horatia si mosse inquieta mentre lui tornava a torturarla con la bocca. Posò le mani sulle spalle del giovane, guardando Lawrence e la sua donna uscire dalla stanza e chiudersi la porta alle spalle.

«Ora, vogliamo metterci comodi?» Lucien la fece scivolare dalle ginocchia, lasciandola sulla sedia mentre si metteva in piedi davanti a lei, a gambe divaricate, togliendosi la camicia e gettandola da una parte. Quando le mani si posarono sugli allacci dei pantaloni, il cuore di Horatia balzò in gola. Lui sorrise e allungò una mano per afferrarle il mento, facendole inclinare la testa all'indietro per guardarla di nuovo.

«Ecco quell'affascinante rossore. Lo trovo adorabile, ma mi chiedo... arrossite per modestia o per inesperienza? Di certo non soffrite di nessuna delle due cose, nel vostro mestiere.»

Come si *permetteva*? Lucien sapeva benissimo che lei aveva chiesto una persona di pari livello sociale e lui la stava accusando di... Horatia scattò in piedi, purtroppo avvicinandosi a lui più di quanto fosse saggio. Qualsiasi risposta avrebbe potuto dare fu messa a tacere dalla bocca di Lucien sulla sua. Le afferrò i polsi, li girò dietro il corpo per tenerli prigionieri contro la schiena. Liberò una mano per lisciare la rete argentata dell'abito sul gonfiore del sedere e poi la tirò bruscamente a sé.

«Senti quanto ti voglio?» mormorò contro di lei.

La domanda migliore, decise Horatia, era: come poteva *non* sentirlo? Il rigonfiamento contro il suo bacino fece sì che il suo corpo rispondesse con un forte dolore tra le gambe. Lucien la lasciò e si spostò verso la poltrona che il fratello aveva lasciato libera. Sollevò il piatto d'uva e si sedette.

«Unitevi a me» la invitò, accarezzando lo spazio vuoto accanto a lui.

«Ma» cominciò lei. Ogni minuto che passava si pentiva sempre di più del suo piano sfacciato. Sicuramente c'era un modo più razionale per convincerlo ad apprezzarla. Ma forse no.

«Ora.» Il comando di Lucien non fu brusco, ma prometteva una punizione se si fosse rifiutata.

Horatia si precipitò sulla poltrona, lisciando l'abito con mani agitate. Il corpetto dell'abito le aderiva al seno, rendendole difficile respirare. L'aveva fatto confezionare qualche anno prima, prima che la sua figura si riempisse. Era l'unico abito che sapeva che Lucien non le aveva mai visto addosso. Non era mai stata così consapevole del suo corpo come in quel momento. Il corpetto le stringeva i seni, i capezzoli sfregavano contro la stoffa e la giuntura tra le cosce era umida e formicolante. Lucien guardò con disprezzo l'ovvia distanza che li separava.

«Più vicino» mormorò lui.

Horatia si avvicinò.

Tuttavia, Lucien non sembrò soddisfatto finché lei non si avvicinò a tal punto che il suo fianco sinistro era premuto contro il destro di lui. Le cinse la vita con un braccio, facendola avvicinare ancora di più, prima di liberarla. Il calore della pelle nuda di lui era incredibilmente delizioso contro la seta sottile dell'abito di lei. I muscoli del suo petto nudo erano affilati e spigolosi, scolpiti e bellissimi, come corde d'acciaio legate da un morbido strato di pelle.

«Vi piace quello che vedete?» la stuzzicò Lucien.

Horatia non era sicura di poter rispondere. Il suo sguardo vagava sul corpo del giovane, immaginando come sarebbe stato stare di nuovo tra le sue braccia. Si leccò le labbra, notando gli occhi di lui fissarsi sulla sua lingua. Lucien prese un acino d'uva dal piatto e se lo infilò in bocca, poi ne porse un altro a lei. Horatia sbatté le palpebre, innervosita da un'intimità come quella di essere nutrita da lui.

«Aprite la bocca» la incitò.

Quella voce le fece bruciare le viscere. Aveva un significato completamente diverso dall'offrire la sua bocca per prendere un acino d'uva.

Lucien non aveva idea di chi lei fosse e la stava seducendo come una donna normale, non come una persona da evitare. Avrebbe rischiato la sua virtù anche solo per permettere a Lucien di privarla della sanità mentale con la sua passione. Per quanto sciocche fossero le sue azioni, il suo bisogno di lui era molto più grande.

Horatia prese l'acino d'uva dalle dita con le labbra, gemendo per il sapore dolce. Ma ebbe appena il tempo di deglutire prima che Lucien si sporgesse in avanti e le catturasse la bocca con la sua. Il bacio iniziò dolce, morbido, stuzzicante, ma il sapore zuccherino le arrivò dritto in testa. Le sfuggì un piccolo rumore di piacere.

Il piatto d'uva cadde a terra. Lucien le afferrò i fianchi e la tirò giù per farla sdraiare sotto di sé sul divano. Con una mano esperta, le sollevò le gonne e le allargò le ginocchia per scivolare nell'accogliente culla delle sue cosce. Una mano le accarezzò la parte esterna della gamba, giocando con i nastri della calza. Il giovane approfondì il bacio, coprendo il corpo di lei con il suo e facendo scorrere i fianchi con un ritmo lento. La sua lingua non incontrò resistenza quando scivolò tra le labbra di Horatia. Aveva il sapore di un inebriante bicchiere di sherry a stomaco vuoto. Ma il divano era troppo stretto per quello di cui avevano bisogno i loro corpi che si fondevano.

Horatia rise, mentre Lucien cercava di sistemarsi e stava per cadere. Sogghignò e si premette con forza contro di lei, cercando ancora una volta di affermare il proprio dominio su di lei. Questa volta il ginocchio gli scivolò, facendolo rotolare a terra.

«Accidenti! Abbiamo bisogno di un letto» mormorò lui, allontanandosi e tirandola in piedi.

Nel momento in cui il suo corpo si liberò del peso di lui, Horatia sembrò rinsavire e lottò contro la presa.

«Non volate via, colombella.» Lucien fece le fusa come un gatto che attira un passero grassottello troppo vicino al suolo. «Non ne ho abbastanza del vostro sapore.»

Horatia inciampò all'indietro, ma fu salvata dalla presa salda di Lucien sul polso mentre la trascinava verso il letto vicino.

«Sdraiatevi» le ordinò.

Horatia tentennò, con i piedi che inciampavano mentre indietreggiava. «Cosa?»

La risposta di Lucien fu di prenderla e metterla lì lui stesso. La giovane era ancora scossa dallo stupore di essere gettata sul letto, quando lui tirò fuori dalla tasca alcune strisce lunghe di seta rossa. Le afferrò la mano destra e la ancorò rapidamente alla spalliera del letto. Horatia lottò per liberarsi, ma non si mosse. Lucien strinse l'altro polso e lo fissò.

I lacci erano allentati quel tanto che bastava a Horatia di sporgersi qualche centimetro dal letto. Il panico si fece strada, il respiro divenne rapido e superficiale. Che cosa aveva in mente? Doveva dirgli chi era? Lucien si sarebbe sicuramente fermato se lo avesse saputo e lei sarebbe stata al sicuro. Non amata, ma al sicuro. Era quasi come se lui potesse leggerle il pensiero, posandole il palmo della mano sulla guancia e girandole il viso verso di lui.

«Vi fidate di me?» Gli occhi di Lucien erano scuri e la sua voce roca, ma in quel momento Horatia era incantata. «Ho bisogno della vostra completa fiducia. Vi procurerò solo piacere, niente dolore.» Sul volto del giovane c'era passione, ma anche un disperato bisogno che lei si fidasse di lui. E Horatia lo fece.

Tuttavia, i respiri rapidi di Horatia non si placavano. Lottava per rimanere concentrata sul volto di lui e non sul fatto di essere legata a un letto. Mai prima di allora si era sentita così indifesa, così esposta. Era un rischio senza precedenti, fidarsi di lui, in quel modo.

«Se mi fido di voi, vi prenderete cura di me? Io non ho...» Non riuscì a finire la frase.

La comprensione attenuò l'intensità degli occhi dietro la maschera. «Vi prometto che mi prenderò cura di voi. Se provate dolore, ditemelo subito. Avete capito?»

«Sì, mio signore.» Quanto disperatamente avrebbe voluto chiamarlo per nome ma non poteva rivelarsi e rovinare la magia di quella notte.

«Quando avremo finito, sarete ben istruita sulle vie della passione» le assicurò Lucien, e con ciò iniziò a spogliarla.

❧ 6 ❧

Lucien cominciò a sfilarle le scarpe argentate, facendole scivolare e posandole sul pavimento. Fece scivolare i palmi lungo i polpacci e lungo le cosce per slacciarle le calze e il reggicalze. Le tolse le calze con facilità e baciò la pelle sensibile dietro ogni caviglia. Poteva sentire ogni tremito, ogni brivido mentre le sue mani esploravano il corpo della giovane.

Si costrinse a concentrarsi solo su Horatia e non sulla propria eccitazione. Il piacere di lei doveva venire prima del suo, perché non poteva averla completamente. L'avrebbe spinta al limite, ma non le avrebbe tolto l'innocenza. In ogni caso, non nel modo in cui era importante per le doti e i matrimoni.

Inginocchiandosi tra le gambe divaricate, la spinse a piegare le ginocchia e ad allargarle. Aveva bisogno che fosse aperta per degustarla. Fece scivolare lentamente le mani sotto la veste fino ai fianchi e valutò la biancheria intima. Di solito le donne del *Garden* non si preoccupavano di avere molta biancheria intima ma, sotto le sottovesti, Horatia aveva una quantità di biancheria tale da decorare i merli di un castello.

«Siamo un po' troppo vestite per l'occasione, non è vero?»

Horatia arrossì. «Indosso quello che dovrebbe indossare una vera signora...»

«Una signora per bene? Non mi interessa. Non stasera, mia cara. Queste sottovesti devono sparire.» Lucien scivolò giù dal letto, recuperò il coltellino dalla poltrona e tornò da lei. Gli occhi di Horatia si allargarono e il suo petto cominciò ad alzarsi e ad abbassarsi per la paura, concentrando lo sguardo sul coltello.

«Siete...» iniziò lei.

«Non vi farò del male. Non voglio togliervi l'abito, quindi aprirò le sottovesti.» Le passò una mano lungo la vita. Con rapida precisione, spaccò le sottovesti al centro fino a farle cadere aperte su entrambi i lati, ma non le tolse. Scavò le mani nel tessuto e le strappò un po' più in alto. Alla fine Horatia gli si mostrò nuda, con l'abito raccolto sui fianchi in una nebbia scintillante.

Lucien posò le mani sulla sommità delle ginocchia solle-vate, osservandole il sesso. Era bagnata, gonfia e perfetta. Gli piaceva guardare il corpo di una donna, ma non era mai stato accompagnato da uno strano senso di euforia. Gli faceva male nel profondo del petto sapere che lei lo desiderava così. Quello era forse l'unico momento in cui poteva stare con lei e avrebbe assaporato ogni momento di piacere che intendeva darle, anche se poi lo avrebbe fatto soffrire.

Iniziò una lenta scia di baci lungo l'interno della coscia sinistra. I seni di Horatia sobbalzarono contro il corpetto. Lucien quasi sorrise, godendo della scossa di panico che aveva provocato. La giovane sapeva che non le avrebbe fatto del male, ma era eccitata e ansiosa di sapere cosa avrebbe potuto fare. Era proprio quello il piacere del bondage. Lucien poteva farle cose meravigliose e lei doveva accettarle, non poteva avere fretta o pretenderle, ma solo accettarle come venivano. Anche se le suppliche erano sempre ben accette.

«Cosa state facendo?» La spavalderia della domanda di Horatia si indebolì contro il tremito della sua voce.

«Ma come, mi sorprendete! Non siete mai stata assaggiata?» Lucien conosceva benissimo la risposta, ma gli piaceva il gioco che stavano portando avanti.

«Assaggiata?» Horatia sussultò sotto la presa, cercando di liberarsi dalle mani che in quel momento la tenevano aperta sotto di lui.

Per tutta risposta, Lucien le sfiorò con la lingua la pelle sensibile a pochi centimetri dal suo nucleo. Horatia tremò e cercò di nuovo di allontanarlo, ma le spalle di lui erano all'altezza delle ginocchia e la bloccarono.

«Ma non potete!»

Con le mani le aprì le pieghe e le diede la prima dolce leccata. Un grido strozzato di stupore si levò da Horatia che fece cadere la testa all'indietro, stringendo con le mani le lenzuola agli angoli del letto. Lucien leccò di nuovo, roteando la lingua, quel sapore era come una droga per i suoi sensi. Il dolore nei suoi lombi si intensificò con il gemito sensuale di incoraggiamento di Horatia.

«Ancora?» le chiese, mentre il suo respiro caldo le stuzzicava l'interno coscia.

«Sì.» La risposta esitante della giovane era intrisa di un bisogno che nessuno dei due poteva negare.

Lucien chinò di nuovo la testa, questa volta deciso a non fermarsi per nessun motivo. Cominciò a leccarla, a mordicchiarle i punti sensibili, a succhiarle il fascio gonfio di nervi, finché Horatia si mosse irrequieta sotto di lui.

«Mi sento... mi sento male» mormorò lei.

Stupito, Lucien si fermò e alzò lo sguardo. Gli occhi di Horatia erano chiusi e le scintille argentate della maschera brillavano come una macchia di stelle sul naso e sulle guance mentre ansimava per respirare. Una donna disfatta e sull'orlo dell'estasi. Lucien non aveva mai visto nulla di più bello.

«Vi fa male?» le chiese preoccupato.

«C'è una... stretta allo stomaco. È come se il mio battito cardiaco fosse lì e non nel petto» confessò lei.

Era così innocente da non riconoscere l'eccitazione che provava.

«Non è una malattia, mia cara, ma desiderio. Non vi farà ammalare. Siate coraggiosa e vi mostrerò quanto possa essere meraviglioso.» Lucien la sentì tendersi sotto le sue mani. Avrebbe dovuto convincerla a rilassarsi. Scivolò su per il corpo di Horatia, sistemò i fianchi nella culla delle sue gambe, baciò la strada dal gonfiore dei seni fino alla bocca. Dopo un bacio profondo, lei si sciolse di nuovo, ancora una volta languida tra le braccia di Lucien.

«Ecco fatto. Vi sentite meglio?» Le sussurrò all'orecchio, leccandole e mordicchiandole dolcemente il lobo.

«Sì» ammise lei, sollevando i fianchi contro quelli di lui.

«Brava ragazza.» Lucien fece scivolare un dito in profondità nell'umidità di Horatia che si tese di nuovo.

«Rilassatevi.» La distrasse, giocando con la lingua nella bocca di lei e iniziò un ritmo delicato con il dito. Horatia si adattò magnificamente, la sua lingua divenne più esigente e lui sorrise, inserendo un altro dito nell'apertura stretta. In risposta la giovane inclinò i fianchi e inarcò la schiena. Lucien aumentò il ritmo, godendosi il respiro accelerato di Horatia che iniziava quella deliziosa scalata verso l'orgasmo.


IL DOLORE PESANTE E ACUTO NEL GREMBO DI HORATIA aumentò ancora una volta. Stava morendo, il suo corpo bruciava, esplodeva, si stava preparando a un momento terrificante. Stava salendo più in alto, con il respiro affannoso, il cuore che batteva all'impazzata, la vista fuori controllo. Non riusciva a ricordare chi o dove fosse. L'unica cosa che la teneva a terra era il diavolo dai capelli rossi sopra di lei. L'angelo caduto con la maschera nera che l'aveva sedotta in un peccato delizioso.

«Così vicino. Sento che cerchi di tenermi dentro di te.» Le morse la pelle tra la spalla e il collo. Affondò le dita, più veloci, più dure, inesorabili nel loro ritmo. Era più di quanto Horatia potesse sopportare. I suoi ultimi brandelli di controllo scivolarono via e gridò, cadendo giù da una scogliera come se non avesse peso. Un brivido puro. Perché non poteva stringere Lucien, aggrapparsi a lui, per salvarsi ancorando la sua vita a quelle spalle larghe sopra di lei? Invece stava perendo sotto di lui. Ma forse quello era stato da sempre l'intento del giovane. Horatia stava morendo tra ondate di dolore e di piacere, mentre un calore formicolante si diffondeva in tutto il suo corpo ormai senza forze.

PER UN BREVE ISTANTE, LUCIEN CREDETTE QUASI DI AVERLA uccisa di piacere. Horatia si era scossa così violentemente, aveva gridato così forte che si era pentito di ogni azione che l'aveva provocata. Aveva visto la paura nei suoi teneri occhi marroni, eppure non aveva provato alcun brivido di piacere per averla causata. Al contrario, era stato troppo frenetico per liberarsi dai pantaloni e soddisfare il proprio piacere con la mano libera.

Lucien gridò qualcosa di incomprensibile mentre veniva e dovette lottare con tutte le sue forze per non crollare sopra di lei. In qualche momento le aveva morso il collo, il livido arrossato era la prova del suo possesso. Ciò gli provocò un'ondata di orgoglio primordiale, rapidamente sostituita dalla preoccupazione quando le ciglia di Horatia si aprirono. Le loro profondità color cioccolato erano annebbiate dai postumi della passione.

«Non sono morta»?

Lucien cercò di soffocare una risata prima di baciarle le

labbra tremanti. Non aveva mai baciato una donna per alleviarle le paure. Non ne aveva mai avuto bisogno. Tutte le donne con cui era stato prima non avevano avuto paura di lui ed erano disposte a esplorare le loro passioni. Horatia era così nuova a quel lato di sé e a fare l'amore che la cosa doveva spaventarla. Non voleva che lei avesse paura, ma solo che fosse eccitata. Era strano desiderare così profondamente di soddisfarla, di confortarla, eppure sembrava così giusto. Non poteva negare che il sole sorgesse a est prima di negare a Horatia il conforto di cui aveva disperatamente bisogno dopo il suo primo orgasmo.

«Forse un po'. I francesi la chiamano *la petite mort* per un motivo. Ma vi assicuro che siete molto viva» le disse, tra un bacio e l'altro.

Horatia emise un lungo sospiro di sollievo più che di soddisfazione. Sembrava avere mille domande da porgli, ma nessuna le sfuggì dalle labbra.

«Vi sentite ancora poco bene?» le chiese dopo aver tolto la mano tra le gambe di lei e aver sistemato i pantaloni.

«No. Anzi, il contrario.»

Lucien quasi sorrise e le girò intorno per liberarle le mani dalla spalliera del letto, improvvisamente preoccupato che potesse essersi fatta male. Le controllò i polsi, cercando eventuali lividi, ma non ce n'erano.

Uno strano brivido sbocciò dentro di lui. Era stata la prima donna a fidarsi veramente di lui in quel modo, ad abbandonarsi al suo completo controllo. L'unica donna che non avrebbe mai potuto possedere era la prima con cui si era sentito disinibito, completamente e totalmente libero. Altre avevano accettato di essere legate, ma nessuna aveva reagito come Horatia, come se la resa a lui fosse un atto di piacere anche per lei. Il suo bisogno di fiducia, il suo bisogno di essere creduta. Era una compagna perfetta per lui. Il destino era un padrone crudele e punitivo, decise Lucien.

«Anche voi avete trovato piacere?» La mezza maschera argentata fece ben poco per nascondere il rossore del viso di Horatia.

«Sì» rispose lui, rivolgendole un sorriso.

La giovane osservò le sue sottovesti distrutte, impacchettate sopra la vita, e alzò gli occhi sul giovane.

«Che cosa dovrei fare? Non posso certo andarmene da qui in queste condizioni.» La biancheria strappata pendeva larga e visibile da sotto l'abito.

Lucien rifletté un attimo e poi fece un cenno alle gambe. «Sollevate le gonne, presto. Ne taglierò il più possibile per liberare le gonne.»

Horatia afferrò l'abito e lo sollevò mentre Lucien afferrava il coltello, facendo attenzione a tagliare le parti che pendevano troppo in basso. Era una soluzione disordinata, ma sicuramente non sarebbe stata vista da nessuno che l'avrebbe riconosciuta.

Una volta finito, Lucien posò il coltello e le prese la mano.

«Vi va di fare una passeggiata nei giardini? So che può fare freddo, ma prometto di tenervi al caldo.» Lucien non sapeva perché si stesse offrendo. Era troppo romantico e avrebbe trasmesso il messaggio sbagliato. Aveva fatto ciò voleva, ma nella speranza di spaventarla e allontanarla da lui. Invece, lei era *raggiante... Dannazione!*

HORATIA INDOSSÒ LE CALZE E POI LE SCARPE, MENTRE Lucien si vestiva. Uscirono dalla porta della terrazza, calpestando le chiazze di neve che si erano depositate a ciuffi lungo il camminamento di ciottoli. Sopra di loro, il cielo notturno era sgombro di nuvole e le stelle luminescenti scintillavano. Horatia non smetteva mai di stupirsi della bellezza del cielo invernale. In estate si potevano vedere le innumerevoli stelle, ma il loro bagliore era incostante e indefinito. Le stelle invernali bruciavano con una nitidezza cristallina nel cielo denso e vellutato. Le ricordavano se stessa, forte della luce dell'eterna solitudine. Horatia fu distolta dalle sue riflessioni interiori quando si accorse che l'attenzione di Lucien era rivolta su di lei.

«Vi piacciono le stelle?» le chiese, stringendola a sé. Lei arrossì. Quel semplice gesto le provocò un'ondata di piacere. In quel momento stare con lui sembrava così diverso dai suoi sogni tormentati o dalla dura realtà del loro rapporto teso. La sua maschera nera si fondeva così bene con il cielo notturno che solo i suoi occhi nocciola e il suo sorriso seducente brillavano attraverso l'oscurità.

«Adoro le stelle in inverno. In qualche modo sembrano più luminose. Più forti, eppure così sole.» Horatia tracciò nella sua mente le costellazioni.

«Le avete mai studiate?» le chiese, spostando lo sguardo da lei al cielo.

«Oh sì. L'astronomia è uno dei miei piaceri proibiti. Aud... cioè la mia sorellina mi ha spesso fatta sentire abbastanza sciocca per il fatto di amarle, ma lei non capisce. Studiare le stelle è come studiare la distesa dell'eternità. Sento che quando guardo il cielo sto guardando nello specchio della creazione e vedo i modelli divini che si sono formati molto prima che io esistessi, e che continueranno a esistere molto tempo dopo la mia scomparsa. È avvilente.»

«Ma bellissimo.» Il tono di Lucien era così soave che lei rabbrividì. Lucien aveva capito cosa volesse dire? Troppo spesso le era stato detto da corteggiatori irritati che tendeva a conversare in modo filosofico. Forse era per questo che era stata relegata nello scaffale del *Marriage Mart*, ma a lei non importava. Tali opinioni non avevano importanza e coloro che le sostenevano non erano degni del suo interesse.

Sorrise in modo irriverente. «Sareste disposta a farmi da tutor, oh adorabile stella marina?»

Horatia ricambiò il sorriso con un sorriso malizioso. «Pensavo di essere la vostra colomba?»

Lucien la tirò a sé, fino a premere contro il petto di Horatia. Le accarezzò il collo, fece danzare le labbra sulla sua pelle.

«Stasera mi avete sorpreso. Non mi aspettavo una filosofa erudita. Trovo che mi piaccia la profondità della vostra mente. Un cambiamento nel vostro termine affettuoso era certamente necessario. D'ora in poi, sarete la mia adorabile astronoma.»

«Un po' romantico, ma non mi lamento.» Horatia voltò la testa verso quella di lui, lasciandogli rubare un bacio profondo prima di aggiungere: «Non mi lamento affatto.»

Sapeva di essere una creatura completamente romantica. Lucien aveva contribuito a renderla tale attraverso i romanzi che le regalava ogni Natale. Ognuno di essi era una storia d'amore.

«Bene, allora guidatemi attraverso i cieli.»

Horatia alzò una mano per indicare il cielo. «Vedete quelle tre stelle in fila?» Indicò appena sopra i tetti della città. «Proprio lì?»

«Sì» sussurrò Lucien, il cui respiro le scaldò il collo.

«Quella è la cintura di Orione. E la stella più a nord-est è la sua Spada.»

«Bellissima» rispose lui. Horatia si girò per dargli ragione, ma i loro nasi si sfiorarono. Non stava affatto guardando le stelle.

«Voi, mio signore, non state guardando.»

«Sì. Vedo le stelle nei vostri occhi.»

Le parole erano troppo belle, troppo perfette. Horatia, affamata d'amore, le bevve, sapendo quanto fosse sciocca a farlo. Aveva aspettato metà della sua vita che Lucien la vedesse come una donna e non le importava che lui la considerasse un'amante ben pagata. Poteva fingere che lui sapesse la verità, che sapesse che era lei. Le braccia di lui le strinsero la vita mentre si muoveva per un bacio. Horatia era pronta ad abbandonarsi al suo nuovo piacere proibito, le labbra di Lucien, ma un paio di voci nelle vicinanze la fecero trasalire.

«Avete sentito?»

«Sentito cosa?» La bocca di Lucien le sfiorò il collo, distraendola, trascinandosi sulla sua pelle setosa.

Horatia gli diede una gomitata, mentre la debole brezza fredda del giardino portava di nuovo l'eco delle voci. «Questo!»

Lucien si fermò. «Riconosco una delle voci. Venite da questa parte. Non fiatate.» Le prese la mano e la condusse attraverso il labirinto di siepi finché non furono molto più vicini a coloro che parlavano. Horatia non riconobbe nessuno dei due uomini ma le loro parole la colpirono nel profondo.

«Mi aspetto che il problema di Sheridan venga affrontato in modo tempestivo.» La voce dell'uomo era raffinata, ma fredda.

*Affrontato?* Horatia aprì la bocca ma Lucien le chiuse le labbra con una mano.

«Sì, signore, certo» disse l'altro uomo, come se stessero discutendo di un lavoro di routine. «Tutto è predisposto, manca solo l'opportunità. Questo richiede pazienza. Fortunatamente, a me non manca.»

«Bene. Apprezzo un uomo che capisce queste cose. Non ci devono essere errori. Ho qui un assegno circolare per la prima parte che vi spetta.»

Il secondo uomo mormorò: «Vi ho detto niente assegni circolari. Solo monete. I miei affari non possono essere ricondotti a nessuno di noi due.»

«Vi assicuro che questo non proviene da quel tipo di conto.» Il signore sbuffò quando fu chiaro che non era quello il punto. «Molto bene. Vedo che anche la prudenza non vi manca. Non ho abbastanza monete con me stasera. Ritroviamoci qui domani mattina; il giardino sarà vuoto dai visitatori di questa sera e nessuno sarà arrivato così presto per le attività serali.»

«Aspetterò. E il resto del pagamento?»

«Non un centesimo finché non saranno soddisfatte le condizioni e non cadrà della terra su una tomba.»

Audrey Sheridan era finalmente sola con Lord Lonsdale. Lady Lonsdale, la madre di Charles, era andata a dormire, pensando che Audrey fosse già tornata a casa. Ma la giovane era tornata con la scusa di aver dimenticato un guanto e aveva pregato Charles di farla restare ancora un po'. In quel modo aveva più tempo per portare a termine la sua missione. Vale a dire, compromettersi per potersi finalmente sposare. Era comunque un rischio, perché non nutriva alcun interesse reale per Charles.

Voleva sposare Jonathan, il fratellastro minore del Duca di Essex. Ma, poiché trovare un momento da sola con lui era praticamente impossibile, dovette ricorrere a una strategia più astuta. Se fosse riuscita a convincere Charles a scendere a compromessi con lei, avrebbe potuto convincere il fratello che doveva sposarsi al più presto. Cedric non le avrebbe mai permesso di sposare Charles, di questo era certa. Il suo piano consisteva nel convincerlo che Jonathan era una scelta più sicura.

Audrey aveva anche parlato a Emily del suo piano, sperando che sapesse come aiutarla. Era abbastanza esperta quando si trattava di superare il fratello e il suo affascinante Circolo delle Canaglie. Ma Emily l'aveva avvertita che comportava troppe incertezze e rischi e le aveva chiesto di aspettare. Aveva intenzione di affrontare l'argomento con il loro comune amico Ashton, ritenendo che lui avesse migliori possibilità di far ragionare Cedric.

Tuttavia, Audrey non era una persona paziente. Horatia aveva ereditato quella caratteristica e Audrey la invidiava per questo. Nessun uomo l'aveva mai coccolata o trattata come una bambina ancora aggrappata alle gonne della madre. Gli uomini trattavano Horatia con rispetto. Se Audrey avesse potuto sposarsi, forse la gente avrebbe dovuto prendere sul serio anche lei.

«Hai trovato quello che cercavi?» La voce di Charles fece breccia nei suoi pensieri determinati, mentre si sedeva accanto a lei sul divano.

«Sì. Mi è caduto il guanto vicino al divano.» Si erano sistemati nel salotto di Charles, completamente soli. Lui non si era nemmeno insospettito quando lei aveva chiesto di restare ancora un po' dopo aver trovato il guanto *mancante*. Era arrivato il momento di scoprire le sue carte e vedere che livello di malizia poteva raggiungere.

Charles era sdraiato sui cuscini di velluto rosso, con i capelli dorati arruffati come se si fosse appena svegliato da un piacevole pisolino. Audrey sentì il battito delle sue pulsazioni, anche se più per l'eccitazione e il senso di colpa che per l'attrazione. Ma era una Sheridan. Provava piacere nel brivido del gioco. Quello non faceva eccezione.

Audrey si alzò dalla sedia e si lisciò l'abito di mussola rosa, cercando di non far tremare le mani. Sapeva di essere attraente quella sera. Pregava che fosse sufficiente per sedurre Charles. I suoi capelli color ruggine pendevano sciolti alla maniera greca, avvolti da nastri blu pervinca. Nonostante gli sforzi, le mani continuavano a tremare, avvicinandosi alla poltrona. Lui la guardò con curiosità.

«Cosa c'è che non va, tesoro? Sei stata terribilmente silenziosa questa sera. Non hai nemmeno provato a parlarmi delle ultime mode parigine.»

Audrey trattenne un sospiro. Stava per farlo arrabbiare molto e già se ne pentiva.

«Di certo non *ti* interessa sapere quali sono i modelli di abito più in voga.» La giovane si stropicciò il naso, scivolando sul sedile accanto a lui e rivolgendogli un sorriso malizioso.

Charles ridacchiò, ma era un suono esitante, come se avesse percepito che qualcosa era cambiato. «Giusto, ehm, beh, è stato bello rivedere Avery, non è vero?»

Charles deglutì a fatica e, quando Audrey si avvicinò di qualche centimetro, abbassò la mano destra, come per creare una barriera tra di loro. Audrey gli lanciò un'occhiata, poi gli sfiorò il dorso della mano con un disegno sensuale. Lui sobbalzò e ritrasse la mano.

«Audrey» la avvertì quando lei si spostò di qualche centimetro fino a stare premuta contro di lui. Poteva sentire il calore del suo corpo che irradiava dal gilet blu scuro e dai pantaloni abbronzati.

«Shh, amore mio. Non un'altra parola.» Audrey si appoggiò al corpo di lui, con le labbra serrate.

Charles si irrigidì, poi allungò le mani, come per allontanare uno spirito maligno. I suoi occhi erano accesi dal panico e Audrey ridacchiò, colpevolmente, godendosi l'espressione di terrore sul volto del libertino. Era il famigerato furfante Charles Humphrey, il conte di Lonsdale, e aveva paura di *lei*? La giovane gli saltò in grembo, intrecciando le braccia al collo di Charles che starnazzò come un'oca spaventata e cadde dalla poltrona. Audrey, con una morsa mortale sul collo, gli crollò addosso. Lui grugnì sotto di lei e cercò di scrollarsela di dosso.

«Baciami, Charles.» Audrey gli catturò la bocca.

L'uomo rallentò la sua lotta. Audrey non sapeva nulla di baci, ma non sembrava essere così romantico come si aspettava. Charles giaceva a labbra chiuse sotto di lei, con gli occhi grigi che la fissavano. Lei sbatté le palpebre, gli liberò le labbra e si spostò indietro di qualche centimetro.

«Hai finito di molestarmi?» le chiese.

Audrey aggrottò le sopracciglia e forzò di nuovo le labbra su quelle di lui che si rifiutò di collaborare. La giovane sospirò, si alzò a sedere e lo rimproverò. «Dovresti almeno ricambiare il bacio. Non ho idea se ho fatto abbastanza per essere adeguatamente compromessa.» Audrey incrociò le braccia sul petto.

Charles balzò in piedi così velocemente che Audrey gli cadde dalle ginocchia. L'uomo si mise in piedi e si spostò dietro la poltrona, come se il mobile potesse impedirle di avvicinarsi. Sospettava che fosse la prima volta in vita sua che cercava di evitare avances indesiderate.

«Compromessa?» scattò lui. «Audrey, in nome di Dio, a che gioco stai giocando?»

«Voglio sposarmi. Voglio essere felice. Questo è quello che penso.» Si lisciò le gonne e risalì sulla poltrona. Charles inciampò, allontanandosi frettolosamente dalle braccia tese della giovane. Si lanciò verso la porta ma Audrey era agile e si avventò sulla porta proprio mentre si apriva, sbattendo allo stesso tempo contro di lui e contro la porta.

Charles la fissò, sbattendo rapidamente le palpebre. «Hai perso il senno, donna?»

«No! So esattamente cosa sto facendo.» Gli passò le dita sul petto in punta di piedi e lui freneticamente, quasi con fare femminile, le allontanò la mano come se stesse scacciando una mosca.

«Audrey... non vuoi farlo.» All'improvviso la prese per la vita e la mise da parte in modo da poter battere una ritirata precipitosa lontano da lei.

«Torna qui!» esclamò la giovane, tuffandosi su di lui.

Charles si girò, cercando di evitarla, e inciampò nel bracciolo di un divano. Atterrò sul divano e lei gli salì sopra. «Ora toccami. È quello che devi fare dopo.»

«Buon Dio, Audrey! Sei una signora perbene! Non dovresti comportarti così.»

«Se questo mi farà sposare, farò tutto quello che devo fare!» Cercò di abbassarsi e di baciarlo.

«Non ho certo intenzione di sposarti. È fuori discussione. Tuo fratello...»

Audrey ridacchiò. «Oh, non ho alcun interesse a *sposare te*. Sarebbe ridicolo.»

Charles ignorò la frecciata al suo onore. «Allora perché cerchi di sedurmi?»

«Perché quando dirò a Cedric che mi hai compromessa, si ravvedrà e mi farà sposare.»

«Dopo che mi avrà sparato!»

«Oh, non arriverebbe a tanto. A quel punto sarà solo sollevato dal fatto che mi sia sistemata con qualcuno che non sia tu.»

«Prima cerchi di sedurmi, poi mi dici che non sono un'opzione da sposare, poi suggerisci che chiunque è un'opzione migliore? Non stai esattamente conquistando il mio appoggio, Audrey.»

«Sinceramente! Charles, conosciamo entrambi la tua reputazione e... Che cosa stai facendo?». La prese per le braccia e, con una mossa rapida, la fece cadere sotto di sé sul divano.

«Dovrei darti una lezione» mormorò lui. «Se non sono un'opzione, allora cos'è tutta questa assurdità?» La immobilizzò contro i cuscini e si chinò su di lei, fissandola.

«Sei l'ultima persona che Cedric mi farebbe sposare. Conosce la tua reputazione meglio di chiunque altro. Potrò suggerirgli qualcuno di preferibile, e lui sarà d'accordo, così non dovrò sposarti.»

«Stai dimenticando un dettaglio. Tuo fratello è uno dei miei più cari amici. Potrebbe credermi se gli dicessi che sei stata tu a sedurmi.» Le mani di Charles sulle braccia erano strette, ma non le facevano male.

«Non crederebbe mai che *ho* cercato di baciarti» rispose Audrey, altezzosa. «Io sono la cara bambina innocente. Tu sei il libertino esperto.»

«Sei troppo intelligente, per tua fortuna» disse Charles, con tono cupo. «Ma ti ricordo che tuo fratello mi sparerebbe a morte. È questo che vuoi?»

«Un bluff. Non sparerebbe mai al suo amico» insistette lei. «Lo dice solo per spaventare i deboli e gli indegni, come un test istituito da un dio greco. Il problema è che, come quegli dei, lo rende quasi impossibile da superare.»

«Se è questo che credi veramente, allora sei davvero una bambina. Tuo fratello non esiterebbe a uccidermi se pensasse che ti ho toccata in modo inappropriato.»

Sicuramente Charles non diceva sul serio. Cedric non avrebbe mai fatto una cosa del genere... almeno non ai suoi amici. Gli occhi di Audrey si riempirono di lacrime. Nessuno capiva la sua frustrazione, soprattutto suo fratello. Nessuno degli aspiranti corteggiatori che desiderava si era preoccupato di cercarla dopo che Cedric li aveva spaventati. Non era giusto che fosse relegata in fondo alla stanza quando si trattava delle attenzioni degli uomini. Come poteva sposarsi se nessun uomo osava guardarla?

Non voleva tanto il matrimonio quanto l'uomo. Odiava sentire le altre ragazze parlare dei loro spasimanti. Mentre le altre ragazze della sua età ignoravano i modi di fare degli uomini e delle donne, Audrey aveva prestato molta attenzione a Emily e a Godric, e voleva quello che avevano loro. Voleva essere desiderata e amata. Cedric le aveva dato tutto l'amore possibile per un fratello, ma non era abbastanza. Audrey aveva desideri, sia fisici sia emotivi, ai quali non aveva più voglia di resistere. Il matrimonio era la soluzione migliore e Jonathan era l'unico uomo che desiderava disperatamente. Avrebbe fatto qualsiasi cosa per reclamarlo.

Audrey aveva persino chiesto consiglio a una fonte di cui si fidava per essere franca con lei su tali questioni. Evangeline Mirabeau, ex amante del Duca di Essex, era considerata una delle signore più desiderate di Londra. Negli ultimi mesi aveva accettato di incontrare Audrey per il tè una volta alla settimana. Era una fonte inestimabile di informazioni e, sorprendentemente, le due erano diventate buone amiche. Aveva un'impavidità che Audrey ammirava e cercava di emulare. Di recente, Evangeline aveva cercato di insegnarle l'arte della seduzione per conquistare Jonathan. Ma prima doveva iniziare con Charles.

Audrey aveva bisogno di portare avanti la serata per raggiungere il suo obiettivo. Immaginando nei dettagli lo strappo del suo abito preferito, riuscì a piangere. Un delizioso flusso teatrale di lacrime le scese lungo le guance.

«Non osare!» esclamò Charles. «Non pensarci nemmeno...»

Audrey sbatté le palpebre, facendo scendere altre lacrime.

«Maledizione» gemette Charles. «Audrey, tesoro, sai che non volevo... cioè...» Gli morirono l parole sulle labbra.

«Voglio solo sposarmi!» Audrey gemette e si liberò dalle mani del giovane. Si gettò contro lo schienale della poltrona e seppellì il viso nell'incavo del gomito, uno schema che aveva funzionato innumerevoli volte con suo fratello.

Charles si sedette accanto a lei, dandole una pacca sulla schiena. «Ecco, ecco, tesoro. Si risolverà tutto. Vedrai.»

«Non capisci! Cedric spaventa tutti i miei pretendenti. Nessun uomo vuole più offrirsi per me. Persino la mia dote ha smesso di attirare i gentiluomini più coraggiosi alla nostra porta.»

«E la tua soluzione è stata quella di compromettersi?

Audrey, non è la cosa più intelligente da fare per te né la più salutare per me. Perché non ne hai parlato con Cedric?»

«E farmi sgridare da lui? Dichiarare apertamente che nessun uomo è abbastanza buono? Sono disperata, Charles. Ho bisogni e pulsioni...»

«Ehm... non credo che tu debba illuminarmi ulteriormente su queste cose, e forse non dovresti dire a tuo fratello una cosa del genere. Mai.»

«Oh, per voi uomini è molto più facile. Potete correre a cercare un'amante e...»

Charles la interruppe. «Sì, per noi è più facile. Non invidio la vostra posizione.»

Sembrava capire. Era un libertino per un motivo. Capiva le donne meglio di molti altri e doveva sapere che desideravano il piacere tanto quanto gli uomini. Era innegabilmente ingiusto che avessero meno libertà, almeno le donne non sposate.

Audrey non aveva mai creduto che le donne fossero creature inferiori o che meritassero di essere limitate. Qualcosa di profondo nella sua anima gridava contro l'ingiustizia imposta dalla chiesa, dai tribunali e persino dai giornali. Non che potesse spiegarlo alla maggior parte degli uomini. Avevano innumerevoli ragioni per cui le donne non erano loro pari e ognuna di esse faceva venire voglia ad Audrey di urlare di sdegno. Il suo unico sbocco in quel mondo doveva rimanere segreto, persino a Cedric. Anche con Horatia. Ma le dava voce, dove prima non ne aveva.

Eppure, se fosse stata sposata, avrebbe potuto fare molto di più. Avrebbe potuto cambiare se stessa e non essere più solo una sorella protetta. Forse avrebbe potuto lavorare per cambiare le cose per altre donne. In fondo, era quello che le importava di più. Avere il diritto di fare ciò che desiderava e vedere quel diritto riconosciuto alle altre.

«Allora qual era il tuo piano? Io ti dovevo compromettere così Cedric si sarebbe convinto a farti sposare?»

«So come la pensa. Inoltre, ho chiesto a Emily di parlare con Ashton, e mi ha detto che ha promesso di parlare con Cedric per occuparsi del mio matrimonio. Avrebbe dovuto raccomandare Jonathan come un compagno adatto. Questa notte doveva solo accelerare i tempi.»

Charles sorrise. «Sospettavo che ti piacesse.»

«Oh, sì, molto! Ma lui non mi nota.»

«Lo fa, tesoro, lo fa. Te lo assicuro.»

«Davvero?»

«A dire il vero» rispose Charles, ridacchiando, «lo spaventi parecchio.»

Audrey lo colpì alle costole. «Questo non mi fa sentire meglio.»

«Se vuoi Jonathan, dovremo procedere con cautela. Quando si tratta di tuo fratello, questo è sempre un buon consiglio. Per quanto riguarda Jonathan, dovresti fare con lui quello che hai fatto con me stasera. Agli uomini piacciono le donne aggressive. Mettilo alle strette, bacialo, fagli capire che lo vuoi.» C'era forse un barlume di malizia negli occhi di Charles, ma corrispondeva ai consigli di Evangeline.

«Questo significa che mi aiuterai?» Audrey allargò gli occhi, rivolgendogli il suo migliore sguardo da cerbiatta, che faceva sciogliere qualsiasi uomo in una pozzanghera ai suoi piedi.

«Certamente. Tuttavia, se la situazione si mette male, devi promettermi di non lasciare che quel tuo fratello iperprotettivo mi spari. Mi piace molto essere vivo.»

«Che cosa hai intenzione di fare?» gli chiese Audrey.

«Stasera ti accompagnerò a casa e sembrerà che tu sia stata compromessa. Tanto che senza dubbio vorrà uccidermi.»

Audrey arrossì quando colse il significato di quelle parole.

«E come faremo a raggiungere questo obiettivo?»

Charles la prese per mano e la tirò in piedi.

«Vedrai.»

CHARLES FECE CHIAMARE UNA CARROZZA E NEL GIRO DI pochi minuti lui, Audrey e la sua cameriera, Gillian, stavano percorrendo le buie strade di ciottoli in direzione di Curzon Street.

«Vieni qua vicino a me. Dobbiamo sistemare i tuoi vestiti e i tuoi capelli.» Charles accarezzò lo spazio vuoto sul suo lato della carrozza.

«Signorina!» Gillian sussultò e afferrò il braccio di Audrey per fermarla. «Non dovete!» Gillian era rimasta sulla carrozza durante l'avventura di Audrey in casa.

«Smettila di fare la femminuccia, Gillian. Non vuoi che mi sposi? Preferirei essere una signora di casa mia. Pensaci! Potresti essere la cameriera della signora di una casa. Non sarebbe meglio?» Audrey pregò Gillian di essere un po' ambiziosa.

Gillian si morse il labbro inferiore. «Resterò tranquilla, signorina Audrey. Ma solo perché so che il matrimonio vi renderebbe felice.» Si girò verso Charles. «Non la bacerete e non farete nulla che io non approvi.»

«Dov'eri un quarto d'ora fa?» mormorò Charles.

Un sorriso si insinuò sulle labbra di Audrey. La sua cameriera, di solito timida, stava dimostrando una rara dose di coraggio e lei approvava pienamente.

Quando Audrey si sedette accanto a Charles, lui le accarezzò subito il viso, poi allargò le dita tra i capelli, scompigliandoli. Tirò artisticamente alcuni ciuffi qua e là prima di annuire soddisfatto.

Audrey abbassò lo sguardo sul suo abito. «E i miei vestiti?»

Charles si accigliò. «Mia cara, dovrò fare un passo in più. Naturalmente sarà necessario il tuo consenso.»

«Oh?»

«Sì. I tuoi capelli sono sistemati ma i vestiti... beh, e le tue labbra, naturalmente.»

«E le mie labbra?» Audrey si toccò la bocca, non comprendendo il significato di quelle parole.

«È necessario morderle con forza per garantire un aspetto vero.»

Audrey seguì le istruzioni, si morse il labbro inferiore e si pizzicò le guance per dare più colore. Charles iniziò a stropicciare il vestito intorno alle ginocchia. Le tirò giù una manica sopra la spalla, le afferrò il mento e la esaminò attentamente proprio mentre la carrozza si fermava.

«Dovrebbe bastare» disse lui, con un sorriso di approvazione.

Audrey si portò una mano tremante alle labbra. Le sentì gonfie, turgide e allora capì cosa aveva voluto dire Charles. Sembrava proprio compromessa, e certamente si sentiva tale.

«Cosa ne pensi, Gillian?» gli chiese Charles.

«Credo che vi prenderei a schiaffi se la vedessi tornare a casa conciata così.»

«Perfetto!» esclamò Audrey.

«Pronta a recitare la tua parte?» Il volto divertito di Charles si trasformò in un'espressione di fastidio, assumendo la falsa aria di uno sciupafemmine arrabbiato quando la carrozza si fermò.

«Solo un altro dettaglio, credo.» Strappò l'abito vicino alla spalla, lasciando che una spallina le cadesse.

Audrey indossò la sua maschera di rabbia e si lasciò trascinare fuori dalla carrozza fino alla porta del fratello. Si trattenne da una risatina mentre Charles batteva sulla porta con il pugno chiuso. Charles sarebbe stato fortunato se Cedric non gli avesse sparato, dopo tutto.

ϗ 8 ϗ

Da solo nel suo studio, Cedric si accasciò su una
sedia, con le gambe distese davanti al fuoco. Le
braci crepitavano e sputavano, riflettendo il suo
umore. Aveva molti pensieri per la testa, la sicurezza delle sue
sorelle, prima di tutto. In una mano faceva roteare liberamente il suo bastone d'argento con la testa di leone. Era una
vecchia abitudine, che irritava sua madre, pace all'anima sua.

L'orologio sulla mensola del camino ticchettava nel
pesante silenzio. Il suono gli grattava le orecchie. Odiava la
casa vuota, la odiava davvero. Da quando i suoi genitori erano
morti, erano rimasti solo lui e le sue sorelle. Spesso era sufficiente. Ma quella sera era solo e i pensieri oscuri che lo travolgevano erano quasi opprimenti. Rabbrividì, avvolto da una
sensazione inquietante come se qualcosa non andasse.

Il bastone gli cadde dalle dita, rimbalzando sul tappeto
sottostante. Appoggiò i gomiti sulle ginocchia e seppellì il
viso tra le mani. Era possibile che la sua vita si stesse lentamente disfacendo? Audrey aveva fatto la sua prima uscita
pubblica quell'anno durante la *Little Season* di Londra, e troppi

pretendenti avevano varcato la sua porta per tutto ottobre e novembre. Per fortuna era riuscito a respingerli tutti.

Audrey aveva pianto per settimane dopo che il suo ultimo spasimante era fuggito, quando Cedric aveva minacciato di puntargli contro una pistola. Se il dandy non era in grado di resistere a una semplice minaccia, allora non era degno del tempo di sua sorella. Audrey aveva bisogno di un uomo vero, non di uno che avrebbe sproloquiato durante le cene di famiglia e le feste. E i bambini! Non avrebbe lasciato che Audrey partorisse la prole di un idiota senza spina dorsale. Dovevano passare sul suo cadavere.

Poi c'era Horatia. Come poteva ignorare quel problema spinoso? Non gli sarebbe dispiaciuto affatto che rimanesse sotto il suo tetto e che non si sposasse mai, ma sapeva che era egoista e percepiva una profonda infelicità in lei. Se solo avesse saputo cosa fare per renderla felice. Aveva visto brevi momenti di eccitazione nei suoi occhi fin dal matrimonio di Godric, ma non era sicuro di cosa li avesse provocati.

La porta dello studio si aprì. Il maggiordomo entrò, vide Cedric e gli rivolse la parola: «Avete una visita, mio signore.»

«Oh? Chi è?» chiese, alzandosi in piedi. Forse la serata stava migliorando?

«Lord Lennox, mio signore.»

«Fallo entrare.»

Cedric sorrise quando Ashton entrò. Il suo amico era uno spettacolo gradito.

«Ash, dannazione. Che cosa ti porta qui?» Cedric gli strinse la mano in segno di caloroso saluto. Anche se era passato solo un giorno dall'ultima volta che si erano incontrati, sembrava che fossero passati secoli. La malinconia gli faceva spesso quell'effetto.

«Ho pensato che avrei potuto godermi la serata con te. Jonathan sta cenando con Emily e Godric.»

«E Horatia» aggiunse Cedric. Sua sorella gli aveva detto che aveva preso accordi per cenare a Essex House.

«Oh? Non ha menzionato...» Ashton aggrottò la fronte. «Deve averlo dimenticato.»

«Ha deciso all'ultimo minuto, da quanto ho capito. Ti va un brandy?»

«Sì, grazie.» Ashton si tolse il cappotto blu scuro. Se Audrey fosse stata presente, avrebbe ammirato il motivo finemente ricamato di uccelli in filo d'oro del gilet argentato. Una flotta di rondini, se Cedric poteva giudicare. Mentre Charles era il più interessato alla moda tra loro, Ashton era sempre elegante e presentabile. Cedric, invece, tendeva a indossare tutto ciò che il suo valletto aveva preparato per la giornata. Non dava molta importanza al suo aspetto, con grande orrore del suo valletto. Probabilmente il poveretto avrebbe voluto avere un padrone che gli dedicasse più tempo e cura per sistemare il suo guardaroba ma Cedric non riusciva a trovare il coraggio di preoccuparsene.

Cedric gli versò da bere e i due uomini presero le sedie vicino al fuoco.

«E dov'è la giovane Audrey questa sera?» si informò Ashton.

«È a cena da Charles.»

«Oh?» La singola sillaba conteneva un'allusione così pesante che Cedric sbatté le palpebre e osservò meglio l'amico. Aveva in mente qualcosa.

«È già andata a cena a casa sua» gli fece notare Cedric.

«Non è più una bambina, Cedric. È una giovane donna in società. Una cena con Charles senza un accompagnatore adeguato è una tentata rovina.» Il tono pesante di Ashton era carico di ammonimenti.

Cedric si irritò per l'insinuazione.

«È andata a cenare lì su invito della contessa di Lonsdale e ha portato con sé la sua cameriera.» La madre di Charles avrebbe dovuto proteggere Audrey da qualsiasi scorrettezza, ma supponeva che includere un accompagnatore sarebbe stato un passo avanti. La prudenza non era mai troppa.

«Restando sull'argomento.» Ashton aspettò che Cedric alzasse lo sguardo. «Si dà il caso che avessi intenzione di parlarti di Audrey.»

Cedric sollevò un sopracciglio, sorseggiando il suo brandy. Il caldo bruciore in gola lo tranquillizzò. «Di che diavolo si tratta?»

«Credo che dovresti vederla sistemata al più presto.»

Cedric sapeva cosa volesse dire Ashton, ma finse di ignorarlo per guadagnare un momento di calma.

«Sistemata?»

«Sposata.» La parola risuonò come un fuoco di cannone.

Cedric mise da parte il suo brandy e lanciò un'occhiataccia all'amico. «Non che le mie sorelle ti riguardino, ma perché?»

«Ho parlato con Emily e...»

«Oh Signore» mormorò Cedric. Le loro sofferenze per mano di quella duchessa impicciona sarebbero finite, prima o poi? Per quanto adorasse Emily, poteva farlo impazzire.

«Emily conosce queste cose molto meglio di te e di me, Cedric.» Ashton si spostò sul bordo della sedia, appoggiando le mani sulle ginocchia. «Ed è diventata una delle confidenti di Audrey. Emily è venuta da me, se questo ti mette di buon umore. Da parte mia non avevo intenzione di affrontare un argomento così delicato con te, ma lei ha insistito che solo io potevo farlo.»

«Lo ha fatto?» Cedric lasciò trasparire il suo sarcasmo.

«Sì. Crede che sia meno probabile che tu mi spari addosso rispetto agli altri per aver suggerito una cosa così scioccante come il matrimonio.» Anche Ashton non era nuovo al sarcasmo.

«Ti stai offrendo?» chiese Cedric con cautela, stringendo le dita intorno al bicchiere.

«Certo che no. Audrey è una donna adorabile, ma non ho alcun interesse a sistemarmi con una persona come lei.»

«Troppo bello per mia sorella, Lennox?» Cedric sbatté il drink sul tavolino.

Ashton gli rivolse un sorriso ironico. «Sai che la mia compagnia di navigazione richiede la mia costante attenzione e viaggi frequenti, e lei è una signora che appartiene a Londra, se mai ce n'è stata una. Sarebbe molto ingiusto nei confronti di una sposa giovane e dolce. E tu, amico mio, stai cercando di far diventare tutto questo un problema mio e non suo.»

«Va bene, va bene. Ma non mi stai dicendo questo senza avere un suggerimento a portata di mano, vero?» Non era una domanda. Ashton doveva aver pensato a quella discussione da molto tempo doveva aver elaborato delle opzioni.

«Avevo pensato che Jonathan sarebbe un abbinamento adatto. Non è molto più grande di lei. Diciotto e ventiquattro anni non sono una differenza così grande.»

Cedric per poco non sputò il suo brandy, che avrebbe sicuramente rovinato i tappeti. «Jonathan?» balbettò. «Non puoi dire sul serio!»

«Sono molto serio. Hai qualche obiezione a causa del suo passato?»

La domanda era offensiva. Cedric non aveva mai prestato attenzione ai titoli e non gli importava nulla del passato di Jonathan. «No, certo che no.»

«Allora cosa ti ha turbato? Ha bisogno di un modo più semplice per entrare in società. Il matrimonio con Audrey gli garantirebbe un posto di tutto rispetto.»

«Garantirgli il posto? Mia sorella non è un gradino di una maledetta scala sociale!» sbottò.

«Non sto dicendo che lo sia, quindi puoi smetterla con queste urla infernali.» Ashton mantenne la calma di sempre. «Ascolta, Cedric. Audrey è molto presa da Jonathan. Ha detto a Emily che ha intenzione di puntare su di lui. Perché non lasciarglielo fare? Jonathan è un tipo a posto.»

«È un Saint Laurent.» Sicuramente Ashton sapeva bene che non avrebbe suggerito ad Audrey di sposare un libertino. Aveva bisogno di un uomo buono e leale, che sapesse gestirla quando il suo temperamento si scaldava e, soprattutto, che non cercasse il letto di altre donne. Sicuramente in Inghilterra doveva esserci un uomo più adatto a lei.

Ashton annuì. «Certo, Godric ha avuto degli anni difficili, a dire il vero. Ma è felice con Emily e le è fedele. Questo lo sai.»

«Ma chi ci dice che Jonathan sarà lo stesso?»

«Ultimamente ho passato molto tempo con lui e ha preso molto sul serio la sua nuova vita. Non è un innocente, naturalmente. Come hai detto tu, è un Saint Laurent. Ma non va più attivamente a caccia di donne, non come facevamo noi alla sua età. Se sposasse Audrey, credo che si adatterebbe alla vita coniugale senza alcun problema.»

«Ed io che pensavo che stasera tu desiderassi solo vedermi.» Cedric strinse gli occhi. «No, invece hai bussato alla mia porta per discutere dei pretendenti e del matrimonio di Audrey! Potrebbe anche essere una riunione d'affari. Ti piace la tendenza in aumento del maiale salato? O dovrei investire nel nuovo progetto ferroviario di Mr. Stephenson a Stockton?»

«Che cosa ti preoccupa davvero, Cedric?»

«Non c'è nulla che mi preoccupi.» Quella risposta brontolante lo fece sembrare un orso ferito, ma non gli importava.

Ashton si appoggiò alla sedia come se si stesse sistemando. «Sei un terribile bugiardo.» Perché questo facesse infuriare Cedric non lo sapeva dire, aveva solo il desiderio improvviso di oscurare uno degli occhi di Ashton.

«E tu sei un amico terribile.»

L'allargamento degli occhi di Ashton fu l'unica indicazione

della sua sorpresa. «Forse hai ragione. Sono venuto qua per discutere del futuro di Audrey e non ho pensato a come questo avrebbe influito su di te.»

Cedric si sentiva sempre più a disagio. Sapeva che il suo amico aveva ragione ma, dannazione a quell'uomo, si sentiva in colpa per non aver avuto una maggiore compostezza.

«Vuoi che me ne vada?» gli chiese Ashton.

Cedric tornò a guardare il fuoco. Il silenzio teso divenne soffocante. Ashton si alzò dalla sedia.

«Me ne andrò da solo.» Annuì in segno di saluto.

Solo quando Ashton raggiunse la porta del salotto, Cedric lo chiamò. «Non hai finito il brandy.»

Ashton tornò a guardare il bicchiere sul tavolo. «Sarebbe scortese da parte mia lasciarlo mezzo pieno, suppongo.»

«Incredibilmente scortese.» Cedric gli rivolse un sorriso appena accennato. Ashton tornò e fece una gran scena sedendosi profondamente sulla sedia, come se non se ne sarebbe andato tanto presto.

«Ora, visto che non ho finito di bere, abbiamo tutto il tempo per parlare.»

Cedric impiegò qualche istante per raccogliere adeguatamente i suoi pensieri.

«Sto fallendo come fratello, Ash. Horatia è terribilmente infelice, Audrey è angosciata per come tratto i suoi aspiranti pretendenti e la verità è che sto facendo tutto ciò che è in mio potere per non finire qui da solo.» Ecco il nocciolo del problema. Non voleva ritrovarsi in una casa vuota, senza famiglia, solo silenzio e servitù. Lo temeva come nessun'altra cosa al mondo, se non quella di perdere le persone che amava.

«Affrontiamo un problema alla volta, che ne dici? Innanzitutto, non sarai solo. Il Circolo si infila costantemente nella tua vita e a volte nella tua casa, per i nostri scopi nefasti.» Lo scintillio negli occhi di Ashton era un conforto indescrivibile. «Il fatto che un giorno le tue sorelle possano andarsene non ti farà precipitare in un'eterna solitudine. Sai che puoi chiamare chiunque di noi in qualsiasi momento, se ti senti malinconico. Ora, per quanto riguarda Audrey, conosci la mia opinione in merito. Falla sposare presto con un brav'uomo e, se si tratta di Jonathan, la vedrai spesso. Ti ama troppo per abbandonarti per un marito qualsiasi. La nostra politica non è sempre stata *più siamo meglio è?*»

Cedric brontolò. «Dannazione. Odio quanto tu sia dannatamente ragionevole. Sembro un damerino che teme di perdere il controllo su qualcosa di cui non ha mai avuto il controllo.»

«Non sei un damerino. Assolutamente muliebre, ma un frocetto? Mai.»

«Sei molto fortunato a piacermi. Altrimenti sarei tentato di puntarti una pistola addosso.»

Ash sorrise. «Sì, sì. Ora, a proposito di Horatia. Che cosa la rende infelice?»

«È proprio questo. Non ne ho idea.»

«Neanche una?» Ashton sembrò sorpreso.

«Si lamenta, sospira e spesso i suoi occhi sembrano rossi come se avesse pianto. E poi c'è stata questa mattina con Charles.»

«Ancora Charles?» Ashton pensò.

«Si è offerto di portarla a cavallo, cosa che di solito ama, ma all'inizio ha rifiutato. Solo quando le ho detto che Lucien e Audrey sarebbero scesi presto per la colazione, non è riuscita ad andarsene abbastanza in fretta.»

«Sembra che tu abbia già la risposta alla sua infelicità.»

«Davvero?» A che diavolo stava giocando Ash?

«Naturalmente. Horatia non ha problemi con sua sorella, vero?»

Cedric roteò il bicchiere di brandy, riflettendo sulla strana piega che aveva preso la mattinata. «Beh, no, a parte i soliti battibecchi tra sorelle.»

«E l'unica altra persona che hai menzionato è?» gli chiese Ashton.

«Lucien? Ma perché avrebbe dovuto...» Cedric non volle considerare cosa significasse.

«È quello che dobbiamo scoprire» disse Ashton.

«Ma Lucien la nota appena.»

«Forse è questo il problema. A nessuno piace essere ignorato, soprattutto di proposito.»

«Ma sono andati d'accordo per anni. È da settembre, quando Emily è arrivata qua, che Horatia ha iniziato a dare segni d'infelicità.»

Gli occhi di Ashton si restrinsero. «Molto curioso.»

«Non proprio. Lucien la incolpa di avergli rovinato l'incontro con Melanie Burns tanti anni fa.»

Questo colse il barone dai capelli chiari completamente alla sprovvista. «Scusa?»

Cedric spiegò il segreto a lungo sepolto di quel giorno nei giardini, quando aveva portato le sorelle nella tenuta di Lucien nel Kent.

«Ha detto di amarlo? Forse è così. Lo ama ancora» suggerì Ashton.

«Come può amare qualcuno che non le dedica attenzioni?» Sua sorella era più intelligente di così. Non avrebbe riposto le sue speranze in un uomo del genere. Horatia era sensibile, non una sciocca.

Ashton sospirò. «Non conosci il termine *amore non corrisposto?*»

«Non è uno scherzo, Ash.»

«Non sto scherzando. È probabile che Horatia sia ancora innamorata di Lucien. Ultimamente lo ha visto troppo spesso e ha sofferto per i suoi modi freddi e questo l'ha fatta arrabbiare.»

«Se è così, allora è colpa mia. L'ho spinto a stare qui più

spesso e non mi sono preoccupato di pensare ai sentimenti di Lucien a riguardo, o quelli di Horatia, a quanto pare.»

«Non punirti. È molto probabile che Lucien veda Horatia come una forma di tentazione e che trattarla freddamente sia un modo per mantenere le distanze.»

«Che cosa vorresti dire?»

Ashton bevve un sorso del suo brandy. «Abbiamo le nostre regole, ricorda, e Lucien ha una sorella. Capisce l'istinto fraterno di proteggere chi è sotto la sua responsabilità. È possibile che tema che Horatia un giorno diventi un bersaglio, per quanto involontario, del suo fascino naturale.» Ashton si accarezzò la mascella. «Perciò è freddo con lei, nella speranza che la sua dichiarazione d'amore di anni fa non riemerga mai.»

«Non ti seguo. Stai dicendo che *desidera* mia sorella?» L'idea che Lucien pensasse a Horatia come a qualsiasi altra donna faceva ribollire il sangue di Cedric, che si rifiutava di crederci.

L'altro uomo si limitò a sorridere.

«Non importa, Cedric. Non ce ne preoccuperemo stasera.» Ashton bevve un altro sorso del suo drink.

Un improvviso bussare alla porta d'ingresso mise in allerta i due uomini.

«Chi diavolo può essere?» mormorò Cedric. Lui e Ash abbandonarono il brandy e si diressero nella sala, dove un cameriere stanco si stava già muovendo per aprire la porta.

Charles entrò d'impeto, trascinando con sé una Audrey spettinata, con le labbra gonfie e sconvolta. Cedric, quella sera insolitamente attento a sua sorella, valutò immediatamente la situazione chiaramente pericolosa. Qualcuno aveva baciato sua sorella, baciandola così forte da conferirle quel singolare aspetto alle labbra. Inoltre, era sconvolta, anche se non aveva intenzione di piangere. No, era furiosa, come un gatto impazzito.

«Cosa mai?» esordì Cedric.

«Sheridan!» esclamò Charles, spingendo Audrey nel corridoio, mentre il cameriere chiudeva la porta.

«Charles?» rispose Cedric, sconvolto.

«Devi fare qualcosa per tua sorella! Falla sposare con il primo zotico di Hyde Park, se proprio devi, ma per l'amor di Dio, falla sposare!» Dopo il violento sfogo di Charles la sala divenne mortalmente silenziosa.

«Oh cielo» disse Ashton. Non sarebbe finita bene.

## 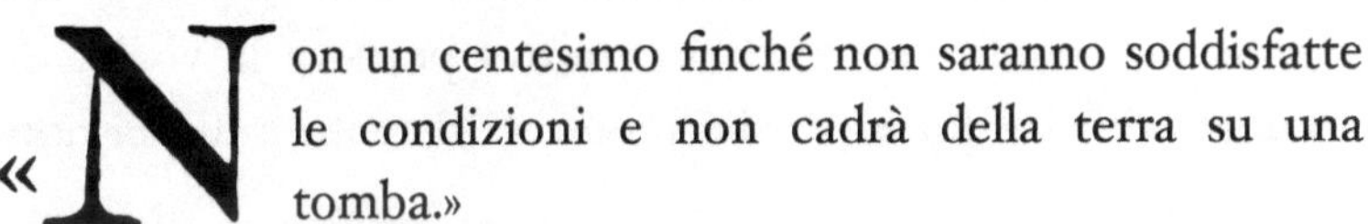 9

«**N**on un centesimo finché non saranno soddisfatte le condizioni e non cadrà della terra su una tomba.»

Il cuore di Horatia le schizzò in gola, cercando di ascoltare la voce bassa dall'altra parte della siepe del giardino.

«Oh mio Dio» sibilò Horatia nello stesso momento in cui Lucien ringhiava, «quel bastardo!»

Lucien tirò Horatia per mano e la riportò attraverso le siepi e fino alla loro stanza.

«Dobbiamo andarcene subito» disse lui, con un tono ruvido.

«Vado a casa da sola.» Horatia non riuscì a evitare di tremare.

«Non se ne parla, Horatia. Ti accompagno da Godric.»

Horatia si bloccò.

«Da quanto... da quanto tempo lo sai?» Portò le mani alla maschera, ancora saldamente al suo posto.

«Da quanto tempo so cosa?» le chiese Lucien, afferrando il soprabito di Horatia e avvolgendolo intorno alle sue spalle.

«Da quanto tempo sapevi che ero io?» Horatia lottò per

rimanere calma, nonostante il galoppo selvaggio del suo cuore, e si strinse di più nel soprabito.

«Da quando sei entrata dalla porta.»

Il cuore le sussultò.

«Quello che abbiamo fatto... è stato...» Non aveva parole per esprimere altro. «E tu lo sapevi!» Il suo tono uscì più accusatorio di quanto intendesse. Dopotutto, aveva intenzione di *sedurlo*.

«Questa notte ti ha insegnato a stare attenta agli uomini» rispose Lucien. «Una signora del tuo rango non dovrebbe essere qui. Che cosa penserebbe Cedric se lo scoprisse?»

«E il giardino? Le stelle? Era tutta una bugia?» Il labbro inferiore di Horatia tremò, ma la rabbia che avrebbe voluto evocare non si manifestò. Era livida e dolorante dentro di sé. Perché ogni volta che Lucien la feriva perdeva la voglia di combattere? Era forse perché teneva così tanto a lui da non voler litigare?

«Tutto quello che è successo stasera era una bugia. In fondo lo sapevi. Ti ho dato quello che cercavi mantenendo la tua virtù, almeno nel senso più letterale del termine. Altri non sarebbero stati così premurosi. Sono stato al gioco per il tuo bene.»

«Il mio bene? Non osare sminuire quello che è successo tra noi!» Horatia trasalì per lo stridore della sua voce. La mano destra si alzò come per schiaffeggiarlo. «Non te lo permetterò!»

«Fai pure, mia cara. Colpiscimi per i miei modi e i miei piani scellerati. Ma abbiamo questioni più serie di cui occuparci.» Lucien attese pazientemente di essere schiaffeggiato, ma Horatia, con le lacrime che le pungevano gli occhi, si limitò a scuotere la testa e a indietreggiare.

«Anche se te lo meriti, non potrei mai farti del male volontariamente.» Si allontanò da lui. Ma questo sembrò solo farlo infuriare. La inseguì fino alla porta, le afferrò le spalle e la fece girare.

«Non voglio che tu provi qualcosa per me» mormorò Lucien. «Non amore, non pietà, nemmeno gentilezza. Hai capito?»

Horatia fece un sorriso triste. «Lo capisco. Ma questo non cambia quello che provo.» Quelle parole sembrarono accendere un fuoco dentro di lui.

Si strinse con forza a lei, iniziò a percorrerle il corpo con le sue mani. Costrinse la sua bocca a scendere su quella di lei, bruciandola con la violenza del suo bacio. Horatia si sciolse in lui, sapendo che la odiava per questo. Le palpò il sedere, la strinse più forte a sé, chiedendo che lei urlasse e lo respingesse. Era come se desiderasse ferirla, ma nulla era paragonabile al tradimento del suo cuore.

«Combatti con me, dannazione!» ringhiò Lucien. «Colpiscimi. Odiami.» Ma Horatia offrì solo labbra morbide e carezze cedevoli, finché non si allontanò.

La giovane sollevò il mento, senza paura e decisa a dimostrarglielo. «Non lo farò. Stai cercando di spaventarmi di proposito. Non funzionerà. Non mi faresti mai del male.»

Il ringhio in fondo alla gola era selvaggio e le intimava di stare lontana.

Con un'occhiata, Lucien la scostò per aprire la porta, poi la tirò per il polso fino a quando non uscirono dal *Midnight Garden* e chiese al cameriere vicino al portone di chiamare un calesse.

Quando la carrozza arrivò, Lucien la spinse dentro e ordinò al cocchiere di andare in Half Moon Street. Non si scusò. Non disse una sola parola. Si strappò la maschera e, quando la sorprese a fissarlo, si chinò e le tolse la maschera, gettandole poi entrambe sul pavimento. Lei continuò a guardarlo.

«Smettila di guardarmi!» gridò Lucien. Horatia trasalì, ma non distolse lo sguardo. «Mi hai sentito?»

«Sospetto che tutta Londra ti abbia sentito.» Il tono della giovane era sorprendentemente freddo. Era piuttosto orgogliosa di se stessa per avergli tenuto testa in quel modo.

«Allora fai come ti dico.»

«Posso anche tenere a te, ma questo non significa che devo obbedirti. Soprattutto quando ti comporti in modo così scortese. Non siamo mica sposati.»

«Il cielo non voglia che io subisca questo destino.»

Nonostante quelle parole crudeli, Horatia non riuscì a fare ciò che le aveva chiesto. Non riusciva a distogliere lo sguardo dalle profondità di quegli occhi castani. Lucien non aveva idea di quanto si sentisse viva quando la toccava. Persino la sua rudezza la faceva bruciare di desiderio. Desiderava reagire, per eguagliare la sua passione, ma finché lui non l'avesse amata a sua volta, non avrebbe potuto cedere a quel lato di sé. Non sarebbe stato possibile tornare indietro se gli avesse mostrato il lato più oscuro della sua natura, i desideri segreti e proibiti che desiderava soddisfare tra le sue braccia. Era meglio se lui non avesse mai saputo quanto fossero veramente simili.

Il resto del viaggio in carrozza lo passarono in silenzio. Quando raggiunsero Essex House, Lucien le ordinò di non muoversi. Questa volta Horatia obbedì, ma solo perché aveva bisogno di un momento per sé, per controllare le sue emozioni.

Quando Lucien lasciò la carrozza, iniziarono le lacrime. Horatia tirò su con il naso e si asciugò gli occhi, cercando di inghiottire il doloroso groppo in gola. Quella notte era stato un sogno stupendo, finché Lucien non lo aveva rovinato. Quello sciocco testone. Come aveva potuto fingere emozioni così dolci? Non l'avrebbe mai più chiamata 'la sua bella stellina'? Anche quella era stata una bugia?

*Dio, sono io che sono una stupida.*

Quella sera aveva ammesso due volte di tenere a lui che però l'aveva disprezzata. Horatia non era più una bambina, ma sembrava chiaro che Lucien la considerasse ancora una nemica. Non era degna neanche di una seconda possibilità.

Tornò con la mente a quel momento sul letto, quando lui l'aveva portata al culmine del piacere e l'aveva confortata mentre sperimentava la spaventosa spirale di sensazioni. Come avrebbe dovuto conciliare quell'uomo dolce e seducente con il tiranno prepotente che era diventato quando aveva tolto la maschera? Poteva essere diverso come la luce e il buio e il continuo passaggio da una parte all'altra la stava facendo impazzire.

Horatia si asciugò frettolosamente il viso quando sentì alcune voci che si avvicinavano. Si spostò per far entrare Emily, Jonathan, Godric e Lucien nella carrozza. Era un posto stretto, i tre gentiluomini erano tutti schiacciati su un lato, permettendo alle signore di avere la panca opposta.

«Ahi, Jonathan, è il mio ginocchio!» mormorò Lucien.

«Non è intimo?» Jonathan rise. Godric grugnì, mentre Lucien gli conficcava un gomito nelle costole, cercando di sistemarsi sul sedile.

Horatia si ritrovò a sorridere con riluttanza mentre i tre uomini adulti si contorcevano l'uno contro l'altro come scolaretti agitati.

«Hai intenzione di dirci di cosa si tratta, Lucien?» chiese Godric quando la carrozza riprese a muoversi, questa volta in direzione di Curzon Street.

«Te lo spiegherò quando saremo da Cedric. Sarà meglio che lo dica a tutti in una volta sola. In questo modo, se qualcuno avrà domande, non dovrò ripetermi.» Con lo sguardo avvertì Horatia di non dire nulla.

«Molto bene» brontolò Godric, cercando di sistemarsi di nuovo e con un'espressione più che scontrosa.

Emily si chinò verso Horatia e le chiese a bassa voce: «Dov'eri stasera? Credevo che saresti venuta a cena.»

«È una storia lunga, che posso condividere solo quando siamo sole. Ma mi copriresti? Se Cedric lo chiede, potresti dire che ero a cena con te?»

«Assolutamente sì» le assicurò Emily. «Lo farò sapere agli altri.»

«Di cosa state bisbigliando voi due?» Godric le osservò con curiosità.

«Probabilmente il rovesciamento del Parlamento» rispose Lucien con amarezza.

«Non essere sciocco. È successo settimane fa. Ora siamo passate all'Europa» rispose Emily con un sorriso cupo.

Godric sbuffò. «Evidentemente hai troppo tempo libero a disposizione, cara. Dovrò rimediare una volta tornati a casa.» Fece un sorriso alla moglie che Emily ricambiò con interesse.

«Ora, che cosa hai *davvero* in mente?» chiese.

«Non ti riguarda, tesoro.» Emily osò sorridere dolcemente al marito che aggrottò le sopracciglia.

«Tu sei il mio interesse.»

«Certo, tesoro.» Lei acconsentì come se avessero già avuto quella discussione molte volte.

«Emily.» Godric incrociò le braccia sul petto.

«Non mi riguarda. Quindi non riguarda nemmeno te.»

Quando Godric cominciò a protestare, Emily gli diede un calcio sullo stinco con la punta dello stivale.

«Ahi!» rantolò più per l'indignazione che per il dolore.

«Oh, sono terribilmente dispiaciuta, ti ho fatto male? Che maldestra che sono! Questa carrozza è terribilmente affollata.»

«La pagherai, mia cara.»

«E credo che mi piacerà molto.» Per un breve istante, Horatia temette che la coppia di sposi si dimenticasse che erano presenti altre tre persone e si dedicasse a pubbliche dimostrazioni d'affetto.

Horatia invidiava l'amore che legava così chiaramente Godric ed Emily. L'avrebbe mai avuto? Le probabilità non sembravano essere a suo favore.

Quando la carrozza arrivò a casa di Cedric, Lucien saltò fuori e salì di corsa i gradini. Godric lo seguì, aiutando la moglie a scendere. Jonathan li seguì, ma aspettò pazientemente per aiutare Horatia. La giovane notò il paio di maschere sul pavimento della carrozza e le raccolse, una nera e una argentata. Si morse il labbro inferiore. Quella sera l'ultimo dei suoi sogni d'infanzia era stato infranto. Non avrebbe mai più avuto pensieri così sciocchi sull'amore e sulla felicità. Avrebbe voluto avere la forza di gettarle via, ma le sue dita non le lasciarono andare. Scese dalla carrozza, prendendo la mano offerta da Jonathan come sostegno.

«Grazie» sussurrò.

«Non c'è di che» rispose lui, con un autentico sorriso di affetto sul viso.

Jonathan era un vero gentiluomo ed era un peccato che Audrey fosse così infatuata di lui. Horatia avrebbe dovuto innamorarsi di un uomo come lui. Almeno così sarebbe stata rispettata. Forse non amata, ma doveva accettarlo. Era condannata a non amare mai più.

«Sembra che non siamo i primi ad arrivare» osservò Jonathan, raggiungendola sulla soglia della porta aperta.

Si trovarono di fronte a uno spettacolo sgradevole. Ashton aveva le braccia intorno alla vita di Audrey, tenendola indietro. Cedric stava sbattendo Charles contro il muro, con i piedi sollevati da terra, e il volto del povero Charles aveva una tonalità di viola piuttosto sconcertante.

«Ma che diavolo?» sbottò Jonathan. Godric si era già precipitato ad allontanare Cedric da Charles.

«Che cosa sta succedendo, in nome di Dio?» chiese Lucien.

Audrey sferrò una forte gomitata alle costole di Ashton mentre lottava per liberarsi. Quando Audrey cercò di sferrare un altro colpo del genere, Ashton la fece girare delicatamente nell'abbraccio ignaro di Jonathan.

«Tienila, amico!» ordinò Ashton. «E attenzione ai gomiti, che sono come pungiglioni infuocati!» Le braccia di Jonathan si bloccarono intorno alla vita di Audrey, tenendola prigioniera. Ora che era libero, Ashton sospirò, passandosi una mano sulle costole.

«Sembra che questa sera Charles abbia compromesso Audrey» spiegò Ashton, rispondendo finalmente alle domande di Godric e Lucien.

«Cosa?» La testa di Emily si rivolse incredula verso Ashton.

Godric riuscì infine a strappare via Cedric e Charles crollò sulle mani e sulle ginocchia, ansimando.

«Cedric, non abbiamo tempo per questo» intervenne Lucien. «È successa una cosa importante. Non guardarmi così, è più importante dell'onore di tua sorella.»

«Cosa c'è di più importante di questo?»

«La tua sicurezza e quella di tutti i tuoi cari.»

«Di cosa diavolo stai parlando? Non ti riferisci a quel biglietto sulla mia porta, vero? Credevo che avessimo concordato che si trattava di minacce più che altro senza senso.»

«Sarò felice di spiegare, ma dovremmo mandare le donne di sopra. C'è molto da discutere e non ho il tempo di occuparmi di isterismi femminili» disse Lucien.

La sua osservazione insensibile attirò un sopracciglio inarcato da parte di Emily e un'occhiataccia da parte di Audrey.

Godric si avvicinò, pronto ad affrontare la moglie. «Sono d'accordo. È una questione che non può essere condivisa con le signore.»

Emily sollevò una mano. «Ci ritireremo al piano di sopra, come avete gentilmente richiesto. Preferisco stare in compagnia di donne isteriche che di uomini ridicoli. Signore?» Emily fece cenno ad Audrey e Horatia di seguirla. Horatia fu la prima a salire le scale ma Audrey doveva ancora liberarsi da Jonathan.

«Lasciami!» ringhiò Audrey.

Jonathan abbassò lo sguardo su di lei, tenendola tra le braccia, come se fosse sorpreso che fosse ancora lì. Audrey gli pestò i piedi e lui fece un salto indietro, gridando. La giovane sbuffò e si mise a inseguire Emily e sua sorella. Cedric le seguì fino alla stanza di Horatia e, una volta entrate, chiuse la porta a chiave. Audrey urlò maledizioni ignobili che nessuna signora e pochi marinai avrebbero dovuto conoscere, alcune delle quali in francese, terminando con un violento calcio alla porta. Purtroppo le sue scarpe non erano le armi più efficaci ed emise un guaito di dolore. Saltellò follemente avanti e indietro, stringendo le dita dei piedi ammaccate.

«Perché mai hai lasciato che ci rinchiudessero?» si lamentò Audrey.

«Perché tu non hai subito le umiliazioni che ho subito io quando quegli uomini al piano di sotto non hanno ottenuto quello che volevano. È molto sgradevole essere maltrattate e molto più indecoroso di questo.» Emily si lisciò le gonne di velluto blu notte e si sedette sul letto di Horatia, guardandola. «Inoltre, credo che Horatia sappia esattamente cosa stia succedendo.»

Zoppicante, Audrey guardò la sorella e raggiunse Emily sul letto. «Allora?»

Horatia sospirò. «Molto bene. Ma non dovete dire una parola finché non avrò finito. No, Audrey, nemmeno una parola.»

Audrey, le cui labbra si erano già aperte, si fermò.

Dopo una breve narrazione degli eventi della notte, pesantemente modificata per motivi di correttezza, Horatia attese che una delle sue compagne parlasse. La preoccupazione ombreggiava gli occhi di Emily, facendoli diventare di una tonalità più profonda di viola. Audrey sbatté le palpebre, rimase a bocca aperta e le sbatté di nuovo.

«La cosa è più grave di quanto pensassi. C'è una minaccia di morte per tuo fratello?»

Horatia annuì. «Lucien sembra sapere chi c'è dietro, ma non riesce a capire perché gli uomini ne discutessero in un posto del genere.»

«I *Midnight Garden* sono rinomati per la segretezza» spiegò Emily. «Tutti la cercano e quindi nessuno ascolta le questioni private degli altri.»

Horatia strinse le labbra per un istante. «C'è un'altra possibilità. Forse volevano essere ascoltati?»

«Ma perché?» chiese Audrey. «Che vantaggio ne trarrebbero? Ora sappiamo che Cedric è in pericolo e possiamo proteggerlo.»

Horatia incontrò lo sguardo di Emily, leggendole nel pensiero. «Audrey, ricordi quando Cedric ti ha portato a sparare? Fece scuotere il sottobosco da un guardiano per far uscire i fagiani dai loro nascondigli. Forse stanno scuotendo i cespugli in attesa che tutti volino fuori.»

Audrey impallidì. «Oh cielo, allora significa che hanno un piano in atto e probabilmente sanno come reagiranno Cedric e gli altri uomini.»

«Esattamente» disse Emily. «Poiché non riconosceranno la trappola, né sapranno come sfuggirle anche se li avvertiamo, potrebbe toccare a noi proteggerli da loro stessi.»

Per un lungo istante nessuna delle signore parlò, mentre riflettevano sul pericoloso compito che le attendeva.

«Sei davvero innamorata di Lucien?» chiese Emily, cambiando argomento.

L'impeto di calore sul volto di Horatia tradì ogni sua negazione. «Sì. È una cosa stupida e insensata amare uno come lui, ma non posso farne a meno.»

Emily rise, con un suono delicato, ma con lo sguardo acuto. «Mi sono innamorata di Godric allo stesso modo. Sono stata convinta per tutto il tempo che sarebbe finita in un disastro e in uno strazio, eppure non è stato così.»

Mordendosi il labbro inferiore, Horatia ci pensò. «Godric ti ama, però. Lucien non mi ama. Credo di non piacergli affatto.»

Emily sbuffò, anche se non in modo inelegante. «Penso che ci siano buone possibilità che si innamori di te. Ho imparato alcune cose su questi uomini. Lucien non ti avrebbe baciata se non avesse voluto. Non solo, ma ho visto segni di possessività e gelosia nei tuoi confronti, non di disgusto.»

Il cuore di Horatia batteva per l'eccitazione, anche se cercava di nasconderlo. «Davvero?»

«Oh sì. Non vede di buon occhio nessun uomo che ti bacia la mano e ti accompagna sempre a cena ogni volta che ceniamo insieme.»

Erano osservazioni giuste, ma non dimostravano esattamente l'amore eterno di Lucien.

«Ora, torniamo alla questione dell'assassinio. Sappiamo che Waverly vuole la morte del Circolo e sembra che ora voglia iniziare con tuo fratello. Sono sicura che Lucien fosse arrabbiato.»

«Non so se fosse Waverly» intervenne Horatia. «Lucien ha detto di aver riconosciuto la voce, ma non ha detto di chi fosse.»

«Waverly è l'unico uomo che conosco che sembra venire fuori nelle loro conversazioni quando parlano di nemici» spiegò Emily.

«Non c'è da stupirsi che ci abbiano mandate di sopra» pensò Horatia. «Senza dubbio quegli sciocchi stanno facendo piani per andare in guerra e vogliono tenerci lontane dal pericolo. È un gesto premuroso.»

«Premuroso?» obiettò Audrey. «Vogliono rovinarci il divertimento.»

«Certamente non definirei divertente una minaccia del genere» disse Emily. «Ma tenerci fuori, per quanto ben intenzionati, è un errore.»

«Allora dovremmo formulare il nostro piano» dichiarò Horatia. «Siamo capaci di fare molto di più di quanto credano.» Se la vita di suo fratello era veramente in pericolo, non aveva intenzione di lasciare che gli uomini se ne occupassero da soli. Avrebbe protetto suo fratello alle sue condizioni.

«È un'idea eccellente!» Audrey saltò in piedi come se stessero organizzando una festa.

Emily era già immersa nei suoi pensieri. «Lo è. Ma prima vorrei sapere perché Cedric ha cercato di eliminare Charles. Questo è il momento peggiore per il Circolo per essere diviso, e non posso fare a meno di ricordare la nostra ultima conversazione, Audrey.»

Audrey arrossì. «Io... so che hai detto che avresti parlato di Jonathan con Ashton, ma ho avuto problemi ad aspettare.»

A Horatia sfuggì una risata. «Sei sempre stata troppo impulsiva.»

Emily strinse le labbra come se si stesse preparando a un disastro. «Audrey, che cosa hai fatto esattamente?»

«Ho convinto Charles ad aiutarmi.»

Horatia strinse gli occhi. «Aiutarti *come*?»

«Forse mi ha fatto conoscere gli aspetti più belli del bacio» confessò Audrey.

«Audrey!» sussultò Horatia. Sua sorella non avrebbe mai imparato che le azioni hanno delle conseguenze? Certo, non era una che poteva parlare, visti gli eventi della notte, ma sapeva che Lucien non sarebbe mai stato costretto a sposarla.

Audrey e Charles avrebbero potuto fidanzarsi se Audrey non fosse stata più attenta.

«È stata un'esperienza intrigante, dato che non provo alcuna attrazione per Charles.»

«Audrey, non ti sei fatta baciare da lui?» la incalzò Emily. Non c'era da stupirsi che Cedric avesse avuto degli istinti omicidi. «Ti avevo avvertito di...»

«Non è successo niente, a parte il fatto che sono stata io a baciarlo. Lui non ha nemmeno ricambiato. Per arrivare a questo punto...» indicò il suo aspetto spettinato «... mi ha sistemato i vestiti e i capelli e mi ha detto di mordermi un po' le labbra. Volevo che Cedric pensasse che fossi stata compromessa. Speravo che mi permettesse di sposare Jonathan, invece...»

Horatia tirò un sospiro di sollievo per il comportamento sfacciato della sorella. *Sono l'unica Sheridan sana di mente della famiglia?* Non appena la domanda le passò per la testa, soffocò un gemito di imbarazzo. Non era migliore di Audrey, in realtà.

«E lo ha fatto per aiutarti?» Emily sembrava dubbiosa.

«Oh sì.» Audrey annuì. «Ma ci è voluto un po' per convincerlo. Era piuttosto arrabbiato con me, soprattutto dopo che l'ho avvicinato nel suo salotto. Quel poveretto si è nascosto dietro un divano per sfuggirmi.»

Era semplicemente un'immagine troppo divertente, Charles che si arrampicava sui mobili per sfuggire ai baci di una bella debuttante. Horatia dovette mordersi il pugno per trattenere l'impulso a ridere di gusto.

Emily non si trattenne altrettanto. «Avrei dato il mondo per vederlo!» disse, boccheggiando, ridendo.

Horatia si asciugava le lacrime dagli occhi. Audrey era tornata quella di sempre, imitando la caduta di Charles dal divano quando lo aveva baciato. Emise uno starnazzo teatrale e cadde a terra con un tonfo. Ormai Horatia stava ridendo così tanto che riusciva a malapena a respirare.

. . .

AL PIANO DI SOTTO, LUCIEN E GLI ALTRI MEMBRI DEL Circolo guardarono il soffitto del salotto. Incrociando le braccia sul petto, aggrottò la fronte, ascoltando gli strani rumori provenienti dall'alto.

Si udirono un forte urlo, un tonfo e grida di risate sfrenate.

«Che diavolo sta succedendo lassù?» chiese Charles.

«Probabilmente saltano sui letti» borbottò Cedric.

«Non sono più delle bambine» disse Lucien. «Qualcuno dovrebbe dirglielo.»

«Credi che sia stato saggio lasciarle da sole?» chiese Godric, con la testa inclinata come quella di un cane che sente dei rumori strani.

«Stanno bene.» Ora che li aveva aggiornati sugli eventi più rilevanti, Lucien doveva riportarli al punto della riunione. C'erano delle vite in pericolo. «Ora, cosa faremo per questa minaccia?»

«Waverly non ci riuscirà» affermò Cedric, con tono sicuro. «Possiamo difenderci.»

«Tuttavia» intervenne Godric, «non sarebbe saggio se uno di noi non tenesse d'occhio te e le tue sorelle. Anche se Waverly intende uccidere te, potrebbero rimanere ferite nel fuoco incrociato.»

«Non intendo farle uscire di casa» disse Cedric. «Se proprio devono, avranno una scorta.»

«Non dobbiamo dimenticare la facilità con cui le difese qui sono state violate in autunno» ricordò Ashton agli altri. «C'è mancato poco con l'uomo che ha rapito Emily. Questa è una casa, non una fortezza.»

Lucien giurò di non essersi sentito mai così impotente nel proteggere Horatia.

Ma Cedric non poteva essere distolto così facilmente dalla sua precedente fonte di rabbia. «Prima di discutere di Horatia, devo difendere Audrey da quel riccio maledetto» disse Cedric puntando il dito contro Charles, «che l'ha sedotta in una maledetta carrozza!»

«Non l'ho sedotta, Cedric.» Charles alzò le mani in segno di difesa, nel caso Cedric si fosse scagliato di nuovo contro di lui. «Ti avevo avvertito che si sarebbe dovuta sposare presto. Sei fortunato che sia venuta prima da me. Un altro uomo avrebbe potuto davvero approfittare di lei.»

«Stai dicendo che non l'hai toccata?» gli chiese Cedric.

«Toccare? Sì, ma non l'ho baciata. Mi ha chiesto di aiutarla a fingere di essere stata compromessa.»

«Sembrare compromessa? *Bastardo!*» Cedric sembrava pronto a inseguire di nuovo il suo amico. «Le donne sono state rovinate per una cosa come uno sguardo lussurioso, e tu vai a mettere in disordine mia sorella? E se si venisse a sapere del suo aspetto al *Quizing Glass*? Allora non troverebbe mai un pretendente.»

Ashton si mise in mezzo ai due, alzando una mano per impedire a Cedric di avanzare.

«Suvvia, signori.» Il tono deciso di Ashton fermò i due uomini. «Dobbiamo risolvere la questione su un ring?»

«Non lo consiglierei» disse Godric con un sorriso ironico. «Ma se si dovesse arrivare a questo, scommetto dieci sterline su Charles.»

Sia Cedric sia Charles si scambiarono uno sguardo cauto prima di rifiutare, forse anche perché nessuno degli altri avrebbe accettato la scommessa. Ashton lasciò cadere la mano quando sembrò soddisfatto che Cedric non avrebbe ripreso a cercare di uccidere Charles. Lucien tirò un sospiro di sollievo. Non aveva alcun desiderio di mettersi in mezzo ai suoi amici. Charles era un campione di boxe e Lucien non voleva un occhio nero solo per aver cercato di imporre la pace. Se Ashton voleva rischiare la faccia, dipendeva solo da lui.

Jonathan, che si era attardato ai margini del gruppo, prese

improvvisamente la parola. «È così che vanno le riunioni del Circolo? Forse potremmo tornare a concentrarci sul vero problema e sull'importanza di proteggere le donne.»

Ashton si rivolse a Cedric, con voce dura. «Hai ragione, Jonathan. Torniamo all'argomento in questione. Credo che sarebbe meglio, Cedric, se portassi Horatia e Audrey lontano da Londra, almeno fino a quando non avremo risolto la questione.»

«Vuoi che scappi con la coda tra le gambe?» Cedric sembrava scioccato e indignato alla sola idea.

«Sai che non ti chiederei mai una cosa del genere.» La voce di Ashton ora era più morbida. «Ma per il bene delle tue sorelle, sì. Le prenderesti e correresti in capo al mondo se servisse a proteggerle. Lo sappiamo tutti.»

La feroce resistenza di Cedric vacillò di fronte al potere persuasivo della ragionevole richiesta di Ashton.

Cedric si accasciò. «Dove vuoi che vada, allora?»

Intervenne Godric. «In un posto dove Waverly non penserebbe subito di cercarti.»

Il battito cardiaco di Lucien aumentò quando si rese conto del luogo perfetto per tenere Horatia al sicuro. «Che ne dite della mia tenuta nel Kent? Potresti portarci le tue sorelle e restare fino al nuovo anno. Mia madre è lì con Lysandra e Linus, quindi sarete intrattenuti a dovere.» Non c'era bisogno di aggiungere che, se gli uomini di Hugo avessero fatto indagini discrete su dove fossero andati, la tenuta di Lucien sarebbe stata l'ultimo nome della loro lista.

Portare le sorelle Sheridan fuori Londra sembrava un ottimo piano. Qualsiasi cosa pur di allontanarle dal pericolo e allontanare Horatia da lui. Due piccioni con una fava, come si dice.

«È un'idea eccellente» concordò Ashton. «Il resto di noi può rimanere qui e cercare di risolvere questo pasticcio.

Lucien, tu accompagnerai Cedric e le sue sorelle, naturalmente.»

«Cosa?» balbettò Lucien. Era la peggiore idea della storia del mondo. *Metterlo* nella sua tenuta con Horatia, dove conosceva ogni angolo in cui avrebbe potuto nasconderla? Dannazione! «Potrei essere più utile occupandomi degli uomini di Hugo» ribatté.

«È la tua proprietà» gli ricordò Ashton con tono deciso. «E sei stato anche il primo bersaglio di questi attacchi. Accompagnerai Cedric e le sue sorelle. Speriamo che la questione si risolva prima di Natale. In caso contrario, starai con la tua famiglia per le vacanze.»

Questo non rendeva la situazione più attraente. Lucien combatté l'impulso di battere i piedi come un bambino che fa i capricci. Jonathan gli rivolse uno sguardo comprensivo, come se sapesse cosa gli avrebbe fatto stare vicino a Horatia. Era così che Jonathan si sentiva con Audrey; provava interesse per la giovane Sheridan, come lei ne provava per lui?

Lucien stava cercando di fare la cosa giusta e di stare lontano dalle tentazioni, e Ashton gli stava praticamente consegnando Horatia su un piatto d'argento. Aveva bisogno che lei fosse al sicuro, non solo da Waverly ma anche da lui. Averla così vicina al suo letto a casa era l'opposto della sicurezza.

Ma che altra scelta aveva?

«Bene» rispose Lucien, con poca delicatezza. «Andrò con Cedric.»

Non voleva passare ore e ore in carrozza con Horatia, e di certo non voleva rimanere bloccato nella sua tenuta con lei durante le vacanze. Era ancora peggiore sapere che ci sarebbe stata sua madre. Aveva un modo irritante di intromettersi nei suoi affari e temeva che avrebbe interferito con Horatia. Sua madre aveva un debole per gli Sheridan, in particolare per

Horatia. Lasciare che sua madre si avvicinasse a Horatia avrebbe creato più problemi di quanti ne volesse affrontare.

«Quando dobbiamo partire?» chiese Cedric ad Ashton.

«Il prima possibile. Pensi che le tue sorelle possano essere pronte per le prime luci dell'alba?»

Cedric scoppiò a ridere. «Domani alle prime luci dell'alba? Assolutamente no. Devi almeno dare ad Audrey un giorno per fare le valigie o quel diavoletto mi tormenterà per tutto il viaggio fino al Kent.»

«Un giorno allora, ma vi voglio tutti impacchettati e nelle vostre carrozze prima che sorga il sole.» Ashton era mortalmente serio. «Domattina Godric ed io andremo al *Midnight Garden* per vedere se riusciamo a prendere i due uomini all'ora stabilita. Vorrei vedere di persona se ci sono prove che sia stato Waverly. Dobbiamo sapere a cosa andiamo incontro.»

«Ora che è tutto sistemato» ringhiò Cedric, «vi dispiacerebbe andarvene tutti da casa mia?»

«Un'idea geniale» disse Godric, spostando lo sguardo sul soffitto.

«È terribilmente silenzioso lassù» osservò Jonathan.

«Troppo silenzioso» concordò Lucien. Improvvisamente ansiosi, i sei uomini uscirono dal salotto e salirono le scale verso la stanza di Horatia. La porta era ancora chiusa a chiave. Lucien si appoggiò al legno e ascoltò. Dall'interno non proveniva alcun suono.

## ❧ 10 ❧

«L e senti?» chiese Charles.

Cedric si portò un dito alle labbra.

Lucien si sforzò di sentire anche il minimo fruscio o scricchiolio, ma non avvertì nulla. Con cautela, Cedric aprì la porta. La stanza era vuota. Le finestre erano chiuse e bloccate e non c'era traccia delle donne.

«Ash?» chiamò Godric, sussurrando. Ashton annuì ed entrò, il suo sguardo acuto non lasciò nulla di intentato. Non c'erano prove che le donne si fossero nascoste. Nessun segno di partenza precipitosa. Erano semplicemente sparite.

«Dove diavolo è mia moglie?» urlò Godric.

Di risposta, un cameriere salì le scale e consegnò a Cedric un foglio di carta. Stupito, Cedric lo aprì e lo lesse ad alta voce.

*Cari signori,*

*Vi aspettiamo in sala da pranzo. Vi preghiamo di non unirvi a noi finché non avrete deciso una linea d'azione riguardo alla minaccia a Lord Sheridan. Saremo più che liete di offrirvi le nostre opinioni in merito ma in verità sospettiamo che non vogliate ascoltare i nostri pensieri. È un difetto della specie maschile e non ve ne faremo una colpa. In futuro, però, sarebbe opportuno non chiuderci in una stanza. Non sappiamo resistere alle sfide, cosa che ormai dovreste aver imparato. Con le donne intelligenti non si scherza.*

*I più cari saluti,*
*-La Società delle Signore Ribelli.*


«Cari saluti?» Lucien si schernì.

Un Jonathan perplesso aggiunse: «Società delle signore ribelli?»

«Che il Signore ci aiuti!» Ashton gemette passandosi una mano tra i capelli. «Si sono date un nome.»

«Scommetto cento sterline che c'è Emily dietro tutto questo. Si sta divertendo a nostre spese» intervenne Charles, con un'espressione seria.

«Andiamo a vedere quanto sono ribelli quando abbiamo finito con loro.» Cedric si rimboccò le maniche della camicia bianca, mentre scendeva le scale con gli altri, dirigendosi verso la sala da pranzo. La trovarono vuota. Il cameriere riapparve e Cedric si chiese se forse l'uomo non se ne fosse mai andato. Al saluto del servitore, che tossì educatamente, Cedric ricevette un altro biglietto.

«Un altro dannato biglietto? A che gioco stanno giocando?» Praticamente strappò il foglio a metà, aprendolo. Lo lesse di nuovo ad alta voce.


*Credevate davvero che avremmo mostrato la nostra astuzia così semplicemente? Sicuramente ci avete sottovalutato. È ingiusto da parte vostra supporre che non potessimo confondervi per almeno qualche minuto. Forse dovreste cercarci nel posto in cui avremmo dovuto stare e non in quello in cui ci avete messo voi.*

*Auguri,*
   *~La Società delle Signore Ribelli.*


«LA UCCIDERÒ» DISSE CEDRIC. NON SEMBRAVA AVERE importanza a quale delle tre signore ribelli si riferisse.

Il Circolo delle Canaglie si diresse di nuovo verso il salotto. Cedric spalancò la porta. Emily era seduta davanti al focolare, con un telaio da ricamo sollevato mentre pungeva la stoffa con un ago dalla punta sottile. Audrey stava sfogliando una delle sue numerose riviste di moda, con gli occhi fissi sulle tavole illustrate, incurante di qualsiasi disturbo.

Horatia si era posizionata sul sedile della finestra vicino a una candela, per poter leggere il suo romanzo. Anche a quella distanza Lucien poteva vedere il titolo, *Lady Eustace and the Merry Marquess*, il romanzo che le aveva regalato il Natale passato. Per qualche motivo, l'idea che lei si prendesse gioco di lui con il suo stesso regalo, era dannatamente divertente. Ebbe l'improvviso impulso di ridere, soprattutto quando vide un tenue rossore attraversarla. Aveva scelto quel libro in particolare proprio per scioccarla, sapendo che in alcune parti era piuttosto esplicito, dato che l'aveva letto lui stesso l'anno precedente.

«Ehm» Cedric si schiarì la gola. Tre paia di occhi femminili si fissarono su di lui, ognuno dei quali rifletteva solo una lieve curiosità.

Emily sorrise. «Oh, eccovi qui.»

«Avete finito la vostra piccola riunione?» chiese Audrey, posando la rivista e sorridendo al fratello.

Il modo in cui aveva detto 'piccola riunione' non lasciava dubbi a Lucien sul fatto che si stessero divertendo a loro spese, o forse era il fatto che si mordesse il labbro inferiore per evitare di ridere a tradirla. In ogni caso, le sorelle di

Cedric avevano sfidato gli uomini e loro non erano dell'umore giusto per giocare. Soprattutto Cedric.

«Tu.» Cedric indicò Audrey. «A letto, subito!» Il suo dito accusatore si diresse poi verso Emily. «Da quando ricami? Ricordo chiaramente che una volta mi hai detto che una cosa del genere era una completa e totale perdita di tempo.»

«Considerando il vostro comportamento piuttosto insensibile di stasera nel lasciarci fuori dalle vostre decisioni, ho deciso di riprendere questa abitudine piuttosto inutile» rispose Emily come se parlasse del tempo. Con gentilezza, sollevò il telaio, mostrando un ricamo con dei fiori e una semplice frase che ogni uomo nella stanza avrebbe potuto leggere: *Mai sfidare una donna*. Lucien poteva solo immaginare come avesse fatto a ricamarla in così poco tempo.

«Vi abbiamo lasciato fuori perché la questione non riguarda nessuna di voi, signore. Inoltre, è una situazione delicata e pericolosa» spiegò Cedric.

«Hmm» rispose Emily, il cui suono femminile uscì stranamente condiscendente. «Forse noi donne vi stiamo tenendo fuori da una situazione pericolosa e non ci siamo preoccupate di informarvi delle nostre intenzioni. Se insistete a tenerci all'oscuro, continueremo a impegnarci per tenervi tutti in vita, indipendentemente dalla vostra convinzione che siamo femmine incapaci.»

Godric si acciglió. «Nessuno ha detto che siete incapaci. Sai che non lo pensiamo, Emily.»

Horatia intervenne in difesa di Emily. «Ha ragione. Ci nascondete dei segreti che non fanno altro che dividerci e metterci tutti in pericolo. Dovrai spiegarti, Cedric. Non lascerò questa casa finché non mi dirai cosa avete in mente tu e gli altri.»

«Va bene, domani mattina te lo dirò, ma non stasera. È tardi e abbiamo tutti bisogno di riposare» ribatté il fratello.

«Sciocchezze, puoi dircelo subito» insistette Emily.

«Godric, prendi tua moglie e portala a casa prima che la usi come puntaspilli» minacciò Cedric.

Godric, che cercava di nascondere un sorrisetto di apprezzamento, sembrava trovare molto divertente il fatto che la moglie avesse battuto gli uomini. Al tono impaziente di Cedric, tuttavia, entrò in azione.

«Vieni, Em. Credo che per ora tu abbia chiarito il tuo punto di vista.» Prese il telaio e lo gettò su una sedia vuota lì vicino. Poi le cinse la vita con un braccio e la tirò a sé, baciandole la fronte.

«Non gli permetteresti di usarmi come puntaspilli, vero, tesoro?» gli chiese Emily, prendendolo a braccetto.

«Mai, mia cara. È solo infastidito dal fatto che non riesce a capire come avete fatto a uscire dalla stanza di Horatia quando vi ha chiuso dentro, o a venire qua senza essere scoperte.»

Emily lanciò uno sguardo strafottente in direzione di Cedric. «E non lo capirà mai.»

«Ma me lo dirai, vero?» Godric guardò la moglie con adorazione.

«Forse, se mi sedurrai abbastanza.»

«Mi stai chiedendo di sedurti?»

«Che altro dovrei chiedere?» Emily rise.

«Oh, per l'amor del cielo! Portala via Godric» supplicò Cedric. Spettacoli simili sembravano angosciarlo.

«Ha ragione, Emily, dobbiamo andare a casa.» Godric strinse Emily a sé, accompagnandola fuori dalla stanza.

«Dovrei andare anch'io.» Ashton si inchinò agli altri e seguì Godric ed Emily.

«Jonathan, saresti così gentile da riportare Audrey di sopra? Sembra che non mi abbia sentito quando le ho detto di andare a letto» disse Cedric.

Jonathan cercò di ribattere. «Date le circostanze, stasera preferirei non farlo, vista la tua reazione con Charles...»

«A differenza di Charles, tu hai il senso dell'onore. Mi fido abbastanza di te per accompagnarla di sopra.»

Charles e Lucien osservarono divertiti la scena. Cedric sembrava ignaro della posizione in cui stava mettendo Jonathan. Lucien aprì la bocca per dire qualcosa, ma ci pensò su quando notò il cipiglio di Cedric.

«E tu!» Cedric rivolse infine la sua ira verso Horatia, ma non riuscì a fare qualcosa. «Beh, ehm, tornerò da te.» Si girò verso Charles e, senza preavviso, gli diede un pugno nell'occhio.

«Questo è per aver compromesso mia sorella, furfante. Spero che si annerisca bene e che metta in guardia le donne dall'allontanarsi dalla moralità in tua presenza, almeno per un po'.»

Charles gemette e si strinse il viso. «Stavo aiutando Audrey. Se non lo capisci, allora mi congedo e ci rivedremo quando il tuo temperamento si sarà calmato.» Si inchinò beffardamente e se ne andò. Senza dire altro, Cedric uscì dal salotto, sbattendo la porta alle sue spalle.

Audrey osservò i due uomini rimasti, Lucien e Jonathan, in piedi dall'altra parte del salotto. Jonathan guardò Audrey con esitazione, poi rivolse lo sguardo su Lucien, che alzò le spalle con indifferenza. Lei si morse il labbro, cercando di non sorridere. Vederlo contorcersi era più che divertente.

«Signorina Audrey, verreste di sopra con me? Vorrei...» ma Audrey lo interruppe.

«No, non credo che lo farò» dichiarò. Quella sera tutti gli uomini erano stati così villani che lei non aveva intenzione di cedere, nemmeno per lui.

Prese di nuovo la sua rivista di moda. Gli occhi di Jonathan si restrinsero. Audrey finse di sbadigliare, notando il modo in cui i pugni di Jonathan si stringevano. Provava un piacere malvagio nel fargliela pagare. Sapeva che lui voleva solo consolidare il suo ruolo nel Circolo e lei glielo stava rendendo difficile.

«Ha bisogno di una mano ferma, Jonathan. Falle vedere chi comanda» lo incoraggiò Lucien appoggiandosi alla parete e sorridendo.

Jonathan fece una smorfia e si avvicinò alla sedia di Audrey.

«Signorina Audrey.» Questa volta il suo tono era chiaramente un avvertimento. «Venite subito con me.»

Sollevando il mento, Audrey dichiarò guerra. «Non *oseresti* toccarmi, non dopo quello che mio fratello ha fatto a Charles.» Segretamente sperava che lui fosse abbastanza audace. Il brivido di farlo sudare per ottenere le sue attenzioni le faceva battere il cuore all'impazzata.

«Audrey, non incoraggiarlo» intervenne Horatia. Chiaramente aveva visto la tempesta che si stava preparando. La sorella abbandonò il libro e fece per alzarsi, ma Lucien si allontanò dal muro, bloccandola. Horatia si rimise a sedere, incontrando lo sguardo di Audrey e scuotendo la testa in segno di avvertimento.

«Oserei toccarvi, e anche di più, piccola ribelle» disse Jonathan e, prima che lei avesse il tempo di reagire adeguatamente, la prese in braccio.

Audrey scalciava e si contorceva. Jonathan stava rovinando il modo in cui lei aveva progettato il loro incontro. Non doveva andare così. Voleva essere sedotta! Quando le sue lotte si rivelarono inutili, reagì in un modo che funzionava contro i bambini piccoli e gli animali domestici indisciplinati.

Arrotolò la rivista e iniziò a colpirlo in testa, urlando: «Smettila, demonio!» Nonostante l'assalto, Jonathan non indietreggiò, nemmeno quando lei lo colpì in mezzo agli occhi.

La guardò con un tale livello di irritazione che le scintille sembrarono volare. «Sono un demonio?»

Jonathan uscì dalla stanza tenendo Audrey in braccio e la portò su per le scale. Quando raggiunse la camera da letto, quasi buttò giù la porta a calci. Audrey abbandonò la rivista e riprese a lottare.

*Signore, è forte,* pensò lei con una fitta improvvisa di desiderio. Essere sopraffatta in quel modo era qualcosa che non aveva previsto, né si aspettava di godere così tanto. Forse c'era qualcosa da dire sul fatto di essere maneggiate. E se lui avesse perso il controllo e le avesse strappato i vestiti di dosso? Sussultò per l'eccitazione vertiginosa che la invase.

Jonathan si avviò verso il letto e all'improvviso Audrey si ritrovò in aria. Quell'uomo orribile l'aveva lanciata! Colpì il materasso, gemendo per lo spavento, e rotolò dall'altra parte, atterrando sul pavimento con un tonfo doloroso.

«Ahi!» esclamò Audrey con l'anca dolorante. Era già caduta a terra due volte, una terza non l'avrebbe aiutata. Cercò di alzarsi e un piccolo mugolio le sfuggì dalle labbra. Senza dubbio questa volta si era fatta qualche livido. In un attimo Jonathan fu lì, prendendola ancora una volta tra le braccia e adagiandola più delicatamente sul copriletto rosa.

«Mi dispiace tanto, signorina Audrey. Mi sono lasciato trasportare, non volevo...» Un forte rossore di mortificazione si diffuse sul viso di Jonathan. Una ciocca di capelli biondi gli cadde sulla fronte e Audrey si avvicinò per sistemarla. Lui indietreggiò al tocco ma Audrey era troppo affascinata dalla vicinanza delle sue labbra.

Audrey non aveva dimenticato le innumerevoli conversazioni che aveva avuto con alcune delle cameriere più smaliziate. Le avevano fatto conoscere molte delle intimità segrete tra un uomo e una donna. Il modo in cui le lingue potevano sfiorarsi, il modo in cui il corpo di un uomo si induriva, persino come un uomo e una donna potevano baciarsi sotto la vita per aumentare il piacere. Audrey aveva assorbito quei racconti affascinata e la voglia di provare quelle esperienze era diventata sempre più forte.

Ma solo dopo aver incontrato Evangeline Mirabeau, aveva imparato in modo più specifico come attirare un uomo a letto con lei. I modi per indurlo a rispondere, per attirarlo con la lussuria...

Come una donna affamata che guarda un piatto di cibo, Audrey arricciò le dita nella cravatta del giovane e lo tirò a sé. La bocca di lui, spaventata, si scontrò con la sua e lei gliela leccò, cercando di fargli aprire le labbra. Lui resistette solo un attimo prima di gemere contro di lei e adagiarla sul letto, quindi le sollevò il vestito oltre le ginocchia e lei aprì le gambe.

Il giovane sapeva come baciare e lei stava imparando in fretta. Le loro labbra e le loro lingue iniziarono a danzare febbrilmente con un abbandono così selvaggio che Audrey aveva solo immaginato.

«Avete un sapore così dolce» le mormorò, baciandole la mascella e l'orecchio.

Audrey fu colta da ondate di panico, piacere e fascino che le attraversarono il corpo contemporaneamente. Di più, aveva bisogno di più in quel momento! Gli slacciò la cravatta e fece scivolare le mani sul collo, sulle spalle e sotto il gilet, poi iniziò a toglierglielo dalle spalle. Senza smettere di baciarla, Jonathan si tolse la giacca e la bloccò di nuovo sotto di sé.

Le accarezzò la coscia con la mano callosa, le mani di un operaio, si rese conto Audrey, e per qualche motivo questo le piacque. Voleva stare con lui, vivere come lui e sperimentare con lui. Non si trattava di un gentiluomo ozioso, ma di un uomo che si guadagnava da vivere, proprio come lei deside-rava guadagnarsi il suo.

Una fitta le attraversò la giuntura tra le cosce. Si tese, spaventata da quella sensazione di perdere il controllo del proprio corpo. Jonathan si premette contro di lei nello stesso istante, come se sapesse come avrebbe reagito. Audrey gemette e inarcò il corpo verso l'alto, facendo scorrere le mani sul corpo muscoloso del giovane. Non aveva vissuto una vita di ozio; era un acciaio rivestito di sensualità primordiale. Un morso al labbro inferiore, uno strusciare del bacino contro il suo sesso e Audrey si sciolse completamente in lui. La giovane spostò una mano spostò sotto la vita di lui, alla ricerca del rigonfiamento dei pantaloni che lui spingeva con fervore contro di lei. Jonathan gemette, impotente. Erano una sinfonia di istinti ancestrali, sensazioni erotiche e suoni eccitanti in un momento perfetto che sarebbe dovuto durare all'infinito. Ma non fu così.

Ricordando ciò che le aveva detto Evangeline, Audrey spostò una mano verso l'inguine e strofinò l'asta dura che premeva contro i pantaloni. Jonathan mormorò qualcosa, poi quasi ringhiò prendendole la bocca con fame. Lei cercò di arricciare le dita intorno a tutta la lunghezza e lo strinse. Le avevano detto che era il modo migliore per stimolare l'interesse di un uomo, quindi si assicurò di stringere il più possibile.

Qualcosa sembrava muoversi un po' tra le sue mani, come le sfere rotolanti di Baoding.

Jonathan sussultò e sul suo volto comparve un urlo silenzioso. Ma quell'espressione non sarebbe dovuta arrivare fino a dopo, vero? Rapidamente Audrey si rese conto che non era uno sguardo di piacere. Al contrario.

Jonathan si allontanò da Audrey e prese la sua giacca. Senza voltarsi indietro, uscì di corsa dalla stanza. A dire il vero, si trattava più che altro di un'andatura zoppicante. Audrey rimase immobile sul letto per un lungo istante, cercando di riprendere fiato e di alleviare l'ansimare pesante e la delusione che provava in quel momento. Ci era andata così vicina. Cosa era andato storto? Una cosa comunque le era chiara: baciando Charles non aveva provato una sensazione del genere.

IL SALOTTO ERA PIENO DI LUMI DI CANDELA, DI FUOCO E DI due persone che non avrebbero dovuto trovarsi nella stessa stanza. Horatia, non volendo ammettere la sconfitta, si era di nuovo rannicchiata sul sedile della finestra, con la veste argentata rimboccata intorno alle pantofole e le ginocchia rannicchiate sotto il mento. Stringeva il suo romanzo, *Lady Eustace and the Merry Marquess*, cercando di concentrarsi sulle pagine e non sul marchese della vita reale seduto accanto al fuoco. Nel breve periodo di tempo trascorso tra la battaglia di Jonathan con Audrey e la partenza precipitosa del giovane subito dopo, Horatia e Lucien si trovarono a combattere a loro volta. Sebbene lo sguardo di Lucien fosse rivolto alle fiamme vermiglie del camino, lei poteva percepire la sua attenzione su di lei, come se i suoi pensieri fossero diventati fisici e le accarezzassero la pelle, facendola bruciare di consapevolezza che avrebbe voluto ignorare, ma non poteva.

«Come trovi il tuo romanzo? Divertente? Banale? Raccapricciante?» Il freddo silenzio della stanza cedette al sorprendente calore della voce di Lucien.

Horatia non avrebbe dovuto rispondere, ma non poté farne a meno. «Non sarà un capolavoro letterario, ma...»

«Ma?» Lucien si girò sulla sedia, appoggiando un gomito sul bracciolo e il mento sul palmo della mano, con un'espressione sinceramente interessata a ciò che lei aveva da dire.

«Beh, è solo che Lady Eustace è un'eroina molto irritante.» Horatia sfogliò oziosamente le pagine che aveva già letto, prima di rivolgere lo sguardo verso di lui.

«Sono d'accordo. Eustace è un esempio scadente di personaggio femminile. Le mancano tutte le grandi qualità che attirerebbero un uomo.»

«E quali sarebbero, di grazia, queste qualità?» Horatia chiuse il volume e lo guardò con curiosità.

«Astuzia, furbizia, intelligenza» rispose Lucien.

«Non preferisci che le donne siano dolci, pudiche e obbedienti?»

«Una donna del genere sarebbe una noia tremenda. Forse una donna potrebbe essere dolce, ma se fosse anche pudica e obbediente, priverebbe un uomo di tutte le gioie di una donna complessa, e una donna dovrebbe essere complessa. Le cose semplici e le persone semplici sono piuttosto sopravvalutate. Torniamo ora a questo libro. Sicuramente la trama ti invoglia a continuare a leggere, nonostante la deludente mancanza di complessità di Lady Eustace.»

«In effetti, è così. Eustace continua a trovarsi nelle situazioni più assurde. Per esempio, a pagina quattordici, viene rinchiusa in una torre. Una torre! Quale donna è così sciocca da affidarsi ai capricci di un uomo all'inizio della storia?»

«È sciocco farsi rinchiudere in una torre, ma per quanto riguarda la fiducia in un uomo... date certe circostanze, può essere molto eccitante. Non sei d'accordo?»

Lo sguardo di Lucien era come il miele ma le sue parole le avevano ricordato il pungiglione che spesso seguiva una tale dolcezza.

«Emozionante, sì, ma in fondo non soddisfacente, visto che la fiducia sembra finire nel tradimento.» Horatia tornò al libro, cercando di concentrarsi sulla folle fuga di Lady Eustace dal castello del marchese nel cuore della notte. Che sciocchezza! Eppure anche il personaggio dell'allegro marchese aveva attirato la sua attenzione, probabilmente più del dovuto, proprio come il marchese reale seduto a pochi metri da lei.

«Non è soddisfacente? Mi sembra di ricordare le tue urla di piacere quando le mie dita...»

«Basta!» mormorò Horatia, sbattendo il libro. «O hai dimenticato come è finita?»

Lucien sorrise diabolicamente. «Dovrai costringermi a farlo.»

«Oh? E ora chi è il bambino?»

Lucien chiuse gli occhi e si leccò le labbra. «Riesco ancora a sentire il tuo sapore. Anche se sono passate ore, non posso fare a meno di chiedermi se la mia memoria ti renda giustizia. Rabbrividiresti sotto di me? Gemeresti il mio nome in segno di impotente piacere...»

*Lady Eustace and the Merry Marquess* si vendicarono cogliendo Lucien in pieno volto. Il marchese imprecò, stringendosi il naso e lanciando uno sguardo cupo a Horatia, che era ancora seduta sulla piccola finestra che dava sul giardino posteriore, con gli occhi fissi sul soffitto. Lucien si alzò dalla sedia e si diresse verso di lei, con un bagliore predatorio negli occhi.

«Che cosa stai facendo?» Horatia si appiattì contro il vetro freddo della finestra, con le mani appoggiate dietro di lei sul vetro gelido.

«Credo sia arrivato il momento di darti una lezione e, visto che non c'è nient'altro che tu possa lanciare, questa mi sembra l'occasione perfetta.» Lucien si avvicinò al sedile della finestra, con le mani sui fianchi.

Horatia sollevò il mento. «Il solo fatto di essere nella stessa stanza con te è una punizione sufficiente.» Incrociò le braccia sul petto in quella che doveva essere una posa imponente, ma che sembrava solo attirare gli occhi di lui verso i suoi seni.

«Stare con me è una punizione?»

Horatia si chiese se avesse detto la cosa sbagliata.

«Suppongo che la domanda migliore sia: perché mi vedi

come una punizione se dici di amarmi? E non negarlo. Anche ora le tue pupille sono dilatate e il tuo respiro è accelerato.»

Aveva ragione, quella canaglia arrogante. Il cuore le batteva forte e il suo respiro era instabile.

«Mi desideri ancora, anche dopo tutto quello che ho fatto?» Lucien si chinò e le prese il viso, sfiorandole le labbra. Horatia ondeggiò verso di lui, desiderando più di quel breve e tormentoso contatto tra le loro labbra.

«Perché?» ripeté lui, con un tono basso, mordicchiandole il labbro inferiore.

Horatia si rifiutò di rispondere. Lui sapeva benissimo perché. La bloccò con la schiena contro la finestra, il vetro gelido le bruciava le scapole. Il marchese fece scivolare le mani sulle cosce di lei, scoprendole le gambe e facendo scivolare le gonne argentate intorno alla vita. Infilò un ginocchio e poi l'altro tra quelle di lei, inginocchiandosi sul sedile, ingabbiandola contro la finestra. Le allargò le gambe per poterla sollevare contro di sé e la fece sedere in grembo. Le ginocchia di lei si aggrapparono ai suoi fianchi.

«Non hai risposto alla mia domanda.»

«Quale domanda?» gli chiese Horatia, stordita dal piacere. Sentì il corpo di Lucien riempirsi di una risata silenziosa e per qualche motivo questo la fece arrabbiare, portando con sé un'ondata di chiarezza. Horatia si appoggiò all'indietro e sferrò un pugno, colpendolo allo stomaco, ma Lucien si sbilanciò e caddero entrambi. Horatia sentì l'abito strapparsi mentre cadeva al fianco del marchese.

«Buon Dio!» esclamò il giovane. «Sono abbastanza sicuro che mi hai appena distrutto le viscere. Tuo fratello ti ha insegnato a colpire così? Forse Charles era più nei guai di quanto pensassi; avrei dovuto accettare la scommessa di Godric.»

«Ti sta bene perché sei un insopportabile provocatore. Sei fortunato che ammiri così tanto il tuo viso o ti caverei gli occhi.» Horatia lo fissò, inginocchiandosi.

«Stai diventando un'arpia in età avanzata, vero?» Lucien rise.

«Arpia? *Età avanzata?*» La voce di Horatia era stridula e strinse i pugni, pronta a sferrare un altro pugno.

«Quanto hai fatto? Tre stagioni? Sei praticamente vecchia, mia cara. Hai anche i gatti per recitare la parte.» Lucien guardò verso la porta del salotto, dove Muff sedeva oziosamente leccandosi una zampa dalla punta bianca. Il gatto si fermò quando vide i due umani fissarlo.

*«Mrreow?»*

Incapace di trattenersi, Horatia rise. Ciò infastidì chiaramente Muff che se ne andò, ondeggiando la sua coda nera a spazzola come un pennacchio di piume. Horatia riprese il controllo di sé e si alzò per recuperare la povera *Lady Eustace* dal pavimento. Alcune pagine erano piegate, come ali spezzate. A Horatia si strinse la gola. Aveva faticato tanto per mantenere i suoi libri in buone condizioni, soprattutto quelli che le aveva regalato Lucien. Perché quell'uomo doveva sempre metterla in difficoltà?

LUCIEN SI APPOGGIÒ AI GOMITI SUL PAVIMENTO, CON LE gambe incrociate alle caviglie, e la osservò. Gli era piaciuto eccitarla, ma il dolore rassegnato negli occhi della giovane ora lo metteva a disagio. Horatia stava cercando di sistemare le pagine del romanzo ed era angosciata perché non ci riusciva.

«È solo un libro. Puoi comprarne uno nuovo.»

Gli occhi di Horatia si appannarono. «Non sarebbe lo stesso.»

«Non dirmi che negli ultimi minuti ti sei affezionata a Lady Eustace.» Lucien cercò di prenderla in giro, ma lei non sorrideva.

«Non è Lady Eustace che mi piace.»

Horatia si alzò in piedi, senza accorgersi dello strappo nella veste vicino alla spalla. La stoffa argentata si afflosciò sulla spalla sinistra, esponendole parte del seno. Lucien implorò silenziosamente che l'abito scendesse di più. Il suo capezzolo sarebbe stato una pesca morbida o una bacca dolce e succulenta? Desiderava conoscerne il sapore, esplorare quel capezzolo con la bocca e la lingua. Le sarebbe piaciuto essere leccata, morsa o succhiata? Tutte quelle domande gli sembrarono improvvisamente vitali. Doveva conoscere le risposte. Lucien mugolò di protesta quando Horatia tirò su la manica strappata, nascondendogli quel seno provocante.

«Se vuoi scusarmi.» Horatia fece per andarsene, ma lui scattò in piedi e le afferrò la parte posteriore dell'abito, fermandola. Lei si allungò e afferrò il polso che reggeva l'abito, conficcandogli le unghie nella pelle. Lui non indietreggiò nemmeno per il dolore.

«Lasciami.»

«Rispondi alla mia domanda.» Lucien si ritrovò a sorridere, sapendo che lei avrebbe ceduto. Altrimenti non l'avrebbe lasciata andare via.

«La risposta la conosci» rispose lei, lasciandogli il polso, incrociando le braccia e girando il viso dall'altra parte.

«Non sei divertente stasera» mormorò Lucien.

«Da quando in qua vuoi che io sia divertente o addirittura che mi diverta? Se non ricordo male, lo scopo della tua vita è strapparmi il cuore e l'anima e schiacciarli sotto le tue scarpe. E congratulazioni Lucien, ci sei riuscito. Bravo. Ora per favore lasciami andare, così quando inizierò a piangere potrò farlo in pace. Ti prego, risparmiami l'umiliazione di crollare in tua presenza.»

Lucien non avrebbe creduto che Horatia fosse sul punto di piangere, il suo tono era troppo forte. Ma il tremito quasi invisibile delle labbra rosa pallido parlava chiaro.

«Prometto di lasciarti andare se risponderai direttamente

alla mia domanda.» Lucien abbassò la voce, parlando più dolcemente. «Mi desideri ancora dopo tutto quello che ti ho fatto?»

«Cosa ne pensi?» Horatia sbatté le palpebre per combattere le lacrime. «Mi sento come un topo tra le grinfie di un gatto. Sei peggio di Muff. Mi colpisci con le zampe, mi artigli, mi ecciti, ma per te è tutto un gioco. Mi seduci perché ti annoi. Provi piacere nel darmi la speranza di un affetto ricambiato, per poi rovinare i miei sogni. Ti supplico, Lucien. Uccidimi ora o lasciami in pace per sempre, ma per l'amor di Dio smetti questa danza infernale. Sono in agonia ogni minuto di ogni ora di ogni giorno, temendo ciò che farai al mio cuore. Poni fine alle mie sofferenze e falla finita.»

Lucien era sbalordito. Non aveva mai pensato che Horatia potesse essere così sincera su una cosa così privata. Gli occhi di lei lo accecarono. Il dolore nella sua voce lo attraversò, lasciandogli cicatrici che si era giustamente meritato. Aveva ragione, aveva fatto di tutto per ignorarla negli ultimi anni, solo per stuzzicarla quando non riusciva a starle lontano, e a cosa era servito?

Perché si ostinava a torturarla? Trattandola con tanta insensibilità, aveva tratto una cupa soddisfazione dalla capacità di controllare il suo desiderio per lei, anche se negli ultimi tempi era diventato sempre più difficile. Lentamente allentò la presa sul vestito della giovane. Passò un momento in cui nessuno dei due si mosse e poi Horatia, stringendo il libro come uno scudo, fuggì dalla stanza e salì le scale. Lucien chiuse gli occhi al suono lontano della porta che si chiudeva.

Quella sera qualcosa era cambiato. Non sapeva cosa, ma lo sentiva nel profondo della sua anima. Era come se gli fosse stata imposta una rotta e tornare indietro fosse impossibile. Per di più non voleva farlo. L'unica cosa che sapeva era che la missione della sua vita, come l'aveva definita Horatia, era cambiata.

Dall'indomani non avrebbe più infastidito né stuzzicato Horatia, né sarebbe stato freddo con lei. Avrebbe mantenuto una distanza educata, ma auspicabilmente calorosa. E una volta conclusa la terribile faccenda con Waverly, avrebbe iniziato a cercare moglie. Se Godric era riuscito a sistemarsi, allora avrebbe potuto farlo anche lui. Ma non con Horatia.

Cedric non avrebbe mai permesso quel matrimonio. Se Lucien fosse stato al suo posto, non l'avrebbe permesso nemmeno lui. Cedric lo aveva visto andare a letto con due donne contemporaneamente e sapeva che Lucien aveva fatto cose a letto da cui avevano preso le distanze persino alcuni membri del Circolo. Stupidamente, si era vantato di tali conquiste e degli astuti metodi di seduzione che aveva usato.

No, Cedric non avrebbe mai permesso a sua sorella di sposare un uomo come lui. Né Lucien avrebbe trovato una donna in grado di suscitare le sue passioni, ma del resto aveva sempre saputo che sarebbe stato condannato a un matrimonio senza amore. Avrebbe trovato una ragazza tranquilla e discreta, l'avrebbe sposata in fretta e l'avrebbe fatta finita. Se Horatia lo avesse visto sposato, allora avrebbe potuto andare avanti da sola. *E il passato sarà davvero sepolto,* pensò.

Un corpo nero, elegante e peloso apparve sulla soglia del salotto. Muff era tornato. Lucien, troppo stanco per andare a chiamare un calesse per tornare a Half Moon Street, decise di rimanere lì, al caldo del fuoco, ancora acceso dal ricordo delle forme di Horatia contro le sue. Si avvicinò al divano appoggiato alla parete, sistemò alcuni cuscini e vi si buttò sopra. Il fuoco crepitava, l'unica luce nella stanza dopo che aveva spento le candele. Muff emise uno strano miagolio e si avventò sul petto di Lucien.

Lucien, come Cedric, era un amante di tutti gli animali e grattò il gatto anziano dietro le orecchie. Le fusa di risposta erano forti ma rilassanti. Mentre il sonno cominciava a farsi sentire, si chiese se avrebbe potuto trascorrere il resto dei suoi giorni da scapolo, con la sola compagnia di un gatto come Muff. O forse avrebbe trascorso i suoi giorni al *Midnight Garden*, le cui signore erano sempre desiderose di realizzare i suoi sogni.

Ma non era una dama quella che sognava, bensì una bellezza dagli occhi lacrimosi in un abito d'argento strappato. Una Cenerentola il cui Principe Azzurro non aveva ballato con lei al ballo, né l'aveva baciata prima che l'orologio battesse la mezzanotte. Nel palazzo buio e illuminato dalla luna dei suoi sogni, teneva in mano un'unica scarpetta di raso d'argento e piangeva, per quello che non sapeva.

## ❧ 11 ❧

Il mattino seguente, Horatia indossò un abito rosa scuro di seta francese e scese le scale principali. La casa era silenziosa, il che significava che Cedric e Audrey stavano ancora dormendo. I suoi passi, normalmente morbidi, divennero in punta dei piedi, attraversando la casa. Passò davanti al salotto, si fermò perplessa e indietreggiò di qualche metro per guardare discretamente attraverso la porta aperta.

Nell'angolo più lontano, Lucien era disteso sulla schiena, addormentato sul divanetto. Muff, il piccolo diavolo felino, era disteso sulla pancia del giovane, con una zampa sollevata in aria e la coda che si muoveva all'estremità. Lucien aveva una mano appoggiata sul ventre del gatto e lo accarezzava con una grazia sorprendente. Era il tipo di carezza che una persona fa a metà del sonno, o a metà del risveglio.

Guardandolo, Horatia sentì un dolore crescere in lei. Non avrebbe mai saputo se Lucien un l'avrebbe accarezzata in quel modo a letto. Solo allora si rese conto che Lucien non se n'era andato la sera precedente. Un lampo di rimorso la attraversò. Era stata una pessima padrona di casa. Avrebbe dovuto far preparare una stanza e un letto per lui. Lucien non avrebbe dovuto subire i disagi di un divanetto.

Horatia fece un passo incerto all'interno ma Muff, vedendola, si spostò e cominciò a fare le fusa. Temendo di svegliare Lucien, si ritirò nella sala della colazione, dove la attendeva già un pasto caldo. Il caffè era fresco e l'aroma si diffondeva nell'aria. Horatia, preferendo il tè, si preparò una tazza calda con molto zucchero. Aveva appena iniziato a mordere il pane tostato quando fu raggiunta da Lucien con gli occhi assonnati.

Anche se sbadigliava e si passava una mano tra i capelli rossi scompigliati, era un dio tra i mortali. Le rivolse un sorriso sorprendentemente peccaminoso che l'avrebbe fatta cadere a terra, se non fosse stata già seduta. Rifletteva la timidezza per aver fatto qualcosa di diabolicamente intimo la sera prima. A Horatia mancò il fiato mentre Lucien si tirava giù il gilet sgualcito e cercava di raddrizzare la cravatta. Era così che lo vedevano le sue amanti dopo una notte di passione? Se fosse stato così, avrebbero insistito per riportarlo subito a letto. Almeno quello era ciò che avrebbe voluto fare lei. Il pensiero la fece arrossire, ma Lucien non sembrò accorgersene.

«Buongiorno» disse lui, sedendosi davanti a lei.

«Buongiorno» riuscì a rispondere Horatia. Quel cambiamento, quella mancanza di fredda ostilità o di flirt casuale, l'aveva spaventata. A che gioco stava giocando?

«Il caffè è ancora caldo?» le chiese.

«Sì, è stato preparato da poco» Si chinò in avanti per versargliene una tazza.

«Fantastico. Due zollette di zucchero, per favore» le chiese Lucien quando lei iniziò a far scorrere la tazza e il piattino.

Horatia fece cadere frettolosamente due cubetti nella tazza. Strano, aveva sempre pensato che lo prendesse nero e forte.

Lucien notò lo sguardo perplesso della giovane e sorrise.

«Non riesco a mandar giù la roba se non è dolce. Secondo mio fratello Lawrence, questo è uno dei miei più grandi difetti.»

Horatia ridacchiò, nonostante la sua intenzione di rimanere stoica.

«Allora forse dovresti sapere che una volta ho visto Lawrence mettere *tre* zollette di zucchero nel suo tè un pomeriggio della scorsa primavera.» Lo sussurrò con tono cospiratorio. «Cerca di farlo quando nessuno lo guarda.»

«Quel maledetto! Quella piccola donnola osa punzecchiarmi? Oh, quante cose sopporto!» Lucien si lamentò teatralmente, stringendosi il petto. «Mi vendicherò di lui la prossima volta che lo affronterò sul ring.»

Horatia trasalì all'immagine di Lucien che colpiva il fratello minore sul naso con una forza tale da farlo sanguinare. Ma gli uomini spesso facevano le cose più sciocche. Suo fratello ne era la prova evidente.

«Spero che tu abbia dormito bene.» Lucien cambiò argomento di conversazione.

«Sì, abbastanza bene, ma... avresti dovuto farti preparare una stanza dalla servitù, Lucien. Dormire su quel divanetto deve essere stato miseramente scomodo.» Sentiva il viso riscaldarsi mentre parlava. Era una chiara ammissione del suo fallimento come padrona di casa. Grazie al cielo sua madre non era viva per assistere a tutto ciò.

Lucien scrollò le spalle e assaggiò il caffè. «Sciocchezze, andava bene. Un po' rigido, ma niente di meno di quanto meritassi. Il che mi porta al punto di cui devo parlarti.»

Horatia scosse la testa, cercando di impedirgli di dire qualcosa che avrebbe rovinato un inizio di giornata così piacevole.

Il giovane alzò una mano e ogni protesta di Horatia le morì sulle labbra. «Ora ascoltami, Horatia. Quello che è successo ieri sera, tutto quello che ho detto, mi scuso senza riserve. Sono stato infantile e crudele. Non ho motivo di ignorarti o di essere così freddo. Quindi, ti prego, accetta le mie scuse e dimmi che sei d'accordo sul fatto che il passato sia passato.»

Attraversò il tavolo, porgendole una mano. Prima che Horatia potesse fermarsi, fece scivolare le dita nella sua presa salda.

«Amici?» le chiese lui. Quel semplice legame era per lei più intimo di qualsiasi bacio che lui le avesse mai dato. Era un tocco che lui le aveva offerto per amicizia, con buone intenzioni, non perché stesse giocando con lei - e questo la spaventava. Le ricordava che avrebbe sempre voluto di più, ma questo lo avrebbe accettato volentieri.

«Amici» concordò lei.

«Eccellente» ribatté Lucien, osservando il giornale. «È il *Morning Post?*»

«Sì, vuoi leggerlo?» Horatia fece scorrere il foglio.

Lucien amava le notizie. Horatia non sapeva se Lucien fosse davvero interessato agli ultimi pettegolezzi politici o sociali o se usasse il giornale semplicemente come scudo a colazione, ma era un'abitudine che aveva da quando lo conosceva. Horatia lo osservò prendere il giornale e aprirlo, fino a nascondersi. Capiva quel bisogno meglio di chiunque altro. Ogni anno usava i regali di Natale, i libri che lui le regalava, come una sorta di rifugio. Aveva trascorso più di un pomeriggio nascosta in biblioteca a leggere, piuttosto che unirsi ad Audrey e Cedric per una passeggiata ad Hyde Park. Era più facile nascondersi che affrontare la realtà del mondo. Non voleva andare a caccia di marito, non quando era già innamorata di un uomo.

«Vuoi del pane tostato?» gli propose Horatia, porgendogli un vassoio. Il muro di carta cadde sulla punta delle dita del marchese, permettendogli di sbirciare oltre le pagine per guardare il vassoio.

«Sembra delizioso.» Lucien raggiunse il vassoio e, dopo

averne preso un pezzo, tornò al suo giornale. Horatia sbatté le palpebre. Era possibile che andassero davvero d'accordo? Purtroppo, la sua tranquilla riflessione su quella domanda fu interrotta quando Audrey e Cedric li raggiunsero, bisticciando come bambini.

«Un giorno? Un solo giorno? Cedric, non posso essere pronta per allora! È a malapena il tempo necessario alla mia cameriera per preparare i cappelli, per non parlare di tutto il mio guardaroba! Dobbiamo proprio partire così presto?»

«Mi dispiace. Chiederò agli assassini in agguato nell'ombra di concederti più tempo per prepararti, va bene?»

«Non essere così drammatico» rispose Audrey. «Non ti si addice.»

«Cosa accade tra un giorno?» chiese Horatia gentilmente, sperando di placare l'ira crescente di Audrey. La sorella minore si girò verso di lei, cercando un'alleata.

«Diglielo, Horatia. Digli che un giorno per fare i bagagli per il Kent non è abbastanza.»

«Lucien, aiuta un uomo e dille che non è necessario che porti con sé *ogni* capo di abbigliamento!» implorò Cedric, gettandosi sulla sedia accanto all'amico.

«Perché andiamo nel Kent?» chiese Horatia. C'era solo un posto nel Kent in cui era stata e sicuramente Cedric non le avrebbe mandate lì. Non dopo quello che lei aveva fatto l'ultima volta. Era poco più di una bambina, ma l'imbarazzo la tormentava ancora.

Lucien girò il caffè, lo portò alle labbra e incontrò lo sguardo di Horatia, al di là del tavolo. «Tu, Audrey e Cedric siete stati invitati a raggiungere la mia famiglia per le vacanze di Natale. Partiremo per la mia tenuta domani, prima delle luci dell'alba.»

«Visto! Non c'è tempo!» Audrey sottolineò la sua lamentela, rivolgendo un'occhiataccia a Lucien, che aveva abbandonato il suo foglio e le stava sorridendo in modo fin troppo dolce.

Horatia conosceva bene quello sguardo. La sorellina doveva stare attenta, o Lucien l'avrebbe indotta a fare qualcosa che non voleva.

«Sicuramente saremmo un peso inutile, soprattutto durante le feste.» Horatia rivolse uno sguardo supplichevole al fratello, cercando il suo appoggio.

«Mi dispiace, Horatia ma Ashton mi ha dato degli ordini.»

«Lasci sempre che sia lui a dettare la tua vita?» Audrey scattò.

Cedric non rispose, ma Lucien sì.

«Vostro fratello ascolta le ragioni dei suoi amici quando la vostra sicurezza potrebbe dipendere dalla nostra guida. Non mi agiterei troppo, signore. Mia madre insisterà per portarvi a fare shopping in città finché avrete tanti vestiti quanti ne possano contenere i vostri bauli. Non sarebbe bello?» Lucien era solo un seduttore.

Audrey si accomodò sulla sedia accanto a Horatia e sospirò. «Suppongo di poterlo sopportare. Amo molto Lady Rochester. Legge *La Belle Assemblée*, lo sai.»

Lucien sorrise e il cuore di Horatia si rivoltò. Chiunque conoscesse Lady Rochester era al corrente delle sue ossessioni, tra cui la moda.

«In effetti...» mormorò Lucien, sorseggiando il caffè.

Audrey iniziò una lunga discussione sui vari modi di indossare il fazzoletto da collo e sulle fogge più adatte per una serata fuori. Gli uomini rispondevano con bassi grugniti di assenso ogni volta che lei sembrava fermarsi e aspettare la loro attenzione. Non che a lei sembrasse importare quale fosse la loro risposta, e nemmeno a loro. Se avesse chiesto mille sterline e un cavallo nuovo, senza dubbio avrebbero acconsentito, solo per mantenere le apparenze che stavano ascoltando i suoi discorsi.

Horatia finì la colazione e uscì silenziosamente dalla stanza, cosa che le veniva facile quando Audrey parlava di moda. Avrebbe preparato i bagagli e sarebbe stata pronta per partire in sole due ore. Ma non poté fare nulla per evitare il brivido allo stomaco quando si rese conto che i quattro sarebbero stati schiacciati in modo scomodo in una carrozza per molte lunghe ore. Nonostante il nuovo desiderio di Lucien di essere civile nei suoi confronti, dentro di sé Horatia provava ancora una profonda inquietudine. Lucien doveva avere in mente qualcosa e temeva quello che poteva avere in serbo per lei.

$$\maltese \quad 12 \quad \maltese$$

C'era qualcosa che non andava. Ashton si muoveva a disagio nei suoi stivali neri, alti fino al ginocchio. I giardini veri e propri dietro il *Midnight Garden* erano freddi e il suo respiro creava piccole nuvole pallide mentre aspettava in un'area nascosta tra alti cespugli per vedere dove i due uomini della sera precedente avrebbero potuto incontrarsi.

Lucien era sicuro di aver sentito la voce di Waverly che dava ordini al sicario. Ma era facile lasciare che i pregiudizi influenzassero la memoria di un uomo. Da quando il Circolo aveva affrontato Waverly quella notte sul fiume Cam, quando aveva tentato di annegare Charles, Waverly si era trasformato da semplice mortale a uomo nero. Un uomo innocente era morto durante la loro lotta ed era nata l'inimicizia. Era solo questione di tempo prima che qualcuno pagasse per la vita persa quella notte.

Ashton sapeva che non aveva senso addossare la colpa di ogni disgrazia a Waverly, ma quell'uomo sembrava avere la capacità di diffondere dolore e problemi. Ashton aveva fatto del suo meglio per rimanere distaccato da quei pensieri.

Tuttavia, se Lucien aveva sentito bene, Waverly stava finalmente cercando di mettere in pratica la sua minaccia.

Ashton poteva ancora sentire l'urlo crudele di Waverly
dalla riva di fronte a loro, dopo che avevano ripescato Charles
dal fiume. «La pagherete! Tutti voi! Nessuno di voi furfanti
conoscerà la pace o una lunga vita! Mi sentite? Siete tutti
dannati!» Il loro nemico stava stringendo il corpo dell'uomo
morto. Era un'immagine che Ashton non riusciva a cancellare
dalla sua mente, né il senso di colpa che vi si nascondeva
dietro. Forse aveva ragione. Forse erano dannati.

Fu Charles a soffrire di più. A volte si svegliava ancora in
preda alle urla, incapace di riconoscere un'anima intorno a sé
e gridando per l'acqua che gli riempiva i polmoni. Quando si
trovavano sotto lo stesso tetto per una notte, Ashton era abile
a calmare Charles e a farlo così rapidamente da non svegliare
nessun altro. Era per questo che il poveretto dormiva sempre
fino a tardi.

Godric lo raggiunse, accovacciandosi e facendo scricchio-
lare gli stivali sulla neve. «Non mi piace, Ash. Questo posto è
troppo tranquillo.» I due erano arrivati di prima mattina per
vedere se qualcuno avesse visto Waverly o se esistesse qualche
prova che potesse condurre all'uomo o ai suoi scagnozzi. Fino
a quel momento non avevano trovato nulla, non che Ashton
si aspettasse diversamente. La maggior parte dei visitatori
della notte precedente si era allontanata in carrozza o a piedi
nelle prime ore dell'alba per tornare alla propria vita
quotidiana.

«Nemmeno a me. È troppo azzardato, troppo una coinci-
denza che Lucien li abbia sentiti.» Ashton si inginocchiò,
tenendosi in equilibrio sulle punte dei piedi, mentre tracciava
con un polpastrello guantato le impronte di uno stivale. Una
serie d'impronte si era allontanata dal luogo dell'incontro
della sera precedente proprio attraverso l'area in cui lui e
Godric ora aspettavano e si nascondevano.

«Pensi che abbia in mente un altro obiettivo?» chiese Godric.

«Intendi dire che ci ha fatto affannare per proteggere Cedric, quando ha intenzione di uccidere qualcun altro di noi?» Ashton aggrottò la fronte. «È certamente possibile. Vorrei sapere come proteggerci meglio. Se ci disperdessimo, la nostra forza numerica diminuirebbe, ma sarebbe più difficile trovarci. Se restiamo uniti, è più facile per lui concentrare le sue risorse. In ogni caso saremo in pericolo.»

«A volte è un peccato avere uno standard di moralità. Per quanto mi riguarda, mi piacerebbe mettere nella tomba quel pezzo di merda piagnucolante.» Gli occhi di Godric erano affilati come pugnali di giada.

«Se non avessi nutrito qualche preoccupazione per lo stato della mia anima immortale, avrei posto fine alla sua vita a Cambridge» concordò Ashton con tono solenne.

Godric gli pose una mano sulla spalla.

«Le nostre anime erano già abbastanza macchiate quella notte e abbiamo dovuto salvare Charles dall'annegamento. Se dovessimo rifarlo, lascerei comunque fuggire Waverly. Sceglierei sempre la vita di Charles piuttosto che la morte di Waverly» disse Godric.

«Non è una scelta di cui mi pento, ma Waverly è una minaccia. Bisogna fare qualcosa.»

«Sono d'accordo.» Godric si strofinò le mani guantate per riscaldarle.

«Ormai sono le dieci e mezza» disse Ashton, esaminando l'orologio da tasca. «Dovremmo avvisare Lucien prima che lui e Cedric partano. Penso che il resto di noi dovrebbe rimanere a Londra, ma tenersi in stretto contatto. Voglio che tutti si presentino a casa tua, Godric, ogni sera entro le dieci. Non voglio che qualcuno si faccia male se non presta attenzione.»

«Dirò a Jonathan di trasferirsi da me ed Emily, così non dovrai preoccuparti di lui» suggerì Godric.

«Sta bene dov'è. Anzi, preferirei tenerlo sotto il mio tetto. Ha un ottimo istinto. Penso che farò trasferire anche Charles per le vacanze. Li terrò entrambi con me finché non sarà tutto finito e potremo continuare la nostra indagine qui.»

«Allora dovremo difenderci da Waverly solo su tre fronti.»

Godric e Ashton iniziarono a tornare indietro attraverso le siepi quando un uomo con mantello e berretto uscì dalla porta più vicina, dirigendosi direttamente verso di loro. Si acquattarono dietro un gruppo di alberi alti mentre l'uomo passava davanti a loro, srotolando il mantello come una bandiera nera. Si diresse direttamente verso il punto in cui Ashton e Godric si trovavano pochi istanti prima e sembrò aspettare, con grande impazienza.

«Pensi che sia uno degli uomini?» Godric fece un cenno verso il sospetto.

«Lo ritengo molto probabile» sussurrò Ashton. «Rimani qui e sorveglia la porta. Cercherò di vedere più da vicino il nostro misterioso compagno.»

Ashton usò la copertura di alcuni cespugli per nascondersi, strisciando lungo il sentiero più vicino creato dagli arbusti. Attraverso il fitto fogliame riuscì a scorgere lo svolazzare del mantello dell'uomo mentre camminava avanti e indietro. Non aveva una visuale abbastanza chiara attraverso i cespugli da permettergli di scorgere l'uomo, così dovette rischiare di alzare la testa o di sbirciare dietro l'ultimo cespuglio alla fine del sentiero. Scelse di scrutare intorno piuttosto che oltre il cespuglio.

Un ramoscello caduto si spezzò sotto il suo stivale e il suono richiamò l'uomo che si girò, incontrando lo sguardo di Ashton. Non a lungo, ma abbastanza a lungo perché Ash vedesse la fredda cautela trasformarsi in azione decisa. L'uomo estrasse una pistola dal mantello e sparò. Il colpo risuonò come un tuono e una scarica di fuoco attraversò Ashton che imprecò e si strinse il braccio sinistro. Quando staccò la mano, il guanto di pelle nera luccicava di sangue.

«Ash!» Godric accorse, dando un'occhiata in giro per cercare segni del tiratore, ma l'uomo era sparito.

«Dovremmo andare a cercarlo?» gli chiese Godric. «Non ho visto da che parte è andato.»

«Nemmeno io. Deve aver pianificato una via di fuga.»

«Furbo bastardo» disse Godric. «Perché ti ha sparato?»

Ash scrollò le spalle, trasalendo. «Mi ha visto sbirciare sul bordo del cespuglio e ha reagito. Credo che abbia sparato perché mi ha riconosciuto.»

«Meno male che ti ha mancato.»

Ashton inciampò e afferrò la manica di Godric per sostenersi. «In realtà... non lo ha fatto.» Il sangue cominciò a scorrere liberamente lungo il braccio sinistro. I due tornarono rapidamente nel *Midnight Garden.*

«Cosa? Ash, stai sanguinando! Dannazione, perché non mi hai detto che ti aveva sparato?» Il volto di Godric divenne bianco come il marmo.

«Perdonami se in questo momento la mia mente è un po' annebbiata dal dolore» rispose Ashton con sarcasmo. «Fa un male cane. Ti dispiace se ce ne andiamo da qui prima che io perda altro sangue?»

«Certo, naturalmente. Andiamo.» L'amico lo afferrò per il braccio sano e lo aiutò a raggiungere la porta.

La proprietaria del *Midnight Garden*, Madame Chanson, corse verso di loro. «Ho sentito uno sparo!» esclamò in preda al panico.

«Sì. Sembra che l'uomo che stavamo cercando non volesse essere trovato.»

«Devo contattare gli agenti?»

«Temo che se ne sia già andato da tempo, e c'è da considerare il vostro anonimato. Potreste chiamare immediatamente la mia carrozza e far inviare rapidamente un medico alla mia residenza?» Godric afferrò con forza il braccio destro di Ashton per tenere in piedi l'amico ferito. Mentre Godric parlava, Ash si tolse la cravatta e creò un laccio emostatico di fortuna.

La carrozza di Godric si fermò e lui aiutò Ashton a entrare. Il proiettile, qualunque fosse stato il percorso che aveva preso, aveva lasciato una brutta ferita nel braccio di Ashton.

«Casa mia non è lontana, possiamo aspettare lì il dottore. Emily potrà occuparsi di te fino ad allora.»

«Mi sottoporresti alle angherie di tua moglie?» Ashton fece una risatina dolorosa, stringendo la mano destra sulla ferita.

«Certo!»

«Ti ho fatto qualche torto? Perché lasceresti che Emily si occupasse di me? Potrei perdere tutto il braccio per il suo desiderio di giocare alla balia.»

«Temo di più quello che Emily farebbe a me se non le fosse permesso di aiutarti.»

Ashton emise un gemito di dolore e la sua vista si offuscò. Godric gridò al cocchiere di andare più veloce.

«Resta sveglio, Ash» gridò Godric mentre Ashton cedeva alla tentazione di chiudere gli occhi per un momento.

«Ci sto provando» mormorò Ashton. «In tutte le volte che ci siamo messi nei guai, non mi hanno mai sparato. I soldati ne parlano con una punta di orgoglio e spavalderia. Ho deciso che l'esperienza è molto sopravvalutata.» Abbassò lo sguardo sul braccio legato. «Forse dovresti distrarmi?»

«Questo posso farlo. Ho passato tutta la notte scorsa a cercare di sedurre mia moglie per farmi raccontare come lei e le sue amiche siano scappate dalla loro stanza ieri sera e siano entrate nel salotto senza che noi le vedessimo. Ma nonostante i miei sforzi, non mi ha rivelato nulla. Quali sono le sue teorie?»

Ashton strinse i denti, cercando di formulare una risposta.

«Direi che hanno convinto uno dei domestici a farle uscire e sono scese di nascosto in sala da pranzo mentre noi eravamo ancora in salotto. Quando noi siamo saliti al piano superiore si sono spostate di nuovo e ci hanno aspettato lì.»

«È quello che ho pensato anch'io. Anche se non riesco ancora a capire come abbia fatto Emily a ricamare così velocemente la frase *Mai sfidare una donna*. So che non stava ricamando.» Ashton sorrise, ma la sua espressione divenne una smorfia quando la carrozza si fermò a Essex House. Un cameriere arrivò, aprì lo sportello e aiutò Godric a far scendere Ashton e a raggiungere la porta di casa.

«Grazie, Timmons. Stiamo aspettando un medico. Fallo venire immediatamente.»

Godric si gettò il braccio sano di Ashton intorno alle spalle e aiutò l'amico a entrare.

Emily stava aspettando in cima alle scale e, in preda al panico, si precipitò giù per aiutarli.

«Che cosa gli è successo?» chiese.

Godric le fece cenno di aprire la porta del salotto. Emily lo fece, poi chiese a una cameriera di portare dell'acqua e dei panni.

«Stendilo sul divano, Godric.» Emily indicò un mobile di broccato blu e oro. Si affrettò ad aiutare Ashton a sedersi. Lui fece un profondo respiro agitato che fece condividere a Godric ed Emily uno sguardo di preoccupazione.

«Abbiamo mandato a chiamare un medico» le disse Godric.

«Va benissimo, se non muore dissanguato prima» sbottò Emily.

Godric prese Ashton per le spalle e lo guardò negli occhi.

«Pensi di morire dissanguato, Ash?» gli chiese, in parte scherzando. Ash scosse la testa in modo traballante.

«No, signore.» Ridacchiò. La perdita di sangue lo faceva

sentire un po' sciocco, non perché ne stesse perdendo molto, ma perché la vista del sangue a volte gli faceva girare la testa. Inoltre, vedere il suo amico bisticciare con la moglie era troppo divertente.

«Vedi? Starà bene, tesoro.» Godric le avvolse un braccio intorno alle spalle e la strinse a sé.

«Non farmi la *predica*, Godric. Se osa morire nel mio salotto, lo rianimerò solo per ucciderlo di nuovo io stessa!» Emily aiutò a rimuovere la vecchia legatura sul braccio e poi tolse il cappotto ad Ashton. «E poi ucciderò te!»

La cameriera tornò con dei panni e una ciotola d'acqua. Emily fece un breve lavoro per togliere la camicia di Ashton, poi usò una striscia di stoffa per creare un nuovo laccio emostatico. Godric la aiutò, esaminando la ferita.

«Sembra che il proiettile sia passato da parte a parte. Non vedo danni alle ossa» disse Godric, ma Emily era troppo impegnata a coccolare Ashton, mettendogli un panno bagnato sulla fronte.

Ashton la fissò, ammirando il modo in cui si occupava di lui. Godric era un uomo fortunato. Non poteva fare a meno di chiedersi se sarebbe mai stato così fortunato. Aveva sempre considerato le relazioni con l'intento di ottenere un guadagno in termini di affari e questo gli aveva fatto guadagnare molte collaborazioni a letto, ma mai l'amore. Forse stava diventando uno sciocco sentimentale.

*È solo la perdita di sangue, solo questo. Un uomo si trova davanti alla morte e inizia a pensare ogni sorta di cose assurde.*

«Come è successo?» chiese Emily.

«Ash ed io eravamo al *Midnight Garden*, nella speranza di catturare gli uomini che Lucien ha sentito ieri sera. Hanno detto che si sarebbero incontrati lì questa mattina. Il sicario ha visto Ash che lo spiava e gli ha sparato prima di fuggire. Non abbiamo avuto nemmeno la possibilità di inseguirlo.»

«Hai visto chi era?» Emily accarezzò i capelli biondi e

chiari di Ashton, scostandoli dal viso. L'uomo si appoggiò a quel tocco gentile sospirando leggermente.

«Non ho riconosciuto nessuno, anche se potrebbe essere vero il contrario.»

Emily chiuse gli occhi. «Credi ancora che ci sia Waverly dietro tutto questo?»

Ashton annuì. «Molti ci detestano, alcuni ci disprezzano, ma solo Waverly ha dichiarato di volerci morti.»

Emily rimase a lungo in silenzio. Si sedette accanto ad Ashton, tenendogli il panno fresco sulla testa.

Ashton aveva un ruolo importante nel cuore di Emily. Aveva sostenuto la sua causa presso Godric ed era stato il primo a capire che lei e Godric erano innamorati l'uno dell'altra. Senza il suo sangue freddo e il suo cuore caldo, i due non avrebbero mai creduto abbastanza nel loro amore reciproco.

Ashton iniziò a chiudere gli occhi ed Emily gli diede un forte schiaffo sulla guancia.

«Non osare addormentarti, Ashton!»

Lo sguardo stupito di Ash per l'assalto sembrò divertire Godric. Ci voleva molto per sconvolgerlo.

«Mi hai dato uno schiaffo?» le chiese, scioccato dal comportamento di Emily.

«E lo farò di nuovo se chiuderai gli occhi» lo minacciò Emily.

Ashton ebbe il coraggio di emettere una risatina rauca. «Ora so come deve sentirsi Charles ogni giorno. Tuttavia, sono sicuro che i benefici compensano ampiamente la situazione.»

Nonostante la preoccupazione, Emily sorrise. Senza dubbio, se Ashton aveva abbastanza energia per prenderla in giro, non era ancora morto.

Un cameriere si affacciò alla porta del salotto, informandoli che avevano una visita.

«Sarà il dottore» ipotizzò Emily, saltando in piedi e

correndo verso la porta. Ma non era così. Era Anne Chessely, la figlia del barone Chessely e una delle amiche più care di Emily.

«Anne?» disse Emily, con disappunto.

L'espressione mortificata sul volto di Anne non era difficile da cogliere, anche da dove si trovava Godric. «Devo andare? Non vorrei disturbare.» Anne si mordicchiò il labbro inferiore, con aria dubbiosa, mentre Emily la accompagnava all'interno.

«No, prego, accomodati. Stavo aspettando qualcun altro.» Emily cercò di nascondere la verità, ma Anne era troppo intelligente.

«Era sangue quello fuori, nella neve, sui gradini? Lo vedo anche qui.» Anne indicò una scia di gocce che portava verso il salotto.

«Ehm, cosa?»

«Questo *è* sangue.» Anne si tolse il manicotto e si chinò per intingere un dito nella macchia più vicina. Il polpastrello guantato diventò rosso vivo.

«Emily, non hai *ucciso* Godric, vero? Voglio dire, sono sicura che avessi una buona ragione, ma è sciocco lasciare una scia di sangue.» Lo sguardo di Anne scrutò la sala, alla ricerca della verità.

«Ucciso Godric? Santo cielo, no, Anne. Da dove ti vengono in mente queste sciocchezze?» Emily cercò di condurla in un'altra stanza, ma la giovane, che era piuttosto forte per essere una donna, si liberò e aprì la porta del salotto.

Emily si bloccò dietro di lei, temendo che Anne svenisse, osservando la scena di Godric che si occupava di un Ashton seminudo. Una camicia insanguinata giaceva a terra vicino ai suoi piedi.

«Oh mio...» mormorò Anne, scioccata.

Ashton girò la testa verso la giovane, con gli occhi blu brillanti ora offuscati dal dolore.

«Signorina Chessely, le chiedo scusa per la mia mancanza di un abbigliamento adeguato. Come potete vedere, stamattina mi hanno sparato. Fa un male terribile» concluse Ashton, scusandosi affannosamente. «Quindi, se non vi dispiace, gradirei un po' di privacy.»

«Perdonatemi, Lord Lennox, sono io che mi sono intromessa.» Anne indietreggiò così rapidamente da calpestare le dita dei piedi di Emily che strillò e saltò via.

«Mi dispiace» mormorò Anne ritirandosi nel corridoio, lontano da Ashton e da tutto quel sangue. «Che cosa è successo a Lord Lennox? Ha combattuto in duello?» mormorò, scandalizzata.

«Non essere sciocca. È troppo intelligente per farlo. No, è una storia molto più lunga, temo. Ti andrebbe di venire nella sala del mattino per un po' di tè?» le chiese Emily.

«Se non è di troppo disturbo.»

Proprio in quel momento dalla porta principale entrò il cameriere Timmons, seguito dal medico. I due uomini andarono direttamente in salotto e chiusero la porta. Emily tirò un sospiro di sollievo.

«Era la persona che aspettavo quando sei arrivata» spiegò Emily mentre lei e Anne entravano nella stanza del mattino. «Sono sicura che la ferita non è così grave. Almeno non sembrava esserlo quando Godric l'ha pulita.» Il sangue l'aveva spaventata, ma ora era sicura che Ashton sarebbe stato bene. Se aveva il fiato sufficiente per stuzzicarla e parlare con Anne, quell'uomo non era ancora pronto per l'aldilà. Lady Society, nei suoi articoli, non diceva sempre che nessun proiettile poteva uccidere una canaglia?

Una cameriera portò loro un vassoio di tè ed Emily raccontò rapidamente gli avvenimenti inquietanti della notte precedente e l'incontro ravvicinato di quella mattina con Ashton. Emily si sentiva sempre libera di parlare con Anne, soprattutto per le questioni che riguardavano suo marito e il Circolo.

Era stata Anne a parlarle per la prima volta, o meglio ad avvertirla, del Circolo delle Canaglie. Anne conosceva Cedric e sapeva degli altri solo grazie alla reputazione, poiché sia lei che il Circolo evitavano come la peste gli eventi mondani della stagione.

Cedric aveva corteggiato Anne per un breve periodo, l'anno prima del rapimento di Emily. Non era riuscito a sedurla e purtroppo aveva abbandonato del tutto l'impresa. Emily lo riteneva un peccato ma Anne non voleva sposarsi. Si accontentava di vivere con il padre e di allevare cavalli Thoroughbred per le corse. In quel modo manteneva la sua fortuna e la sua terra, ma si sentiva anche sola. Almeno, Emily sospettava che lo fosse.

«Allora, dove sono gli altri?» le chiese Anne, sorseggiando il tè.

«Charles, Jonathan, Ashton e Godric sono ancora tutti a Londra. Ma Cedric e Lucien sono in viaggio verso la tenuta di Lucien nel Kent. Ma non devi dirlo a nessuno.»

Un guizzo di emozione passò sul volto di Anne così brevemente che Emily pensò di averlo immaginato. Era possibile che Anne provasse ancora qualcosa per Cedric? Non aveva mai mostrato altro che una leggera irritazione per i suoi tentativi di corteggiarla. Ma nel momento in cui lui aveva smesso di cercarla, Anne aveva iniziato a presentarsi alla porta degli Essex con una frequenza sorprendente. Anne non chiedeva mai di Cedric, almeno non direttamente, ma chiedeva dove fossero gli altri membri del Circolo ogni volta che si presentava.

«Tu e tuo padre passerete le vacanze a Londra?» le chiese Emily.

«Sì. Però non vorrei farlo. La neve è molto più bella in campagna in questo periodo dell'anno e di solito mi piace fare un giro la mattina di Natale.»

Emily sospirò malinconicamente. «Sembra una cosa deliziosa. È un peccato che Cedric sia nel Kent. Avrei potuto convincerlo a portarci in città con la sua carrozza e la sua coppia di arabi.»

Alla menzione degli arabi di Cedric, gli occhi di Anne si illuminarono.

«È vero che li ha vinti per scommessa a uno sceicco?»

«Non ti ha raccontato lui stesso la storia?» Emily era sinceramente sorpresa. Sapeva che Cedric aveva corteggiato Anne anche per realizzare il suo desiderio di far accoppiare le sue giumente con gli stalloni della giovane.

«Avevo letto solo le voci dei giornali.» Anne sembrò sconcertata da quella affermazione.

«La prossima volta che lo vedremo, te lo farò raccontare. Non potrei mai rendere giustizia alla storia.» Quella era certamente la verità. Quando Cedric le aveva raccontato la storia, lei era stata piuttosto distratta da Godric e dal resto del Circolo, visto che all'epoca era loro prigioniera.

«Se in questo momento non fossimo così preoccupati per la sua sicurezza, insisterei perché tu ed io andassimo nel Kent. Ma vista la situazione, Godric è a un passo dal rinchiudermi in una maledetta torre per la mia sicurezza.»

«Immagino che Lord Sheridan non volesse andare nel Kent» chiese Anne con astuzia.

Emily annuì. Era sorpresa che Cedric non avesse lottato più duramente per rimanere a Londra, almeno secondo il racconto di Godric. Cedric era incredibilmente coraggioso e doveva essergli costato caro rinunciare a una battaglia, soprattutto se c'era di mezzo Waverly.

Quando le signore ebbero finito il tè, Anne si alzò e si avviò verso la porta.

«Anne, tu e tuo padre vorreste venire a cena questa sera?

So che il preavviso è breve. Prometto di ripulire la sala dal sangue per allora» scherzò Emily.

L'amica sorrise e fece un piccolo cenno. «Mio padre ed io ne saremmo felici. Ci vediamo stasera.»

Anne se ne andò ed Emily tornò a concentrarsi sul salotto. Raddrizzò le spalle ed entrò, desiderosa di controllare Ashton e suo marito.

## 13

La tenuta della famiglia Russell nel Kent settentrionale, a quattro chilometri a est del villaggio di Hexby, era in subbuglio. Jane, marchesa di Rochester, era sul punto di strangolare il suo secondogenito, Linus Winston Russell. Nonostante sapesse di aver partorito quel ragazzo problematico ventuno anni prima, a volte giurava che non avesse più di otto anni.

Il giovane in questione era in equilibrio precario su una scala traballante all'ingresso di Rochester Hall. Teneva in mano un rametto di quello che Lady Rochester temeva fosse vischio. Quel ragazzo si sarebbe preso una bella sculacciata quando l'avesse afferrato. Aveva trovato le sue opere in tutta la casa. Ogni singola porta, finestra e nicchia era adornata con quella temuta pianta velenosa. Il caos e la scorrettezza che sarebbero derivati dal suo scherzo avrebbero potuto far crollare le stesse pietre di Rochester Hall.

Il Signore sapeva che la sua nidiata era abbastanza maliziosa da non aver bisogno dell'aiuto del vischio. Ce l'avevano nel sangue e, purtroppo, non era una caratteristica ereditata dal marito.

Linus, che aveva una testa piena di capelli rossi come tutti i suoi fratelli, si stava asciugando un filo di sudore dalla fronte prima di riprendere a raggiungere lo stipite superiore della porta per apporre il vischio. Il panciotto verde bosco e i calzoni color bufala che indossava erano ben fatti su misura per lui: il corpo di un uomo, non più del suo bambino.

Lady Rochester cacciò indietro una lacrima. Come aveva fatto suo figlio a crescere così in fretta? Non era ieri che aveva messo una rana nel letto di Lysandra e delle puntine sulla sedia dello studio di Lucien? Dovevano essere le vacanze a far emergere tutte quelle sciocche emozioni. Si precipitò giù per le scale per affrontare le buffonate del più piccolo.

«Linus Winston Bartholomew Russell!» La donna pronunciò il nome con un tono così imperioso che Linus lasciò cadere il vischio con un grido di allarme e si arrampicò sulla scala ormai traballante.

«Madre?» Si voltò esitante verso di lei che lo guardava da terra, battendo il piede con rabbia.

«Scendi subito» gridò la donna.

Linus cadde praticamente dalla scala, sbattendo fragorosa-mente gli stivali sul pavimento di marmo.

«Che cosa pensi di fare?» gli chiese Lady Rochester.

«Nulla» rispose il giovane, cercando di calciare con nonchalance il vischio sotto un mobile. Come se lei non se ne accorgesse!

Lady Rochester lo afferrò per un orecchio. Era a due secondi dal trascinarlo nella vecchia stanza dei bambini, quando il battente della porta d'ingresso batté quattro volte. Linus sorrise per la tregua apparente.

«Non ho ancora finito con te. Ci *sarà* una resa dei conti.» Gli lanciò uno dei suoi sguardi di morte, prima che il suo volto si trasformasse in un sorriso incoraggiante adatto agli ospiti. Lady Rochester fece cenno al maggiordomo, che stava avanzando verso l'ingresso. «Vado io, Jenkins.» Aprendo la porta, trovò una gradita sorpresa. C'erano suo figlio maggiore, Lucien, il suo amico intimo, il visconte Sheridan, e le due sorelle di quest'ultimo.

«Madre!» Lucien la salutò calorosamente, chinandosi a baciarle la guancia.

«Lucien, mio caro ragazzo, è così bello vederti. Ma sarebbe stato ancora più bello se mi avessi mandato un biglietto per avvisarmi. Soprattutto se avevi intenzione di portare degli ospiti.» Pronunciò quest'ultima frase con un tono basso di avvertimento.

Lucien abbassò la testa. «Ci scusiamo per il breve preavviso, madre, ma era importante venire subito.» Lucien offrì il braccio a Horatia per accompagnarla all'interno e Cedric fece lo stesso con Audrey.

«Oh?» Gli occhi di Lady Rochester si restrinsero.

«È una lunga storia, madre, ma ve la spiegherò più tardi. Possiamo prendere un po' di tè? Il viaggio è stato lungo e faticoso.»

«Sì, certo. Da questa parte. È un piacere vedervi tutti, Lord Sheridan, Miss Sheridan e Miss Audrey.» Lady Rochester lasciò che Cedric le baciasse la mano prima di abbracciare calorosamente le due ragazze. Poi li condusse nel salone più vicino, dove un giovane e robusto cameriere attendeva i suoi ordini: Gordon, se ricordava bene. Uno dei recenti sostituti che aveva dovuto assumere.

«Tè e focaccine, se non ti dispiace, Gordon» disse.

Il cameriere annuì e se ne andò.

Lady Rochester vide il figlio più giovane che cercava di sgattaiolare senza essere visto oltre la porta aperta del salone. «Linus!» Il giovane si bloccò, con le spalle inarcate in segno di rassegnazione, prima di sospirare e rientrare nel salone. La donna lo fissò con uno sguardo che prometteva sventura se avesse tentato di nuovo la fuga. «Saluta i nostri ospiti.»

«Buon pomeriggio» rispose, inchinandosi verso Cedric e le sue sorelle.

A Lady Rochester non sfuggì lo sguardo di Audrey che cercava di combattere l'impulso di ridere. Linus e Audrey erano buoni amici, per quanto uomini e donne potessero esserlo senza che le complicazioni del loro sesso si mettessero in mezzo. Forse co-cospiratori era una descrizione più appropriata. Tuttavia, ormai avevano raggiunto quell'età in cui non sarebbe stato saggio lasciarli soli insieme.

Lucien si sedette sulla sedia che aveva scelto, perfettamente a suo agio. Lady Rochester osservava come il maggiore della sua nidiata interagiva con il più giovane.

«Come stai, Lucien?» gli chiese Linus.

«Bene. E tu? Com'era Cambridge?»

«Bene. Ma sono contento di averla finita» ammise Linus.

«Ci scommetto.» Cedric sogghignò. Non era un segreto che gli fosse piaciuto tutto della scuola, a parte la scuola.

Gordon tornò con un vassoio di tè e Linus si spostò per sedersi accanto ad Audrey sulla poltrona. Con non poco divertimento, Lady Rochester studiò la loro interazione con la coda dell'occhio, mentre credevano che gli altri guardassero altrove e parlassero. Audrey lo punzecchiò con una piccola gomitata. Linus guardò l'arma incriminata e, non appena se ne presentò l'occasione, le diede un pizzicotto sul braccio per vendicarsi. Audrey emise un suono strozzato, una via di mezzo tra un *eek* e un *ouch*, arrossì e strinse la tazza da tè per difendersi. «Il tè è piuttosto caldo.»

«Davvero?» Lady Rochester guardò la teiera, cercando di non ridere della malizia della gioventù. «Ora, Lord Sheridan, posso offrirvi delle stanze nella Hall fino al nuovo anno? Sarebbe bello avervi tutti qui per festeggiare il Natale. La casa sarà felicemente piena, vedete. Ho appena invitato i Cavendish a venire da Brighton.»

«Saremo lieti di restare, Lady Rochester» rispose Cedric.

«Verranno anche i Cavendish?» chiese Audrey, eccitata.

I Cavendish erano vecchi amici di famiglia sia dei Russell sia degli Sheridan. Non era difficile indovinare per cosa Audrey fosse eccitata. Gli uomini rispettabili erano sempre eccitanti per una giovane donna.

«Ci sarà tutta la famiglia. Spero che io e la signora Cavendish riusciremo a far sposare uno dei nostri figli prima che una di noi due muoia.» Lanciò l'affermazione, aspettando che iniziassero i fuochi d'artificio.

«Madre!» Lucien si strozzò con la focaccia che stava mangiando.

«Oh, non guardarmi con quell'espressione inorridita, Lucien. Ho rinunciato a te anni fa. Ma forse posso convincere Lysandra a puntare su Gregory Cavendish. È un bel giovanotto, lo sai.»

Linus la guardò terrorizzato. «Madre, il fatto che sia uno spendaccione non significa che Lysa lo avrà, e nemmeno che lui avrà lei.» Linus sembrava il più insistente nel difendere la sorella, probabilmente perché credeva che non ci fosse destino peggiore del matrimonio.

«Uno spendaccione? Dove hai imparato un linguaggio simile?» Lady Rochester sospirò e guardò in alto, implorando il cielo di spiegarle perché le fosse toccata una prole così ostinata.

Linus sorrise e prese una focaccia. Entrambi sapevano che tormentarla era una delle vere gioie della vita.

Il giovane iniziò a parlare, mandando giù l'ultimo pezzo di focaccia: «Lord Sheridan, posso accompagnare fuori la signorina Audrey? Sono certo che gradirebbe un po' d'aria fresca dopo il lungo viaggio in carrozza.»

«Non senza un accompagnatore» disse Lady Rochester.

«Ma mamma» piagnucolò Linus.

Audrey gli mise una mano sul braccio indicandogli di stare zitto.

«Ci accompagnerà mia sorella. Non è vero, Horatia?»

«Sì, certo» rispose Horatia.

«Se non sono preoccupato io, Lady Rochester, allora non dovreste esserlo voi» la rassicurò Cedric.

«Suppongo che sia abbastanza sicuro.»

«Andiamo allora» disse Linus, offrendo il braccio ad Audrey. Horatia seguì la coppia fuori dal salone e nel corridoio. I due chinarono la testa, iniziando a sussurrare non appena furono fuori dalla vista di Lady Rochester.

Horatia gemette quando sentì Audrey ridacchiare perfidamente. Linus doveva avere un piano in mente ed era determinato a coinvolgere Audrey. Conoscendo Linus, e purtroppo lo conosceva bene, Horatia immaginava che si sarebbe trattato di uno scherzo di qualche tipo. Di tanto in tanto i due si guardavano alle spalle, come se temessero che lei stesse origliando i loro complotti.

Horatia alzò le mani in segno di resa. «Finché non sarò vittima di qualsiasi cosa stiate progettando, non vi rovinerò il divertimento.»

«Non prometto nulla» disse Linus. Il furfante era più grande di lei di un anno, ma non altrettanto maturo. Era il motivo per cui aveva nutrito sempre più simpatia per Audrey. Horatia non riusciva nemmeno a contare quanti pomeriggi lei e Lysandra erano state oggetto di scherzi da parte di questa empia alleanza.

«Linus, dov'è Lysa?» chiese Horatia. Preferiva cercare la sua amica piuttosto che indugiare in loro presenza. Il suo ruolo di accompagnatrice non aveva senso, tutti, tranne Lady Rochester, sembravano saperlo.

«L'ultima volta che l'ho vista era in biblioteca.» Con ciò, lui e Audrey salirono le scale e sparirono dalla circolazione.

Horatia si trovò da sola nell'ingresso imponente di Rochester Hall. Era una bella casa georgiana di campagna con pietre sabbiose all'esterno e marmo all'interno. Ammirò gli arazzi alle pareti che raffiguravano varie scene di vita pastorale. Osservandoli, perse la cognizione del tempo, ricordando l'ultima volta che era stata lì. Il ricordo era ancora così fresco che lo sentì emergere dalla penombra della sua memoria e avvolgerla completamente.

$\bf{\%}$ 14 $\bf{\%}$

*Rochester Hall, Kent, 1815*

Era una giornata perfetta di maggio, con il profumo inebriante dei fiori che sbocciavano nei giardini. Horatia si stava facendo strada nel labirinto di siepi alte alla ricerca di Linus e Audrey. A quattordici anni era troppo grande per divertirsi a nascondino ma assecondava comunque gli altri bambini. Aveva contato fino a cento e stava avendo difficoltà a trovare gli altri nel vasto terreno della tenuta di Lord Rochester. *Lord Rochester* sospirò ad alta voce al pensiero di quel nome. Aveva ventisei anni, era un caro amico di suo fratello ed era incredibilmente bello.

Sapeva anche che Lucien era un libertino; lo aveva sentito sussurrare, tra l'altro, nella sala della servitù. All'inizio le era sembrato strano che il Marchese fosse stato paragonato a un attrezzo da giardinaggio, ma dopo aver ascoltato il fratello parlare con i suoi amici, aveva appreso che il nome aveva un altro significato, senza alcun legame botanico.

Dopo aver chiesto aiuto a una delle lavandaie della loro casa a Londra, aveva appreso il significato in quel particolare contesto.

Da quel momento in poi era stata irrimediabilmente attratta dal marchese. A quattordici anni sapeva di essere troppo giovane per lui, ma il suo cuore non sembrava preoccuparsi dell'età. Aveva quasi gridato di gioia quando Cedric era tornato a casa il giorno prima e le aveva detto che sarebbero andati a trovare Lucien nella sua tenuta per il fine settimana.

Purtroppo, al loro arrivo, Horatia aveva saputo che era in visita anche una giovane e bella ereditiera di nome Melanie Burns. Con non poca indignazione, Horatia era stata accompagnata da un'anziana cameriera proprio nella stanza dei bambini, mentre quella mattina Cedric, Lucien, Lady Rochester e la signorina Burns prendevano il tè. Nel pomeriggio, Lysandra si stava esercitando nel ricamo e gli altri bambini, Linus, Audrey e lei stessa, erano stati mandati all'aperto a giocare nei giardini finché il tempo era bello. Horatia tirò un sospiro ma fu interrotto da un paio di grandi mani che le coprirono gli occhi.

«Indovina?» chiese una voce, con una risatina morbida e scherzosa. Il cuore di Horatia si fermò per un attimo, poi svolazzò come un colibrì.

«Lord Rochester?» Sapeva che era lui. Avrebbe potuto essere cieca per mille anni e conoscere quella voce e il suo profumo di sandalo e pino. Stargli vicino in qualche modo le ricordava il Natale, anche in primavera.

«Come diavolo facevi a sapere che ero io, piccola canaglia?» Di solito essere chiamata così non le avrebbe fatto piacere, ma quando lui la lasciò per tirarle i riccioli castani, guardandoli rimbalzare, il modo in cui la chiamava non sembrava avere importanza. Horatia inclinò la testa all'indietro. Era così gloriosamente alto, come Achille dell'*Iliade*. Con i suoi capelli rosso intenso e i caldi occhi nocciola, era un dio, o quasi.

Horatia sentì il suo corpo contorcersi in modi che non capiva. Con chiunque altro quell'assalto di sensazioni fisiche l'avrebbe spaventata a morte, ma con Lucien no. Ogni volta che era con lui si fidava di lui, lo adorava, e nulla poteva strapparle quella fiducia, nemmeno il risveglio della donna che era in lei.

«Ti stai godendo il sole, piccola Horatia?» Lucien si abbassò e le passò una mano tra i capelli, il prezzo che lei pagava per essersi rifiutata di indossare una di quelle terribili cuffiette.

«Sì, il tempo è bello» rispose la piccola con quello che sperava fosse un tono maturo. Osò anche alzare il mento in segno di difesa ma Lucien rise come se l'avesse capito.

«Passo tutto il giorno a parlare di affari, politica e altri argomenti noiosi con gli adulti, non osare crescere con me.» Le sorrise e le porse la mano. Horatia la prese, senza esitare. «Ora, facciamo un giro in giardino e parliamo d'altro. Che ne dici?»

«Solo se prometti di raccontarmi le tue conquiste peccaminose» rispose Horatia con coraggio, con un luccichio negli occhi.

La presa di Lucien sulla sua mano si strinse e la fece fermare. La guardò scioccato.

«E cosa sai tu delle mie conquiste peccaminose?» le chiese, un po' nervoso.

«Non molto, temo. Nessuno mi dice niente.» Horatia si morse il labbro inferiore, temendo che la sua audacia potesse averla messa nei guai.

«E rimarrà così» rispose Lucien, riprendendo a camminare.

«Allora di cosa parliamo?» Horatia dovette quasi saltare per stargli dietro. Quando girarono l'angolo della siepe più vicina, Lucien si bloccò. La signorina Burns era seduta su una panchina di pietra, con le mani conserte in grembo. Era all'ombra, con il suo abito di un bel blu che faceva risaltare i suoi capelli biondi e i suoi occhi castani. Horatia inghiottì un'ondata di gelosia, sapendo che da grande non sarebbe mai stata così bella. Il suo mento era troppo affilato, il suo naso troppo pronunciato; non aveva nessuno di quei tratti classici che la signorina Burns mostrava da sotto la sua cuffietta.

«Perdonate l'intrusione, signorina Burns» disse Lucien, sorridendo alla giovane donna. Horatia avvertì una fitta al petto. Qualcosa non andava. Sentiva... sentiva che era difficile respirare.

«Mio signore, che piacere vedervi.» La signorina Burns ricambiò il sorriso. La presa di Lucien sulla manina di Horatia si allentò.

Un senso di terrore opprimente la invase. Il suo istinto le urlava che non era giusto.

«Dovresti andare, Horatia. Sono sicuro che gli altri bambini ti stiano cercando.» Le lasciò la mano e le diede una pacca fraterna sulla testa, segnando il suo destino. Avrebbe potuto anche schiaffeggiarla, per tutto il dolore che le procurò il congedo disinteressato di Lucien.

«Sì, vai pure a giocare» disse la signorina Burns prima di rivolgere il suo ampio sorriso a Lucien, che la raggiunse sulla panchina.

Horatia sentì come se le avessero tolto un tappeto da sotto i piedi. Lucien, però, non le prestava più attenzione. Si avvicinò e mise la mano su una di quelle della signorina Burns, accarezzandole lentamente il polso con il pollice. La signorina Burns arrossì e ridacchiò.

Horatia fuggì.

Un altro istante così ed era certa che sarebbe morta.

Corse così freneticamente che non guardò dove andava e andò a sbattere contro Lady Rochester. La bella padrona di casa le afferrò il mento e le fece alzare il viso.

«Qual è il problema, cara?» chiese.

Horatia stava sul punto di piangere. «Non è niente» rispose, cercando di respirare.

«Non è vero. Ora dimmi cosa ti turba. Deve trattarsi di qualcosa di grave se una giovane donna come te è angosciata.» Lady Rochester era sempre stata gentile con lei e Audrey. Era come se sapesse di non poter sostituire la madre di Horatia, ma avesse cercato di farlo lo stesso, e Horatia le voleva bene per questo.

«È la signorina Burns. Non la sopporto. E a lui *piace*!» Non sembrava esserci un modo più chiaro per dirlo.

«Per lui intendi Lucien?» le chiese Lady Rochester.

Horatia riuscì a fare un cenno tremante. «È con lei ora. Si tenevano per mano.»

Le sopracciglia di Lady Rochester si alzarono. «Veramente? Oh, cielo. Beh, non possiamo permetterlo.»

«Cosa?» Horatia non se lo aspettava da Lady Rochester. La signorina Burns era sua ospite, dopo tutto.

«Non possiamo permettere che Lucien si immischi con la sua razza. Non è possibile.»

«La sua razza?» mormorò Horatia. Forse la signorina Burns veniva da una famiglia comune? O peggio, francese?

Lady Rochester sospirò e prese la mano di Horatia.

«La signorina Burns è bella, ricca e realizzata, ma non è una brava donna. Sono amica di sua madre, ma lei? Non la voglio come nuora. Disprezza i bambini. Una volta l'ho vista torcere il braccio a Linus per farlo comportare bene. C'è la disciplina e c'è l'abuso ed essere un buon genitore significa conoscere la differenza. Rabbrividisco al pensiero di ciò che i miei nipoti potrebbero subire per mano sua. Ecco perché dobbiamo fermarli.»

«Li fermeremo?» chiese Horatia, con la speranza che le saliva al petto.

«Certo. Mio figlio è troppo accecato dal fascino della signorina Burns per conoscere i bisogni del suo cuore.»

«Come?» Horatia ora era seria. Lucien era il bisogno del suo cuore e avrebbe fatto di tutto per proteggerlo da una donna così orribile.

«Non lo so. Dovremo pensare a qualcosa. Ora asciugati gli occhi, da brava ragazza, e vai a cercare gli altri. Sono sicura che Linus e Audrey non stiano tramando nulla di buono. Mi aspetto che tu impedisca qualsiasi malefatta abbiano in mente.» Lady Rochester le sorrise, trattandola sempre come l'adulta che avrebbe voluto essere.

Horatia si addentrò ancora una volta nei giardini, evitando il sentiero che l'avrebbe ricondotta al luogo in cui erano seduti Lucien e la signorina Burns. Alla fine si imbatté in un gazebo dipinto di bianco e ornato su un lato da un traliccio di rose. A fare da contorno a questa scena di beatitudine c'era un ragazzino che aveva quasi la sua età e la metà della sua maturità: Linus. Si stava arrampicando sul traliccio con un grosso secchio di metallo pieno d'acqua. Lo faceva sbatacchiare, arrampicandosi sul tetto del gazebo e allontanandosi dalla vista. Audrey era alla base del graticcio e aspettava il ritorno di Linus. Il suo grembiule bianco era coperto di terra e le sue guance erano rosee mentre guardava il campione di malizia che scendeva.

«Linus, che cosa stai facendo?» gli chiese Horatia.

Il bambino rise. «Faremo cadere questi secchi d'acqua sulla prossima persona che entrerà nel gazebo.» Il suo tono era altezzoso, mostrando il secchio che teneva in mano.

«Non lo farai. Tua madre mi ha detto di porre fine a qualsiasi marachella tu abbia in mente. Ora torna su e porta giù l'altro secchio.» Horatia batté il piede.

«No. Fallo tu» la sfidò Linus. «A meno che tu non abbia paura.»

«Bene. Lo farò.» Horatia gli passò davanti come una furia e

iniziò a salire. «Voi due, tornate a casa.» Scivolò un paio di volte, procurandosi tagli e graffi sulle mani a causa delle spine. Era quasi in cima quando sentì delle voci. Linus e Audrey le fecero la linguaccia e corsero via, abbandonandola a chiunque stesse per arrivare. Sarebbe finita nei guai per essersi arrampicata fin lassù, anche se stava cercando di sventare il piano sinistro di Linus. Meglio nascondersi. Scalò gli ultimi centimetri sul tetto. Il secchio d'acqua era vicino al foro centrale. Horatia vide Lucien e la signorina Burns avvicinarsi al gazebo ed entrarvi completamente fino a trovarsi al centro, proprio sotto di lei. Horatia trattenne il respiro, temendo di muoversi nel caso l'avessero sentita.

«Signorina Burns, posso chiedervi una cosa?» iniziò Lucien.

«Sì» rispose la voce melodiosa della signorina Burns. Horatia osservò la scena con un misto di orrore e repulsione.

«Ci conosciamo da due mesi e mi sono affezionato ai momenti passati insieme. Per quanto sia improprio chiedervelo senza averne prima parlato con vostro padre, prendereste in considerazione l'idea di sposarmi?»

Horatia sapeva che Lucien stava regalando alla signorina Burns uno dei suoi sorrisi più belli.

«Volete sposarmi?» fu la risposta non troppo sorpresa della giovane.

Horatia si portò un pugno in bocca per non urlare. Non poteva sposarla, non poteva! Doveva impedirgli di commettere un errore. Horatia afferrò il secchio d'acqua e lo rovesciò. L'acqua scese come una cascata sulla testa della signorina Burns. Poi, incapace di trattenersi, fece cadere anche il secchio che atterrò perfettamente sulla giovane, come un elmo medievale.

«Maledizione!» urlò Lucien, mentre la giovane emetteva un urlo da arpia che risuonò nel metallo.

Incapace di fermarsi, Horatia ridacchiò. La signorina

Burns tolse il secchio solo per inciampare nelle scale e cadere di faccia in un'aiuola. Con un altro urlo di rabbia, tornò a precipitarsi nei giardini. Lucien fece qualche passo come se volesse inseguirla, ma poi alzò lo sguardo e incontrò quello di Horatia attraverso le assicelle del tetto del gazebo.

«Horatia Sheridan, vieni subito qui!» Si precipitò fuori dal gazebo.

Horatia scese dal tetto, con il corpo che tremava per la paura. Quando fu a portata di mano, Lucien la afferrò per la vita e la strappò dal traliccio. Horatia sentì altre spine che la trafiggevano, ma non osò emettere un suono, nemmeno di dolore.

«Perché lo hai fatto?» ringhiò Lucien, con gli occhi nocciola che fiammeggiavano.

Il suo tono la terrorizzò e lei sussultò. «Io...» Si strinse le mani nelle gonne e si allontanò da lui.

«Sputa il rospo!»

Non le avrebbe mai fatto del male, non fisicamente, ma l'idea che fosse arrabbiato con lei le faceva sobbalzare il cuore contro le costole.

«Non puoi sposarla» lo implorò.

«Cosa?» Lucien sembrava arrabbiato e confuso.

«È terribile. Non puoi sposarla. Non puoi.»

«Chi sposerò sono affari miei e solo miei. Lo capisci? Non sono affari tuoi.»

«Ma io ti amo.» Non aveva mai pronunciato quel pensiero ad alta voce, non sapeva nemmeno di provarlo così fortemente. Ma una volta pronunciate quelle parole, sapeva che erano vere. A quattordici anni, Horatia si era innamorata di Lucien.

Le parole fecero tacere Lucien, ma non per molto: «Non sai nulla dell'amore. Sei una bambina.»

Lo guardò con il dolore negli occhi, con l'umiliazione che le sanguinava dentro, aumentando le schegge del suo cuore. Si portò una mano alla bocca per far tacere il suo grido di agonia, sia del corpo che dell'anima.

«Mi... mi dispiace» disse Horatia mentre le lacrime le annebbiavano la vista e il dolore accompagnava ogni suo movimento.

Lucien guardava dritto davanti a sé. La signorina Burns era tornata al gazebo e aveva visto tutto. Lanciò a entrambi un'occhiata odiosa e si voltò.

Lucien imprecò sottovoce. «Non preoccuparti di scusarti. Quello che hai fatto oggi non potrà mai essere perdonato.»

Girò i tacchi e inseguì la signorina Burns.

Horatia rimase seduta sul pavimento del gazebo per diversi lunghi minuti, tremando. Qualcosa nel profondo del suo petto sembrava rompersi, e solo dopo essersi finalmente ricordata di respirare, capì che doveva essere il suo cuore.

❧ 15 ❧

Horatia odiava che quel ricordo riuscisse sempre a soffocarla nei momenti peggiori. Sbatté le palpebre e si voltò al suono di un colpo di tosse educato. Lucien era appoggiato al muro a qualche metro di distanza e la osservava.

«Stai bene?» le chiese, allontanandosi dalla parete e avvicinandosi a lei.

«Sì.»

Lucien si accigliò e le prese il mento con una mano, facendola voltare verso di lui.

«Riesco sempre a capire quando menti» disse, come se la consapevolezza di ciò lo sorprendesse.

«Già e lo odio.» Aveva bisogno di allontanarsi da lui. Aveva bisogno di spazio per respirare.

Lucien la seguì mentre Horatia se ne andava e sceglieva una stanza a caso per cercare di nascondersi da lui. La giovane chiuse la porta a chiave, rilassandosi quando lui non riuscì a entrare. Appoggiata alla porta, lo ascoltò allontanarsi. Il battito del cuore le rallentò nel petto.

All'improvviso una delle librerie dello studio si aprì.

Lucien ne uscì e rimise la libreria al suo posto, sorridendo. Horatia rimase a bocca aperta. La Rochester Hall aveva dei passaggi segreti? Come aveva fatto a non conoscerli? Avrebbe dovuto davvero essere più ficcanaso da bambina.

«Perché odi che io possa leggerti così facilmente?» le chiese Lucien.

Horatia studiò la stanza con un leggero cipiglio. Era lo studio di Lucien. Il suo odore riempiva l'aria e una pila disordinata di lettere era sparsa sulla grande scrivania. Non avrebbe potuto scegliere una stanza peggiore per cercare di fuggire. Era ovunque. E non sarebbe riuscita a nascondersi da lui in nessun luogo della tenuta. Probabilmente c'erano passaggi in tutta la casa che collegavano tutte le stanze.

«Lucien, potresti lasciarmi in pace? Hai fatto pace con me ed io con te. Non possiamo lasciare le cose come stanno?» gli voltò le spalle, ma lui ridacchiò, avvicinandosi.

«Mia cara Horatia, temo che tu ed io siamo come l'Inghilterra e la Francia. Litighiamo e ci battiamo e qui sta il piacere del nostro rapporto.» Le scostò un ricciolo che le era caduto sulla spalla. Horatia trasalì, anche se non per il dispiacere. Anche il minimo accenno di calore da parte di lui era qualcosa che non poteva sopportare a lungo senza volersi girare tra le sue braccia e implorare un bacio.

«Sono stanca di lottare con te, Lucien. Mi ha causato solo dolore.» Si spostò verso la finestra dietro la scrivania, guardando i giardini coperti di neve. I fiori erano tutti appassiti e ricoperti di ghiaccio, e la colpì la simpatia che provava per quei fiori. Il suo cuore era molto simile: avvizzito e congelato. Ma Lucien non la lasciò sola. Era proprio lì dietro di lei, il calore che emanava da lui in dolci ondate, riscaldandole la schiena.

«Allora ti lascerò, ma solo se prima mi permetterai di onorare la tradizione. Ho sentito dire che porta sfortuna ignorare queste cose.» Il suo respiro le accarezzò il collo, facendole provare un brivido di attesa. Chi avrebbe mai pensato che la parola *tradizione* potesse essere così seducente? Horatia si girò di scatto verso di lui, non si era resa conto di quanto fosse vicino.

«Tradizione?» gli chiese.

Gli occhi di Lucien si posarono su qualcosa che si trovava sopra le loro teste. Un rametto di vischio, appeso al legno sopra la grande finestra.

«Ma se qualcuno entrasse e ci vedesse...» si interruppe Horatia, concentrandosi sulle labbra di Lucien.

«Questo è il mio studio. Nessuno ci disturberà. Inoltre, hai chiuso la porta a chiave.» Si avvicinò per sfiorarle la guancia con le nocche e poi i suoi polpastrelli scesero fino al collo, avvolgendole la nuca. Le massaggiò il cuoio capelluto con movimenti lenti e teneri, tirandola più vicino a sé. Quando fu a filo con la lunghezza del suo corpo, l'altra mano le cinse saldamente la vita. Lei gemette e lui catturò il suono con le labbra, saccheggiandola con una lingua possessiva.

«È tutto il giorno che voglio farlo» disse Lucien, tra un bacio e l'altro.

«Davvero?» chiese Horatia, appoggiandosi a lui più di quanto fosse saggio o opportuno.

«Dio sì!» La mano sulla vita di lei scese sul sedere e lo strinse forte, spingendola contro l'evidenza del suo desiderio. «Ti ho detto quanto sei buona?» mormorò lui, sfiorandole le labbra in modo stuzzicante. Horatia scosse la testa di pochissimo. «Hai un sapore paradisiaco, ma anche peccaminoso.» Le leccò l'orecchio sinistro, stringendo il lobo tra i denti.

Le ginocchia di Horatia cedettero. Si aggrappò alle braccia di Lucien per non crollare come una bambola di pezza. Signore, quante cose poteva fare per indebolirla! Non aveva deciso solo quella mattina di andare avanti?

«Lucien...» sussurrò lei.

«Lucien, sì o Lucien, basta?» Le passò un polpastrello sulla punta indurita del seno destro attraverso la seta dell'abito.

«Ancora» fu tutto ciò che Horatia riuscì a dire.

Con un ringhio di desiderio Lucien la spinse nell'angolo tra la libreria e la parete. Le abbassò una mano fino alle gonne, sollevandole per afferrarle una coscia. Con un colpo secco le mise a nudo la gamba e gliela fece avvolgere intorno al fianco, in modo da potersi spingere più vicino alla culla accogliente del suo corpo. La testa di Horatia cadde all'indietro, permettendo a Lucien di accedere alla parte inferiore del mento e al collo. Le divorò la pelle con i baci come un affamato.

La vicinanza dei loro corpi era al tempo stesso sorprendente e incantevole. Horatia si perse nella seduzione di Lucien. Come avrebbe potuto desiderare che lui la lasciasse in pace? Per un solo bacio avrebbe attraversato il fuoco, per uno sguardo acceso avrebbe sfidato i suoi incubi più oscuri. Horatia riusciva solo a pensare che avrebbe fatto qualsiasi cosa per lui. Anche dopo tutti quegli anni questo non era cambiato, quindi come poteva convincersi del contrario?

Lucien non riuscì a fermarsi. Le mani di lei si strinsero nei suoi capelli e la sua bocca di seta accolse la lingua di lui con un'intensità sconsiderata che non aveva mai provato da nessuna donna. Aveva avuto innumerevoli amanti, ma nessuna aveva abbandonato così completamente il proprio controllo come Horatia. Non si era persa. Era ancora Horatia, dalle morbide onde brune dei suoi capelli castani alla punta delle sue scarpe blu. Ma quando lo baciò, Lucien gettò al vento la cautela, la morale e l'esitazione in un modo che lo spinse a desiderare di possederla.

Si era sempre vantato del proprio autocontrollo. Certo, ultimamente sembrava averne poco e Horatia stava mettendo a dura prova quello che gli era rimasto. Voleva sprofondare così tanto in lei da non lasciarla più, voleva perdersi nei suoi occhi e annegare nella sinfonia delle sue grida senza fiato.

Non aveva pensato ad altro per tutto il viaggio in carrozza verso il Kent. Ogni volta che un ricciolo dei suoi capelli era stato scosso dalla strada dissestata, lo aveva guardato con invidia mentre le accarezzava la sommità dei seni. Quando si era addormentata, le sue labbra si erano ammorbidite in un arco di cupido. Le cose che voleva che quelle labbra facessero lo facevano gemere impotente, mentre si spingeva ancora più forte contro di lei.

Attraverso la nebbia del suo desiderio, Lucien fu improvvisamente consapevole di una voce che lo chiamava e non era Horatia. Era come se un secchio di acqua fredda gli fosse caduto sulla testa, seguito dal secchio. Era Cedric, fuori dalla porta dello studio.

«Lucien, dannazione! Dove sei finito?» Con rammarico si allontanò da Horatia, portandosi un dito alle labbra per indicarle di fare silenzio.

«Presto, sotto la mia scrivania» le sussurrò Lucien.


HORATIA SI RIFUGIÒ SOTTO LA SCRIVANIA, sempre più grata che questa fosse ingombrante e non una gracile creazione dalle zampe sottili. Infilando le gonne sotto di sé, si rannicchiò proprio mentre Lucien apriva la porta, prima di spostarsi davanti alla scrivania, per bloccare il piccolo spazio aperto tra la scrivania e il pavimento. Horatia trattenne il respiro quando il fratello aprì la porta dello studio ed entrò.

«Eccoti qui! Ho pensato di fare una partita a biliardo per passare il tempo prima di cena. Che ne dici?» Cedric si offrì speranzoso.

Horatia sentì Lucien schiarirsi la gola. «Ah, sì. Eccellente. Vai pure, intanto. Io arrivo subito. Prima devo sbrigare una lettera.»

«Stai bene, Lucien? Mi sembri un po' agitato.»

«Certo. È una reazione naturale agli sproloqui di mia

madre sul matrimonio, a prescindere da chi sia il suo attuale obiettivo.»

Cedric rise. «Questo posso ben capirlo. Ti aspetto nella sala da biliardo.» Sentì la porta chiudersi con uno scatto.

Lucien espirò lentamente e a lungo. Horatia gli fece eco con uno dei suoi. Non voleva pensare a cosa sarebbe successo se Cedric avesse trovato la porta aperta. Lucien la aiutò a uscire da sotto la scrivania. La tenne ferma, scrutandola con occhio critico. Poi spostò le mani sui capelli, sistemandole le ciocche vaganti e fissando le forcine.

«Meglio» disse lui.

«Hai fatto molta pratica in questo?» Horatia si pentì di quelle parole nel momento stesso in cui le uscirono dalla bocca.

Lucien aggrottò la fronte. «Vuoi che lo neghi?»

Horatia non avrebbe mai potuto chiedergli di negare ciò che era. Amava tutto di lui, anche i suoi lati perversi. «No.»

«Ecco. Credo che possa bastare.» Lucien indietreggiò per esaminarla, di nuovo freddo e distante. Quei suoi sbalzi d'umore erano incredibilmente frustranti. «Puoi usare il passaggio segreto. Si apre in fondo al corridoio. Perdonami. Non avrei dovuto farti questo. Non meriti di essere infastidita in casa mia. Prometto che non succederà più.» Prima che Horatia potesse trovare il coraggio di rispondere, lui se ne andò.

«È una promessa che vorrei non avessi fatto» disse la giovane allo studio vuoto.

Horatia aspettava nello studio di Lucien e si ritrovò a guardare gli scaffali. Una sezione, vicino alla finestra, attirò la sua attenzione. Sei libri erano disposti ordinatamente in fila e ogni titolo le era familiare. Tra questi c'era *Lady Eustace and the Merry Marquess*. Quei sei titoli in particolare corrispondevano ai libri che aveva ricevuto nelle ultime sei vacanze di Natale. Incuriosita, Horatia infilò l'indice nel dorso di *Lady Eustace* e tirò fuori il volume dallo scaffale. Lo aprì e trovò un'iscrizione sul frontespizio che recitava: 'Regalato a Horatia Sheridan, 1819'. Lucien catalogava i regali che le aveva fatto? A quale scopo?

Esaminò gli altri cinque libri, trovandovi annotazioni simili, e ogni libro sembrava ben letto. Horatia ebbe la visione più sorprendente di Lucien che leggeva ogni libro come lei, come se cercasse di vedere cosa avrebbe provato in ogni libro. Era un pensiero decisamente felice, sapere che lui si preoccupava di entrare in contatto con lei, anche in modo così indiretto. Il bruciore della promessa di non sedurla si attenuò alla luce di quei piccoli tesori.

Quando finalmente Horatia lasciò lo studio di Lucien, non si trovò sola nel corridoio. Lady Rochester stava uscendo dalla stanza dall'altra parte del corridoio.

«Horatia.» Le fece cenno di raggiungerla. La giovane deglutì, sentendosi a disagio mentre si avvicinava alla madre di Lucien.

«Sei arrossita, mia cara» osservò Lady Rochester. «Non devi temere che ti faccia pressioni sul motivo. Sospetto che mio figlio sia coinvolto.»

«Linus?»

Lady Rochester le lanciò un'occhiata che sembrava chiedere per quale genere e specie di sciocca Horatia l'avesse presa.

«Sappiamo entrambe che ami Lucien fin da quando eri bambina. Non inganniamoci più su questo. Ora, vieni da questa parte. Tu ed io dobbiamo parlare un po'.»

«Ma...»

«Non protestare, Horatia. Sono una donna anziana e sono abituata a fare a modo mio.»

Horatia cercò di non mostrare la sua incredulità. Lady Rochester poteva avere cinquant'anni, ma sembrava tutt'altro che vecchia. Seguì la donna in una stanza a poche porte di distanza, in una piccola camera personale della padrona di casa.

«Siediti, Horatia. Per carità, cerca di non avere un'aria così sofferente. Non intendo morderti.» Lady Rochester si sedette in una poltrona blu pallido davanti alla giovane.

«Quindi sei ancora innamorata di mio figlio.» Horatia non rispose. «Desideri conquistarlo?»

«Credo sia giusto dire che non avrò mai alcuna possibilità di conquistarlo.»

Lady Rochester colpì il bracciolo con una forza sorprendente. «Sciocchezze. È perfettamente sensibile da essere conquistato da quelle come te.»

«Quelle come me?» A Horatia non piacque particolarmente il suono di quella frase, dato il contesto della loro conversazione.

«Sei intelligente, bella e una sfida per lui. Forse non se ne rende conto, ma non sarà soddisfatto finché non ti avrà avuta. Ho ragione nel ritenere che non ti abbia ancora reclamata completamente?»

Horatia sentì girare la testa, lei che non aveva mai avuto l'inclinazione a svenire in vita sua. «Mi dispiace, Lady Rochester, ma la vostra domanda...»

«Suvvia, Horatia. Siamo donne di mondo. La società vorrebbe farti credere il contrario, ma questi argomenti vanno discussi, e spesso. Non ho mai incoraggiato i miei figli a nascondere la loro curiosità o il loro piacere nell'atto di fare l'amore. Lascia stare la società educata e la sua ottusa e insensata correttezza. Un po' più di audacia e molta più franchezza su questi argomenti, e le persone avrebbero un tempo molto più facile per fare incontri.»

Il lieve accenno di sorriso di Lady Rochester a Horatia ricordò Lucien che assomigliavalla madre nell'aspetto e nelle caratteristiche.

«Quindi non ti ha compromessa. Completamente intendo?»

«No, Lady Rochester, non abbiamo...» riuscì infine a dire.

«Questo renderà tutto molto più semplice.»

«Cosa farà?» Horatia si trovò a chiedere.

«Non ti ha ancora avuta. È chiaro che ti desidera. Se usiamo il richiamo del frutto proibito a nostro vantaggio, potrei ancora avere un matrimonio prima di raggiungere la tomba.»

«Non voglio intrappolarlo in un matrimonio. Mi disprezzerebbe. Non farei nulla per incorrere di nuovo nella sua ira.»

Quell'affermazione ebbe un grande effetto su Lady Rochester. «Che cosa hai già fatto per incorrere nella sua ira?»

Horatia rise amaramente. «Immaginavo che tutta la casa lo sapesse. Davvero non sapete perché Lucien è stato freddo con me negli ultimi sei anni?» Lady Rochester scosse la testa. «Vi ricordate l'ultima volta che sono stata qui, quando avevo quattordici anni?»

«Naturalmente. Spesso mi sono chiesta perché tu e Audrey non siate tornate quando Cedric è venuto a trovarci dopo quella volta. Ma tuo fratello è sempre stato un po' iperprotettivo e ho visto padri e fratelli fare cose simili in nome di buone intenzioni.»

«Il giorno in cui mi avete trovata sconvolta da Lucien e dalla signorina Burns, ho trovato Linus che metteva un secchio d'acqua in cima al gazebo e sono salita per tirarlo giù. Ma Lucien scelse quel momento per portare la signorina Burns nel gazebo e chiederle di sposarlo. Ho agito in modo avventato, infantile, e le ho rovesciato il secchio in testa. Lei scappò via e Lucien mi sgridò. Gli ho detto che lo amavo e lui mi ha riso in faccia. Mi incolpa per il rifiuto della signorina Burns e da allora ho sofferto ogni momento. Ecco perché non riesco a conquistarlo.»

Per tutta la spiegazione Lady Rochester rimase immobile

e tranquilla, ma alla fine del racconto era insolitamente pallida.

«Lady Rochester, state bene?»

«Mia cara, sono stata io. Santo cielo, sono stata io» disse la donna.

«Che cosa volete dire? Che cosa avete fatto?»

«Quando la signorina Burns entrò in casa, bagnata e furiosa, Linus e Audrey la videro. Mio figlio la prese in giro agitando un secchio vuoto ed io pensai che le avesse versato l'acqua addosso. Poi la vidi colpire mio figlio. Le dissi allora senza mezzi termini che avrebbe dovuto lasciare immediatamente Rochester Hall. Le dissi che se Lucien avesse continuato a corteggiarla o le avesse chiesto di sposarlo, e se lei non l'avesse rifiutato, l'avrei distrutta, e non le lasciai alcun dubbio sul fatto che avrei potuto farlo. Non immaginavo che la mia stupida prole avrebbe collegato te e la sua partenza in modo così sciocco.»

Horatia non sapeva cosa dire. Negli ultimi sette anni si era ritenuta l'unica responsabile di ciò che era accaduto quel terribile giorno. La visione del suo mondo si inclinava sul suo asse come un mappamondo traballante e non poteva fare a meno di chiedersi se non fosse stata a un passo dall'essere sbalzata fuori dalla sua posizione.

Lady Rochester si avvicinò a Horatia e le avvolse le braccia intorno alle spalle. «Metterò le cose a posto. Nutrivo così tante speranze che tu sposassi uno dei miei figli, e che io sia dannata se me ne starò con le mani in mano senza correggere i miei errori. Tu ed io mostreremo a Lucien quanto sei meravigliosa e ti prometto che rinsavirà. Così potrò avere dei nipoti da accarezzare nella mia vecchiaia.»

Horatia sbatté le palpebre per trattenere le lacrime. Lady Rochester l'aveva detto con tale convinzione che per un attimo Horatia aveva creduto di poterlo fare.

«Ora, asciughiamoci gli occhi e andiamo a cercare tua

sorella. Sono certa che abbiamo tutti bisogno di una bella gita. Magari a Hexby. C'è un negozio di modisteria decente e una modista di talento che sono sicura tua sorella approverà.»

Lady Rochester accompagnò Horatia nella sala principale e insistette perché aspettasse lì fino a quando Audrey non fosse stata rintracciata. Ormai sola, Horatia ebbe un momento per ricomporsi. Ascoltò i suoni lontani di Lucien e Cedric che ridevano mentre giocavano. Era così bello sentirli divertirsi insieme.

In una saletta privata del club per gentiluomini *Boodle's*, Sir Hugo Waverly si accomodò su una sedia, roteando un bicchiere di brandy mentre ascoltava il rapporto di Daniel Shefford, che da anni era ormai un suo uomo. Leale, altamente qualificato e capace di fare tutto ciò che gli veniva chiesto per il re, il paese o i suoi capricci più... personali. Shefford era in piedi di fronte a Waverly e raccontava con calma gli eventi accaduti due giorni prima, quando Lord Lennox era sfuggito per poco alla morte.

«Sono riuscito a rintracciare l'uomo che mi avete mandato a incontrare al *Garden*. Ha detto che Lord Lennox stava aspettando. Sospettava che fosse perché eravate stati ascoltati ieri sera. Il nostro uomo ha confermato che Rochester ieri sera era al *Garden*. Sembra uno scenario verosimile.»

«C'era Rochester?» Hugo si accigliò. Non c'era nessun posto a Londra dove potesse trovare rifugio da quelle maledette canaglie? Come avrebbe potuto condurre i suoi affari senza inciampare in uno di quegli uomini?

«E cosa ha fatto quando ha visto Lennox?»

«Gli ha sparato. La signora del *Garden*, in qualità di amica preoccupata di Lennox, mi ha detto che gli hanno sparato al braccio. Non sembrava essere una ferita mortale, ma non era nemmeno un graffio.»

Era stata una fortuna che Lennox avesse riportato solo una ferita lieve. Era solo questione di tempo prima che Lennox e i suoi amici fossero cadaveri in decomposizione. Ma non prima del momento giusto.

Shefford incrociò le braccia sul petto. «Sono tornato alla mia postazione davanti alla casa degli Sheridan. Sembra che abbiano lasciato Londra e la mia fonte mi ha informato che la loro destinazione era Rochester Hall, nel Kent.»

«Lord Rochester ha avuto l'onore di fare da balia alle sorelle di Sheridan? Divertente. Oserei dire che questo rende le cose molto più facili, avendo il Circolo diviso. Uno dei vostri uomini si è assicurato una posizione?» chiese Waverly.

Shefford annuì.

Due mesi fa, Shefford aveva acquisito cinque uomini per infiltrarsi nei ranghi del Circolo. La maggior parte lo aveva già fatto e gli stava già fornendo informazioni preziose e, a meno che non gli venisse detto altrimenti, non avrebbero fatto altro. Uno, tuttavia, finora era riuscito a trovare lavoro solo nel club per gentiluomini che frequentava, ma quella persona in particolare aveva un potenziale unico e, a differenza degli altri, la giusta dose di disperazione. «Eccellente. Ora vorrei che inviaste un messaggio a Sheridan e Lonsdale. Credo sia giunto il momento di lasciare a entrambi un piccolo regalo.»

«Desiderate inviare questo messaggio alla casa di Lonsdale in Curzon Street?»

«Sì. Sono sicuro che quel pazzo di Lennox stia osservando attentamente la casa di Sheridan, visto che è vicina alla sua. Voglio che entriate in entrambe le case e facciate quello che sapete fare meglio.»

Tutto stava andando al suo posto. Col tempo, il centro del Circolo sarebbe stato distrutto e il suo potere sarebbe stato distribuito a uomini più deboli e a eredi meno unificati. E poi? Il resto sarebbe stato facile.

«Consegnerò un messaggio appropriato, signore. È tutto?»

«Sì, a questo proposito. Abbiamo ancora questioni più serie da discutere.» Waverly tornò a concentrarsi sul suo drink.

Uccidere il Circolo sarebbe stato facile, anche se non avrebbe mai potuto farlo in fretta senza rischiare di esporsi. Ma la fretta non era il suo obiettivo. Aveva preoccupazioni più urgenti, come proteggere l'Inghilterra, era così che si era guadagnato il titolo di cavaliere. Gestire le reti di spionaggio in tutto il continente non era un'impresa facile. Persino uno dei fratelli di Rochester era coinvolto nei vari tentacoli delle sue operazioni. L'ironia della cosa non gli sfuggiva.

Era ciò che contava veramente per Waverly, proteggere le cose a cui teneva. Il Circolo gli aveva tolto molto. Due vite se ne erano andate a causa loro. Li considerava una minaccia per sé stesso e quindi una minaccia per l'Inghilterra.

Normalmente una minaccia alla nazione sarebbe stata affrontata rapidamente e senza pietà. Ma non era quella la sua intenzione. Quegli uomini meritavano... un'attenzione speciale. Sapeva che era una debolezza indulgere in tali melodrammi e sotterfugi. Peggio ancora, era imprudente. Ma in fondo, tali rischi rendevano la vita degna di essere vissuta. Erano un vizio, ma che lo aveva sostenuto, gli aveva dato uno scopo. Nel suo cuore cresceva un albero di odio che presto avrebbe dato frutti amari.

Riportò l'attenzione su Shefford. «A che punto siamo con la questione spagnola? È passato quasi un mese da quando Panama ha dichiarato la sua indipendenza. Dobbiamo sapere quali ripercussioni avrà in tutta Europa. Voglio uomini in tutte le corti e le case nobiliari che riusciamo a raggiungere. Se la Spagna vuole entrare in guerra per reclamare Panama, potremmo avere l'opportunità di allentare la presa della Spagna sulle altre colonie e distruggere le loro roccaforti.»

«Naturalmente.» Shefford cambiò argomento senza sforzo, ma Waverly stava a malapena ascoltando. La sua mente era già tornata a pensare al Circolo e ai piani che aveva per loro.


CEDRIC SI CHINÒ SUL TAVOLO DA BILIARDO E MIRÒ A UNA palla. «Dimmi la verità, Lucien.»

«A proposito di cosa?» Lucien si appoggiò al bordo del tavolo, incrociando le braccia.

«Ti va bene che Horatia sia qui? So che ti ho forzato ad accettarla di nuovo nella tua vita, ma posso smettere. Speravo che fosse passato abbastanza tempo e che forse avremmo potuto lasciarci tutto alle spalle.» Cedric strinse le labbra, mentre tirava il colpo. Intascò il punto e sorrise. Cedric era competitivo ed eccelleva in quasi tutti i giochi e gli sport.

«Hai tutto il diritto di forzarmi. Mi sto comportando in modo ostinato e sciocco.» Dopo tutto quello che avevano passato, resistere alla sorella di Cedric non li avrebbe di certo separati, non se lui poteva evitarlo.

«Sono sollevato di sentirtelo dire» ammise Cedric.

Nessuno dei due parlò, entrambi erano persi nei loro pensieri. Lucien fu visitato dal terribile ricordo del giorno in cui i genitori di Cedric erano morti.

Lucien sapeva che Cedric aveva vegliato su Audrey nella casa di Sheridan in Curzon Street quando un cameriere era accorso. Cedric una volta gli disse che da quel momento in poi tutto era sembrato rallentare. Il cameriere era arrossito, aveva farfugliato di un incidente in carrozza e alla fine aveva sbottato: «Morti, signore. Sia Lord che Lady Sheridan sono morti. Vostra sorella ha riportato la frattura di un braccio, ma è viva. Lord Rochester era nelle vicinanze e ha aiutato a salvare vostra sorella.»

Lucien non avrebbe mai dimenticato quel momento in cui aveva portato a casa Horatia dopo l'incidente. Cedric aveva fatto due passi verso la porta e le sue gambe avevano ceduto, sprofondando in ginocchio. Lucien si era occupato di Horatia e poi era tornato sul luogo dell'incidente per occuparsi dei corpi.

I corpi... non erano più Lord e Lady Sheridan. Non poteva permettersi di pensare a loro come tali.

Quando Lucien era tornato, aveva trovato Cedric seduto in salotto su un divano di broccato, il posto preferito di Lady Sheridan quando ricamava o leggeva. Teneva in braccio una piccola Audrey di dieci anni che non aveva detto nulla, non avrebbe detto nulla a nessuno per ben tre mesi. La luce dei suoi piccoli occhi marroni si era talmente affievolita che ogni giorno si temeva che potesse scomparire.

Non avrebbe mai dimenticato di aver tenuto Horatia tra le braccia. Lei dondolava il braccio rotto, che era stato steccato e fasciato. Si era accoccolata a lui e non lo aveva lasciato finché Cedric non aveva iniziato a sussurrarle dolcemente per confortarla. Da quel giorno Horatia non gli aveva mai raccontato quello che era successo nella carrozza prima o dopo l'incidente. Alcuni ricordi non dovrebbero mai essere ricordati e Lucien non l'aveva spinta a farlo.

Cedric si era perso, così giovane da diventare il capo della famiglia. Non sapeva nulla di come si allevavano i bambini e la povera, dolce Horatia aveva abbandonato la sua infanzia il giorno dopo il funerale dei genitori per aiutare Cedric a crescere Audrey. Lucien era stato al fianco di Cedric, aiutandolo a mettere in ordine il patrimonio paterno e assumendone il titolo e le responsabilità. Nessun altro, a parte le sue sorelle, aveva mai assistito al suo dolore. Gli altri amici l'avevano sopportato bene, ma Lucien aveva visto Cedric piangere come se fosse un bambino appena uscito dall'asilo. Quel legame, quella forza della loro amicizia doveva resistere a tutto. Se non fosse stato possibile... Non avrebbe preso in considerazione idee così cupe.

I pensieri di Lucien tornarono al presente, ma non alla partita. «Horatia è cresciuta in questi ultimi anni.»

«Non è più la bambina di una volta» concordò Cedric. «Non lo è più da molto tempo.» La nota malinconica della sua voce rese più pesante l'atmosfera della stanza.

«Non lo è di certo. Abbastanza grande per prendere in considerazione il matrimonio. Nessuno ha chiesto di lei?» Lucien tentò la domanda casuale, prese la mira e tirò.

Cedric scosse la testa. «No. All'inizio ce n'erano alcuni, ma lei ha quel modo di fare silenzioso, sai. La maggior parte degli uomini trova sconcertante l'idea di una donna con i propri pensieri. Non hanno continuato a farle la corte. Non ho dovuto spaventarli come faccio con Audrey. Conosco troppi uomini che preferiscono come mogli delle chiacchierone gradevoli. E tu? So che non hai chiesto la mano di una donna dopo Melanie Burns. Ti sei arreso?» Cedric rivolse tutta l'attenzione a Lucien.

Lucien si schiarì la gola. «Sai... Dopo settembre...»

«Dopo Emily Parr, vuoi dire?» Cedric lasciò andare una risatina divertita. «Dovremmo segnare un nuovo calendario con quella data: Prima di Cristo, Dopo Cristo, e ora Dopo Emily Parr.»

«Abbastanza. Ma dopo aver visto Emily e Godric innamorarsi, ho capito che non avevo mai amato Melanie. Abbiamo semplicemente recitato le nostre parti in modo eccellente. L'ammaliata e l'affascinante. Credo di aver amato l'idea di essere innamorato di lei. Ha senso?»

Cedric rise, fissando gli occhi su Lucien, occhi che in quel momento gli ricordavano tanto quelli di Horatia. Non si trattava solo di una somiglianza familiare. Sia Cedric che sua sorella sorridevano spesso con gli occhi, era nella loro natura.

«Fin troppo sensato. Eri innamorato di un ideale, di una

donna innalzata su un piedistallo. Si possono adorare le donne sui piedistalli ma esse non potranno mai amare allo stesso modo. Una donna in carne e ossa, invece, è tutta un'altra cosa, o almeno così mi dicono.» La risatina ironica di Cedric parlava chiaro.

Lucien annuì. «Quando me ne sono reso conto, ho pensato che forse avrei dovuto essere più grato a Horatia per la sua tempestiva interferenza.»

Cedric sorrise. «Questa è forse la cosa più intelligente che ti ho sentito dire.»

I due uomini finirono la loro partita in silenzio. Era una delle cose che Lucien preferiva di Cedric. Non era un uomo che parlava troppo. Charles era incline a narrare storie fantastiche, Ashton si dilettava sempre di filosofia. Ma Godric e Cedric erano più spesso silenziosi, persi in qualsiasi gioco stessero giocando o consumati dai propri pensieri. Lucien apprezzava questo, il sostegno gentile dei buoni amici. Non c'era bisogno di fare baldoria per divertirsi. Quei giorni erano passati da tempo e ne era felice. Era grato di avere dei buoni amici.

Un rumore proveniente dalla sala li avvertì della presenza di altre persone.

«Sembra che siano tornati dagli acquisti» disse Lucien. «Oserei dire che dovremmo andare via.» Ma prima che i due uomini potessero nascondersi, Audrey entrò di prepotenza, seguita da un Linus scontento.

«Cedric! Devi correggere Linus e dirgli che la mia nuova cuffietta è bella. Dice che sembra una balla di fieno mal costruita.» Audrey indicò il suo cappello a tesa piuttosto larga che utilizzava uno stile di lavorazione della paglia molto particolare.

«Credo che le mie parole esatte siano state *un pagliaio raccolto frettolosamente.*» Linus sorrise all'espressione sbalordita di Audrey, ma il suo divertimento durò poco. La giovane afferrò la stecca da biliardo dalle mani di Lucien e ne conficcò il manico nelle costole del giovane, facendolo cadere di schiena.

«E questo è il mio *segnale* per andarmene.» Lucien ridacchiò e sgusciò via, lasciando Cedric a occuparsi della sorella e di Linus.

«È terribilmente brutto da parte tua, Russell, abbandonarmi alla morte con una stecca da biliardo!» esclamò Cedric, schivando la stecca che Audrey stava facendo ruotare intorno a sé, cercando di impalare Linus con l'estremità appuntita.

Lucien si aspettava di trovare Horatia da qualche parte nella sala, ma c'era sua madre ad aspettarlo. Sembrava più pericolosa di un cobra annidato in una cesta.

«Vorrei parlare in privato con te, Lucien.»

Il tono della donna non prometteva nulla di buono. Era molto simile a quello che lei usava per attirarlo in un falso senso di sicurezza prima che venisse sgridato da bambino. Lucien aveva passato da molto l'età delle punizioni, ma se sua madre gli avesse fatto di nuovo venire in mente pensieri del genere, sarebbe sicuramente fuggito dalla finestra o dalla porta più vicina prima che lei potesse mettergli le mani addosso.

Si era spesso chiesto se esistesse un opuscolo segreto che una madre riceveva alla nascita del suo primo figlio e che riportava le istruzioni su come instillare la paura con il solo sguardo. Se esisteva, sua madre aveva lo studiato in fretta. Forse aveva scritto l'ultima edizione.

«Lucien, non indugiare. Vieni subito da me.» La madre si diresse verso le sue stanze personali. Si sedette e attese che lui la seguisse. Lucien lo fece, guardando con riluttanza la porta che aveva stupidamente chiuso dietro di sé.

«Cosa c'è, madre?» Un brivido di nervosismo si insinuò in lui quando riconobbe lo sguardo determinato della donna.

«Mi sono resa conto di aver commesso un grave errore. Un errore che ha avuto conseguenze invisibili negli ultimi anni.»

Lucien era sbalordito. Sua madre stava ammettendo un errore? Di certo le mucche sfrecciavano sulla luna e i maiali scoprivano il lusso delle ali. Guardò la madre con cautela, aspettando che continuasse.

«Il giorno in cui ha chiesto alla signorina Burns di sposarla...»

Lucien si alzò in piedi, non voleva sentire sua madre dire un'altra parola.

«Quel giorno...» La donna pronunciò queste parole con un tono che sottendeva: «Siediti.»

Lucien la guardò e tornò a sedersi.

«Ho incontrato la signorina Burns dopo l'incidente nel gazebo. Linus la vide e cominciò a stuzzicarla con un secchio vuoto. Lei lo colpì, Lucien. Ha colpito tuo fratello e non era la prima volta che lo faceva. Le dissi che doveva rifiutarsi di sposarti o mi sarei assicurata che se ne pentisse. Era scortese con chi era al di sotto di lei e particolarmente crudele con i bambini. Non avrei tollerato un simile matrimonio, né che una simile donna desse alla luce i miei nipoti. Te lo dico ora perché ho appena scoperto che per tutti questi anni hai incolpato un'innocente.»

Lucien si sentì come se gli avessero sparato, mentre quelle parole si facevano strada. *Per tutti questi anni hai incolpato un'innocente.* La signorina Burns lo aveva respinto, dicendogli che se non era in grado di affrontare una semplice bambina per difenderla, allora non era un uomo degno di essere sposato. All'epoca si era infuriato ma aveva capito la verità del carattere della signorina Burns quando aveva sposato Waverly.

Non poteva dire a sua madre che quella donna non contava quasi più nulla. Non osava confessare che era una comoda scusa per stare lontano dalle tentazioni, anche se ultimamente era diventata inefficace. Il dolore provocato dalle parole di sua madre era tutta colpa sua. Aveva appena iniziato a cercare di rimediare ai torti subiti da Horatia e il fatto che la madre gli rinfacciasse i suoi peccati era peggio di quanto potesse immaginare.

«Vedo che hai bisogno di un po' di tempo per accettare quello che ti ho detto.» La donna si alzò. «Ora ti lascio. Ma Lucien, non rimandare le tue scuse.»

Lucien alzò lo sguardo verso la madre. «Che cosa potrei mai fare per rimediare a sette anni di freddezza?»

Gli occhi di Lady Rochester erano più dolci e materni di quanto non avesse visto da anni.

«Una parola gentile, tanto per cominciare. Nonostante i tuoi tentativi di allontanarla, si è aggrappata al ricordo della tua gentilezza come a un pezzo di legno alla deriva in una tempesta. La lotta l'ha logorata ma un po' di tenerezza allevierà la sua sofferenza e rafforzerà di nuovo la sua fiducia in te.»

Lucien si rese conto, non per la prima volta nella sua vita, che sua madre era davvero saggia. Nonostante le sue ossessioni per l'ultima moda e gli orribili tentativi di far sposare i suoi figli, era una donna di grande comprensione e intelligenza.

«Grazie, madre» sussurrò.

Lady Rochester inclinò il capo, gli posò una mano sulla guancia e poi lo lasciò solo. Lucien crollò sulla sedia. Che cosa doveva fare? Da dove cominciare? Ma prima che potesse riflettere sulla sua linea d'azione, fu fermato da una vista distratta e ridicola fuori dalla finestra più vicina che dava sui vasti giardini.

«In nome di Dio, che cosa?» mormorò, avvicinandosi alla finestra.

## ✴ 17 ✴

Il pomeriggio sembrava protrarsi da ore. A Linley faceva male la schiena per essersi nascosto nei vicoli fuori dal *Jackson's Salon*. Il vestito scuro che indossava lo aveva preso in prestito ed era leggermente troppo grande, così come il gilet e le braghe. L'insieme era quasi logoro e non tratteneva il freddo del vento invernale. A ogni folata, stringeva frettolosamente i bordi della parrucca bianca in testa, per tenerla ferma.

Pregò che l'uomo che era stato mandato a sorvegliare arrivasse presto. Le sue dita stavano diventando blu e il suo sangue era come ghiaccio nelle vene. La sua preda, il conte di Lonsdale, un abile pugile, poteva passare ore nel salone. Non si sapeva quando Linley avrebbe avuto la possibilità di sfuggire al freddo e rifugiarsi all'interno. Si sfregò le mani, cercando di generare calore. Non servì a nulla.

Un'improvvisa ondata di stanchezza lo attraversò. Non voleva essere lì. Il suo padrone lo aveva costretto ad andare. Sir Hugo Waverly. Un vero bastardo, se mai ce ne fosse stato uno. Tom cercò di non pensarci, ma non ci riuscì.

Era l'uomo che si era approfittato di lui... e gli aveva

rubato qualcosa di prezioso. Gli aveva rubato tutto, in realtà. Compresa la sua libertà.

Il mese successivo all'aggressione del suo padrone, la moglie di Waverly lo aveva licenziato senza referenze. Solo questo aveva minacciato il suo futuro e ora aveva qualcuno che dipendeva da lui. Ma Hugo poteva sempre peggiorare le cose. Era stato facile per il suo padrone approfittare della sua disperazione e costringerlo a questo lavoro. Questa nuova identità. Questa nuova vita di ombre e sotterfugi.

*La mia povera bambina.* Pensò con dolore a Katherine, la bambina di cui si prendeva cura. La sua Kate era la cosa più importante nella vita di Tom. Waverly aveva minacciato di portarla via e Dio solo sapeva cosa ne avrebbe fatto...

A meno che non si fosse guadagnato la fiducia del conte di Lonsdale e si fosse infiltrato nella sua casa. Tom sentiva che c'era in ballo qualcosa di più oscuro e orribile, ma non era in grado di fermare qualsiasi piano del suo padrone. I suoi ordini erano semplici, anche se tutt'altro che facili: farsi assumere da Lonsdale per sostituire il valletto che aveva recentemente lasciato il suo impiego e fare regolarmente rapporto a Waverly.

Tom non voleva mentire a nessuno e certamente non al conte. Dopo una settimana di sorveglianza discreta, aveva imparato abbastanza su Lonsdale da non volerlo tradire. Era un libertino, ma non un mascalzone. Era un uomo che avrebbe offerto una mano a chi ne aveva bisogno. Tom lo aveva visto più di una volta gettare monete ai poveri mentre passava e non aveva mai avuto una parola dura per gli altri, anche quando gli uomini, immersi nei loro bicchieri, cercavano di litigare. Ma per salvare la piccola Kate, Tom avrebbe dovuto dannarsi e fare un torto a un uomo buono per il bene di uno cattivo.

. . .

LUCIEN NON RIUSCÌ A DISTOGLIERE LO SGUARDO DALLA bizzarra visione di Audrey e Linus che inseguivano una capra vestita con una giacca da donna. L'indumento, un tempo di una bella tonalità di azzurro, ora era strappato in diversi punti e cominciava a sfilacciarsi ai bordi.

Lucien guardò dalla finestra Audrey che urlava come un'ossessa, tuffandosi sulla capra e cadendo sul terreno ghiacciato mentre questa scappava via. Linus aveva preso una zappa da giardino e stava caricando l'animale, ma un grido fermò il suo colpo. Arrivò Horatia, vestita frettolosamente per il freddo, e invitò Linus ad allontanarsi dalla capra arrabbiata.

Lucien ridacchiò di fronte alla creatura belante, i cui occhi selvaggi promettevano punizioni a chiunque avesse osato avvicinarla ulteriormente.

Horatia si chinò e tese una carota, convincendo l'animale a guardarla con meno cattiveria. La capra si avvicinò con cautela, poi mordicchiò la carota. Quando Horatia posò l'ortaggio a terra, la capra non le prestò attenzione mentre con disinvoltura le toglieva la giacca. Poi restituì l'indumento rovinato a Audrey.

Lucien trattenne il respiro dal suo punto di osservazione, godendosi lo spettacolo. I capelli di Horatia erano un po' scompigliati e le sue guance erano arrossate dal brivido della caccia. Il corpo di Horatia, con le sue ampie curve, era fatto per fare l'amore in modo appassionato e per le fantasie più perverse. Era, in verità, la donna che aveva sempre desiderato, di cui aveva sempre avuto bisogno. Anche alla luce delle rivelazioni di sua madre, non sarebbe mai potuto accadere.

Era la sorella di Cedric e il Circolo aveva delle regole.

Lucien non riusciva a fidarsi di sé stesso con lei. Voleva fare l'amore con lei a lume di candela, per vedere meglio le ombre giocare sulle curve del suo corpo. Gli piaceva trattenere una donna e portarla a picchi di piacere. Mai per farle del male, no. Ma amava avere potere su una donna e, soprattutto, la sua fiducia. Poteva conoscere ogni luogo sensibile e ogni desiderio oscuro che lei covava per poterlo soddisfare. Non lasciava mai una donna insoddisfatta dopo una notte legata al suo letto e si rifiutava di godere fino a quando la sua amante non fosse stata completamente saziata.

Ora, quel talento finemente affinato sarebbe andato sprecato. L'unica donna che desiderava era l'unica donna che non avrebbe mai potuto avere. Voleva stare con lei in modi che non aveva mai avuto con altre donne, mostrarle un lato di sé che aveva sempre tenuto nascosto agli altri. Forse il fascino di Horatia derivava dalla sua irraggiungibilità. Un frutto proibito. Poteva solo pregare che fosse al sicuro da lui, finché avesse esercitato quel dannato autocontrollo che ultimamente si era sfilacciato.

Lucien si allontanò dalla finestra quando sentì la voce stridula di Audrey riecheggiare nella sala principale.

«Lo giuro, Linus, sei la peggior specie di uomo! Come hai potuto mettere la mia giacca migliore su una capra?»

«Mi sembrava che avesse freddo.»

«Ha già un cappotto. Di cos'altro ha bisogno?»

«È la stagione dei regali. Dovresti essere grata che ho esercitato la mia buona volontà per garantire il calore della capra.»

«La stagione dei regali? Ti regalo qualcosa!»

Ci fu un tonfo e un grido di dolore.

«In nome di Dio, che cosa hai messo in quella... sassi?» Linus sbraitò.

Lucien uscì dalla stanza della madre in tempo perché Audrey si nascondesse dietro di lui, usandolo come scudo contro la vendetta di Linus.

«Salvami, Lucien!» implorò Audrey, lasciando svolazzare le mani insieme a una reticella piuttosto pesante.

«Consegnamela, Lucien. È ora che la sculacci.» Linus aveva un'aria decisamente medievale mentre guardava la donna.

«Le hai rovinato la giacca con quella capra, Linus, e sono sicuro che fosse molto costosa.» Lucien incrociò le braccia e ricambiò lo sguardo del fratello minore, fortunato ad avere il vantaggio dell'età, visto che Linus lo eguagliava in altezza.

«Quella giacca era il valore di sei settimane di soldi che non riavrò mai indietro» disse Audrey. «Forse dovrei prenderli dalla tua paghetta trimestrale?» Audrey gli rivolse un sorriso impudente.

Linus arrossì. «Perché tu...» Fece un passo in avanti, ma Lucien lo fermò con un palmo deciso.

«Penso che sia un'idea eccellente. Restituirai restituire l'intero importo della giacca, vero Linus?»

Linus ringhiò, ma fece un cenno brusco e si allontanò.

«Oh e Linus» lo chiamò Lucien. «Hai una settimana di tempo, o la pagherò io stesso e lo detrarrò dalla tua paghetta.»

Audrey batté le mani e danzò intorno a Lucien. «Oh, sei proprio un tesoro! Il mio campione!» Si alzò in punta di piedi per baciargli la guancia prima di allontanarsi, senza dubbio per incitare ulteriormente il fratello e causare altri problemi.

«È stato molto gentile da parte tua.» La voce di Horatia fece trasalire Lucien. Era rimasta nascosta vicino alla porta del giardino sul retro.

«È giusto così. Linus ha più di vent'anni ormai. Dovrebbe crescere. Gli anni per gli scherzi sono finiti, ma sembra deciso a impararlo nel modo più duro. Non riesco a capire perché si comporti ancora come un bambino. La mamma lo coccola troppo, credo.»

«Le provocazioni di Audrey non aiutano» aggiunse Horatia. «Hanno giocato troppo spesso insieme da bambini per adattarsi davvero ai loro ruoli più maturi nella vita. È uno dei motivi per cui non mi preoccupo mai della mia mancanza di diligenza come loro accompagnatrice.» Horatia lo confessò con un piccolo sorriso.

Il petto di Lucien si strinse e un'ondata di senso di colpa

lo colpì. Un silenzio imbarazzante si stabilì tra i due. Il caldo sorriso di Horatia vacillò e poi appassì mentre il silenzio si allungava.

«Scusami» disse Lucien in modo burbero e si girò per andarsene. Non poteva più sopportare di starle vicino. Stretto tra il meritato senso di colpa e il desiderio malvagio, era dannato se l'avesse reclamata e dannato se non l'avesse reclamata.

Lucien chiamò il cameriere Gordon perché mandasse un messaggio alle scuderie dicendo che voleva il suo cavallo, poi andò a cercare il suo cappotto e i guanti da equitazione. Una cavalcata gli avrebbe fatto bene. L'aria fredda e la solitudine avrebbero raffreddato il suo ardore e gli avrebbero dato il tempo di riflettere. Per fortuna, Horatia non lo seguì.

Uno stalliere portò lo stallone di Lucien sui gradini. La bestia si contorse. Lucien fece un cenno a Gordon e poi montò. Uscì al trotto dal cortile principale e attraversò il prato innevato a est. Il cavallo avanzò sulla neve ghiacciata, camminando con attenzione finché la neve non divenne più spessa. Poi Lucien lo incitò ad accelerare il passo, mentre il vento gli sferzava il mantello, attraversando il prato.

Le nuvole grigie formavano uno spesso muro invernale, lasciando il terreno davanti a lui un mondo in ombra tra le nevicate intermittenti. C'era qualcosa di bello nella desolazione del Kent in inverno, soprattutto quell'anno. Il più delle volte la neve era rara ma quell'anno i terreni ne erano ricoperti. La decadenza della vita giaceva a pochi centimetri sotto la neve, inosservata. Quel mondo nascondeva dei segreti, come il momento in cui un nuotatore rompe la superficie dell'acqua per respirare, i semi nel terreno aspettavano di respirare, di rivelarsi. Lucien si sentiva molto simile, in attesa di respirare, in attesa di liberarsi.

Ricordava la moltitudine di baci che aveva rubato a Horatia, sia per rabbia che per desiderio. Ora, senza la rabbia ad alimentare la sua cecità emotiva, poteva vedere la verità. Non era solo desiderio, né brama di un frutto proibito, era qualcosa di più. Qualcosa di segreto si nascondeva sotto le fiamme della sua passione.

*Non dovrei, ma...* Guardò il suo respiro sbocciare in una nuvola pallida, riflettendo sui pensieri confusi sui suoi sentimenti per Horatia.

Il cavallo di Lucien aveva rallentato fino a fermarsi completamente, cosa che la bestia non aveva mai fatto prima senza essere incoraggiata.

Che strano.

Piantò i talloni nel fianco dell'animale per incoraggiarlo. Il cavallo girò violentemente la testa. Lucien scalciò di nuovo e questa volta l'animale si mosse e nitrì. Lucien si aggrappò alle redini cercando di tenersi in sella. Il cavallo reagì ancora più ferocemente e questa volta Lucien era impreparato. Fu sbalzato, con le braccia impigliate nelle redini, atterrando con uno scricchiolio sul terreno ghiacciato. Il dolore gli esplose in testa e nel corpo. La sua vista girò in cerchi lenti, poi iniziò a svanire...

$\maltese$   18   $\maltese$

Vedere Ashton ferito aveva scosso le fondamenta stesse dell'esistenza di Charles. Aveva bisogno di riportare un po' di ordine nel suo mondo, di riaffermare la sua forza e la sua difesa. Era in piedi sul ring del *Jackson's Salon* e si esercitava nella tecnica della boxe. Il sudore gli luccicava sulla fronte e gli inumidiva i capelli.

Combatteva come un uomo posseduto. Un pugno dopo l'altro, un avversario dopo l'altro, eppure continuava a lottare, ignorando i muscoli doloranti. Mentre tirava pugni e li schivava, vedeva solo Ashton. Pallido per la perdita di sangue, riposava a Essex House mentre si riprendeva dalla ferita. Il medico aveva rassicurato tutti dicendo che non dovevano preoccuparsi e che con il tempo Ashton avrebbe recuperato il controllo del braccio.

Molti uomini dei circoli migliori si divertivano a giocare a boxe, ma non Charles. Lui prendeva quest'arte sul serio. Un incontro di pugilato era il suo modo di reagire alle sue paure e alle sue insicurezze.

Conquistate il ring e sconfiggete i vostri demoni.

Quel giorno sfoggiava un occhio nero, che si era meritato ma non lo aveva ottenuto sul ring. Charles sorrise, sopportando le prese in giro degli altri signori del *Jackson's Salon*. Avevano tutti pensato che avesse perso un incontro e che lui non avesse intenzione di confessare loro la verità.

Il suo attuale avversario era un uomo di nome Everard Ralph, un giovane cucciolo rispetto a Charles, desideroso di mettersi alla prova contro il campione in carica non ufficiale del locale. I due si scambiarono colpi per una ventina di minuti prima che Ralph cominciasse a indebolirsi.

«Ne avete abbastanza?» gli chiese Charles. Il suo tono solitamente leggero era teso.

Ralph indietreggiò di un passo, mentre Charles insisteva sul suo vantaggio.

«Basta, Lonsdale, basta!» Ralph ansimò, schivando un altro diretto di Charles. «Signore, oggi avete combattuto come il diavolo in persona.»

Era un tipo abbastanza rispettabile, con sorriso che faceva svenire le vergini e faceva sì che le vedove gli lasciassero i loro biglietti da visita nelle tasche del cappotto. Ma non aveva nulla da invidiare a Charles. Charles era un libertino fin dall'età di diciassette anni e più la sua reputazione si faceva nera, più le donne sembravano 'allontanarsi' dal suo cammino. Tuttavia, il gioco stava cominciando a cambiare.

Una cosa era rapire una ragazza come Emily Parr e godere del piacere di un piano così diabolico. Ma un'altra cosa era salire sulla sua carrozza dopo una notte di bagordi e trovare una donna che lo aspettava per essere compromessa da lui. Non era così che si doveva giocare. Lui avrebbe dovuto inseguire e la signora fuggire, ma da un paio d'anni a questa parte gli sembrava di essere lui a fuggire.

Le madri di famiglia tramavano quando entrava nelle sale da ballo e sembrava di sentire le campane nuziali quando il suo nome veniva annunciato da Almack. Nonostante la sua fama, riusciva sempre a ottenere dei buoni per le sale del club, probabilmente perché il rischio di permettergli l'ingresso valeva l'opportunità che qualcuno lo catturasse.

Quando Charles aveva riferito ad Ashton di questa sfortunata situazione, l'uomo aveva risposto saggiamente, come sempre: «Forse un po' di rispettabilità e di moderazione attenuerebbero il tuo fascino per le signore non sposate.» All'epoca, Charles si era schernito. «Ash, sappiamo entrambi che sono capace di molte cose, ma la rispettabilità e la moderazione non sono tra queste.» Al che Ashton gli aveva fatto notare: «Hanno fatto meraviglie per Godric. Guarda lui ed Emily.»

Charles aveva sbuffato e si era allontanato.

«Grazie per l'incontro, Lonsdale. Si è rivelato molto istruttivo.» Ralph porse una mano a Charles che la strinse prima di lasciare il ring e recuperare l'asciugamano. Si asciugò il viso e contemplò il cattivo stato dei suoi vestiti. Il suo valletto aveva appena lasciato il servizio per sposare una cameriera di una famiglia vicina. A Charles piaceva essere vestito in modo impeccabile e avrebbe avuto bisogno di un nuovo valletto in tempi brevi. Era solo un altro problema di una lista sempre più lunga.

Aveva bisogno di bere e per questo motivo, si diresse verso il suo club per gentiluomini, il *Berkley's*. Quella sera non ci sarebbe stato nessuno dei suoi amici, il che era una benedizione. Non era adatto alla compagnia. Era di pessimo umore e presto avrebbe bevuto abbastanza da raggiungere uno stato di oblio per il resto della serata. Poteva anche chiedere in giro per vedere se qualcuno conoscesse un valletto in cerca di una nuova posizione.

In mezz'ora era seduto da solo in una stanza privata, con il bicchiere in mano, ad ascoltare il fuoco scoppiettare nel focolare. Fuori, nei corridoi, le voci suonavano allegre, contrariamente al suo spirito. La porta della stanza si aprì ed entrò un servitore. C'erano molti giovani e fattorini alle dipendenze di Berkley. Charles interagiva raramente con loro, a meno che non fosse deciso ad andare a fondo nei suoi bicchieri e avesse bisogno di loro per far arrivare il brandy.

«Buon pomeriggio, mio signore. Volete un altro decanter?» chiese il ragazzo. Era piccolo per la sua età, con capelli chiari nascosti da un berretto e occhi azzurri. I suoi lineamenti erano forse un po' troppo delicati, la sua struttura un po' strana in alcuni punti, tutti segni di una gioventù impacciata. Sarebbe cresciuto come tutti gli uomini. Strano, non aveva mai pensato molto alla servitù di quel posto. Tuttavia, qualcosa in quel ragazzo aveva attirato la sua attenzione.

«Ho già finito il primo?» Charles sembrò sorpreso. Guardò verso il tavolino sul quale si trovavano il vassoio del brandy e i bicchieri. Di sicuro era vuoto. Il ragazzo portò il secondo a Charles e gli riempì il bicchiere con il caldo liquido ambrato.

«Grazie.» Charles rovesciò frettolosamente il bicchiere e ne bevve il contenuto.

Gli occhi del ragazzo si spalancarono per lo shock.

Charles si limitò a ridacchiare. «Hai mai bevuto il brandy?» gli chiese.

Il ragazzo scosse la testa, mentre una ciocca di capelli sfuggiva alla parrucca incipriata e gli cadeva sugli occhi. In quel momento, qualcosa di malinconico si agitò dentro Charles come un'ombra. Era mai stato così giovane? Se lo era stato, non riusciva a ricordare quando.

«Quanti anni hai?» chiese Charles al ragazzo.

«Venti, mio signore.»

«Venti? È una bugia, se mai ne ho sentita una. Sei troppo magro.» Charles sapeva di essere un po' troppo ubriaco per tenere a freno la lingua. Gli occhi del ragazzo si restrinsero.

Charles alzò le mani in segno di difesa. «Le mie scuse, ragazzo. Sono deciso a farmi ingannare e tu sei la vittima del mio essere abbastanza sbronzo. Vieni, siediti. Spero che di sotto non abbiano bisogno di te per un po'.» Charles indicò una sedia vuota accanto al fuoco. Non aveva pensato di volere qualcuno che gli facesse compagnia, ma il giovane aveva l'aria di chi aveva bisogno di riposare. I suoi occhi erano ombreggiati da occhiaie dovute alla mancanza di sonno. Charles poteva far riposare il ragazzo e alleviare il suo improvviso desiderio di compagnia quella sera.

«Oh, non potrei, mio signore!» protestò il ragazzo. «È contro le regole.»

Charles si frugò in tasca, recuperò una manciata di scellini e glieli porse.

«Sono un membro di questo club. Come tale le regole si piegano quando ne ho bisogno. Ti chiedo di occuparti dei miei bisogni. Una di queste esigenze è che tu ti sieda e mi faccia compagnia.»

Il ragazzo tirò un sospiro e prese gli scellini offerti con un sorriso riconoscente. Sembrava avere un gran bisogno di denaro. Charles sapeva che l'orgoglio di un uomo poteva impedirgli di accettare la carità.

«Come ti chiami?»

Il ragazzo esitò. «Linley, mio signore. Tom Linley.»

«Dimmi, lavori qui da molto tempo?»

Linley scosse la testa. «Solo da pochi mesi. Lavoravo come valletto, ma non sono riuscito a trovare un nuovo impiego. Il mio vecchio padrone non mi ha dato referenze.»

«Oh?» Charles si alzò un po' a sedere. «Perché?»

Linley aggrottò la fronte. «Non eravamo d'accordo sulla manutenzione del suo guardaroba. I vestiti servono a definire il carattere di un uomo e il mio padrone non ne rispettava l'importanza.»

Quel giovane aveva idee simili a quelle di Charles. Un guardaroba adeguato era fondamentale per un uomo che voleva fare un'ottima impressione in società. Quel ragazzo avrebbe potuto essere la risposta al suo problema del valletto.

«Ti piace lavorare da *Berkley*? Sii sincero. Non riferirò ai proprietari del club quello che dirai.» Mentre aspettava che il ragazzo rispondesse, Charles fu colto da una strana disperazione per salvare quel ragazzo. Non sapeva perché. Forse voleva trasmettere la gentilezza che i suoi stessi amici gli avevano dimostrato. Linley aveva un gran bisogno di qualcuno che si prendesse cura di lui. Non fu difficile dedurre che il padre del ragazzo fosse fuori dai giochi e che non sembravano esserci fratelli.

«Non è saggio fidarsi di un uomo immerso nelle sue coppe» disse il ragazzo con diffidenza.

«Ah! Mai parole più vere sono state pronunciate!» Charles rise e notò un sorrisetto del ragazzo. «Ora, sono abbastanza ubriaco da prendere in considerazione l'idea di offrirti una posizione, ma abbastanza sobrio da giurare sulla tomba di mio padre che le mie intenzioni sono buone e che domattina non dimenticherò le mie promesse. Ti interessa? Ti pagherei il doppio di quanto ti pagano ora.»

«Ma mio signore, non sapete quanto mi pagano attualmente!» esclamò il ragazzo, con gli occhi che si allargavano a dismisura.

«Credimi, Linley, qualsiasi cosa tu riceva qui, non è nulla in confronto a quanto pagherei per un servitore decente. Ho bisogno di qualcuno che si occupi di me mentre sono in giro per la città. Per me un valletto è più di un attendente personale.»

«Sicuramente avete dei camerieri per queste mansioni?» si informò Linley.

«Sì, ma i loro compiti li tengono a casa. Lavorano sodo, ma non sono molto divertenti da frequentare. Non posso sopportare tanta professionalità. Preferisco assumere una canaglia come te per intrattenermi.» Charles aveva notato l'eloquio articolato e la grazia controllata di Linley, qualcosa che derivava solo da una persona cresciuta in un buon ambiente. «Sembra che tu sia abbastanza istruito da fornire una conversazione divertente.»

«Sono il figlio della cameriera della Contessa di Haverton» rispose Linley.

«Haverton? Conosco il conte, è un brav'uomo. Ora, che ne dici, Linley? Ti va di accettare il lavoro?» Un piacevole ronzio gli riscaldava le vene mentre si addolciva. Linley si stava già rivelando un'utile distrazione.

«Prima di accettare... permettete una domanda, mio signore.»

«Dimmi.»

Linley si agitò sulla sedia. «Non sono il tipo di uomo che accetterebbe di... beh, non vi permetterei di usarmi.» Il volto del giovane arrossì, cercando le parole per chiarire il suo significato. «Voglio dire che non mi interessano gli uomini e non vi permetterò di... usarmi per uno sport fisico. Se questa è la vostra intenzione, allora devo rispettosamente rifiutare.»

«Cosa? Non essere ridicolo» disse Charles, ridendo. I suoi interessi sessuali erano sempre stati rivolti alle donne e le supposizioni del giovane lo divertivano. «So di avere una certa reputazione scandalosa, ma non è per questo. Signor Linley, la verità è che voi mi ricordate me stesso quando ero più giovane. Spaventato, solo e bisognoso di un amico.» Fece una pausa, scioccato da come la verità fosse arrivata così facilmente. «Ti offro solo una posizione e un po' di compagnia. Nient'altro. Ho superato il tuo test?»

Linley lo studiò prima di rispondere. «Vorrei sapere esattamente quanto verrei pagato e dove dovrei alloggiare. Inoltre, ho un problema.» Il giovane aggrottò la fronte e fece una pausa per trarre un lento respiro. «Sono l'unico custode della mia sorellina, una bambina di appena un anno. Devo avere un mezzo per prendermi cura anche di lei.»

Charles soppesò quella notizia con un sorprendente livello di serietà. Voleva che il ragazzo lavorasse per lui e una bambina sembrava far parte delle condizioni. A casa di Charles c'era sicuramente posto.

«Molto bene.» Si batté leggermente le mani sulle cosce e si alzò in piedi. «Vorrei che cominciassi subito. Non ha senso che tu rimanga qui un momento di più. Parlerò con la direzione per ottenere il tuo rilascio a buone condizioni. Stasera puoi accompagnarmi a cena a casa St. Laurent. Dopodiché potremo pensare di trasferirti nella mia casa di città e di trovare una bambinaia per tua sorella. Oserei dire che la mia governante sarebbe all'altezza della sfida, mentre tu ti occupi dei tuoi compiti con me. Suo figlio è appena partito per la scuola e temo che si senta sola.» Charles posò il bicchiere di brandy. «Sono disposto a offrire trentacinque sterline all'anno come stipendio. Cosa ne pensi?»

Linley sgranò gli occhi.

«Posso considerare la tua reazione sconcertata come un'accettazione?»

Il giovane annuì in silenzio.

«Eccellente. Bevi un bicchiere di brandy, per festeggiare il tuo nuovo impiego.» Charles porse il bicchiere a Linley che ne bevve un piccolo sorso, balbettando quasi subito. Charles rise e gli diede una pacca sulla schiena, mentre il ragazzo tossiva.

«Non hai molta esperienza con i liquori?» gli chiese.

Il volto di Linley sbiancò. «Solo per ricevere le percosse di chi è troppo immerso nelle sue coppe.»

Il petto di Charles si strinse. Disprezzava chi usava l'alcol come scusa per scatenare i propri demoni sugli altri.

«Se non vi dispiace se glielo chiedo, signore, come vi siete fatto quell'occhio nero?» chiese Linley, a bassa voce.

«Questo?» Charles si toccò l'occhio viola. «L'ho ricevuto dopo aver aiutato un'amica.»

«Qualcuno ha cercato di farvi del male quando avete aiutato una giovane donna?» Linley sembrava dubbioso.

Beh, se quel giovane doveva essere il suo valletto, sarebbe stato meglio che Linley capisse che tipo di avventure - o piuttosto di disavventure - poteva aspettarsi vivendo al suo servizio.

«La signora è la sorella di un mio caro amico.» Charles fece una pausa, incerto su come spiegare quello che sembrava un comportamento terribile. «Desidera sposare una persona, ma suo fratello si comporta in modo un po' arrogante, se così si può dire. Così la giovane mi ha chiesto di far credere di essere stata compromessa, in modo che il fratello fosse disposto a discutere del suo matrimonio con quest'altro tizio.»

«Oh?» La curiosità brillò negli occhi di Linley. «Ci è riuscita?»

«In un certo senso. Suo fratello ha accettato di discutere del matrimonio, dopo aver concluso alcuni... affari.» Charles si trovò a limitare i suoi commenti. La prudenza non era mai troppa. Waverly aveva un vasto raggio d'azione nella malavita londinese e Charles sapeva meglio degli altri quanto in basso potesse arrivare per raggiungere i suoi scopi malvagi.

«È una fortuna, per la signora intendo» disse Linley. «È fortunata che suo fratello sia così gentile e comprensivo.»

«Non esageriamo. Dopotutto ho questo.» Indicò di nuovo il suo occhio. «Ma alla fine tutto si risolverà. Sono fiducioso.»

Lo sguardo rassegnato con cui il ragazzo era entrato nella stanza prima era sparito. Charles avvertì un calore nel petto che sembrava diffondersi in tutto il corpo e non aveva nulla a che fare con il brandy. Aiutare il ragazzo lo aveva fatto sentire bene come non provava da secoli. Gli ricordava il modo in cui gli altri membri del Circolo lo avevano salvato.

Linley si schiarì la gola. «Grazie per l'opportunità, mio signore.»

«Non pensarci, ragazzo.»

Linley fece uno strano rumore prima di assaggiare un altro sorso del suo brandy. Questa volta sembrò andare giù più facilmente. Charles assaporò il silenzio della compagnia, aspettando che Linley finisse il suo bicchiere.

«Beh, è meglio andare se voglio cenare da Essex stasera. Per prima cosa, ci occuperemo del tuo datore di lavoro, poi dovrò tornare a casa per cambiarmi.»


Horatia fissò il cavallo senza Lucien mentre galoppava intorno al lato della casa e trovava la strada per tornare alle stalle. Anche se si muoveva velocemente, sembrava appoggiarsi sulla gamba anteriore sinistra. Le redini pendevano flosce davanti a lui.

Dov'era Lucien? Horatia corse a prendere il mantello e uscì da una porta laterale vicino alle scuderie. Si precipitò fuori e prese le redini del cavallo che le rivolse uno sguardo malevolo. Fu allora che Horatia vide un rivolo di sangue vicino alla parte posteriore della sella. Allentò il sottopancia e sollevò la sella con dita tremanti.

Un rametto di crespino era conficcato nella pelle del cavallo e le spine provocavano una ferita dolorosa all'animale. Se Lucien si fosse seduto con troppa forza, avrebbe spinto le spine più in profondità. Horatia guardò verso il campo. Dov'era Lucien? Forse il cavallo gli era sfuggito quando era tornato.

Portò il cavallo nelle stalle, dove uno stalliere prese le redini.

«Aveva un po' di crespino nascosto sotto la sella» lo informò.

«Cosa?» Lo stalliere sembrava mortificato e tolse la sella

per ispezionare la ferita. «Accidenti, le spine devono essersi impigliate nella coperta della sella in qualche modo. Lo ha trovato Sua Signoria?»

«No. Pensavo che Lucien fosse qui. Non è tornato?»

Quando lo stalliere scosse la testa, Horatia sentì il cuore balzare in gola. Corse verso la stalla più vicina, dove un cavallo robusto stava mangiando con soddisfazione. Prese una briglia allentata e la sistemò rapidamente prima di trascinarlo fuori dalla stalla.

«Lo sellerò in fretta. Permettetemi di venire con voi.» Lo stalliere gettò frettolosamente una coperta e una sella sulla schiena del cavallo e lo legò. «Avrete bisogno di aiuto se ha avuto un incidente.»

Horatia scosse la testa. «No. Se ha avuto un incidente, devi chiamare immediatamente il medico di Hexby. Non possiamo perdere tempo.» Horatia sollevò una mano quando l'uomo cominciò a protestare. «Potrai cavalcare più velocemente fino al villaggio per prendere il medico.»

«Molto bene.» Lo stalliere si accigliò, ma fece come lei gli aveva chiesto.

Una volta montata, guidò il cavallo fuori dalle stalle e cercò sul terreno le impronte degli zoccoli. Solo una serie di tracce si allontanava. Horatia le seguì, spingendo il cavallo al galoppo. I suoi zoccoli pesanti e grossi pestavano costantemente la neve.

*Lucien, dove sei?*

Dopo quelli che sembravano ettari di bianco infinito, Horatia scorse una forma scura in lontananza. Avvicinandosi, si rese conto con orrore che si trattava del corpo di Lucien.

«Oh Dio!» ansimò. «Più veloce, dannazione!» gridò al cavallo, che aumentò il passo.

Quando fu a pochi metri, scivolò dalla sella e corse da Lucien che era a faccia in giù nella neve, avvolto dal mantello. Horatia lo fece rotolare sulla schiena e impallidì quando vide lo squarcio insanguinato sopra la fronte. Gli occhi erano chiusi e le labbra pallide si erano aperte.

Non poteva perderlo, non dopo tutto quello che era successo tra loro. I ricordi le balenarono nella mente: il modo in cui aveva sollevato le labbra in un sorriso malizioso, lo sfiorare delle loro labbra, le parole sussurrate dolcemente che le aveva rivolto quando avevano condiviso la stanza al *Midnight Garden*.

«Lucien!» Portò l'orecchio verso le labbra, pregando di sentire il calore del suo respiro. C'era, ma a malapena. Horatia appoggiò i palmi delle mani ai lati della guancia, lasciando che il suo calore penetrasse nella pelle fredda. Quando le sue mani divennero troppo fredde, trascinò il corpo di lui in grembo e lo tenne stretto, strofinandolo, pregando che il calore del suo corpo avesse qualche effetto. Dopo quella che sembrò un'eternità, le ciglia scure di Lucien sbatterono. Quando finalmente i suoi occhi nocciola si concentrarono non sul viso di lei, ma sul suo seno, che era a pochi centimetri da lui. Fece un debole sorriso.

«Il cielo sembra piuttosto bello da questa angolazione.» Il sorriso si trasformò in un'occhiata scherzosa, mentre gli occhi di Horatia si restringevano.

«Lo ignorerò perché sei vivo.» Gli prese la guancia e premette le labbra tremanti sulla sua fronte in un bacio di gratitudine. Avrebbe potuto piangere di sollievo, ma respinse le lacrime. Non era ancora fuori pericolo. Doveva riportarlo a casa e farlo visitare dal medico.

«Ti ho spaventata, vero?» Lucien la prese in giro, ma lei non riusciva a smettere di tremare. «Più di quanto vorrei ammettere. Che cosa è successo?»

«Non ne sono sicuro, stavo cavalcando e all'improvviso il mio cavallo mi ha disarcionato.»

«Sotto la coperta della sella c'erano delle spine che scavavano nella pelle del cavallo.»

«Spine?» A fatica Lucien si mise seduto.

«Devono essersi impigliate nella coperta mentre veniva sellato.» Horatia gli permise di allontanarsi mentre lui si liberava del mantello e cercava di alzarsi. Traballava così tanto che lei gli gettò un braccio sulle spalle per sostenerlo, conducendolo al cavallo.

«Puoi montarlo?» gli chiese.

«Preferisco montare te» le rispose, sorridendo, anche se il suo sguardo sembrò di nuovo non focalizzarsi.

Horatia afferrò il collo e la criniera del cavallo mentre si tirava su in sella.

«Questo non è il momento né il luogo, sciocco.» Horatia gli diede un pizzicotto sul braccio, riportandolo alla realtà. «Ora, concentrati! Puoi alzarti o no?»

«Tienilo fermo e lo scoprirò.» Lucien riuscì a sollevarsi. Si accasciò subito contro la schiena di lei, facendo ricadere la testa sulla spalla.

«Resta cosciente, Lucien. Tieniti a me.» Le cinse la vita con le braccia e lei spinse il cavallo verso Rochester Hall.

Sembrava che ci volesse un'eternità per raggiungere la casa. Ci furono altri momenti in cui Lucien rischiò di perdere i sensi. Horatia sapeva poco di medicina ma le era stato detto che non avrebbe dovuto permettergli di addormentarsi con una ferita alla testa.

«Resta sveglio!»

«Ci sto provando.» La voce frustrata di Lucien vibrò contro l'orecchio di lei. «Sei troppo dannatamente calda. Voglio solo abbracciarti e addormentarmi...» Le sue parole si ammorbidirono in un mormorio assonnato.

«Che cosa ti terrebbe sveglio?» mormorò lei. «Se potessi, mi volterei e ti schiaffeggerei volentieri...» Le mani di lui scivolarono fino ai seni, prendendoli a coppa e palpandoli delicatamente. Horatia si inarcò per la sorpresa, anche se non senza piacere.

«Questo mi tiene molto sveglio.»

«Toglimi le mani di dosso!»

Lucien le strizzò i seni e ridacchiò, poi si spostò ancora più vicino a lei da dietro.

Horatia sollevò lo sguardo verso il cielo. Anche in grave pericolo di vita, quell'uomo era un mascalzone. «Va bene. Se ti aiuta a rimanere sveglio... ma giuro su Dio, Lucien, appena siamo in vista della casa, togli le mani, se non vuoi essere visto da mio fratello!»

Quel commento gli fece ricadere le mani sulla vita, ma rimase sveglio per il resto del viaggio di ritorno. Horatia fu sorpresa dal pizzico di delusione per il fatto che non avesse cercato di spingerla oltre. Voleva che lui le camminasse addosso e la costringesse ad ammettere che voleva, anzi, bramava il suo tocco? Sì. Le piaceva molto quando lo faceva.

Quando tirò il cavallo fino alle porte principali, fu sollevata nel vedere che una carrozza e una coppia di cavalli li avevano preceduti. Riconobbe subito i due cavalieri.

«Avery, Lawrence, aiuto!». I due fratelli Russell più giovani saltarono da cavallo e corsero da lei.

«Che cosa è successo?» Avery si avvicinò per aiutarla a scendere. Lasciò che lui le prendesse la vita e la facesse cadere delicatamente in piedi.

«Il cavallo lo ha disarcionato. L'ho trovato nel prato, lontano da qui.» Horatia indicò Lucien, che si accasciò immediatamente senza che il suo corpo potesse sostenerlo. «Era privo di sensi e ha una brutta ferita alla testa. Prima di partire ho mandato il capo stalliere a chiamare il medico di Hexby.»

«Ben fatto, signorina Sheridan. Vieni, Lucien. Da questa parte, verso di me.» Lawrence fece scendere da cavallo il fratello maggiore assonnato.

Avery sembrava riluttante a liberare Horatia. «E voi, state bene?»

«Sto bene, davvero. Aiutate Lawrence.»

I fratelli portarono dentro Lucien come se fosse tornato a casa ubriaco da una taverna. Horatia passò la briglia a uno stalliere, poi li seguì.

L'ingresso di Rochester Hall era pieno di gente. Sembrava che Lady Rochester fosse nel bel mezzo dell'accoglienza dei Cavendish, che erano arrivati contemporaneamente a Lawrence e Avery.

«Toglietevi di mezzo! Sta passando un ferito!» Avery sbraitò, trasportando con Lawrence il fratello attraverso la folla e dirigendosi verso le scale che portavano alla camera da letto di Lucien.

Lady Rochester iniziò a seguirli, ma Lucien scosse la testa. «Sto bene, madre. Vi prego, restate con gli ospiti. Horatia si occuperà di me e vi farà salire quando mi sarò sistemato.» Il suo tono, pur trafelato, non ammetteva discussioni.

«Salirò presto a trovarti, mio caro» gli promise.

Horatia cercò di seguire Avery e Lawrence ma Lady Rochester le afferrò il braccio, pretendendo risposte. In un impeto di affanno, la giovane spiegò gli eventi nel tentativo di calmare la folla. Stranamente, l'atto la tranquillizzò per il momento.

«Ha un bell'aspetto» disse Sir John Cavendish. «Non vi preoccupate. Se cammina e parla starà bene. Io ho sofferto di più durante la guerra.»

Sir John Cavendish e sua moglie Marie erano vecchi amici di famiglia degli Sheridan e dei Russell. Fino a quando Sir John non si era trasferito a Brighton quattro anni prima, le tre famiglie avevano spesso trascorso le vacanze insieme.

Le parole calme dell'uomo attirarono un cenno tremante di Horatia. Aveva ragione. Sir John aveva sempre ragione. Non aveva mai incontrato un uomo più lucido.

«Sir John, che piacere rivedervi.» Horatia lo accolse calorosamente e abbracciò la bella e rubiconda Marie. I Cavendish avevano con loro due figli, Gregory e Lucinda. Lucinda aveva l'età di Horatia, capelli biondi e occhi azzurri. Era una versione più femminile del fratello Gregory, incredibilmente attraente, che era stato compagno di scuola di Avery a Eton e Cambridge, con un solo anno di differenza.

«Scusatemi, devo andare a vedere come sta Lucien.» Horatia riuscì a sfuggire a tutti e a salire di corsa le scale.

La porta di Lucien era aperta e lui giaceva sul letto, spogliato dei vestiti bagnati. Aveva gli occhi chiusi e il petto nudo, con le coperte tirate su solo fino alla vita. I suoi muscoli erano lisci e scolpiti e per un attimo la mente della giovane si bloccò prima che la realtà si schiantasse su di lei. Tre paia di occhi la studiavano e Horatia sentì il suo viso scaldarsi.

«Io...» balbettò.

Lucien si agitò. «Horatia?» La sua voce era roca.

«Sì?»

Lawrence si tirò indietro, permettendo allo sguardo indagatore di Lucien di trovarla.

«Entra, per favore. Desidero parlare con te. Da solo.» Lanciò un'occhiata acuta a entrambi i fratelli.

I due si scambiarono uno sguardo di disapprovazione, esitando, finché alla fine Lawrence fece cenno verso la porta che lui e Avery dovevano andarsene. Lawrence, ancora accigliato, fece un grande inchino, lasciando la porta socchiusa. Lucien, a sua volta, guardò comicamente la porta aperta.

«Se solo sapesse di essere stato a pochi centimetri da te al *Midnight Garden*» ridacchiò seccamente Lucien. «Oserei dire che sverrebbe se sapesse che si è offerto di possederti.»

Horatia arrossì, anche se un sorriso le affiorò sulle labbra. Il ricordo di quella notte avrebbe dovuto essere doloroso, imbarazzante, ma non lo era. C'era una parte di lei che ne godeva. Forse era il prezzo da pagare per essersi innamorata di Lucien, la cui cattiveria la stava contagiando.

«Come ti senti?» Horatia sollevò un po' la gonna per potersi sedere sul bordo del letto. Si chinò e gli accarezzò i capelli per esaminare meglio la ferita. Era stata pulita e sembrava più probabile che si formasse un livido piuttosto che un'infezione come aveva temuto.

Lucien chiuse gli occhi e strofinò il pollice e l'indice sulle palpebre chiuse. «Credo che sopravvivrò.»

Quando Horatia cercò di allontanare la mano, lui gliela afferrò, baciandole l'interno del palmo e la guardò. «Devo ringraziare te. Se non fosse stato per te, forse sarei ancora nel prato. Chissà cosa sarebbe potuto accadere?»

Horatia rabbrividì per l'improvviso senso di terrore che sentì invaderla. Incapace di controllarsi, gli gettò le braccia al petto e seppellì il viso nell'incavo del suo collo, tremando. Si chiese come potesse soffrire così tanto per la sua perdita, quando lui non le era mai appartenuto. Sembrava che amare qualcuno che non era mai stato suo le facesse temere ancora di più di perderlo. Perdere Lucien con la morte sarebbe stato peggio che perderlo con un'altra donna.

Lucien la abbracciò, tirandola più vicino, tenendola contro di sé quando avrebbe dovuto spingerla via. Quando fu di nuovo padrona di sé, Horatia alzò coraggiosamente la testa e il naso sfiorò la guancia del giovane, le cui braccia si strinsero e il respiro si fece affannoso.

«Dovresti ringraziare Dio che sono debole come un gattino appena nato, mia cara. Altrimenti ti ringrazierei a dovere per avermi salvato la vita e quella maledetta porta sarebbe chiusa a chiave» mormorò Lucien posandole un bacio morbido e prolungato sulla mascella.

Il sangue di Horatia si scaldò alle immagini create da quelle parole. Un dolore fin troppo familiare iniziò a farsi sentire dentro di lei. Si allontanà quando le mani di lui si spostarono sui suoi seni.

«No» Fu tutto quello che Horatia riuscì a dire. Si schiarì la gola, si asciugò le lacrime dagli occhi, poi si lisciò le gonne e si avviò verso la porta aperta. Si fermò nel corridoio e si voltò verso di lui.

«Vi auguro una pronta guarigione, mio signore.» Fece un inchino, cosa che non aveva mai fatto con lui, e se ne andò. L'assenza delle sue braccia attorno a lei la faceva già soffrire di desiderio, ma non osò indugiare.

La cena a Rochester Hall era sempre un evento grandioso, proprio come piaceva a Jane. C'era qualcosa di meraviglioso nell'avere i suoi figli e i suoi amici riuniti intorno alla sua tavola, a mangiare, bere e parlare. Il tavolo della sala da pranzo formale poteva ospitare trenta persone, ma quella sera era perfetto per ospitare una festa più intima di tredici persone.

Il medico era venuto e se n'era andato, assicurando a Jane che suo figlio stava abbastanza bene da poter cenare con loro, se lo desiderava, e che aveva subito solo una lieve commozione cerebrale. Con l'ordine di riposare per i giorni successivi, Lucien aveva mostrato la testardaggine che aveva ereditato dal padre ed era sceso a cena. Jane gli lanciò un'occhiata di nascosto, ancora preoccupata per il pallore della sua carnagione.

Aveva disposto le sedie in modo che i ragazzi fossero tutti accoppiati. Cedric e Horatia erano seduti uno di fronte all'altro a capotavola, ai lati di Lucien. Lucinda e Linus erano i successivi, e poi Avery, Lawrence, Audrey, Gregory, Lysandra e infine John, Marie e lei.

Aveva notato molte cose durante la serata e non era sicura di doversi preoccupare di come la vicinanza delle tre famiglie durante le vacanze avrebbe influenzato tutti. Linus continuava a lanciare occhiate furtive a Lucinda dall'altra parte del tavolo. Da parte sua, Lucinda tentava educatamente di coinvolgerlo nella conversazione con Cedric ma Linus si limitava a sputare una risposta veloce e a distogliere lo sguardo, fingendo di non nutrire un vero interesse per la ragazza.

Jane non si lasciò ingannare, ma era preoccupata. Sebbene avesse ventuno anni, Linus era ancora abbastanza giovane per agire in modo avventato. Il suo interesse per Lucinda Cavendish, avrebbe potuto costringere entrambi all'altare, e Jane temeva che per Linus sarebbe stato troppo presto. Per quanto desiderasse che almeno uno della sua nidiata si sposasse, lui non era pronto, e nessuno desiderava un matrimonio a seguito di uno scandalo. Era ancora immaturo e avrebbe fatto impazzire la moglie se si fosse sposato in quel momento.

Non era sorprendente vedere Linus intrigato da una donna. Dopotutto era un Russell e aveva in sé il sangue passionale. Tuttavia, lo sviluppo più interessante della serata fu Lysandra. L'unica figlia di Jane era sempre sembrata un'anomalia miracolosa dopo tanti ragazzi problematici, eppure Lysandra riusciva a essere altrettanto fastidiosa dei suoi fratelli. La ragazza non aveva alcun interesse per la moda e passava troppo tempo in biblioteca. Non che i libri non fossero un'attività salutare per una donna. Era importante essere intelligenti. Per lei era un dovere essere più intelligente della maggior parte degli uomini ma una donna non poteva sposare i libri, né i libri potevano dare a Jane i nipoti che desiderava.

Non c'era nulla di più importante, in un determinato momento della vita di una persona, che vedere i propri figli crescere, sposarsi e generare i propri figli. I nipoti erano un piacere speciale e Jane invidiava gli amici che li avevano. Desiderava stringere ancora una volta tra le braccia un bambino addormentato, respirare il profumo dolce e pulito della sua pelle e sussurrargli dolci ninne nanne. Avrebbe visto tutti i suoi figli sposarsi e generare figli anche se fosse stata l'ultima cosa al mondo che avesse realizzato.

Man mano che la cena procedeva, Jane vide qualcosa di nuovo in sua figlia. C'era un rossore sulle sue guance, una luminosità nei suoi occhi e uno sguardo sorpreso come se Lysandra si fosse svegliata da un sogno di pallidi colori pastello per vedere finalmente il mondo nella sua vera vivacità. Solo il desiderio del cuore poteva formare quella nuova vista. E il modo in cui Gregory Cavendish mandava giù il vino con un abbandono sconsiderato, disse a Jane tutto ciò che doveva sapere. Lysandra era ufficialmente una Russell se stava creando un tale scompiglio in quel giovane affascinante, solo guardandolo. Sarebbe stato un ottimo partito per sua figlia.

Jane resisteva all'impulso di pavoneggiarsi all'idea che lei e la sua amica Marie sarebbero state presto una famiglia dopo che i loro figli si fossero sposati. Era solo questione di tempo.

Tuttavia, qualunque cosa fosse successa tra i due - e qualcosa era successo, lo sentiva - non era andata come previsto. Non si può mai rimangiarsi un bacio dato, o forse rubato, a seconda dei casi. Jane pregava solo che le azioni focose di sua figlia non fossero state troppo audaci. Sarebbe stato inaccettabile far sposare sua figlia per motivi che sarebbero stati evidenti dopo qualche mese. Per i suoi figli sposarsi in tali circostanze era quasi scontato. Nessuno di loro aveva un minimo di autocontrollo, ma Lysandra avrebbe dovuto essere più forte. Dopotutto era una donna.

Mentre veniva portata una serie di dessert, Jane rivolse la sua attenzione a Lucien e Horatia. Stavano parlando tra loro e Jane odiava il fatto di non riuscire a sentire una sola parola.

Era così ovvio che Horatia lo amava. Che cosa sarebbe servito a Lucien per capirlo? Nessun'altra donna poteva contenere una tale profondità di emozioni, né gestire il suo temperamento come faceva Horatia. Quella donna doveva essere premiata con la santità per il suo coraggio nell'amare un uomo del genere.

*Non devo interferire... beh, non troppo.*

Quella sera si sarebbe ballato e suonato il pianoforte, e Jane avrebbe raccolto alleati per la sua missione di spingere Horatia tra le braccia di Lucien.

Una volta terminata la cena, si alzò e si rivolse ai suoi ospiti: «Ho pensato che potremmo spostarci tutti nella sala da ballo per il resto della serata e ascoltare un po' di musica e ballare.» Il suggerimento fu accolto con favore e il gruppo si diresse verso la sala da ballo. Jane intercettò i suoi tre figli più giovani, intrappolandoli nella sala da pranzo da soli con lei, dopo che gli altri se ne furono andati.

«Madre, che cosa dovete dirci?» le chiese Linus, dimenticando che lei gli doveva ancora una sculacciata per le marachelle di quel giorno.

«Sedetevi tutti.» Aveva passato vent'anni a perfezionare quel tono di voce e Avery, Lawrence e Linus si precipitarono sulle sedie più vicine. Una volta seduti, Jane cominciò a camminare avanti e indietro, ben sapendo che si stava comportando come un comandante delle forze armate di Sua Maestà.

«Ho deciso che stasera voi tre dovrete sedurre Horatia» annunciò.

Avery sbatté le palpebre, Lawrence aggrottò le sopracciglia e Linus, che si era tenuto in equilibrio sulle due gambe posteriori della sedia, cadde con uno schianto.

«Cosa?» Lawrence cominciò ad alzarsi.

«Ho detto che puoi alzarti?»

Lawrence si sedette prontamente.

«Siete impazzita, madre?» le chiese Linus, raddrizzando la

sedia e tornando a sedersi. «Devo mandare a chiamare il dottor Lambert a Hexby?»

«Santo cielo, no.» La donna scoppiò a ridere. «Sono sana di mente come sempre e ho intenzione di restare qui finché devo per vedere tutti i miei figli felicemente sposati, quindi tanto vale che vi abituiate alla mia presenza.»

«È di questo che si tratta?» Lawrence incrociò le braccia in un modo tale che improvvisamente le ricordò il suo defunto marito. Era stato l'uomo più gentile che fosse mai esistito, ma poteva certamente apparire crudele come il diavolo in persona quando voleva, una caratteristica che Lawrence aveva ereditato. «Desiderate che uno di noi si sposi e quindi avete scelto Horatia nella speranza che piaccia a uno di noi?» La disapprovazione nel suo tono era chiara come un colpo di cannone.

«Non essere sciocco. È innamorata di Lucien.»

«E allora perché dovremmo sedurla?» domandò Linus. «Mi sembra che avreste dovuto mettere all'angolo il vostro primogenito per questo.» Si appoggiò allo schienale della sedia, dimenticando l'incidente di un minuto prima, con un sorriso di compiacimento che si allungava sulle labbra come se stesse assecondando un bambino piccolo. Jane era sull'orlo dell'esasperazione. Nessuno di loro aveva ereditato il suo ingegno o la sua astuzia?

«Giuro, da come vi comportate, potrei avervi fatto cadere di testa quando eravate piccoli. Se Lucien vi vedrà contendervi le attenzioni di Horatia, diventerà geloso e metterà in atto i suoi sentimenti per lei. Ha bisogno di essere incoraggiato e la rivalità tra fratelli in questa casa non è mai mancata. Credo sia giunto il momento di mettere a frutto queste energie.»

«Intelligente» disse Avery, che fino a quel momento era rimasto zitto.

Linus sbuffò. «Chi dice che Lucien provi qualcosa per lei?

Credevo che dopo il disastro della signorina Burns e del gazebo non gli piacesse affatto.» Il suo tono irritabile era probabilmente il risultato del senso di colpa per aver causato il cosiddetto *disastro*.

«La signorina Burns quel giorno se ne andò a causa di qualcosa che le dissi io, Linus. Ho informato Lucien della verità solo di recente. Credo che abbia cambiato in meglio la sua opinione su Horatia.»

«Un cambiamento di opinione non preannuncia campane a nozze, madre» intervenne Lawrence.

«Si preoccupa per lei e la desidera» insistette Jane. Lawrence e Linus borbottarono, increduli.

Avery si raddrizzò sulla sedia. «In realtà, credo che nostra madre abbia ragione. Sono più che pronto a credere che Lucien provi qualcosa per Horatia.»

I suoi fratelli lo fissarono.

«E come fai a saperlo?» chiese Lawrence.

Avery sorrise. «Ricordi la sera in cui hai incontrato Lucien al *Midnight Garden*, Lawrence?»

Jane sussultò, inorridita, ma Avery la ignorò.

«Come diavolo fai a sapere dov'ero?» incalzò Lawrence.

Avery continuò a sorridere. «Ricordi la donna con l'abito argentato e la maschera che interessava tanto a Lucien?»

«Certo» rispose Lawrence. «Era molto bella. C'era un'affascinante ingenuità in lei che... Oh Dio.»

Il sorriso di Avery si fece più profondo. «Già, quella donna era Horatia. Ha pagato Madame Chanson per incontrare Lucien quella sera.»

Jane emise un piccolo grido e si accasciò su una sedia. Sbirciò il figlio da sotto le ciglia. Nessuno di loro le prestava attenzione. Erano invece più interessati alle informazioni di Avery. Non si rendevano nemmeno conto di quanto il loro comportamento selvaggio e sconsiderato le stesse facendo saltare i nervi? Beh, se dovevano comportarsi come diavoli, allora, per Dio, avrebbe fatto in modo che usassero le loro doti diaboliche per raggiungere i suoi scopi.


LAWRENCE SI SENTIVA PRONTO A PAREGGIARE I CONTI. Ricordava ogni dettaglio di quella notte e la sua gelosia quando Lucien si era offerto di lasciare che la donna, Horatia, scegliesse lui al posto del fratello. Lawrence aveva quasi spinto via la propria donna dal suo grembo, nella speranza di accaparrarsi il premio di Lucien. Una donna a cui non aveva mai pensato sentimentalmente. Era difficile da accettare.

«Mi stai dicendo che la donna che ho praticamente implorato di rubare a mio fratello quella notte, quella che lui ha spudoratamente sedotto davanti a me era...»

«Infatti» rispose Avery. «Ma devo tornare al punto di questa rivelazione. Lucien ha saputo che era lei per tutta la notte. È stato molto chiaro nel dichiarare il suo desiderio per lei e lei per lui.»

Jane si era alzata a sedere dal suo svenimento teatrale ed era di nuovo impegnata nella conversazione. «Lui... loro... Horatia mi ha detto che non hanno...»

«No, affatto» la rassicurò Avery. «Beh, non del tutto.» Poi fece dei movimenti circolari con le dita.

Linus si alzò e tese le braccia, aspettandosi che questa volta la madre svenisse davvero.

Jane strillò. «Santo cielo, ho cresciuto un branco di libertini ed edonisti! Indulgere nella passione è una cosa, ma questo?»

Lawrence ignorò le esclamazioni della madre sulla dannazione dell'anima dei suoi figli e si concentrò invece sul fratello minore.

«Avery, come hai fatto a sapere queste cose? Non eri al *Garden* quella sera.»

«Ho le mie fonti» rispose Avery in modo criptico. Non era nemmeno la prima volta che faceva quel commento con loro.

«Tu e le tue fonti maledette. Uno di questi giorni ti metterai nei guai» lo avvertì Lawrence. «La guerra è finita. Non credi che anche il tuo lavoro dovrebbe finire?»

«Le guerre non finiscono mai» rispose Avery. «Cambiano solo i campi di battaglia e gli obiettivi.»

Le missioni di Avery nel continente erano un segreto di famiglia ben custodito, sottolineato dal fatto che ne sapevano così poco. Era un lavoro pericoloso e lui non voleva che Avery portasse pericoli e problemi alla porta di casa.

«Lucien e Horatia devono sposarsi» ribatté la madre. «A questo punto la mia coscienza non mi permette di fare altrimenti. Non del tutto...»

Lawrence ci pensò su. «Credi davvero che la vorrà di più solo per gelosia?» Non erano più ragazzi, non litigavano più per i soldatini nei giardini. Le donne erano una cosa seria.

«Conoscendo voi tre, se farete del vostro meglio per tentarla alla passione, lui se ne accorgerà e reagirà.»

«Non con i proiettili, spero» intervenne Avery. «Essere sfidato al duello dal mio stesso fratello... sarebbe molto imbarazzante.»

«Non preoccuparti, Avery» disse Linus, ridacchiando. «Parteciperò al tuo funerale. Sarà una bella cerimonia. Farò scrivere sulla lapide: *Qui giace Avery Russell, ladro di cuori e di segreti*. Sono sicuro che ci saranno almeno alcune persone che piangeranno la tua perdita.»

«Stai zitto, poppante!» scattò Avery.

Lawrence allungò le gambe e le incrociò alle caviglie. «Sarei più preoccupato per Cedric.» Non sarebbe stato possibile evitarlo. Lawrence sapeva quanto quell'uomo fosse protettivo nei confronti delle sorelle. «Sicuramente si accorgerà delle nostre avances verso sua sorella. Immaginate la sua reazione.»

«A lui ci penserò io.»

Lawrence pensò di chiedere l'aiuto di Audrey per distrarre Cedric. Che Dio potesse aiutarli, se non avesse funzionato.

Jane aspettò di avere di nuovo la piena attenzione dei figli e fece un gesto affinché Avery parlasse.

«Ora veniamo ai dettagli, madre. Cosa vi aspettate che facciamo per farlo ingelosire?» Avery guardò sua madre con finta innocenza e gli occhi spalancati, la canaglia voleva che lo dicesse! Non pensava che Jane potesse esporre il suo piano in modo esplicito. Si sbagliava di grosso.

«Non farmi quello sguardo dolce come un agnellino, bambino» lo ammonì Jane. «Voi tre avete peccato abbastanza da riempire il secondo girone dell'inferno da soli, senza lasciare spazio ad altri. Farete quello che si fa con qualsiasi donna nata gentile. Le farete dei complimenti. La sedurrete Alimenterete il fuoco dentro di lei. La attirerete nella passione. Ma non farete nulla che possa farmi preoccupare tra un mese. Capito?» Se fosse stata di buon umore, avrebbe riso del rossore dell'imbarazzo sui volti dei suoi figli.

«Cosa? Vi aspettate che io faccia l'ignorante su queste cose? Ho messo al mondo cinque figli e vi assicuro che non ho fatto tutto da sola. Vostro padre ha avuto un ruolo importante nella realizzazione delle vostre miserabili esistenze. C'è quel piccolo libro indiano che credo abbiate tutti... Quello con tutte le illustrazioni. Non fate finta di non conoscerlo, perché l'ho letto anch'io.»

«Madre! Per l'amor di Dio!» esclamò Lawrence, interrompendola.

Jane lasciò che un sorriso le incurvasse le labbra.

«Non è così divertente quando sei dall'altra parte dei pensieri spiacevoli, vero?» Batté le mani. «Ora, dunque, andate nella sala da ballo. E ricordate, fate quello che vi ho chiesto o implorerete pietà, e io non ne avrò. Vi ho messo al mondo e, se mi darete un dispiacere, vi toglierò volentieri da questo mondo.» Rivolse questa minaccia con un tono così dolce che tutti e tre i suoi figli rabbrividirono.

Nel momento in cui Avery, Lawrence e Linus entrarono nella sala da ballo, Lawrence si rivolse ai fratelli, parlando in modo da non essere ascoltato.

«Che ne dite di provare il gioco delle conchiglie?»

«Chi sarà il protagonista?» chiese Avery, sussurrando.

Lawrence rispose: «Lo farò io. Vi ricordate entrambi cosa fare?»

Il gioco delle conchiglie era qualcosa che i tre avevano fatto insieme molte volte. Indipendentemente dalla forma che assumeva il gioco, ognuno conosceva il proprio ruolo. Linus e Avery annuirono e i tre si separarono. Linus andò dritto verso la preda ignara, mentre Avery e Lawrence si diressero in direzioni opposte.

❧ 20 ❧

Horatia, appollaiata su una sedia contro la parete, ascoltava l'esecuzione di Lady Rochester al pianoforte. Cedric la assisteva, girando le pagine e seguendone i progressi sullo spartito. Audrey stava ballando con Gregory Cavendish, i due sembravano sfruttare al meglio l'ampia distesa della sala da ballo. Avery e Lucinda ballavano vicino a loro e Lysandra ballava con il fratello minore.

Le labbra di Horatia furono attraversate da un sorriso. Le faceva piacere vedere Audrey così felicemente impegnata. La sua prima stagione era stata piuttosto deludente, dopo che la voce del carattere prepotente di Cedric era circolata tra i giovani del *ton*. Audrey aveva pianto per giorni quando non le erano stati recapitati fiori o biglietti. Non c'era niente di più crudele che vedere una sorella soffrire. Il matrimonio era tutto ciò che la povera ragazza desiderava e sotto lo sguardo vigile di Cedric non aveva alcuna possibilità.

Horatia scorse Lucien dall'altra parte della stanza con Lawrence e i loro ospiti. Sembrava essersi ripreso, anche se era ancora pallido. I suoi occhi avevano uno sguardo tormentato che le strinse il cuore. Lucien si passò una mano tra i capelli, scompigliando le eleganti onde rosse mentre parlava con John e Marie. Sir John rise forte, sovrastando la musica con la sua voce.

Lucien aveva la stoffa per essere un grande uomo, caldo e affettuoso, con un fascino raro e irresistibile. Gli occhi di Horatia bruciavano un po'. Voleva piangere perché lui era ferito e voleva piangere di sollievo perché stava guarendo dalla ferita.

Era così concentrata su Lucien che non si accorse di un Russell completamente diverso che si contendeva la sua attenzione.

«Horatia?» la chiamò Linus, aggiungendo un colpo di tosse educato.

Si fermò davanti alla sua sedia, scrutandola con un'espressione che la rendeva ansiosa. Con lui, i piani e gli scherzi seguivano sempre quel tipo di sguardo.

Horatia si accorse che il giovane sembrava aspettare che lei dicesse qualcosa. «Come hai detto?»

«Ti stavo chiedendo di ballare. Ti piacerebbe?» Linus le offrì il braccio e un sorriso affascinante. Questo fece uscire Horatia dallo stato di stordimento in cui si trovava a guardare Lucien.

«Vuoi ballare con me?» La giovane non voleva sembrare così incredula, ma Linus non aveva mai mostrato il minimo interesse a ballare con lei. Le venne da chiedersi che cosa avesse in mente esattamente quel burlone.

«Ma certo! Sei un'abile ballerina e mi è capitato di ballare una o due quadriglie quando se n'è presentata l'occasione.»

Linus aggrottò le sopracciglia e lei soffocò una risatina. Linus era un demonio, ma era affascinante.

«E un valzer?» gli chiese Horatia, mentre la melodia di Lady Rochester cambiava in un'ampia e spensierata melodia. «Come te la cavi?» In un ballo formale di Almack, a una signora non sposata non sarebbe stato permesso di ballare un valzer senza il permesso della madrina. Tuttavia, Lady Rochester non imponeva tali standard tra gli amici. Era una cosa che a Horatia piaceva della famiglia Russell e di Rochester Hall. Era libera dalle fastidiose convenzioni sociali.

«Il valzer è la mia specialità. Lascia che te lo dimostri.» Linus le fece l'occhiolino come se le stesse confessando un segreto.

«Allora, va bene.» Horatia prese il braccio offerto da Linus. Sospettava ancora che lui avesse in mente qualcosa, ma non riusciva a immaginare cosa.

La spinse sul pavimento e la fece ruotare in una lenta piroetta prima di tirarla di nuovo tra le braccia. Lei gli spinse un palmo contro il petto, cercando di mettere un po' di distanza tra i loro corpi.

«Non credo che dobbiamo ballare così vicini» lo ammonì.

«Sciocchezze. Un uomo non si tira mai indietro davanti all'opportunità di stringere a sé una bella signora.»

«Bella signora?» gli fece eco. «Davvero Linus, stasera sei piuttosto strano. A che gioco stai giocando?» Il tono della giovane, pur essendo dolce, lo avvertì che sapeva che non era sincero. Prima di allora non c'era mai stato un accenno al fatto che lui fosse interessato a lei dal punto di vista sentimentale.

«A volte un uomo si sveglia un giorno e si rende conto di ciò che ha sempre avuto davanti a sé.» I suoi occhi si allontanarono da lei per un brevissimo istante, tradendo i suoi veri pensieri. Non era lei la donna che Linus desiderava, ma per qualche strana ragione faceva finta che lo fosse.

Man mano che il valzer prendeva velocità, a Horatia venivano quasi le vertigini per le continue giravolte. Si era a malapena abituata al ritmo, quando lui la allontanò abilmente e un altro uomo la raggiunse sulla pista da ballo.

· · ·

Lucien intratteneva i suoi ospiti, godendosi le battute scherzose degli anziani Cavendish. Sir John era stato un buon amico del padre di Lucien e ascoltare i racconti di Sir John sulla loro spericolata giovinezza lo riempiva sempre di un profondo calore. Gli mancava molto suo padre e lo piangeva ancora nonostante gli anni trascorsi.

«Vostro padre sarebbe orgoglioso di come sono cresciuti tutti i suoi figli» disse Sir John annuendo seriamente a Lucien. «Ha amato molto ognuno di voi e starà sorridendo ovunque sia.»

Gli occhi di Marie si riempirono di lacrime e si appoggiò al marito. «Oh John, caro, mi stai rendendo molto triste. Non devi parlare così, proprio stasera.» Arricciò la mano nell'incavo del braccio dell'uomo e rivolse un'occhiata di scuse a Lucien.

«È entusiasta di portare Lysandra a Londra l'anno prossimo per la stagione? Credo che conquisterà molti pretendenti.»

Lady Rochester ridacchiò. «All'inizio potrebbe suscitare interesse, ma dubito che qualche gentiluomo possa interessare a Lysandra.»

Quando i volti di Marie e di Sir John si offuscarono per la confusione, Lucien si mise a ridere.

«È un po' un'intellettuale. È più interessata ai libri. Credo che preferirebbe condurre esperimenti su un corteggiatore piuttosto che ballare con lui.»

Lawrence si unì al loro gruppo. «State parlando di Lysa?» Scosse la testa. «Purtroppo è vero, temo.»

«Oh cielo.» Marie rise dolcemente. «Ma suppongo che quando arriverà il gentiluomo giusto sarà confusa come lo siamo noi donne quando ci innamoriamo.»

Il gruppo si sciolse in altre discussioni e Lawrence distolse l'attenzione di Lucien con un commento inaspettato.

«Horatia stasera ha un bell'aspetto.»

Lucien fissò il fratello con occhi dubbiosi. «Bello? Ha un aspetto spettacolare, come sempre.»

L'espressione di Lawrence divenne illeggibile. «Naturalmente, hai ragione. A proposito, Linus vorrebbe parlarti in privato. È nello studio.»

«Parlarmi in privato? Cosa vuole?»

Il fratello scrollò le spalle. «Credo che voglia chiederti di corteggiare Horatia. Sa che in passato lei ha provato dei sentimenti per te, ma vuole assicurarsi che tu non contraccambi, in modo da poterla corteggiare.»

«Col cavolo che lo farà» ringhiò Lucien e se ne andò alla ricerca del fratello. Horatia stava ancora ballando con Avery e per il momento sarebbe stata abbastanza al sicuro dal fratello minore.

«AVERY?» HORATIA BALBETTÒ SORPRESA PER IL NUOVO compagno di ballo che la teneva tra le braccia. Il mediano dei fratelli Russell le sorrise di rimando.

«E tu come te la passi, bella Horatia?» Il diavolo osò sedurla. Solo lui assomigliava il meno possibile ai suoi fratelli, che avevano preso dalla madre. Avery assomigliava al padre nell'aspetto e quindi sembrava sempre un passo indietro rispetto al resto della nidiata Russell.

«Io sto abbastanza bene, e tu?» Horatia cercò di mantenere l'attenzione sulla conversazione, ma la sua mente era rivolta ad altre questioni.

«Benissimo ora che ti ho tra le braccia.»

Horatia lo guardò sbigottita prima di riprendersi. «Cosa?» Prima Linus, ora Avery? Era tutto molto strano.

Il ritmo del valzer cambiò e Horatia si ritrovò la mano di Avery che le accarezzava delicatamente la vita con movimenti morbidi ma sensuali che la fecero arrossire profondamente.

«Credo che mio fratello sia stato uno sciocco. Lo hai desiderato troppo a lungo, mia cara. Perché non dare a un altro di noi la possibilità di corteggiarti?»

«Onestamente, questo è troppo...» La giovane non riuscì a finire perché lui la interruppe.

«Capisco, tieni ancora troppo a lui. Beh, sospettavo che potesse essere così. Ti sta aspettando nell'atrio. Ti va di incontrarlo?»

Horatia diede un'occhiata furtiva alle sue spalle e vide che Lucien aveva lasciato la stanza.

«Desidera davvero vedermi?» Era troppo sperare che fosse vero.

«Certo. Lo abbiamo convinto che non doveva negare ciò che provava nel cuore.»

«Molto bene, allora mi piacerebbe.»

Avery si avvicinò alla porta della sala da ballo, che era socchiusa, e la fece roteare attraverso l'entrata buia. Horatia stava per inciampare, ma un paio di braccia la afferrarono, stringendola a un corpo duro e caldo. Nella luce fioca della sala guardò l'uomo che la teneva scandalosamente stretta.

«Lucien?» sussurrò lei.

L'uomo che la teneva tra le braccia scivolava dolcemente lungo la sala buia con passi che avevano ancora l'eco di una danza. La servitù non aveva acceso le lampade o qualcuno le aveva spente. Un brivido di apprensione si posò su di lei.

«Lucien, non dovremmo andarcene.» Horatia gli strattonò la mano, con le scarpe che scavavano nella moquette nel tentativo di rallentarlo.

«Suvvia, Horatia. Io e Lucien non siamo così simili, vero?» La risata divertita di Lawrence la bloccò di colpo. Le strattonò di nuovo il braccio e lei quasi inciampò.

«Lawrence, lasciami andare. Dovremmo tornare nella sala da ballo. Questo non è... dove mi stai portando?» Il suo battito balzò quando Lawrence scelse una porta a metà del corridoio e la aprì, portandola all'interno. Horatia inciampò in una grinza del tappeto e cadde contro il mobile più vicino, che si dava il caso fosse un letto. Lawrence l'aveva portata in una camera da letto... da sola.

«Lawrence, che succede? Perché mi hai portata qui?» Horatia si alzò a fatica, sentendo il suo abito strapparsi sull'orlo mentre cercava di allontanarsi dal letto.

Lawrence ignorò le sue domande. «Questo andrà molto bene, credo. Non abbiamo molto tempo per farlo e deve essere fatto correttamente.»

Horatia si raddrizzò e si girò verso di lui. Il suo cuore ebbe un sussulto mentre il giovane le sorrideva e faceva finta di lasciare la porta aperta di qualche centimetro. Nella stanza non c'era luce, a parte un paio di candele sopra il camino. L'ombra calava sul volto di Lawrence mentre si toglieva il soprabito e lo lasciava cadere sullo schienale della sedia più vicina. Horatia mosse due passi lenti verso la porta, ma lui la seguì con un'espressione divertita.

«Vai da qualche parte?» la stuzzicò.

«Lawrence» disse lei dolcemente, avvertendo nuovamente un senso di disagio. Era con le spalle al muro e un po' spaventata. In quel momento non si fidava affatto di lui. «Lasciami andare.» Horatia sperava che il giovane la stesse a sentire. «Sicuramente vedrai che questo non è affatto appropriato, nemmeno per la tua famiglia.»

Lawrence si appoggiò alla parete vicino alla porta, con le braccia incrociate sul petto mentre i suoi occhi scorrevano sul corpo di lei. «La mia famiglia è inappropriata anche nei momenti migliori, e mia cara e dolce signorina Sheridan, sei diventata il nuovo giocattolo per cui io e i miei fratelli ci battiamo. Congratulazioni! Lucien è uno sciocco a non volerti, ma io non lo sono.»

«Non... non potresti!» Horatia guardò Lawrence togliersi la cravatta e sbottonarsi la camicia.

Non poteva succedere. Era un amico, una persona di cui si era fidata e che rispettava.

«Non mi toccherai. Non lo farai.» Il sorriso sul volto del giovane la fece rabbrividire. «Avvicinati ancora un po' e mi metterò a urlare...» A dire il vero avrebbe fatto molto di più, ma il suo istinto la avvertì di tenere per sé quell'intenzione. Non aveva senso avvertire quell'uomo di ciò che era capace di fare.

Il giovane la guardò con un'espressione così primitiva che Horatia cercò di allontanarsi mentre lui si allontanava dalla porta e avanzava verso di lei. Desiderava ardentemente che le sue mani smettessero di tremare. Sapeva che la reputazione di Lawrence era pessima quanto quella di Lucien. Si ricordava anche di lui nel *Midnight Garden* e di come aveva sedotto la donna che aveva scelto quella notte. Non sarebbe stata la sua prossima conquista. Non poteva!

Una parte di lei era ancora stupita che Lawrence la stesse trattando in quel modo. Era sempre stato così protettivo, quasi quanto Cedric. Che cosa era cambiato in lui per arrivare a un tentativo di seduzione forzata come quello?

Come se le leggesse nel pensiero, Lawrence disse: «So che eri tu quella sera al *Midnight Garden*. Eri la bellissima donna sulle ginocchia di mio fratello. Quando chiudo gli occhi, riesco ancora a scorgere quel vivido rossore sotto la tua maschera argentata. Sono stato perseguitato dai sogni del tuo corpo flessuoso sotto il mio... Ti accelera il sangue, vero? L'idea di quella lotta per un piacere squisito?»

Lawrence sembrava dare voce esattamente a ciò che stava accadendo nel corpo di Horatia che, però, stava immaginando una resa diversa a un altro uomo.

Horatia era terrorizzata e cercò di fare la cosa più sana possibile, cioè urlare a squarciagola. Ma il suono le rimase strozzato sulle labbra mentre Lawrence avanzava verso di lei.

La afferrò, arricciando una mano intorno alla sua bocca, e lei reagì, mordendogli il dito.

Il giovane urlò sorpreso e fece un passo indietro. «Santo cielo, donna! Non ti farò del male!» Il suo sguardo di autentico sgomento la fece trasalire, come se non avesse avuto davvero intenzione di toccarla e ancora di più la stupì il fatto che fosse stata così spaventata da mordere come una puzzola messa all'angolo.

«Horatia...» continuò lui, come se stesse cercando di calmare un cavallo spaventato. «Ascoltami. Sta arrivando. Dobbiamo fingere di baciarci...» Si slanciò, afferrandola e bloccandola contro la parete.

Horatia non riusciva a scrollarselo di dosso. Il panico le offuscava la vista. Sta arrivando? Avery o Linus si sarebbero uniti a quella follia? Era in trappola e indifesa! Lui non fece alcuna mossa per spogliarla, ma il suo respiro caldo usciva in soffici ansimi.

«Lascia che ti baci per un dannato secondo, donna! È per il tuo bene!» Abbassò la testa verso quella di lei.

Horatia mosse la testa in avanti, sbattendo la fronte con quella di lui.

Lawrence indietreggiò di qualche passo, portandosi una mano alla fronte. «Santo cielo! Se solo mi lasciassi spiegare...»

Horatia non se la cavò meglio, inciampando all'indietro per il dolore.

Proprio in quel momento Lucien irruppe nella stanza con un cipiglio cupo che Horatia non aveva mai visto prima.

«Maledetto bastardo!» La voce di Lucien si trasformò in un ringhio, lanciandosi contro il fratello.

I due si scontrarono e sbatterono contro la parete. Lucien aveva un'espressione omicida negli occhi, ma Lawrence sembrava aspettarsi che Lucien entrasse nella stanza e lo strozzasse.

Horatia gridò: «Lucien! Fermati! Ti prego! Accompagnami nella mia stanza... per favore.»

Solo l'ultima parola sembrò raggiungerlo. Rilasciò il fratello, mormorando una serie di sporchi insulti. Lawrence si sistemò i vestiti mentre Horatia gli si avvicinava. Le prudeva il palmo della mano per schiaffeggiarlo, ma non prima di aver detto ciò che doveva dire.

«Non so cosa tu abbia cercato di fare stasera, Lawrence, ma sappi che dovrai affrontare la mia ira, che farà impallidire quella di Lucien.» Riuscì a malapena a trattenersi dall'urlare contro di lui. Gli occhi del giovane si restrinsero e la sfida fece scattare il controllo che le era rimasto. Schiaffeggiò Lawrence più forte che poté, il suono aspro riecheggiò nella stanza.

Nonostante il segno sul viso, Lawrence non emise un suono. Horatia alzò il mento tremante e si avviò verso la porta. Si fermò quando si rese conto che Lucien non l'aveva seguita perché stava ancora guardando il fratello con intento omicida.

«Lucien, lascialo. Ho bisogno di te.»

Lucien distolse lo sguardo e la seguì fino alla porta, soffermandosi solo per lanciare un'ultima occhiata furiosa al fratello prima di avvolgere un braccio protettivo intorno alla vita di Horatia e accompagnarla nelle sue stanze. Un cameriere si fece avanti, con un'espressione preoccupata.

«Mio signore, ho sentito un'agitazione. Voi o la signorina Sheridan avete bisogno di qualcosa? Devo mandare a chiamare la cameriera della signorina Sheridan?»

«No, non c'è bisogno. Sei Gordon, vero?» Lucien stava ancora prendendo confidenza con il nuovo personale della madre.

«Sì, mio signore.»

«Grazie, Gordon. Non c'è bisogno di mandare a chiamare Ursula, ma se vuoi essere così gentile da tenere gli altri domestici lontani dalla mia stanza e da quella della signorina Sheridan. Ha bisogno di essere assistita e non voglio che la sua reputazione ne risenta.»

Il cameriere alzò le spalle. «Certo, mio signore. Mi occuperò io stesso di fare in modo che non veniate disturbati.» Il cameriere diede loro la buonanotte e scivolò lungo il corridoio, scomparendo attraverso una delle porte che conducevano agli alloggi della servitù.

Nel momento in cui la porta si chiuse, Horatia cadde sulla sedia più vicina, con il corpo tremante per lo spavento. Ebbe l'impulso improvviso di piangere ma soffocò i singhiozzi che cercavano di salirle in gola. Voleva ringraziare Lucien per il suo intervento ma invece scoppiò a piangere, non riuscendo più a mantenere le forze. Non era tanto quello che Lawrence aveva fatto, o quasi, ma qualcosa di più profondo, qualcosa di più doloroso che non riusciva a comprendere appieno. Guardare Lucien era come mettere sale su una ferita fresca. Perché cadeva sempre a pezzi vicino a lui?

LUCIEN LE SI AVVICINÒ, ODIANDO LA DISTANZA CHE LI separava, e la sollevò dalla sedia per stringerla al petto. Horatia infilò le mani nel panciotto e nascose il viso nell'incavo del suo collo. L'intima ricerca di protezione e rassicurazione gli fece rivoltare il cuore. Anche dopo essere stato freddo con lei per così tanto tempo, aveva ancora fiducia che lui si sarebbe preso cura di lei. Lo stupì.

Lucien le cinse le braccia intorno alla schiena, stringendola forte a sé. Le posò dolci baci confortanti sui capelli, zittendola con suoni caldi e tranquillizzanti. La sua rabbia nei confronti di Lawrence e Linus era ancora forte, ma in quel momento Horatia era più importante e aveva bisogno che lui rimanesse con lei. Avrebbe punito i suoi fratelli per averlo attirato lontano quando lei aveva bisogno della sua protezione. Anche Avery era coinvolto in qualche modo. Si sarebbe occupato di tutti loro l'indomani.

«Perché... perché ha dovuto farlo? Non nutre alcun interesse per me, quindi perché? È stato crudele a giocare con me, e a che scopo?» chiese Horatia tra singhiozzi soffocati.

«Non lo so, amore. Non lo so.» E per molto tempo nessuno dei due disse nulla. Lucien avrebbe voluto avere delle risposte. Le avrebbe avute entro il giorno dopo, e Lawrence sarebbe stato fortunato se avesse ancora respirato quando avesse finito con lui.

Lucien la strinse a sé, stupito da quanto fosse bella anche in quel momento, da ogni curva, da ogni profumo, da ogni dolce respiro che esalava. Non riusciva a immaginare di lasciarla andare o di poter esistere in un mondo in cui lei non fosse sua.

Dopo aver pianto fino allo sfinimento, Horatia si afflosciò tra le braccia di Lucien, che la prese in braccio e la portò sul letto. In qualche modo, l'essere adagiata sul letto cancellò le sue lacrime e il bisogno di piangere ancora. I suoi pensieri si allontanarono da Lawrence e tornarono al maggiore dei Rochester.

«Ti senti meglio? Vuoi che vada a chiamare Ursula per spogliarti e metterti a letto?» le suggerì Lucien.

La mano di lei scattò e si bloccò intorno al polso di lui. «No. Ti prego, resta.»

«Qualcuno deve sistemarti e spogliarti.» Lucien si accigliò, stranamente ancora più attraente nel modo in cui era determinato a prendersi cura di lei.

«Puoi spogliarmi tu.» Horatia gli sorrise. «Hai fatto molta pratica.»

«Horatia, ti rendi conto di quanto sarebbe sconveniente per me...» Agitò la mano su e giù, indicando i suoi vestiti.

La giovane sgranò gli occhi e sospirò. «La sconvenienza è il tuo forte, Lucien. Voglio che sia *tu* a spogliarmi. Mi fido di te.»

Dopo averla fatta sdraiare, iniziò a spogliarla con una tenerezza simile a quella di un neonato. Non c'era nulla di sensuale o seducente nei suoi movimenti.

Horatia si pulì le guance macchiate di lacrime con il dorso della mano, chiedendosi se la sua carnagione fosse diventata a chiazze. Guardò la forma piegata di Lucien mentre le toglieva le scarpette da ballo e faceva scivolare le mani sulle gambe per srotolarle le calze. I suoi capelli catturavano la luce della lampada e le onde di cremisi scuro erano lucide e invitanti. Le venne voglia di infilare le dita tra le ciocche, per vedere se corrispondevano al suo ricordo di quella notte al *Midnight Garden*.

La giovane allungò le dita proprio mentre Lucien si muoveva per alzarsi di nuovo. Horatia lasciò cadere la mano in grembo mentre lui cominciava a farle scivolare l'abito sulle spalle. Era troppo stanca per protestare quando il giovane la sollevò e le sfilò il vestito, lasciandola solo con il corsetto e la sottoveste. Lucien allungò la mano, le slacciò il corsetto, glielo tolse e lo lasciò cadere a terra. Il respiro le si fece affannoso mentre incrociava le braccia sui seni, sperando di nascondere il suo corpo con la sottoveste di stoffa.

Lucien andò allora all'armadio e frugò tra i vestiti finché trovò una camicia da notte di flanella spessa e gliela porse. Horatia la prese e si preparò a togliersi la sottoveste. Lucien si girò di spalle, con un atteggiamento insolitamente da genti-luomo. Ciò la fece sorridere, anche se solo un po', mentre indossava la camicia da notte. Il giovane si girò di nuovo e l'espressione del suo volto le fece mancare il fiato. Sembrava devastato, eppure sollevato, come se tutto ciò che lei aveva provato dentro ora fosse dipinto sui suoi bei lineamenti. Le ginocchia le cedettero e si sedette sul letto, grata del sostegno che le dava.

Quando Lucien si sedette sul bordo del letto accanto a lei, la girò delicatamente di lato e cominciò a toglierle le forcine con una delicatezza che Horatia non credeva possibile. Posata l'ultima forcina sul comodino, Lucien passò le dita nella massa ondulata di capelli scuri di lei. La sensazione di lui che le scioglieva i grovigli e le pettinava le ciocche le provocò un'ondata di desiderio. Quando finalmente le mani del giovane si allontanarono, Horatia si trovò di fronte a lui e ai suoi occhi insondabili.

«Lucien...»

«Sì?» La parola vacillò sulle labbra del giovane.

«Ti prego, non lasciarmi stanotte.» Rimase sconvolta di aver fatto quella richiesta. Voleva solo ringraziarlo per averla salvata.

«Horatia, sai che non dovrei restare...» La voce del giovane si affievolì impotente, ma non si ritirò. Al contrario, si chinò e le scostò i capelli dal viso.

«Mi sentirei meglio se tu restassi. Mi sentirei più sicura.» Horatia allungò la mano fino ad accarezzargli la guancia e gli passò un dito sulle labbra, ricordando la sensazione che provava sulle sue. Lucien alzò la mano e le afferrò il polso, strofinando il pollice sulla pelle sensibile dell'interno del polso, appena sopra il battito accelerato.

«Ti prego, resta. Ho bisogno di te qui.» Horatia si sentì di nuovo bambina, intrappolata nei resti frantumati e scheggiati della carrozza dei suoi genitori, sentendo le urla di dolore e capendo poi che erano le sue. Aveva bisogno che lui la confortasse, che rimanesse e la abbracciasse come aveva fatto allora.

Qualcosa nella richiesta di Horatia lo fece annuire e tirò indietro le coperte del letto.

«Forza, allora, sali.» La esortò a sistemarsi sotto le coperte mentre le tirava indietro. Lucien si alzò dal letto e cominciò a spogliarsi. Il respiro di Horatia diventò affannoso mentre lui si toglieva la camicia e chiudeva la porta della stanza.

Di solito il giovane aveva un'aria naturale di controllo e di comando, ma quella sera sembrava privo di queste qualità. Gli tremavano le gambe e respirava più rapidamente, come se fosse messo alla prova e si trovasse sull'orlo del fallimento.

La luce della lampada giocava con le sue forme scolpite, mentre stava in piedi, indossando solo le mutande. Horatia avrebbe potuto passare una vita intera a memorizzare la sensazione, la forma, il sapore di quel corpo, ma non sarebbe mai bastato a soddisfarla. Lucien era una dipendenza malvagia e lei non aveva alcuna speranza, né alcun desiderio di liberarsi dall'influenza di quel corpo.

Quando lui si avvicinò al letto, lei si spostò un po' per dargli spazio sufficiente per raggiungerla. Lucien spense la lampada, avvolgendoli entrambi nell'oscurità, mentre si sistemava nel letto accanto a lei. Sistemò un cuscino dietro la testa e poi, senza esitare, portò il corpo di lei contro il suo, stringendola tra le braccia.

Nel bene e nel male, era lì con lei, a confortarla come non faceva da sette anni. Era valsa la pena di compiere le azioni avventate di Lawrence per avere ottenuto quel momento di tranquillità e intimità con Lucien. Assaporò il respiro caldo che le accarezzava il collo e il calore del corpo di lui contro il suo. Era a malapena consapevole di tutto tranne che di lui, mentre il sonno si insinuava.

Lucien rimase sveglio, fin troppo consapevole che dividere il letto con Horatia fosse pericoloso. Solo lo spavento per Lawrence gli aveva permesso di mantenere il controllo su di lei. Si concentrò invece sul fratello. Cosa diavolo aveva in mente Lawrence? Lucien conosceva i suoi fratelli meglio di sé stesso. Lawrence non avrebbe mai fatto del male a Horatia, né a nessuna donna. Perché allora l'aveva messa in una situazione così terrificante? Uno scherzo? Quello era più il gioco di Linus. Lucien ripercorse la serata nella sua mente, alla ricerca di qualsiasi indizio, di qualsiasi dettaglio che spiegasse le azioni del fratello. Lawrence lo aveva attirato fuori con il pretesto di incontrarsi con Linus, che avrebbe avuto intenzioni amorose nei confronti di Horatia, ma quando era arrivato nello studio la stanza era vuota, così si era avviato verso la sala da ballo. Quando aveva intravisto Linus infilarsi in una stanza in fondo al corridoio, aveva iniziato a seguirlo finché non era passato davanti a una stanza che pochi minuti prima non era occupata.

Fu allora che si era imbattuto in Horatia e Lawrence.

Lucien non si sarebbe mai tolto dalla testa quell'immagine. La paura gli attanagliava le viscere e la preoccupazione gli annodava lo stomaco. In qualunque piano fossero stati coinvolti i suoi fratelli... il giorno dopo gliel'avrebbe fatta pagare. Se ne sarebbe occupato di persona, a prescindere dai motivi. Horatia apparteneva a lui, non a Lawrence o a qualsiasi altro uomo. E nessuno avrebbe fatto del male a ciò che era suo. Una donna meravigliosa e gentile come Horatia meritava di essere custodita, protetta e... amata.

Strinse Horatia a sé. Lei si spostò, mormorò qualcosa e si sdraiò di nuovo. Non gli sfuggì che il corpo di lei si adattava bene al suo, come se gli fosse sempre appartenuto.

Solo allora si rese conto che da molti anni ormai apparteneva a lei, e quell'epifania lo turbò molto.

Non ci sarebbe stato nulla di buono nel sentirsi così nei suoi confronti. Le regole del Circolo non potevano essere infrante e le amicizie non potevano sopportare una simile violazione. Lucien non voleva scegliere tra Horatia e Cedric. Pregò silenziosamente di non doverlo fare.

## 21

Lawrence si buttò su una poltrona all'interno di un salotto privato, con i suoi fratelli ai lati. La testa gli faceva un male del diavolo. Probabilmente l'indomani avrebbe avuto un bernoccolo sulla fronte. Avery si accigliò e lo fissò mentre Linus camminava avanti e indietro. Gli altri ospiti erano andati a dormire e i tre Russell erano rimasti soli a discutere del possibile successo del loro piano.

«Beh, Lawrence, com'è andata?» gli chiese Linus.

Di risposta, Lawrence ringhiò. Non voleva pensare a ciò che aveva appena fatto. «Ho il brutto presentimento che domani Lucien mi trafiggerà con una pallottola. E se Cedric lo verrà a sapere, potrebbero essere due.»

«Cosa?» Gli occhi di Avery si allargarono.

«Sono andato troppo oltre. Lucien ci ha messo troppo a trovarci.» Lawrence si strofinò stancamente gli occhi.

«Quanto oltre?» gli chiese Linus.

«Cercando di ritardare le cose sono stato forse un po' troppo convincente nelle mie intenzioni e ho spaventato la povera ragazza. Ha sbattuto la testa contro la mia quando ho cercato di baciarla. Non era mia intenzione spaventarla.

Ho pensato di convincerla a stare al gioco e a baciarmi per far ingelosire Lucien, ma è andata nel panico prima che potessi spiegarle.» Lawrence trasalì di fronte allo shock dei suoi fratelli. «Lucien è arrivato giusto in tempo. O nel momento peggiore, suppongo. Perché diavolo ci ha messo così tanto?»

«Hai davvero fatto questo a Horatia?» gli domandò Linus. «Hai quasi...»

«Certo che no. Ma pensava che lo avrei fatto. Era terrorizzata e mi sento...» Si passò la mano sul viso. «Dannazione. Dubito che potrà perdonarmi. Spero di non averle causato un danno duraturo. È meglio che Lucien la sposi, o ho rovinato una bella amicizia per niente.» Lawrence si alzò, si diresse verso il mobile più vicino e tirò fuori una bottiglia di brandy.

«Ho bisogno di bere» dichiarò. I suoi due fratelli lo raggiunsero, preoccupati per lo spettacolo che avevano contribuito a creare quella sera.

«Sappiamo come l'ha presa Lucien?» chiese Avery a Lawrence.

«No. L'ha riportata in camera sua. Non l'ho più visto. Ho ordinato alla servitù di stare alla larga dalla stanza di Horatia fino a dopo colazione. Spero che intenda passare la notte con lei. Se lo farà, molto probabilmente avremo vinto. Sappiamo tutti che è un uomo dal cuore tenero, soprattutto se pensa di rallegrare una signora scoraggiata.»

«Questo è certamente vero. È troppo tenero di cuore per lasciarla sola stasera dopo...» Avery non terminò la frase.

«Dopo che Lawrence l'ha quasi presa con la forza?» Linus fornì il suo aiuto.

«I Russell non prendono con la forza» dichiarò Avery. «Siamo troppo dotati di persuasione naturale. Non c'è bisogno di forzare una donna quando, dopo qualche carezza ben piazzata, ti darà tutto quello che chiedi.»

«Non incoraggiare il ragazzo, Avery» intervenne Lawrence,

notando l'espressione di Linus. «È già abbastanza nei guai con Miss Cavendish.»

Linus spostò lo sguardo da Avery a Lawrence. «Che cosa vuol dire che *sono* nei guai?»

«Dopo averti visto ballare con la signorina Sheridan l'ha presa piuttosto sul personale. Dopotutto, non le hai chiesto di ballare.»

Le labbra di Linus si schiusero mentre balbettava. «Ma noi eravamo... accidenti! Secondo te era molto turbata?»

Avery sorrise. «Credo che abbia passato la serata a fissarti. Mi ha sorpreso che non ti sia trasformato in una colonna di sale. Temo che tu abbia fatto un po' di confusione.» Avery diede una pacca sulla spalla di Linus con un gesto brusco ma affettuoso. «Forse puoi corteggiarla di nuovo domani?»

Lawrence continuò a sorseggiare il suo brandy, osservando il gioco divertito, ma il senso di colpa per le sue azioni precedenti lo tormentava ancora.

«Suppongo che dovrò farlo. Voglio dire, sono in debito con quella ragazza, dopo averla baciata. Suppongo che dovrei parlare anche con suo padre. So che sono un po' troppo giovane per offrirmi per lei, ma... Forse potremmo godere di un periodo di fidanzamento più lungo, finché non sarò pronto ad accogliere una moglie.»

Lo sguardo speranzoso sul volto del fratello minore impedì a Lawrence di riempire nuovamente il bicchiere.

«Stai calmo, Linus!» lo ammonì Avery. «Cos'è tutto questo parlare di fare un'offerta? Non è necessario, soprattutto alla tua età.»

Lawrence guardò il fratello con curiosità. «Ma l'hai baciata?» L'espressione negli occhi di Linus era un po' inquietante. L'aveva già vista altre volte, e sempre nei giovani.

«Sì, ma è stato piuttosto casto. Credo sia stata la sua prima volta» pensò Linus ad alta voce, arrossendo le guance.

«Ti piace!» esclamò Avery con sagacia.

«C'è... qualcosa di innegabilmente dolce in lei» ammise Linus.

Lawrence gemette. Suo fratello stava per innamorarsi di una donna. Una sola donna. Ma ce n'erano così tante là fuori da assaggiare, sentire ed esplorare. Non avrebbe dovuto limitarsi così presto. Linus doveva essere salvato da sé stesso.

«Per quanto sia dolce, un bacio non annuncia le nozze» disse Lawrence, posando il bicchiere di brandy. «Se fosse così, sarei sposato mille volte con cento donne diverse. I padri possono aspettarsi offerte dopo un solo bacio, ma noi Russell non entriamo tranquillamente nelle catene del matrimonio.»

«Allora perché stiamo aiutando Lucien con Horatia? Non finiranno per sposarsi?»

«Questo è il piano» disse Avery.

Linus aggrottò le sopracciglia, del tutto perplesso. «Allora perché...»

«Lucien non è più nel fiore degli anni. Dovrebbe sistemarsi. Tanto vale che lo faccia con qualcuno che lo adori. La signorina Sheridan è la ragazza perfetta per prepararlo a diventare padre del tanto necessario erede del marchesato.»

«Non abbiamo bisogno di un erede» ribatté Linus. «Ci siamo anche noi in linea di successione.»

«Non dirmi che vuoi tutte queste responsabilità, Linus» ridacchiò Avery.

«È meglio che Lucien abbia una sfilza di ragazzi e un esercito di ragazze» disse Lawrence. «In questo modo ci sarà un erede e tanti nipotini che la mamma accarezzerà e il resto di noi sarà abbandonato a sé stesso.» Il solo pensiero che Lucien avesse dei figli tranquillizzò Lawrence. Che meraviglioso senso di sollievo avrebbe provato quando sua madre lo avrebbe finalmente lasciato in pace. Avrebbe fatto di tutto per ottenere quella libertà, anche incorrere nell'ira del fratello. Anche se, alla luce degli ultimi avvenimenti, la sua libertà poteva durare poco.

«Suppongo che abbia senso, in fondo. Nostra madre adorerebbe tutti quei nipotini» ridacchiò Linus.

Lawrence versò del brandy per i suoi fratelli e tutti sollevarono i bicchieri per un brindisi. «A Lucien, Horatia e a tutti i nipoti che nostra madre vorrà!»

CHARLES DIEDE LA BUONANOTTE AGLI AMICI DI ESSEX House prima di andare a prendere il suo nuovo servitore, Tom Linley. Si appoggiò ai soffici sedili della sua carrozza mentre Linley si arrampicava per sedersi accanto al cocchiere. Diede istruzioni per andare alla casa dove si trovava la sorellina di Linley. Era quasi mezzanotte e la balia della bambina molto probabilmente non sarebbe stata felice di essere disturbata. Charles era pronto a pagare per calmare le piume arruffate che sarebbero potute sorgere a causa del loro arrivo tardivo. Quando Linley raggiunse finalmente Charles all'interno della carrozza, sollevò un sopracciglio interrogativo.

«Gli ho chiesto di portarci a Bennett Street, mio signore» disse Linley.

«Bennett Street?» Charles si alzò a sedere. «Dove abiti esattamente?»

«Ho affittato una stanza sopra la *Dandy House*, mio signore.»

«La *Dandy House*? Vuoi dirmi che vivi sopra una bisca?» Le bische erano spesso luoghi chiassosi e talvolta pericolosi. Era spaventoso pensare che Linley cercasse di crescere una bambina in un luogo del genere.

«Era tutto quello che potevo permettermi, signore.» Il volto di Linley si oscurò e Charles sentì di aver sbagliato a reagire.

«Ero semplicemente sorpreso che vivessi lì. Ammetto di esserci stato in diverse occasioni. Alcuni dei miei amici e conoscenti sono ufficiali e a loro piace soprattutto puntare in alto. Li diverte. Mi ha solo stupito sapere che tu sia riuscito a tenerci una bambina.»

Linley si rilassò, ma trasalì quando Charles cercò ancora una volta di accarezzargli il braccio.

«Mi dispiace. Non volevo spaventarti.»

«È colpa mia, mio signore. Il mio ultimo padrone mi toccava solo quando aveva bisogno di picchiare qualcosa per placare la sua rabbia.»

«Chi era il tuo precedente padrone prima di venire a lavorare da Berkeley?»

«Non dovrei dirlo. Non sarebbe corretto parlare male di lui» protestò Linley.

Charles alzò le mani. «Calma, ragazzo, non ti chiederò di rivelare tutti i tuoi segreti. Non stasera, comunque. Abbiamo tutti dei diavoli alle calcagna.» Charles tacque, un raro stato d'animo contemplativo lo colse.

Né lui né Linley dissero altro finché non raggiunsero Bennett Street. Linley cercò di insistere perché Charles aspettasse nella carrozza, ma Charles saltò fuori e guardò la bisca con un lieve interesse.

Era da un po' che non provava a giocarsi la sua vasta eredità. Uomini in uniformi rosse e dal portamento aristocratico si aggiravano all'ingresso del club, parlando e ridendo. Alcuni uomini riconobbero Charles e lo salutarono. Li salutò e seguì Linley nel vicolo più vicino, fino a una porta sul retro.

Linley entrò subito e Charles lo seguì, divertito da quella piccola e curiosa avventura. Charles ascoltò i rumori rauchi che si sentivano dall'altra parte delle pareti sottili, salendo le scale di servizio. Si udivano grida e schiamazzi di donne che incitavano i vincitori e consolavano i perdenti. Queste cose non avevano mai destato preoccupazione in Charles, ma all'improvviso vedeva il suo stile di vita attraverso gli occhi del giovane ragazzo davanti a lui. Qualcuno che si assumeva una grande responsabilità prendendosi cura da solo della sorellina. Era ammirevole, ma in quel momento si sentiva al contrario.

Linley si fermò davanti a un'unica porta in cima alle scale e batté le nocche in uno strano modo. Dopo un attimo la porta si aprì di uno spiraglio.

«Sono io, signora Bertie» disse Linley.

La porta si aprì completamente, permettendo a Linley di entrare. Quando Charles si mosse per seguirlo, una donna rotonda sulla trentina gli sbarrò la strada.

«Eh, Linley, chi è questo, amore? Credevo che ti fossi tenuto alla larga da quei signori che si innamorano dei ragazzi...» L'insinuazione della signora Bertie che lui avesse tali intenzioni fece trasalire Charles.

Charles non si faceva scrupoli su ciò che gli altri uomini facevano nella loro vita privata, ma gli abusi erano facili da trovare e a volte, quando erano coinvolti desideri e vizi malvagi, le persone si facevano male.

«Quello è Lord Lonsdale. È un conte, signora Bertie, quindi la prego di comportarvi bene e di farlo entrare.» Linley andò dritto verso la culla di legno appoggiata alla parete. Un fagotto si agitò nel punto in cui Linley chinò la testa. La signora Bertie guardò Charles con profondo sospetto prima di fare un passo indietro e lasciarlo entrare.

«Allora, Linley, sei arrivato in ritardo, ti aspettavo ore fa. Ti costerà il doppio, visto che ho perso tempo con i signori di sotto.»

La signora Bertie sembrò non preoccuparsi della presenza di Charles e riportò la sua attenzione su Linley, che aveva iniziato a raccogliere le sue poche cose in un sacco di tela.

«Io... stasera non posso pagarle un extra, signora Bertie, ma tra una settimana avrò abbastanza per saldare il mio debito.»

«Voglio i miei soldi adesso!» La signora Bertie sibilò infastidita.

Linley sbottò proprio quando Charles si mise tra la donna e il ragazzo.

«Mia cara e affascinante signora Bertie, sono sicuro che possiamo raggiungere un accordo. Il ragazzo ora è alle mie dipendenze. Gli anticiperò il salario per pagarvi dei vostri servizi.» Charles prese la mano della donna e le mise in mano diverse monete. Gli occhi della signora Bertie si spalancarono per lo shock, prima di sporgersi e guardare Linley.

«Per qualsiasi cosa ti usi, ragazzo, lascialo fare!» Gli sussurrò queste ultime due parole, ma Charles la sentì ancora e alzò gli occhi al cielo, pregando silenziosamente di avere pazienza.

«Grazie di tutto, signora Bertie. Ma ora dobbiamo proprio andare.» Linley si mise a tracolla il sacco di stoffa con una mano e raccolse il fagotto che si contorceva.

Il giovane si diresse verso la porta con la bambina e la borsa. Charles lo seguì, ridacchiando dell'espressione scioccata della donna mentre scendevano le scale.

Una volta saliti in carrozza, Linley lasciò cadere la borsa sul pavimento e si occupò della bambina. I riccioli d'oro scompigliati erano leggeri come piume e sembravano brillare, anche nella penombra.

Charles passò una mano tra i riccioli della testa della piccola e continuò a guardarla per il resto del tragitto fino a casa sua in Curzon Street. C'era qualcosa nella bambina, qualcosa di familiare, appena ai margini della sua memoria, ma per quanto lo riguardava non riusciva a ricordare cosa fosse.

La carrozza si fermò davanti casa.

Un cameriere si precipitò ad accoglierli mentre scendevano dalla carrozza.

«Timothy, hai un aspetto orribile, cosa è successo?» chiese Charles mentre il cameriere dalla faccia bianca prendeva i loro cappotti.

«È terribile, mio signore, terribile. Entrate.» Timothy fece strada, mentre Charles sentiva il sangue diventare ghiaccio nelle vene.

Quando entrarono, diversi domestici erano lì in piedi, tutti con l'aria afflitta come Timothy. Una giovane cameriera del piano superiore si fece avanti e tese un fagotto di stoffa.

«Mio signore, abbiamo trovato questo nella vostra vasca.» Dopo che Charles ebbe preso il fagotto, la giovane si asciugò le lacrime e riprese a parlare. «È stato annegato, mio signore.»

Annegato? Charles scostò il panno e respirò affannato. Un gatto nero giaceva morto tra le sue mani. Il corpicino era rigido, freddo e ancora umido. Nonostante tutto, lo riconobbe. Era Muff. Uno dei due gatti di casa Sheridan.

«Poverino!» Linley aveva gli occhi lucidi, stringendo al petto il corpo infagottato di Kate che dormiva.

«Chi ucciderebbe un gatto?» continuò il giovane, proteggendo la piccola.

«Un nemico. Un nemico che vuole mandarmi un messaggio.»

«Quale messaggio?»

«Vuole che io sappia che può arrivare a me e ai miei amici. Il gatto non ha mai lasciato la casa degli Sheridan. Qualcuno lo ha preso e lo ha portato qui. Il mio nemico, il nemico del Circolo, potrebbe essere pronto a colpire.»

«Il Circolo?»

«Sì, tanto vale che ti abitui a questo nome. I miei amici, il visconte Sheridan, il barone Lennox, il duca di Essex e il marchese di Rochester e io talvolta siamo indicati come il Circolo delle Canaglie. Abbiamo adottato questo titolo per scherzo, ma sembra che sia rimasto.»

«Quindi questo nemico vuole distruggere questo Circolo?» chiese Linley.

«Sì.»

«Sapete chi è?»

Charles annuì lentamente guardando il corpo coperto dal

telo. Dentro di sé aveva la sensazione che Muff fosse la prima vittima di una guerra che ribolliva da anni.

«Sir Hugo Waverly. Credo che alla fine abbia intenzione di ucciderci tutti» predisse Charles. Un'ombra pesante calò sul volto di Linley. «Il peggio sarà dare la notizia a Cedric e alle sue sorelle. Sono dannatamente affezionati a questa piccola canaglia. È una fortuna che siano nel Kent. Non potrei sopportare di vedere le ragazze ascoltare la notizia. Le donne che piangono sono la cosa peggiore che si possa immaginare. Non dico o faccio mai la cosa giusta per farle smettere di piangere.» Charles inclinò la testa all'indietro, emettendo un sospiro.

Cercò di non pensare a come fosse morto il gatto. La scelta dell'esecuzione non era casuale. Charles rabbrividì, ricordando la sensazione dell'acqua fredda che lo strangolava, che gli soffocava il naso e la bocca, che gli accecava la vista mentre affondava nelle acque scure, con i pesi attaccati alle gambe e le mani legate in modo da non poter nuotare. Sì, era vero. Non c'erano dubbi su chi avesse commesso quel peccato contro una creatura innocente.

«Vorrei poterlo seppellire, ma il terreno è ghiacciato. Dovremo cremarlo. Potrebbe consolare Lord Sheridan e le sue sorelle sapere che quella povera creatura è stata sepolta» suggerì Linley.

«È un'idea molto premurosa. Ce ne occuperemo domani.» Charles si passò una mano tremante tra i capelli. Waverly stava alzando la posta in gioco.

«Sembra che tu abbia scelto un momento sbagliato per avere un nuovo datore di lavoro, Linley» mormorò Charles. Il giovane seppellì il viso nelle coperte attorno alla piccola Katherine, baciandole la fronte come per scacciare il male. Ma Charles lo sapeva bene. Baci teneri e pensieri d'amore non avrebbero salvato nessuno da Hugo Waverly.

## 22

I sogni sono cose meravigliose, nessuno lo mette in dubbio. Ma il momento in cui una visione intangibile dei propri desideri diventa realtà? Quello è qualcosa di infinitamente più potente e mozzafiato delle visioni ispirate dalla luna e tessute nella notte. Horatia era lì, sveglia accanto a Lucien. Sbatté le palpebre un paio di volte per schiarirsi la vista e intravide la neve che cadeva fuori dalla grande finestra di fronte a lei.

I fiocchi si erano raggrumati in macchie grandi come un centesimo, scendendo come piume. Era ancora presto. La luce del cielo era ridotta a un grigio pesante dalle voluminose nuvole invernali. Horatia giaceva rannicchiata accanto a lui, il calore del corpo di Lucien le scaldava la schiena. Si rotolò su sé stessa, adagiandosi più profondamente nel giaciglio di piume, studiandolo alla luce fioca del mattino.

Lucien era disteso a pancia in giù. Una mano era stretta intorno al fondo del cuscino, stringendolo sotto la guancia. L'altro braccio penzolava dalla sponda del letto. L'ampia distesa delle spalle e della schiena era esposta mentre le lenzuola gli scendevano sui fianchi. Il viso era girato verso di lei, con le ciglia scure che gli attraversavano le guance mentre dormiva. Anche se Lucien aveva trentatré anni, Horatia poteva vedere il ragazzo in quei lineamenti addolciti dal sonno. Le venne voglia di sfiorargli con la mano le sopracciglia e di tracciare il naso aristocratico, forte e dritto, fino alle sue labbra peccaminose.

Le linee del suo corpo erano scolpite dai muscoli. Una lunga cicatrice rosa pallido scendeva lungo il lato del petto e si fermava all'altezza dell'anca. Senza pensarci, Horatia fece scorrere un polpastrello curioso lungo la superficie rialzata del segno. Lucien si agitò al tocco e aprì gli occhi. Horatia avrebbe voluto conoscere i più piccoli dettagli su di lui, le cose che un'amante o una moglie avrebbero saputo, come ad esempio se si svegliava facilmente o meno.

«Lucien, hai il sonno leggero?» gli chiese.

Lo sguardo del giovane si scaldò, riflettendo su quella domanda.

«Perché vuoi saperlo?» Rimase immobile a guardarla, mentre la vicinanza tra loro travolgeva i suoi sensi.

«Ero curiosa» mormorò Horatia.

Si accorse che il suo dito lo stava ancora toccando vicino al fianco sinistro. Non ritirò la mano.

*Dovrei smettere di toccarlo*, disse fra sé. Invece lasciò che il resto delle dita si posasse con sfida sulla pelle del giovane, un tocco intimo e possessivo. Lucien non spostò lo sguardo da lei.

«Io ho il sonno leggero. E tu?» Sembrava essere consapevole dell'intimità del momento e della conversazione.

«A volte, quando sono preoccupata o irritata, faccio fatica a dormire.»

«Hai dormito bene stanotte» osservò Lucien.

«Questo perché...» Horatia sentì le guance arrossire.

«Perché?»

«Perché mi sento al sicuro quando sono accanto a te.» Non

poteva dirgli come si sentiva veramente. Che la vicinanza di lui la rendeva al tempo stesso inquieta e serena, che si fidava di lui con il corpo, il cuore e l'anima. Quando erano insieme, i ricordi oscuri che la tormentavano non riuscivano a penetrare l'anello di luce che lui emanava intorno a lei.

Lucien non rispose. Sollevò la testa e tolse la mano curiosa di Horatia dal fianco. Studiò le dita e il palmo della giovane, il pollice che stuzzicava i disegni sulla sua pelle. Le allargò e vi appoggiò il proprio palmo, facendo combaciare le loro mani, anche se le dita di lui erano molto più lunghe di quelle di lei. Poi intrecciò le dita e la tirò a sé.

Ancora una volta, Horatia fu colpita dalla loro vicinanza e le mancò il respiro. E se lui si fosse allontanato di nuovo, come aveva sempre fatto? L'idea era insopportabile. Dovette fare un passo indietro emotivamente attraverso la conversazione.

«Lucien, come ti sei procurato quella cicatrice?»

«Quale?»

«Quella... quella sul fianco.» Non riusciva a credere di essere a letto con Lucien a discutere dei suoi fianchi. Se non fosse stato per il fascino senza fiato che esercitava sul suo corpo, avrebbe riso della timidezza pudica che provava.

«Oh quella.» Lucien rise e le posò un morbido bacio sul dorso delle dita.

Horatia rabbrividì al calore delle sue labbra. Quell'uomo era irresistibile. Il suo cuore si spezzò, scoppiando d'amore e di tristezza allo stesso tempo.

«Me la sono fatta quando ero all'università. Ashton ed io ci eravamo appena conosciuti e non ci piacevamo.»

«Tu e Ashton? Ma siete così buoni amici!» Horatia non riusciva a immaginare un mondo in cui Lucien e Ashton non si volessero bene.

«È vero. Ma all'inizio non la pensavamo allo stesso modo. Ashton crede nelle regole e nei principi. Per lui ero il tipo più spregiudicato che avesse mai incontrato. Oserei dire che non si sbagliava del tutto.»

Horatia si appoggiò a lui, incantata dal suo modo di parlare. «E cosa c'entra questo con la tua cicatrice?»

Il volto di Lucien arrossì in modo inusuale. «Beh, è piuttosto imbarazzante.»

«Bene, ora devo sentirlo.»

«Ero uno studente a Cambridge e mi sono messo in testa di sedurre la giovane moglie di uno dei nostri professori. Lui era interessato ai... signori, e lei era piuttosto sola.» Lucien sorrise perfidamente. «Chiamala vendetta per gli scarsi risultati degli esami che avevo ricevuto. Non so come Ashton abbia scoperto le mie intenzioni, ma una sera mi ha seguito. Ero a metà strada del traliccio che portava alla stanza della signora quando Ashton saltò fuori dai cespugli, spaventandomi. Persi la presa e il traliccio di legno mi squarciò mentre cadevo.»

Horatia sussultò e Lucien ridacchiò.

«Ero in cattive condizioni quando sono atterrato e Ashton era troppo nobile per abbandonarmi. Mi ha aiutato a rimettermi in piedi e quando ha visto quanto fosse profonda la mia ferita mi ha aiutato a raggiungere la locanda più vicina e a trovare un medico. Tra la caduta e i sette punti di sutura che avevo ricevuto senza nemmeno una goccia di brandy per attenuare il dolore, Ashton decise che dopotutto gli piacevo. Pensava che avrei dovuto comportarmi più da gentiluomo quale ero, ma sapeva anche che non potevo sempre combattere la mia natura più indomita. Si è riconciliato con l'idea della nostra amicizia e da allora siamo rimasti come siamo.» La bocca di Lucien si posò ancora una volta sulla pelle di Horatia, questa volta sul polso, per baciarle la pelle sensibile dove il polso pulsava ancora più velocemente.

La giovane aveva mille domande ma quando sentì la lingua

di lui guizzare fuori, ogni pensiero razionale svanì. Scivolando sensualmente, il giovane la tirò a sé.

«Horatia, non sono bravo in queste cose» le sussurrò Lucien, con le labbra a pochi centimetri dalle sue.

«Bravo in cosa?» La voce di Horatia era un po' tremante, perché temeva quello che lui avrebbe potuto dire.

«Essere un gentiluomo. A Londra ti avevo promesso che saresti stata al sicuro da me, eppure ho lasciato che Lawrence ti facesse del male e ora condivido il tuo letto e faccio i pensieri più peccaminosi su di te.»

Il cuore le balzò nel petto. «Oh?»

Lasciò che le loro labbra si sfiorassero, sorridendo come se gli piacesse la reazione stupita della giovane.

«Oh sì. Continuo a pensare a quella notte al *Midnight Garden* e a quanto tu sia stata coraggiosa ad affrontarmi. Che sapore dolce avevi! E in questo momento vorrei essere stato io, ieri sera, ad averti da sola in una camera da letto alla mia mercé.» Lucien le mordicchiò il labbro inferiore e il punto tra le gambe le dolse.

«Lucien, sono sempre alla tua mercé.» Horatia gli passò una mano tra i capelli mentre lui la stuzzicava ulteriormente. «E solo tu mi avrai in una camera da letto.»

«Mmm, è vero, giusto?» Le incorniciò il viso con le mani e le saccheggiò la bocca, lasciandola stordita e palpitante. «Che ne dici di...» Qualcuno bussò alla porta chiusa a chiave.

Horatia aggrottò la fronte. «Accidenti. Deve essere Ursula, la mia cameriera. È in anticipo.»

Lucien la lasciò e scivolò fuori dal letto, sospirando lentamente.

«Forse è meglio così. Io... dannazione. Questo è un errore, Horatia. Non riesco mai a ragionare quando sono con te.» La voce di Lucien era roca mentre si vestiva velocemente.

. . .

Quando Lucien aprì la porta, la cameriera lo guardò con disapprovazione. Aveva affrontato di peggio, ma non voleva che quella donna portasse guai a Horatia.

«Confido che non dirai nulla di ciò che hai visto qui.»

«Certo, mio signore» rispose Ursula senza calore. «La reputazione della mia signora significa tutto per me. Non oso chiedere quali siano le vostre intenzioni.»

«La mia intenzione è di continuare a vedere Horatia senza che nessuno lo sappia. Per il suo bene, non per il mio. Non mi vergogno di stare con lei, ma se suo fratello lo scoprisse, ci troveremmo tutti in una posizione difficile.»

La cameriera annuì. «Lord Sheridan sarebbe certamente furioso. Non vorrei essere la causa del suo malumore. Rimarrò in silenzio finché la tratterete bene.»

Lucien fece un cenno di saluto a Horatia, poi uscì nel corridoio per chiamare il suo valletto, Felix.

Doveva cancellare dalla sua mente l'immagine di lei a letto. Il modo in cui appariva così calda, morbida e perfetta, con i capelli raccolti a onde intorno alle spalle, gli occhi ancora un po' sognanti e le labbra rosee e pronte per i baci... Era sufficiente per far impazzire un uomo.

Dopo essersi lavato e vestito, Lucien si imbatté nei tre fratelli che uscivano dalla sala della colazione e si dirigevano verso la porta più vicina che li avrebbe portati fuori.

«Voi tre, fermatevi!» esclamò. Era il momento della resa dei conti.

Lo videro e scapparono come conigli. Lucien riuscì ad afferrare Linus per il colletto del suo lungo cappotto nero.

«Avery, aiuto!» Linus artigliò il fratello, che si scansò mentre lui e Lawrence guardavano Lucien come si guarda una tigre divoratrice di uomini.

Una rabbia omicida si agitava nel sangue del giovane ed era più che pronto a scatenarla dopo quello che era successo a Horatia.

«Voglio parlare con te, Lawrence» ringhiò Lucien. «Veramente con *tutti* voi.»

Linus tirò un calcio, ma la presa di Lucien lo rese impotente. Avery e Lawrence si guardarono l'un l'altro e annuirono, tornando da Lucien che allentò la presa su Linus, ma non lo liberò completamente.

«Ieri sera. Quello che hai fatto, Lawrence, è meglio che facesse parte di qualche sciocco piano che hai architettato, perché se vengo a sapere che avevi intenzione di fare del male a Horatia non sarai mai più il benvenuto in questa casa.»

«Calmati, Lucien» intervenne Avery con dolcezza, come se parlasse a uno stallone spaventato.

«È stata opera di nostra madre!» Linus sussultò. «La colpa è sua!»

«Cosa?»

«Stai zitto!» borbottò Lawrence.

«Nostra madre ci ha detto di sedurre Horatia perché tu diventassi geloso e la desiderassi di più.» Lucien lasciò andare Linus, facendolo cadere in ginocchio.

«Avete cercato di farmi ingelosire? Voi tre l'avete tenuta lontana finché...» Lucien fissò lo sguardo su Lawrence, che sussultò.

«Ci avresti dovuto trovare molto prima!» spiegò Lawrence. «Stavo cercando di spiegarglielo, ma lei continuava... Non volevo arrivare a tanto.»

«Dillo alla ragazza che hai spaventato. Dannazione, Lawrence.» Lucien passò davanti a Linus. «Pensavo che avessi più buon senso. Le sue suppliche non hanno significato per te?»

«Me ne pento ogni secondo» sbottò Lawrence. «Ma ormai è fatta. Sei rimasto tutta la notte con lei, proprio come ci aspettavamo.»

Lucien ritirò il pugno quando una voce dal fondo del corridoio lo fermò.

«Tutto bene qui?» chiese Cedric, procedendo lungo il corridoio, infilandosi i guanti e il cappotto.

Lucien cambiò il suo movimento in uno stiramento e si strofinò i capelli. «Sì, è tutto a posto.» Lucien osservò il cappotto pesante e i guanti di Cedric. «Dove stai andando?»

«A costruire i fortini. Sai, per la battaglia di palle di neve che ha organizzato tua madre? Io e i tuoi fratelli dobbiamo costruire due fortini ai lati del giardino. Le signore usciranno tra un'ora circa per unirsi a noi.»

«Le signore?» Lucien era perplesso. Erano secoli che la sua famiglia non faceva una battaglia a palle di neve, almeno da quando aveva sedici anni. Che cosa aveva in mente sua madre?

Cedric sorrise. «Chi altro? Ieri sera abbiamo deciso che se ci fosse stata una nevicata decente, avremmo fatto una battaglia. Uomini contro donne, naturalmente. Anche Sir John e Lady Cavendish hanno accettato di partecipare. I numeri ci favoriscono, ma immagino che qualche gentiluomo diserterà dalla parte del nemico quando la nostra cavalleria avrà la meglio.»

Per fortuna sembrava che Cedric non avesse ascoltato nulla della loro discussione. Lucien avrebbe potuto occuparsi dei suoi fratelli più tardi. In quel momento voleva solo un po' di pace e passare del tempo con Cedric.

«Bene, allora fai strada, Avery.» Lucien chiamò un cameriere vicino perché gli prendesse il cappotto e i guanti. Avery, Cedric e Linus si diressero fuori, ma Lawrence rimase indietro.

«Lucien, a proposito di Horatia» cominciò Lawrence.

Lucien lo interruppe, sollevando un dito, ma Lawrence allungò una mano, impedendo a suo fratello di passargli accanto.

«Non le avrei mai fatto niente. Lo giuro. Lei è... beh, è Horatia.» Il tono di Lawrence trasmetteva il loro significato dove le parole non riuscivano.

Lucien scostò la mano. «Non toccarla mai, e intendo *mai* più. Se la metti a disagio anche solo per un momento...» Non terminò la frase perché sarebbe finita con una minaccia e non voleva rovinarsi la giornata con pensieri così neri.

Lawrence studiò il volto del fratello. «Nostra madre aveva ragione. Tieni davvero a lei. È una brava donna e sarà una moglie e una madre meravigliosa.»

L'improvvisa visione di Horatia che stringeva tra le braccia un bambino, *il loro* bambino, gli fece fermare il cuore. Il dolore e un desiderio così dolci, divamparono dentro di lui. Ma Cedric non avrebbe mai perdonato e Lucien sembrava sempre dimenticarlo quando era vicino a lei.

«Non parlarne più. Mi aspetto che tu trovi un momento, più tardi, per porgere le tue scuse a Horatia. E se ti lascerai di nuovo costringere da nostra madre a fare una cosa così sciocca, non ti salverò, qualunque siano le conseguenze» lo avvertì Lucien.

«Mi scuserò con lei.» Lawrence si fece scivolare il cappotto sulle spalle e sembrò aspettare il permesso del fratello per andarsene.

Lucien lo precedette e indossò il cappotto e i guanti. «Vieni, Lawrence. Questi fortini devono essere costruiti bene e se lasciamo Linus al comando farà delle sciocchezze che sembreranno impressionanti, ma che si rovesceranno con un forte vento.» Concentrandosi sulle frivolezze imminenti, pregò di riuscire a liberarsi della nostalgia che provava per Horatia. La notte passata non poteva ripetersi mai più.

Un'ora dopo, Horatia e le altre dame erano riunite sul lato est, ammirando il forte che i signori avevano costruito per loro. Si trattava di un muro alto fino alla vita che si inarcava a metà cerchio per una larghezza di circa tre metri, fornendo un'ampia protezione alle donne che ora si accalcavano dietro di esso per preparare i loro arsenali. I vasti giardini dietro Rochester Hall erano stati trasformati in un campo di battaglia bianco, pronto per la guerra imminente.

Lady Cavendish stava aiutando Lady Rochester a creare le munizioni. Horatia, Audrey, Lysandra e Lucinda erano in cerchio stretto, tutte indossavano mantelli foderati di pelliccia rossa con pesanti cappucci tirati su. Audrey aveva osservato che erano l'esercito più alla moda d'Europa. Discutevano delle varie trappole e dei luoghi da evitare nel giardino, aree in cui potevano essere messe alle strette e assalite dalle armi del nemico.

«Dovremmo cercare di attirarli fuori dal loro fortino?» chiese Lucinda.

Horatia lanciò un'occhiata verso il forte avversario a

cinquanta metri di distanza. Gli uomini erano rannicchiati e non si vedevano, a parte qualche testa che affiorava di tanto in tanto e che dava un'occhiata cauta. Il suo sguardo si incontrò con quello di Gregory Cavendish, che sbirciò oltre il bordo del forte e poi si rituffò a terra. Sembravano un branco di scoiattoli, che spuntavano e scendevano in quel modo. Horatia sorrise al pensiero che quei nobili gentiluomini si comportassero in un modo così fuori dalla norma.

«Penso che attirarli non sia una cattiva idea» dichiarò Audrey. «Ma dobbiamo farlo in modo intelligente. Solo quando uno di loro è decentemente separato dovremmo tendere una trappola. Altrimenti potrebbero sopraffarci facilmente.»

«E qualcuno dovrebbe sorvegliare attentamente il forte» ricordò Lysandra. Si allontanò dal gruppo per mostrare alle altre signore qualcosa che aveva coperto con una coperta di stoffa marrone. La tirò indietro per rivelare una catapulta di legno semplice ma abilmente costruita, lunga circa un metro e mezzo e sostenuta da una sacca pesante di pietre. «Questa dovrebbe aiutare chiunque rimanga qui.»

«È una catapulta?» chiese Horatia, divertita e apprezzando l'ingegno di Lysandra.

Lysandra sorrise, lanciando uno sguardo in direzione dei suoi fratelli. «Ho pensato che avremmo avuto bisogno di un aiuto in più, visto che sono più numerosi di noi e possono lanciare più lontano. Nella nostra biblioteca ho trovato un libro che ne descriveva la costruzione e l'estate scorsa ne ho fatta costruire una replica in scala ridotta. È stato difficile evitare che Linus lo scoprisse.»

Prese una palla di neve dal mucchio sempre più grande che sua madre e Lady Cavendish stavano preparando e la mise nella fionda attaccata al lungo braccio di legno della catapulta. Poi Lysandra preparò il sacchetto di pietre e, mentre tutte le signore la guardavano, puntò verso il forte degli uomini e lasciò cadere il sacchetto. La catapulta scagliò la palla di neve in un bellissimo arco prima di schiantarsi contro un albero qualche metro dietro gli uomini.

«Ehi! Chi l'ha tirata?» La testa di Linus spuntò fuori, con un ghigno nella loro direzione, mentre urlava.

Horatia si morse il labbro inferiore per non ridere.

«Mi dispiace, Linus! Ci stiamo solo esercitando.» Lysandra agitò una mano guantata, poi si voltò verso le altre signore. «Come potete vedere, forse avremo bisogno di una palla di neve più grande, ma è un modo decente per costringerli a tenere la testa bassa.»

«Ottima riflessione!» esclamò Lucinda e le altre signore annuirono.

Sir John Cavendish chiamò in quel momento dall'altra parte del giardino. «Dico, siete pronte a cominciare, signore?»

«Lo siamo!» Lady Cavendish rispose al marito.

«Bene, bene. Sono stato informato che ora devo dichiarare le regole» disse Sir John. «Sono le seguenti: Chi cattura il forte nemico è dichiarato vincitore. I prigionieri possono essere catturati e contrassegnati con nastri rossi forniti dal capo del vostro schieramento. Non c'è contrattazione per i prigionieri, rimangono prigionieri fino alla fine della battaglia e infine... non ci sono altre regole. Cominciate!» Sir John urlò prima di abbassarsi nel suo forte.

Le signore caddero dietro il loro muro di neve mentre una massiccia raffica di palle si dirigeva verso di loro. Audrey strillò quando una fanghiglia di neve e ghiaccio le finì sulla testa incappucciata. Dall'altra parte si udì un coro di risate distanti. Audrey si alzò in piedi per gridare contro gli uomini, dato che le armi dovevano essere fatte di neve soffice, non di fanghiglia e ghiaccio, ma Horatia la fece indietreggiare mentre si scatenava un'altra raffica. Le palle volarono oltre lo spazio vuoto in cui Audrey si trovava pochi istanti prima.

«Dannazione!» Audrey mormorò, strisciando verso la catapulta. «Presto, qualcuno li distragga mentre io aggiungo altro contrappeso.»

«Ma le palle voleranno troppo lontano!» esclamò Lady Cavendish.

«Non necessariamente.»

Lady Rochester sbirciò oltre il bordo del fortino, con il volto illuminato da un sorriso delizioso.

«Tally-ho[1]!» Lady Rochester fece un fischio inelegante e agitò le braccia come un'esca per consentire a Horatia e Lysandra di rispondere al fuoco. Sfortunatamente, i cinquanta metri di distanza tra i due forti sembravano garantire che i loro lanci sarebbero stati vani.

«Vedi? Non abbiamo nulla di cui preoccuparci. Non possono nemmeno raggiungerci!» Linus si schernì, alzandosi sfacciatamente per prendere il tempo necessario per mirare alla madre. Nel frattempo Audrey aggiustò la mira della catapulta e, con un brusco cenno a Lady Rochester, lasciò cadere il contrappeso più pesante e fece volare la loro vendetta di neve. Le donne guardarono con gioia una palla di neve grande come la testa di un uomo colpire Linus in pieno petto, facendolo cadere a terra.

«Ma che diavolo?» Si udì debolmente da dietro il forte.

Le signore scoppiano a ridere.


Lucien e i suoi compagni guardarono il corpo prono di Linus che alla fine si alzò e si pulì.

«Non abbiamo fatto il passo a quindici metri?» chiese Lawrence. «Credevo che Avery avesse detto che non sarebbero state in grado di lanciare nulla così lontano.»

«O così pesante» aggiunse Avery.

«Forse non così lontano» disse Linus. «Una di loro deve essersi avvicinata di soppiatto e noi non l'abbiamo vista.

Cercate i ricognitori tra gli alberi. Nostra madre ha un braccio sorprendentemente potente.»

Sir John storse le labbra. «Volete dirmi che voi ragazzi mettete di proposito le signore in una posizione di svantaggio sia fisico che numerico?»

«Evidentemente non avete mai ingaggiato una battaglia di palle di neve con le nostre donne, Sir John» spiegò Lucien con una risatina bassa. «Loro tradiscono e quindi tutte le misure che prendiamo sono semplicemente precauzioni per proteggerci dall'inevitabile.»

I suoi fratelli annuirono.

«Sono spietate» disse Avery, seriamente.

«Come facciamo a portarle via dal loro forte?» chiese Gregory.

Cedric sbirciò oltre il muro di neve e si fece venire un'idea. «Dovremmo inviare un nostro esploratore. Qualcuno che possa vedere come sono messe le loro scorte e come si stanno organizzando. Il resto di noi può rimanere qui.»

«Vado io» si offrì Gregory.

«Dirigiti a sud e gira sul retro» consigliò Lucien. «Non vogliamo che indovinino il nostro gioco.»

Gregory se n'era appena andato quando le donne fecero valere il loro vantaggio. Diverse si affiancarono da un lato, distraendoli dagli alberi, e di tanto in tanto dal nulla pioveva una palla bianca o una tempesta di palle più piccole, che sembravano cadute dal cielo stesso.

Poco dopo, Gregory tornò con un premio. Lawrence e Avery furono i primi a notarli e risero vedendo Lysandra che lo seguiva con un nastro rosso al polso.

«Ho trovato un prigioniera, tornando dall'accampamento nemico» dichiarò, indicando a Lysandra di sedersi dietro un albero a pochi metri di distanza. «Ha cercato di avvicinarsi di soppiatto, ma ha mancato il colpo e ho minacciato di farle cadere la mia palla di neve sul cappuccio se non si fosse arresa.»

«Ben fatto. Qual è la situazione delle forze avversarie?» chiese Avery.

«Lady Rochester e mia madre stanno producendo le munizioni. Lucinda e la signorina Sheridan sono le lanciatrici principali ma, come avevamo previsto, non possono raggiungerci da lì. Hanno lasciato il forte per attaccarvi ai fianchi.»

«Lo sappiamo. Le abbiamo appena respinte.»

«Allora, come diavolo fanno a colpirci così forte?» chiese Lucien.

«Sembra che le signore stiano utilizzando una piccola catapulta.» Gregory soffocò una risata quando la sua prigioniera sbuffò.

«È così che ci stanno facendo piovere addosso la morte» disse Linus.

Una grossa palla colpì il lato del forte, facendo crollare il bastione.

«Porca miseria. Presto spareranno vere palle di cannone» disse Lawrence.

Linus lanciò un'occhiata calcolata a Lysandra, studiò gli altri uomini accovacciati dietro il muro, quindi estrasse dalla tasca del cappotto un fazzoletto bianco e balzò in piedi.

«Cosa diavolo stai facendo?» gli chiese Lawrence.

Linus indietreggiò di qualche passo e poi si lanciò verso il fortino delle signore, agitando il fazzoletto in segno di resa. Lucien lo guardò allontanarsi attraverso il prato coperto di neve.

*Traditore.* Scosse la testa per la rapida defezione del fratello minore dall'altra parte.

. . .

«ABBIATE PIETÀ, SIGNORE! CERCO RIFUGIO!» gridò Linus mentre Horatia e Lucinda saltavano in piedi, pronte a riempirlo di palle di neve.

«Maledetto traditore!» urlò Lucien, attraverso il giardino.

«Bisogna seguire il progresso della tecnologia! Perché combattere con i bastoni quando l'altra parte ha armi di bronzo?» Si tuffò dietro la copertura del fortino delle signore, mentre una feroce raffica di palle di neve da parte degli uomini infuriati lo seguiva.

Linus rotolò a terra e atterrò sulle punte dei piedi come un guerriero esperto. Per Horatia fu impossibile trattenersi dal ridere. Quando non faceva scherzi, Linus poteva essere veramente impressionante e non le sfuggì il luccichio eccitato negli occhi di Lucinda per il loro nuovo alleato.

Horatia gridò a entrambi di abbassarsi e loro si coprirono la testa mentre una raffica si abbatteva su di loro.

«Sempre a creare problemi, vero?» Lucinda ridacchiò con Linus.

«Non sarei me stesso se non lo facessi» rispose, poi si alzò per vendicarsi. «Beccatevi questo, maledetti imbroglioni!» Scagliò tre palle di neve una dopo l'altra. Era il loro cavaliere errante pronto ad assediare i suoi ex alleati.

Lucien si alzò coraggiosamente dall'altra parte del cortile. «Silenzio, poppante! Cattureremo il tuo forte e dovrai consegnare le belle signore dietro le cui gonne ti nascondi!» Parlava come un cattivo di una commedia.

Ma Horatia sentiva solo l'amore e la gioia che aveva sempre provato per lui. Come se avesse bevuto troppo vino, era stordita e desiderosa di trovare un modo per tornare tra le sue braccia. Anche a distanza, il suo sorriso di risposta era intimo, come se fosse destinato solo a lei. Pronunciò una preghiera silenziosa nel profondo del cuore, affinché si realizzasse l'unico sogno che aveva desiderato di più.

La battaglia di palle di neve durò quasi due ore ma poi

l'eccitazione si placò e il freddo e l'umidità della neve cominciarono a farsi sentire. Dichiararono la battaglia un pareggio e Horatia fu felice che gli altri fossero d'accordo nel tornare in casa. Avrebbe voluto passare più tempo con Lucien, ma non fu così. Seguì il resto del gruppo all'interno, con il cuore che sprofondava a ogni passo.

❧ 24 ❧

Il messaggero arrivò da Londra in prima serata, giusto in tempo per impedire a tutti di andare a cena. Lucien prese il biglietto e, insieme a Cedric, tornò nel suo studio per leggerlo in privato. Horatia e sua sorella si attardarono nel corridoio, pensando che si trattasse di notizie dagli amici di Londra.

Premuta contro la porta di legno per origliare, Horatia trasalì quando sentì Cedric imprecare. Si avvertì un tonfo pesante, come se qualcosa avesse colpito il muro. Lucien mormorò qualcosa che Horatia non riuscì a sentire, poi ci fu un ringhio del fratello prima che dei passi si avvicinassero alla porta. Sia Audrey sia Horatia indietreggiarono, sperando di nascondere i loro deboli tentativi di origliare.

Quando la porta si aprì, lo stomaco di Horatia si strinse vedendo il volto del fratello avvolto da una maschera di dolore e rabbia controllata a stento.

«Cosa c'è?» chiese Audrey, facendo vagare il suo sguardo tra Cedric e Lucien.

«Charles ha mandato delle brutte notizie» rispose Lucien con cautela. Si guardò intorno, assicurandosi che fossero solo loro quattro. Horatia sapeva che doveva trattarsi di una questione privata del Circolo, se non voleva che i suoi fratelli o chiunque altro ascoltasse.

«Che cosa è successo?» La gola le si strinse.

«Ashton è stato ferito quando lui e Godric stavano indagando sulle minacce che abbiamo sentito» disse Lucien. «Qualcuno gli ha sparato, ma si riprenderà.»

Horatia lo osservò attentamente. «Non è tutto, vero? Non ci stai dicendo tutto.» Aveva avuto troppa paura di chiedere a suo fratello o a Lucien, ma aveva intuito che la situazione era più complessa di quanto entrambi avessero lasciato intendere. Erano tutti in pericolo più di quanto avesse creduto all'inizio?

«Mi dispiace. Qualcuno ha ucciso Muff.» Il tono basso e tagliente di Cedric fece trasalire Horatia.

Audrey urlò: «No!»

«Waverly è riuscito in qualche modo a penetrare in casa nostra.» I pugni di Cedric si strinsero mentre parlava. «Qualcuno ha ucciso Muff. L'hanno annegato e lasciato in una vasca a casa di Charles.»

«Ma perché?» Audrey piagnucolò.

«Perché poteva. Voleva che sapessimo che le nostre case non sono sicure. E ci è riuscito. Nessuno tornerà indietro finché la questione non sarà risolta.» Il tono di Cedric era cupo come Horatia non aveva mai sentito prima.

«Come fate a sapere che è stato Waverly?» chiese Horatia. La voce le si incrinò, ma riuscì a pronunciare le parole.

Né il fratello né Lucien risposero per alcuni lunghi istanti.

«Non abbiamo prove» rispose Lucien. «È più che altro una sensazione.»

Cedric aggiunse i suoi pensieri oscuri. «Una volta ha cercato di annegare Charles. Ora ha annegato un gatto. È abbastanza ovvio che sia stato lui.»

Negli occhi di suo fratello, c'era una vendetta che la spaventava. Era sepolto da una rabbia che lei capiva fin troppo bene. Riusciva a malapena a pensare, la rabbia e il dolore si agitavano con violenza dentro di lei.

Audrey si gettò sul petto di Cedric e pianse. Cedric la strinse nel suo abbraccio.

«Portala in camera sua, Cedric» disse Lucien. «Farò preparare la cena.»

Cedric annuì in segno di silenzioso ringraziamento, prima di accompagnare Audrey, ancora singhiozzante, nella sua stanza.

«Horatia?» Lucien era al suo fianco ora, la stanchezza gli scolpiva le rughe sul viso. Le era sempre sembrato fiducioso e sicuro di sé, ma ora il suo sguardo era del tutto nuovo per lei. Sembrava vulnerabile.

«Sì?»

«C'è qualcosa che posso fare per te? So che eri affezionata a Muff e che questa notizia deve essere un terribile shock per te.»

«No... grazie. Vorrei solo stare da sola, adesso.» Il tono della sua voce era tristemente freddo, non aveva la forza di fingere di stare bene.

Lucien sembrò ferito, come se quel tono fosse stato rivolto a lui.

«Naturalmente. Ti lascio sola. Chiamami se ha bisogno di qualcosa.» Lucien la lasciò sola nel corridoio in penombra. La campanella della sera suonò, ma sembrava molto lontana.

Il calore la circondava, un calore soffocante che le strozzava la gola e le rendeva difficile pensare. Sudò e inciampò verso la porta che conduceva ai giardini. Aveva bisogno di aria fresca. Non poteva respirare. Desiderava il torpore. L'aria fredda dell'inverno era l'unico modo per ottenerlo. Senza cappotto né guanti, si fece strada tra la neve che le arrivava a metà polpaccio. Pochi minuti all'aperto e riuscì a metabolizzare la terribile notizia. Qualcuno si era introdotto in casa loro. Un luogo sicuro. E se fossero state Audrey o lei e non il povero Muff? Muff... il suo affascinante compagno. Sparito.

Cercò di non pensare ma fu attraversata dai ricordi: le guance rosso ciliegia di Audrey, mentre teneva in braccio la coppia di piccoli gattini per Natale. Muff che si addormentava in grembo ad Audrey ascoltando Cedric cantare le canzoni di Natale. Il batuffolo di pelo bianco e nero che lottava per salire le scale dietro Cedric, con le zampette che battevano sui suoi stivali per attirare l'attenzione. Lei che gli raccontava tutte le storie delle costellazioni e, da bravo incantatore qual era, Muff strofinava la guancia baffuta e pelosa contro il mento di lei, facendole le fusa.

Horatia inciampò nella neve e cadde in ginocchio. Il dolore le salì al cuore. I suoi genitori li avevano regalati a lei e ad Audrey il Natale prima di morire.

Muff era più di un gatto. Era stato una parte di lei e uno degli ultimi legami con i suoi genitori. E ora un'altra parte di loro era stata portata via, violentemente. Audrey o Cedric sarebbero stati i prossimi? O lei stessa? Chi dei suoi cari sarebbe stato il bersaglio dell'odio di un uomo?

Horatia si sdraiò sulla neve, troppo stanca per preoccuparsi del freddo.

*Tutto ciò che voglio è la pace, ti prego, fammi avere la pace.* Le ciglia scure le sfiorarono le guance, chiudendo gli occhi.

Ma pensieri orribili la perseguitavano. Quanto era spaventato Muff quando il suo assassino lo aveva catturato? L'anziano gatto aveva lottato o era troppo debole per reagire? La sua morte era stata rapida? Non lo avrebbe mai saputo.

Un brivido violento la attraversò al pensiero. Chi poteva essere così crudele?

Un'esplosione di panico e paura la colpì al petto. Non era solo un modo per fare del male alla sua famiglia. Era un messaggio, come aveva detto suo fratello. Poteva arrivare a tutti loro. Lei e i suoi fratelli non erano al sicuro. Nessun posto era sicuro. Lui poteva sempre trovarli.

La visione dei suoi genitori morti in quella carrozza le balenò alla mente così come quella di un gatto annegato, con il pelo umido e il corpo rigido, si fuse con essa. Il collo del padre spezzato, le labbra rosa pallido della madre ricoperte di sangue. I loro corpi sembravano due marionette rotte abbandonate da un bambino.

Li aveva toccati, la guancia di sua madre, la mano di suo padre. Ma non c'erano più e lei non poteva riportarli indietro.

La sua stessa vita sarebbe stata presto persa? Forse era solo questione di giorni prima che delle mani uscissero dall'ombra e le spezzassero il collo, lasciando il suo corpo senza vita a Lucien o a Cedric.

Si sforzò di respirare ma i rantoli non servirono a nulla. C'erano solo terrore e dolore soffocanti.

«Horatia!» Un grido sommesso, lontano come le stelle stesse.

Qualcosa la tirò su. Lottò, urlò, morse ma era così debole e fredda che dopo un minuto dovette cedere. I rumori si intromisero nelle sue orecchie intorpidite: lo schianto del legno, lo scalpiccio degli stivali, lo sbuffo del respiro. Sentì una fredda morbidezza sotto di sé. Horatia si spostò in modo scomposto, costringendo gli occhi ad aprirsi.

Si trovava in una stanza buia, che non riconosceva. L'arredamento non corrispondeva affatto a quello di Rochester Hall. Un uomo era rannicchiato davanti al caminetto mentre aggiungeva qualche ceppo alla legna appena accesa, ravvivando il fuoco con un attizzatoio. Quando si voltò verso di lei, vide che si trattava di Lucien.

Senza dire una parola, il giovane si avvicinò al letto dove l'aveva posata e la fece sdraiare a pancia in giù. Infilò le dita sotto il collo della sottoveste e cominciò a strappare i bottoni dalle loro spalline. Le mani di Lucien erano calde, penetranti contro la sua carne fredda e Horatia trasalì.

«Fa male?»

Horatia scosse la testa, cercando di parlare. «Sei così caldo» riuscì infine a dire.

«Bene. Questa è l'idea.» Lucien raggiunse l'ultimo bottone dell'abito e lo scostò, liberandole le braccia fredde e flosce dalle maniche prima di toglierle completamente l'indumento. Lucien non si fermò lì. Le tolse la sottoveste, le calze e le scarpe.

Normalmente Horatia si sarebbe aggrappata a una coperta per nascondere parte della sua nudità, ma il dolore e la stanchezza che provava l'avevano resa insensibile a quelle preoccupazioni insignificanti. Sdraiata a pancia in giù, guardava dritto davanti a sé, ascoltando il rumore di Lucien che si spogliava dietro di lei.

Non c'era nulla di sensuale nei movimenti di lui. Anzi, per poco non inciampò nel togliersi le scarpe. Appena fu nudo, prese una coperta pesante di lana drappeggiata ai piedi del letto e se la avvolse intorno come un mantello. Solo allora riportò l'attenzione su Horatia, prendendola in braccio e portandola sul tappeto morbido vicino al fuoco.

Si sedette e sostenne il corpo di Horatia contro il suo, sistemando la coperta intorno ai loro corpi. Tra il fuoco davanti a lei e il fuoco della pelle di Lucien dietro di lei, il freddo nelle ossa si sciolse, seguito da un pungente pizzicore quando i suoi nervi si rianimarono. Si spostò contro Lucien e il respiro caldo di lui accelerò contro la sua guancia.

«Piano, amore» le sussurrò all'orecchio. «Non hai idea di quanto tempo sei stata là fuori, vero?» La tenerezza della sua voce, le parole dolci la fecero tremare per le emozioni trattenute. «Sfogati, tesoro, sfogati. Io sono qui.»

Fu quella promessa, non contaminata dal mondo esterno e dalle sue preoccupazioni, a paralizzare la barriera protettiva di

Horatia. Si ruppe, si rannicchiò in lui come se potesse creare un legame indissolubile tra i loro corpi e non volesse mai più stare senza di lui o senza il suo tocco confortante. Gli occhi di Horatia si riempirono di lacrime calde e pesanti e Lucien strofinò via ogni goccia di umidità con la punta delle dita.

«Fa male» rantolò Horatia mentre il peso di tutto scendeva su di lei. Come schegge di coltello conficcate nei polmoni, ogni respiro era affannoso e gelido.

«È una buona cosa, amore mio. Significa che il tuo cuore è ancora vivo. Lascia che si sfoghi tutto.» Lucien le sfiorò con le labbra la guancia macchiata di lacrime e assorbì il suo tremore con il corpo.

Nei due momenti della sua vita in cui aveva avuto più bisogno di qualcuno, quando era stata più debole, lui era stato lì. Spesso si era chiesta perché amasse Lucien e nessun altro, anche quando lui era stato determinato a essere freddo con lei. Quel momento, quell'abbraccio, era tutto ciò che contava. Un uomo che avrebbe fatto quello per lei era l'unico uomo che avrebbe mai potuto avere, che avrebbe mai voluto.

Quando i tremori si attenuarono, Horatia si girò tra le braccia di Lucien che la guardò con tenera preoccupazione.

«Fai l'amore con me» lo supplicò.

«No, tesoro, non così.» Le sfiorò la tempia con le labbra e le scostò i capelli dal viso. «Ne hai passate troppe. Non aggiungerò altro dolore.»

«Ti voglio, Lucien. Ogni secondo in cui non mi baci mi uccide dentro.» Horatia gli prese il viso tra le mani. Una barba dai riflessi ramati aveva iniziato a sfiorargli le guance e la sua ruvidità era un contrasto seducente con la pelle liscia del suo petto.

Lucien sorrise leggermente. «So di essere un ottimo baciatore, ma nessuno è mai morto per mancanza di questo, a quanto ricordo.»

Horatia, con il corpo pieno di desiderio e la disperazione

per una sorta di liberazione, si liberò dalle sue braccia e si alzò in piedi, completamente nuda davanti a lui. Gli girò intorno e si avvicinò al letto.

«Non riconosco questa stanza» gli disse dolcemente, accomodandosi sul letto.

Lucien seguì i suoi movimenti, concentrando lo sguardo sulle cime dei suoi seni, mentre il freddo dell'aria le stringeva i capezzoli.

«Ti ho trovata troppo lontano da casa. Ti ho portata nella casetta estiva del giardiniere» le spiegò Lucien, alzandosi in piedi, ancora avvolto nella coperta.

«La casetta del giardiniere?»

Negli occhi del giovane affiorava uno sguardo affamato mentre lei si avvicinava, ma sembrava comunque che volesse resisterle.

«Sì, d'inverno è sempre vuota.» La voce di Lucien era ancora più bassa, più roca di prima.

«Così siamo soli, senza paura di essere scoperti.» Horatia iniziò a sfiorare la coperta che avvolgeva il corpo di Lucien.

«Stai cercando di sedurmi?» Un sorriso malizioso comparve sul volto del giovane.

«Dipende. Funziona?» Horatia fece scorrere il piede contro il polpaccio di Lucien che si tese.

«Hai i piedi freddi, amore. Te li riscaldo?»

Per tutta risposta, Horatia tirò più forte la coperta. Lucien la lasciò cadere, mostrandole il suo corpo. Sembrava che tutta la sua vita avesse portato a quel momento. Corpi e anime finalmente messi a nudo l'uno con l'altra. Horatia lo fissò, esaminando il suo corpo finemente formato, finalmente in grado di vedere tutte le parti di lui che erano state nascoste.

La parte selvaggia di lei era insopportabilmente vicino a prendere il sopravvento. Tese una mano e Lucien la prese, baciandole l'interno del palmo prima che lei lo tirasse verso il bordo del letto. Horatia si spinse indietro mentre lui avanzava, i loro corpi mimavano un'antica danza di conquista e sottomissione mentre lui strisciava su di lei. Lucien abbassò la testa su quella di lei, le loro bocche si incontrarono in un bacio lento che incendiò ogni nervo del corpo di Horatia, le cui mani scivolarono fino a stringergli i bicipiti, mentre lui le lasciava la bocca per scorrere baci lungo la gola.

«Non sapevo che una clavicola potesse essere così desiderabile» mormorò Lucien, leccandole i solchi della parte superiore del petto.

Horatia rise finché la bocca del giovane si posò sulla punta di un seno. La assaporò, la succhiò, i denti la mordicchiarono prima di circondarla con la lingua, lasciandola contorcersi sotto di lui.

Horatia gemette mentre le labbra di lui danzavano sull'altro seno. Fece scorrere le dita tra i folti capelli rossi, tirandoli mentre lui si nutriva di lei.

«Non si dica mai che ti ho trascurata, tesoro» la stuzzicò prima di prenderle in bocca l'altro seno.

Le unghie di Horatia scavarono nelle braccia di lui, inarcò la schiena, desiderando di più. Alla pressione delle mani di lui sull'interno delle ginocchia, le cosce si staccarono. Un flash di déjà vu, un uomo mascherato, il diavolo del piacere, un angelo del peccato tra le sue gambe.

«Oh Dio, se fai di nuovo quella... quella cosa, ti ammazzo» ansimò lei, mentre la bocca di Lucien sconfinava lungo la vita e verso il triangolo scuro tra le gambe.

«Vuoi dire se faccio questo?» Lucien assalì i sensi della giovane con una leccata devastante, poi allacciò la bocca intorno a quello stesso fascio di nervi tesi. Horatia sussultò. Lucien la bloccò più a fondo nel letto, spingendola oltre il limite della follia.

«Dannazione...» Horatia dimenticò del tutto ciò che voleva dire mentre la lingua di lui tracciava motivi erotici, facendola precipitare oltre il limite, in una caduta che la giovane pensava non sarebbe mai finita.

Con il tempo si accorse che Lucien si muoveva più in alto e che le loro bocche erano di nuovo unite. Poteva sentire il suo sapore su di lui, il pensiero era peccaminosamente erotico. Gemette quando si abbassò su di lei. La pressione del corpo era ben accetta; la immobilizzò sul letto quando si sentì abbastanza leggera da lasciarsi trasportare dalla brezza invernale. Avvertì il membro duro contro il suo interno coscia e lui dondolò in avanti, facendo scivolare la punta su di lei con un ritmo che l'istinto del suo corpo conosceva meglio di quanto si aspettasse.

«Sì, Lucien, sì.»

«Non voglio farti del male, mai più... e questo potrebbe farlo.»

«Se non provo dolore, non saprò di essere viva» gli ricordò. Era disperata e aveva bisogno di sentirlo. Horatia fece scivolare le mani lungo le creste dell'addome di Lucien fino ad avvolgere possessivamente il membro con la sua mano. Lucien gemette contro le sue labbra con un piacere ferino.

«Tu giochi con il fuoco, tesoro, e io non voglio bruciarti.» Cercò di tirarsi indietro ma Horatia fece scivolare una mano fino alla base e di nuovo fino alla punta.

«Bruciami. Consumami, Lucien. È l'unica cosa che abbia mai desiderato.» Lo baciò così profondamente che quell'assalto sembrò farlo impazzire. Le strappò la mano e le bloccò i polsi sopra la testa. In bilico sul suo ingresso, cominciò a farsi strada dentro di lei, dolcemente e lentamente, in modo diverso da come lei si aspettava.

Horatia sollevò i fianchi, forzandolo troppo in profondità e troppo presto, e lui mormorò un'imprecazione, cercando di sollevarsi. Chiuse le gambe intorno ai fianchi, tenendolo stretto. I fianchi di lui sobbalzarono in avanti con una spinta superficiale. L'improvvisa intrusione del membro dentro di lei bruciò e un pezzo di lei si perse per sempre nella scia della penetrazione. Ma era contenta. Era cambiata. Era sua.

Horatia ignorò le scuse del giovane, mentre la passione accendeva i suoi movimenti dentro di lei.

Lucien ora la teneva prigioniera sotto di sé, con un ritmo lento e costante di spinte che mettevano alla prova i suoi limiti. Le baciò le guance, il naso, le labbra e il mento, come se non riuscisse a trattenersi dal brandire la sua essenza su di lei in ogni modo possibile.

Il dolore si attenuò sulla scia di una tensione che cresceva costantemente. La sensazione che un tempo aveva scambiato per nausea era tornata, più forte di prima. Horatia ne godeva, capendo ora cosa significasse e le pulsazioni tra le gambe si attenuavano a ogni spinta di Lucien.

Anche se i suoi polsi erano bloccati, Horatia sollevò i fianchi, accogliendolo più a fondo. Lucien le lasciò i polsi per far scivolare le mani lungo i fianchi e sotto di lei, per prenderle il sedere e sollevarlo. L'angolazione cambiò radicalmente le cose e il membro di lui colpì un nuovo punto nel profondo di lei. Il grido che lasciò le sue labbra fu di sorpresa e Lucien si affrettò a ripetere la mossa ancora e ancora, le grida di lei erano un incoraggiamento primordiale a continuare. Il sudore bagnava i loro corpi mentre il ritmo di Lucien aumentava.

«Lucien, credo di...» Horatia fu messa a tacere con un bacio dominante e possessivo che si concluse con la più brillante esplosione di piacere della sua vita. Sentì un urlo e solo in seguito capì che era il suo. Lucien gridò il suo nome, scuotendosi contro di lei. Continuò a scuotersi e a dondolare, tremando sopra di lei. Horatia non avrebbe mai dimenticato lo sguardo di lui, così luminoso di passione, fuoco, tenerezza e confusione.

«Mio Dio, Horatia. Non ho mai... non sapevo che potesse essere così.» Sembrava spaventato, come un ragazzino che affronta la paura della prima volta. Horatia gli passò le dita tra i capelli e sollevò la testa per baciarlo.

«Non aver paura, Lucien. Ti terrò io.»

Era troppo presto per sperare che lui arrivasse ad amarla ma lei sapeva che a lui importava. Non si trattava di una relazione occasionale. Si trattava di fare l'amore, di creare un legame. Lucien si sistemò tra le sue braccia, i loro corpi ancora uniti mentre le mani di lei lo sfioravano. Seppellì il viso tra i capelli di lei. Una brezza fresca solleticò i loro corpi e Lucien si allontanò.

«Ti prego, non andartene» lo implorò in un sussurro stentato.

«Mai, cuore mio. Mai.» Lucien tirò indietro le coperte del letto per poter scivolare all'interno. Gli unici suoni erano i loro respiri e lo schiocco e lo scoppiettio del fuoco nel focolare.

Tutto è cambiato. Ma cosa avrebbe fatto Lucien adesso? Non volendo soffermarsi sulle possibilità, si rannicchiò tra le braccia di Horatia e si addormentò.

$\maltese$ *25* $\maltese$

Ashton sedeva nel suo studio in Half Moon Street. Lettere di natura finanziaria erano sparse sulla sua scrivania in legno di quercia. I numeri sulle lettere si confondevano mentre il dolore gli saliva lungo il braccio sinistro, che ancora pendeva legato attorno al collo.

Che dannata seccatura era stata la fucilazione. Aveva perso così tanta forza che il suo cameriere doveva fare molte cose di routine per lui ed il suo valletto, un tempo una piccola seccatura, era diventato indispensabile. Non riusciva a indossare la camicia, né tantomeno ad allacciarsi il collo o ad abbottonarsi i pantaloni senza assistenza.

Era molto umiliante. Tutti lo trattavano come un bambino e lui era stanco di questo. E si era infortunato solo da pochi giorni. Il medico gli aveva dato istruzioni di riposare per le prossime *cinque settimane*. L'idea era intollerabile. Lui, tra tutti, non poteva permettersi di riposare. C'erano tante cose da fare, a parte i suoi affari: rintracciare Waverly e porre fine a quella battaglia prima che potesse trasformarsi in una guerra vera e propria.

Sospirando, Ashton prese la lettera più vicina, ma il movimento gli provocò una fitta di dolore alla spalla malata. Bloccò la lettera sulla scrivania con la mano nella fascia, ignorando il dolore che gli provocava, e usò l'altra mano per rompere il sigillo. Imprecò sottovoce finché il sigillo non cedette.

La lettera era del suo banchiere presso la *Drummond's Bank*, il signor Jared Simms che gli aveva fornito un resoconto dettagliato dei suoi fondi, investiti attualmente in titoli. Si trattava di un investimento solido. Le rendite consolidate erano titoli di Stato che pagavano dividendi del 3% due volte l'anno.

Ashton ci aveva investito cinquantamila sterline e il ritorno era stato un'enorme fortuna che aveva speso con saggezza e cautela. A differenza dei suoi amici, non era nato con i soldi. Per tutta la vita aveva accumulato una grande fortuna e, quando il suo peso politico non aveva avuto la meglio, lo aveva fatto il suo conto in banca. Anche se non ostentava la sua ricchezza, non esitava a usarla quando poteva ottenere un chiaro vantaggio.

Al momento era coinvolto in una guerra di offerte per una società chiamata *Southern Star Shipping*. Ashton possedeva una propria compagnia di navigazione, la *Lennox Lines*, ma l'acquisizione della *Southern Star* avrebbe introdotto le sue navi nei mercati commerciali dei Caraibi e nelle rotte più vicine all'Africa, un'area in cui non era ancora riuscito a penetrare.

Tuttavia, quello non era il suo unico interesse per la linea.

Per mesi aveva sentito dire che Waverly era coinvolto in spedizioni discutibili, portando in Inghilterra chissà cosa. Ashton sospettava che potessero essere coinvolti degli schiavi, ma poteva trattarsi di molte cose. Se fosse riuscito a ottenere il controllo della linea, avrebbe potuto ripulire le navi, mettere a bordo nuovi capitani ed equipaggi di cui si fidava e iniziare a eliminare le fonti di reddito illecite di Waverly, pezzo per pezzo. Era l'unica cosa che sapeva di poter fare meglio di Waverly e se era la sua arma migliore, doveva usarla. Un uomo non poteva ingaggiare dei killer per eliminare il Circolo, se non possedeva denaro.

Avrebbe già posseduto la *Southern Star*, ma una compagnia di navigazione rivale aveva rilaciato le sue offerte. Il risultato fu che il suo avvocato, il signor Danforth, contattò il proprietario della *Melbourne, Shelley and Company* per incontrarsi con Ashton in meno di un'ora per discutere la questione e trovare un accordo.

Un colpo alla porta dello studio gli fece alzare lo sguardo. Entrò Wimbley, il suo maggiordomo, un uomo di mezza età.

«Cosa c'è?» chiese Ash, tornando a guardare il rapporto sugli investimenti.

«C'è una visita per voi, mio signore. Una signora» spiegò Wimbley.

«Se è Sua Grazia, dille che sarò da lei a breve.» Non aveva idea di cosa Emily stesse facendo lì, se non rimproverarlo di nuovo per essersi messo in pericolo.

«Non è Sua Grazia, mio signore. Dice di chiamarsi Lady Melbourne e che la state aspettando.»

«Lady Melbourne?» La moglie di Melbourne era venuta? Aveva chiesto di vedere il marito. «Accompagnatela nel Salone delle Rose e fate portare il tè. Ditele che sarò subito da lei.» Tuttavia, pensò di poter sfruttare la cosa a suo vantaggio.

«Sì, mio signore.» Wimbley scomparve.

Ashton sistemò frettolosamente la scrivania prima di controllare il suo aspetto in uno specchio vicino. La cravatta era dritta e i pantaloni non erano stropicciati. Il suo gilet di seta blu navy era pulito e la camicia stirata. Aveva un aspetto abbastanza decente per una compagnia.

Forse i suoi capelli erano un po' troppo lunghi per gli stili convenzionali preferiti dalla società, ma negli ultimi tempi era stato troppo occupato per tagliarli. I suoi occhi, che ultimamente erano diventati vitrei per la stanchezza e il dolore, erano di nuovo lucidi per l'irritazione che provava nel dover avere a che fare con quel pivello.

Ashton aveva l'aspetto di una canaglia elegante, a parte la fascia al collo di stoffa bianca che gli sosteneva il braccio sinistro. Mostrare debolezza in qualsiasi modo non era ciò che desiderava in un ambiente di lavoro, ma il braccio non poteva essere evitato.

Lasciò lo studio e salì le scale fino al Salotto delle Rose. Forse era un po' improprio avere un salotto sullo stesso piano della sua camera da letto, ma usava il Salotto delle Rose solo per due cose: i pasti intimi con la sua amante, quando ne aveva una, e quando non ne aveva, era un luogo di seduzione.

Trovò che le tonalità scure della stanza sembravano cullare le signore in uno stato d'animo ricettivo. Le tende di garza rosata, che avvolgevano le finestre, gettavano la stanza in un'invitante penombra rosata anche al mattino. Il fuoco era sempre acceso nel focolare per mantenere l'impressione di un appuntamento serale. Il Salotto delle Rose non aveva mai mancato di aiutarlo nelle sue conquiste.

Se doveva trattare con la moglie del suo concorrente, sembrava logico che un po' di seduzione potesse aiutare la sua causa. Ashton non era uno sciocco. A differenza di altri uomini, aveva imparato da tempo quanto potesse essere potente una donna nel mondo degli affari di un uomo e quanto gli uomini le sottovalutassero. Tuttavia, se avesse giocato a fare l'affascinante libertino, Lord Melbourne sarebbe stato solo una pedina nel gioco di Ashton e la *Southern Star Shipping* sarebbe stata sua.

Ashton aprì la porta, aspettandosi di trovare una matrona dai capelli grigi. Ciò che vide, invece, lo bloccò. Una donna, che doveva avere circa vent'anni, era seduta sul bordo del divano di velluto rosso vicino al camino. I capelli nero corvino e gli occhi grigi a mandorla erano incorniciati da ciglia scure e fuligginose. Lei lo fissava, apparentemente altrettanto confusa di lui. Era chiaro che nessuno dei due si aspettava che l'altro apparisse come era apparso.

«Voi siete Lady Melbourne?» chiese Ashton.

«Sì. Lord Lennox, presumo?»

Le labbra della donna erano rosa pallido e non erano piene come quelle della maggior parte delle donne, ma la loro forma era in qualche modo piuttosto erotica. Piuttosto che un bel broncio, aveva una bocca larga, come se fosse più incline a sorridere, nonostante il grigio freddo dei suoi occhi. Ashton raramente si soffermava a pensare alle donne sposate, ma in quel caso poteva fare un'eccezione.

«Sono Lord Lennox.»

«Bene. Abbiamo molto da discutere, mio signore.» Il suo discorso aveva un accento morbido, una flessione scozzese. Non pesante ma raffinata, come se cercasse di nasconderla. Era una debolezza rivelatrice e lui agì d'istinto.

«Da quale parte della Scozia venite, Lady Melbourne?» Ashton si divertì a guardare gli occhi di lei che si allargavano. Era chiaro che la donna preferiva nascondere le sue origini, cosa che lui capiva fin troppo bene.

«Sono nata a Falkirk, mio signore.»

«Falkirk? *An Eaglais Bhreac*» disse Ash con un sorriso compiaciuto.

«Parlate gaelico?» La giovane sembrò doppiamente sorpresa.

«Solo alcune frasi e i nomi di alcune città e villaggi. Avevo uno zio che aveva sposato una donna di Edinburough.»

«Oh?» Lady Melbourne rispose con curiosità. Ashton proseguì con il suo vantaggio, ora che la donna era sbilanciata.

«Cosa vi porta qui, Lady Melbourne? Non che non trovi

affascinante la vostra presenza in casa mia, ma mi aspettavo di incontrare Lord Melbourne.»

«Lord Melbourne?» Le sue sopracciglia nere si sollevarono per la sorpresa.

«Sì. Ho chiesto al mio legale di contattare il proprietario della *Melbourne, Shelley and Company*. Vostro marito, presumo, o forse vostro padre? È lui che devo incontrare. Immagino sia imparentato con William Lamb.» Non più sorpresa, i suoi occhi sembravano brillare di gioia. Evidentemente gli era sfuggita qualche informazione fondamentale.

«Temo di *essere* io la proprietaria della *Melbourne, Shelley and Company*. Mio marito, parente alla lontana di William Lamb, è morto l'anno scorso. La sua azienda è sotto il mio controllo da quasi un anno.»

Ashton rimase a bocca aperta. Una donna che gestisce un'azienda? Non era una cosa inaudita... ma comunque...

«Siete in grado di gestire gli affari con l'altro sesso, presumo?»

Non gli piaceva che lei avesse già avuto la meglio su di lui. E il modo in cui si vestiva lo stava distraendo. Suo marito era morto da meno di un anno, eppure lei non indossava l'abito di crêpe nero e il velo che ci si aspettava. Al contrario, indossava un abito scollato color rubino che sembrava rendere la sua pelle pallida quasi luminescente alla luce del fuoco. Sembrava più una seduttrice che una vedova in lutto. Sapeva che il suo aspetto era un vantaggio e non aveva paura di usarlo. Una donna pericolosa. Doveva ricordarsene.

«E Shelley? Si trova a Londra? Forse dovrei incontrare lui al vostro posto.»

Un sottile sorriso di vittoria le stuzzicò la bocca. «Sarebbe una perdita di tempo, mio signore. Ho rilevato le azioni di Shelley mesi fa e ora sono l'unica proprietaria della società fondata da mio marito. Cambieremo il nome prima del prossimo trimestre. Quindi è a me che dovete rivolgervi.» La donna sottolineò quell'affermazione con non poco orgoglio.

Ashton sbottò. Non era uno di quegli uomini che credevano di scoraggiare le donne dall'arena degli affari, ma con Lady Melbourne voleva fare un'eccezione. Con lei nella stessa stanza, non riusciva a concentrarsi, non quando la sua mente e il suo corpo cospiravano contro di lui in quel modo.

«Ho notato che siete ferito, mio signore. Vi prego di sedervi. Come vi siete procurato una tale ferita?»

Lady Melbourne aveva il coraggio di offrirgli un posto nel suo stesso maledetto salotto? Oh, si sarebbe seduto di sicuro e avrebbe tirato il corpo di lei sotto il suo... Ashton rinchiuse i pensieri al sicuro in un angolino della sua mente, poi cercò di riacquistare la sua naturale civiltà.

«Grazie.» Si sedette su una sedia di fronte al divano. «Per rispondere alla vostra domanda, mi hanno sparato di recente.» Attese che lei mostrasse disgusto o una qualche forma di avversione femminile alla menzione dello spargimento di sangue ma non fece nulla del genere. La piccola sorpresa si trasformò in aperta curiosità. *Deve essere il suo dannato sangue scozzese.*

«Stavate duellando, mio signore?» chiese lei, senza mezzi termini.

«Il duello è fuori legge. Non fate supposizioni così affrettate su di me, Lady Melbourne. Posso garantirvi che vi sbagliereste su tutta la linea.» Il tono di Ash era così rude che quasi non si riconosceva. Era il tono della sua giovinezza, prima che imparasse ad affinare il suo temperamento.

Lady Melbourne aveva risvegliato in lui un inferno molto pericoloso. La donna alzò il mento con aria di sfida ma il movimento non fece altro che avvicinare le sue labbra tentatrici a quelle di lui. Ashton si costrinse ad allontanarsi da lei mentre parlava di nuovo.

«Le mie scuse, Lady Melbourne. Il braccio mi fa male e

questo ha rovinato la mia capacità di fare l'ospite educato.»
Era la verità, anche se solo in parte.

«Accetterò le vostre scuse, mio signore, se vorrete soddisfare la mia curiosità di sapere come avete ricevuto la vostra
ferita» disse lei. L'impertinenza della donna lo fece infuriare e
al tempo stesso lo stupì.

«L'affare che ha portato al mio infortunio era di natura
personale e non lo divulgherò solo per lusingare la vostra
curiosità. Ora, parliamo di affari, se volete.»

Sembrava che la giovane volesse dire altro, ma poi ci
ripensò. «Molto bene» sospirò. In quel momento entrò una
cameriera con un vassoio di tè e Lady Melbourne prese la
teiera dal vassoio e lanciò un'occhiata ad Ashton.

«Posso versare?» Di solito era compito della cameriera
quando un uomo non aveva una moglie o una padrona di casa
a cui affidare il compito, ma in quel caso la cameriera gli
lanciò un'occhiata e sgattaiolò fuori dalla stanza senza
degnarlo di uno sguardo.

«Sì, certo» mormorò Ashton in modo brusco, riprendendo
il suo posto mentre lei versava due tazze di tè.

«Quando il vostro legale ha contattato il mio ufficio sono
stata informata che la questione commerciale riguardava l'ac-
quisto della *Southern Star Shipping*.»

«Infatti.» Ashton non staccò gli occhi dalla donna mentre
beveva un sorso di tè e quasi lo sputava sul tavolo.

Quella donna maledetta non aveva aggiunto il latte,
lasciandolo bollente. Sembrava che lo osservasse in attesa di
qualche reazione, di qualche esclamazione di dolore, mentre
lui lottava per rimanere calmo e fingere di non aver appena
perso la sensibilità della lingua a causa del tè sabotato. Quella
donna era spietata.

«Quello che mi lascia perplessa è il motivo per cui bramate
le navi della *Southern Star*.» Ashton fece un altro passo,

cercando di recuperare il terreno perduto. «Per quanto ne so, i vostri affari non le richiedono.»

«Perché qualcuno vuole qualcosa? Io desidero la potenza delle navi. E, contrariamente alle vostre ricerche senza dubbio approfondite sui miei interessi, in realtà mi servono per accedere ai porti dei Caraibi.» Era una risposta commerciale, ma non la verità, e per qualche motivo la risposta di lei lo fece arrabbiare. Non poteva negoziare con una persona che aveva difese così solide intorno a sé. Se solo avesse potuto abbattere quei muri in qualche modo.

«Le propongo uno scambio. Se mi dite perché vi hanno sparato, smetterò di fare offerte per la *Southern Star*.»

Quello era inaspettato. Forse un altro stratagemma per tenerlo fuori dai guai? Ashton si strofinò la mascella con una mano, valutando la proposta. Di solito i suoi affari erano tenuti riservati, soprattutto quelli che riguardavano il Circolo, ma non vedeva nulla di male nel darle una risposta in qualche modo censurata. Tuttavia, non si fidava di lei. Neanche un po'.

«Mi cedereste la linea così facilmente?»

La donna scrollò le spalle. «Ci sono altre linee, naturalmente. Ho abbastanza capitale da poterne costruire una mia, se necessario. Comprare la *Southern Star* era semplicemente un modo più efficiente per raggiungere il mio obiettivo.»

La risposta di lei lo soddisfece abbastanza.

«Accetto le vostre condizioni.» Ash fece un respiro profondo. «Mi hanno sparato mentre indagavo in un locale malfamato per trovare le prove che qualcuno di mia conoscenza aveva ingaggiato un uomo per uccidere un mio caro amico. Quell'uomo ci ha trovati lì e ha aperto il fuoco prima di scappare.»

«Vi hanno sparato mentre cercavate di dimostrare che qualcuno voleva uccidere il vostro amico?» Lady Melbourne sembrò sorpresa.

«Sì.» Tuttavia, non le avrebbe detto altro.

La reazione della donna lo lasciò ulteriormente perplesso, come se le sue parole le avessero detto molto più di quanto avesse voluto, e le avessero detto tutto ciò che lei desiderava sapere di lui. «Molto bene. La *Southern Star* è vostra, Lord Lennox. Godetevi i profitti.»

«Lo farò, Lady Melbourne» le assicurò. Se tutti gli affari di quel tipo potevano essere condotti in modo così economico, in quel momento sarebbe stato già due volte più ricco.

La donna raccolse la reticella e Ashton la seguì giù per le scale fino alla porta. La aiutò a indossare il mantello prima che lei si voltasse per uscire.

«È stato interessante conoscervi, Lord Lennox.» La donna sorrise di nuovo mostrando un sorriso complice e lui si inchinò, baciandole la mano più a lungo del dovuto.

«Anche per me, Lady Melbourne. Credo che potremmo ancora incrociare le nostre strade.» I loro occhi si incontrarono per un istante.

Quando le aprì la porta, trovò Charles con la mano alzata come per bussare.

«Ciao Ash, ti sto... ehm... interrompendo?» Il suo sguardo si spostò tra Ashton e Lady Melbourne.

«No» Sia Ash sia la signora risposero all'unisono.

«Bene, Ash, ho bisogno di parlarti subito.» Lo sguardo di pietra di Charles era palese. Si era sviluppato qualcosa di nuovo.

«È stato... interessante conoscervi» disse Lady Melbourne e poi scese in fretta i gradini. Ash la guardò allontanarsi solo per un attimo prima che Charles lo trascinasse dentro casa, afferrando il braccio sano.

«Cosa c'è?» gli chiese Ashton.

Charles lanciò un'occhiata alla casa, come se cercasse spie in ogni angolo. La preoccupazione di Ashton si aggravò come una voragine nello stomaco.

«Stavo esaminando la mia corrispondenza con la madre di

Lucien. Era da un po' di tempo che si accumulava. Sai che mi scrive di Lysa.»

«Sì.» Charles faceva pochi tentativi di rispondere alla madre di Lucien, poiché le lettere includevano il più delle volte offerte di matrimonio alla sorella di Lucien, che non sarebbero mai andate bene a nessuno per una serie di motivi.

«Beh, ho notato uno strano schema nelle sue lettere. Ha avuto diversi camerieri negli ultimi mesi. Sei in tutto. Scrive di incidenti, di gambe rotte, di cadute da cavallo, di alcuni di loro che se ne sono andati senza alcun motivo. Non me ne sarei accorto, se non fosse che ho letto tutte le lettere in una sola volta e mi ha colpito.»

Ashton si accigliò. «Cosa ti ha colpito?»

«Lo schema, Ash. *Lo schema.*» Schiaffò una manciata di lettere sul petto di Ashton. «Ha detto che l'ultimo cameriere non ha avuto i problemi che hanno avuto gli altri e che la maledizione potrebbe essere finita, finalmente.»

«E non credi che si tratti di una serie di incidenti casuali» disse Ashton, capendo dove si andava a parare. «Pensi che abbia fatto fuori l'altro cameriere per ottenere una posizione sicura alla Hall?»

«Esattamente.» Charles si affacciò all'ingresso e i suoi occhi tornarono a frugare intorno a loro. «La domanda è: perché la casa di Lucien se l'obiettivo è Cedric? Forse l'obiettivo era Lucien fin dall'inizio? Dopo tutto, la carrozza ha tentato di investirlo. In ogni caso, dobbiamo avvertirli.»

«Hai assolutamente ragione» concordò Ashton. «Ma dobbiamo essere prudenti. Dopo il nostro messaggio sul gatto, se ci presentiamo senza motivo, l'uomo potrebbe agire in modo avventato. Dovremmo inviare una lettera a Lucien, ma indirizzarla a sua madre. Se l'uomo è sotto il controllo di Hugo, è probabile che gli venga ordinato di aprire qualsiasi lettera indirizzata a Lucien o a Cedric. È meglio farlo con attenzione.»

«Un buon piano» disse Charles.

Ashton trasalì quando il braccio gli fece male. «Scrivi tu la lettera, se non ti dispiace.»

Condusse Charles nel suo studio e pregò che la lettera non arrivasse troppo tardi.

Cedric si stiracchiò rigidamente sulla sedia accanto al letto di Audrey e si strofinò i muscoli tesi del collo con una mano stanca. Sua sorella era rannicchiata nel letto e dormiva profondamente. I lineamenti delicati e l'espressione turbata la facevano apparire come una regina delle fate i cui guai l'avevano seguita nel profondo del sacro regno dei sogni.

Stringerla aveva fatto riaffiorare in Cedric ricordi orribili di anni lontani. Non poteva proteggerla da quello, non poteva salvarla da tutti i dolori del mondo. Per molti versi, aveva fatto da padre e da madre a lei e a Horatia dopo la perdita dei loro genitori e forse il costo maggiore era stato che non c'era nessuno a sorreggerlo mentre piangeva in silenzio.

I ricordi dell'ultima sera lo colpirono di nuovo e Cedric chiuse gli occhi. Era affezionato a Muff. Il gatto era stato uno degli ultimi legami che lui e le sue sorelle avevano avuto con i loro genitori prima dell'incidente.

L'incidente. Quanti anni sarebbero passati prima che il bruciore della morte dei suoi genitori si attenuasse? Un uomo non poteva sopportare più di tanto prima che questo lo spezzasse definitivamente.

Audrey si mosse inquieta e si svegliò trovando Cedric che la fissava, con la mente ancora lontana.

«Cedric?» La voce della giovane era un po' roca. La sera precedente aveva pianto fino ad addormentarsi dopo che lui l'aveva fatta cenare ed era crollata per la stanchezza. Un debole sorriso rivelò che stava facendo del suo meglio per accettare gli eventi. Aveva preso male la morte, ma aveva già cominciato ad andare avanti. *Brava ragazza*, pensò Cedric in silenzio.

«Cosa c'è, tesoro» Si sedette più dritto sulla sedia. Audrey gli sorrise, ma era triste e malinconica.

«Mi dispiace di averti creato tanti problemi ultimamente.» Audrey spinse indietro le coperte e si alzò a sedere per guardarlo in faccia.

«Sei una donna, Audrey. Creare problemi è la fortuna del tuo genere, come convincere Charles a seguire il tuo piano e pensare che non mi avrebbe fatto arrabbiare. Non mi dispiace, tranne quando finisco per strangolare il mio migliore amico per questo. Dovremmo parlarne, sai.» Cedric si ritrovò a sorridere suo malgrado.

«Credo che dovremmo farlo» concordò Audrey.

«Perché non sei venuta da me? Avresti potuto dirmi che volevi sposarti. Non avevo idea che fossi in un tale stato di disperazione.»

«Per le donne è diverso, Cedric. Credo che, poiché la mamma non è qui, sia più difficile per te comprendere. Io voglio sposarmi. Voglio un marito e una vita oltre Curzon Street. Temo un futuro come quello di Horatia.»

Cedric scivolò sul bordo della sedia. «E quale futuro sarebbe?»

«Ha quasi ventuno anni eppure non si sposerà mai perché è...»Audrey portò una mano sulla bocca.

La repentinità di quella mossa preoccupò Cedric. «Perché è cosa?»

«Oh, non devo dirlo. Non vorrebbe che tradissi la sua fiducia.»

Cedric era in piedi e incombeva su di lei. «È meglio che tu mi dica tutto o nei prossimi mesi non sarò molto generoso con i tuoi acquisti.»

Audrey si schernì. «Tradire mia sorella per degli abiti nuovi? Non essere sciocco.»

«E se il mese prossimo ti raddoppiassi la paghetta?»

«Vuoi corrompermi? Mai!»

«E se ti spedissi in un luogo dove non ci sono uomini in età da matrimonio?»

Gli occhi di Audrey si restrinsero fino a diventare fessure, guardandolo male. «Fai un gioco crudele, Cedric. Te lo dirò, ma se Horatia scopre che l'hai saputo da me, troverò il prossimo uomo per strada, sia esso un lampionaio o uno spazzacamino, e scapperò in Scozia con lui.»

Cedric sorrise. «Non sposeresti mai uno spazzacamino. La fuliggine rovinerebbe i tuoi bei vestiti. Ora, a proposito di Horatia? Sai che voglio solo renderla felice. Dimmelo e farò in modo che rimanga tra noi.» Usò la sua migliore voce fraterna e ammiccante, ma la sorella sembrava impassibile.

«Cedric, non dovrei dirtelo. Ti arrabbieresti e non ne verrebbe fuori nulla di buono. Dimentica che ho detto qualcosa.» Audrey strinse le labbra come se fosse rassegnata a non parlare mai più.

«Mi sono mai arrabbiato con te o con Horatia? So di aver minacciato i vostri pretendenti, ma ho mai mostrato un certo temperamento con te o con tua sorella?»

La giovane aggrottò le sopracciglia, come se stesse discutendo internamente la questione. Infine, con un pesante sospiro, cedette.

«Suppongo non più di quanto potrebbe fare qualsiasi altro

fratello. Ma se te lo dico, non devi esagerare. Non si sposerà mai perché è ancora innamorata di Lucien. Non ha mai amato o voluto nessun altro.»

La gola di Cedric divenne fastidiosamente secca. «Lucien?»

Sapeva che da tempo Horatia aveva sviluppato un affetto infantile per Lucien, ma pensava che la cosa fosse finita da tempo. Ora tutto aveva senso. Horatia si arrabbiava ogni volta che Lucien veniva anche solo nominato, il suo strano comportamento nelle rare occasioni in cui erano stati costretti a stare nella stessa stanza.

«Sei sicura che lei lo ami ancora?»

«Sì e credo che Lucien stia iniziando a ricambiare i sentimenti di Horatia.»

Era peggio di quanto Cedric potesse immaginare. Lucien era come un fratello, ma se stava facendo pensieri di natura amorosa nei confronti di Horatia... Le regole del Circolo esistevano per un motivo. L'ultima cosa che lui o gli altri volevano era litigare per la sorella di qualcuno, o raccogliere i pezzi se il corteggiamento si fosse inasprito. Poteva pensare di lasciare che Audrey sposasse Jonathan, perché quell'uomo era giovane e non portava il peso dei peccati del resto del Circolo. Ma Horatia che sposava Lucien era fuori discussione.

Quell'uomo aveva un gusto per i piaceri peccaminosi e Cedric sarebbe morto prima di lasciare che Horatia giocasse un ruolo in quelle fantasie oscure. Poteva avere qualsiasi donna al mondo, ma non Horatia che meritava un gentiluomo che la amasse e la curasse per la donna riservata e profondamente fedele che era. Non aveva bisogno di essere bruciata sulla scia delle fugaci passioni di Lucien.

Cedric rabbrividì ricordando la discussione con Lucien nella sala da biliardo il giorno prima. Lucien aveva parlato dei suoi sentimenti mutati nei confronti di Horatia e, stupidamente, Cedric aveva pensato che il suo amico la considerasse di nuovo solo come una sorella.

«Che prove hai dei suoi sentimenti verso di lei?» le chiese Cedric.

«Non dovrei dirlo...»

«Audrey» ringhiò Cedric.

«Lucien le ha comprato un abito per Natale. È arrivato ieri da Londra.»

«Che tipo di abito?»

«Un bel vestito da sera per sostituire quello che si è rovinato. L'ho aiutato a ordinarlo, visto che ho il miglior senso della moda di Londra.»

«Naturalmente.» Il sarcasmo di Cedric non fu colto dalla sorella.

«Ma non devi arrabbiarti, Cedric. Non ne verrà fuori nulla, ma... non sarebbe meraviglioso se Lucien e Horatia si sposassero?» Audrey sorrise e strinse le mani.

Il solo pensiero di Lucien a letto con sua sorella fece scendere un velo di rosso sulla vista di Cedric.

«Meraviglioso? Dannazione, Audrey! Sei troppo dannatamente innocente. Lucien non è il tipo da sposare. Nessuno di noi lo è, ma *soprattutto* lui.» Sua sorella non capiva. Lucien avrebbe gettato via Horatia quando il fuoco della passione si fosse ridotto a brace. L'aveva già visto molte volte, anche se sempre con donne che trovavano accettabili tali condizioni. Horatia non era una donna del genere.

«È questo il modo di parlare del tuo amico?» Gli occhi di Audrey si allargarono come se fossero stati sorpresi da quella oscura previsione.

«È un amico, ma è anche un demonio. Lo conosco fin troppo bene e so che non la sposerà.»

«Ti sbagli. Godric ha sposato Emily ed è molto simile a tutti voi.»

«Emily era diversa... Era una compagna perfetta per Godric.»

«E chi dice che Horatia non sia l'abbinamento perfetto per Lucien?» gli chiese Audrey.

«Se lo è, non oso pensare a quello che dice di nostra sorella» mormorò Cedric.

«Pensi che questo significhi che è una donna peccaminosa e vogliosa, come Evangeline Mirabeau?» Audrey ridacchiò all'espressione inorridita di Cedric.

«Qualcosa del genere. Certamente altri penserebbero questo di lei.»

«Oh, sciocchezze, Cedric. Nessuno penserebbe questo di Horatia. È troppo sensibile per fare qualcosa di avventato o romantico. È Horatia» disse Audrey come se questo spiegasse tutto, come se non ci fosse motivo di preoccuparsi.

«Se Lucien è deciso ad averla, non le permetterà di essere ragionevole. È questo il senso della seduzione. Gli uomini usano la passione per privare le signore del buon senso. Proprio come avrebbe potuto fare Charles quando ha finto di comprometterti. Avrebbe potuto approfittarsi di te, tesoro.»

«Innanzitutto, fratello carissimo, sono stata *io* a baciarlo.» Quelle parole colsero Cedric impreparato. «E ho dovuto fare una gran fatica per ottenere anche solo questo. In secondo luogo, sapeva che ti saresti arrabbiato. Ho dovuto pregarlo di aiutarmi a qualunque costo. E in terzo luogo, il bacio con lui non mi ha fatto perdere la razionalità come il bacio con Jonathan.»

Cedric si bloccò nel suo incedere. «Jonathan? Vuoi dirmi che lo hai già baciato? C'è qualcuno a Mayfair che non hai baciato?» ringhiò. Le sue sorelle si stavano scatenando come delle prostitute di Whitechapel. Da quanto tempo lo facevano? Non sapevano che il suo compito era quello di proteggerle, anche se significava proteggerle da loro stesse?

Cedric si accasciò sulla sedia. «Santo cielo! Credo che potrei morire per lo shock delle vostre imprese molto prima di raggiungere la vecchiaia.»

Audrey lo guardò con diffidenza. «Sei molto arrabbiato con me?» La sua voce vacillò e Cedric trasalì.

«Non sono arrabbiato. Ma mi turba sapere che sei diventata così determinata sulla questione. Adesso voglio la verità. Sei sicura di voler sposare Jonathan?»

Audrey fece un rapido cenno eccitato.

«Ma almeno lo conosci? Audrey, l'hai incontrato solo questo settembre. Non voglio che tu sposi un uomo per motivi superficiali.»

«Come posso conoscere un uomo quando li sfidi tutti a duello?»

Cedric sbuffò. «Esageri.»

«Davvero?» Audrey sollevò leggermente un sopracciglio.

Cedric si contorse un po' per l'accusa. «Sì, è accaduto solo una volta. Gli altri sono fuggiti prima che potessi arrivare a tanto.»

«E ritieni che questo aiuti la tua argomentazione?»

«Mi piace Jonathan, davvero. È un bell'uomo, ma non è un motivo per sposarsi. Dovresti sposarti per amore.» Cedric non riusciva a credere a quello che stava dicendo. In qualche modo era riuscito a diventare suo padre. Le parole sembravano le sue.

Il defunto visconte Sheridan era stato un uomo nobile e si era comportato con i massimi livelli di correttezza e decoro. Ma sotto quell'aspetto aveva un cuore d'oro che lo rendeva saggio. Sembrava che un po' della saggezza di suo padre si fosse sviluppata in lui, anche se un po' in ritardo.

«Hai ragione, naturalmente. Ma so come mi sento con lui, Cedric. Mi sento come se la mia vita prima di lui fosse solo una boccata d'aria prima che inizi la vera vita.»

«Oddio, hai letto di nuovo quei terribili romanzi gotici.»

«Non l'ho fatto!»

Ma lo sguardo della sorella era così sconcertante per lui. Era come se vedesse qualcosa che lui non poteva vedere, un luogo che la riempiva di meraviglia e di sogni. «Voglio conoscerlo» continuò Audrey. «Voglio imparare tutto di lui. Ma non posso farlo se non me ne dai la possibilità. Lo prenderai in considerazione se riuscirò a convincerlo a corteggiarmi?»

«Se ha bisogno di essere convinto a corteggiarti, allora non ti merita. Ma gli parlerò e gli farò presente il tuo interesse. Se è d'accordo, faremo in modo che vi vediate di più. Forse, dopo tutto, potresti trovare marito.» Non si sarebbe fidato di nessuno degli altri amici con sua sorella. Ma Jonathan era nuovo nella loro cerchia e non sembrava essere così cavilloso con i suoi affetti come lo era stato suo fratello Godric alla sua età. C'era qualcosa di serio in quel giovane che Cedric trovava rassicurante, lontano dal valletto selvaggio che era stato un tempo. Era come se la nuova posizione di Jonathan nella vita lo avesse fatto maturare piuttosto che dargli delle arie.

«Oh, grazie, Cedric!» Audrey scivolò fuori dalle coperte e corse da lui, buttandogli le braccia al collo e abbracciandolo.

«Ti avverto che non tutte le persone di questo mondo hanno il tuo cuore dolce e amorevole. Se credi di poter sopportare i pettegolezzi, allora puoi procedere.»

Audrey sorrise in modo impudente. «Penso di poter gestire la società e i suoi pettegolezzi.»

Come sempre, Cedric non sapeva come dirle di no. Quel piccolo folletto fastidioso era il suo mondo, proprio come lo era Horatia.

«Non c'è di che, mia cara. Promettimi solo di non comportarti più in modo avventato. Devo occuparmi di questa faccenda con Horatia e posso sopravvivere solo a una catastrofe alla volta.»

Audrey soffocò una risatina, lasciandolo andare. «Prometto di comportarmi bene.»

«Perché non ti credo?» disse Cedric con un sospiro teatrale. «Perché non ti vesti ed io torno a portarti giù a fare colazione?» Cedric si congedò per dare ad Audrey tutto il tempo necessario per cambiarsi, mentre lui si recava nella propria camera per rinfrescarsi. Dopodiché doveva trovare Horatia e verificare quanto fosse profondo il suo affetto per Lucien, e se il problema fosse così grave come temeva.

Cedric aveva appena finito di lavarsi il viso quando sentì dei passi nel corridoio fuori dalla sua camera. Indossò frettolosamente gli stivali e andò ad aprire la porta. Horatia si stava dirigendo verso la sua stanza. Aveva un aspetto stanco e arruffato e indossava lo stesso abito della sera precedente. L'inquietudine lo divorava mentre percorreva il corridoio e la raggiunse mentre apriva la porta della stanza.

«Posso entrare, Horatia?» le chiese dolcemente. Lei annuì e lo lasciò entrare. «Non hai dormito qui?»

«No. Dopo aver saputo di Muff, ho perso la testa. Mi ha riportato alla mente troppi ricordi. Sono uscita nei giardini e mi sono persa. Sono caduta due volte, credo, e se Lucien non mi avesse trovata, avrei potuto morire congelata. Mi ha salvata, mi ha portata nella casetta del giardiniere, mi ha riscaldata accanto al fuoco, poi ha vegliato su di me mentre dormivo.»

«Mio Dio» riuscì a dire Cedric, combattuto tra quello che lei aveva passato e il fatto che Lucien fosse stato con lei tutta la notte.

«Speravo di sentirmi meglio o più sicura oggi...» Non dovette finire la frase perché lui capisse che non era così.

Il suo tono era intriso di dolore al cuore. Cedric aveva passato la notte scorsa a tenere in braccio una sorella che piangeva e non voleva ripetere l'esperienza. Ma era prima di tutto un fratello e poi una canaglia egoista.

«Vieni qua.» Aprì le braccia e Horatia seppellì il viso nel suo petto. Non pianse, le lacrime sembravano essersi prosciugate da tempo. Le passò delicatamente una mano sulla parte superiore della schiena per calmarla, accarezzandole i capelli.

«Non bisogna sempre essere così forti. Il dolore premia

solo chi lo accetta, non chi lo combatte.» Lucien glielo aveva insegnato molto tempo prima, quando Cedric era convinto che la sua vita sarebbe finita.

«Hai ragione. Ma allora chi sarà forte per te?» Horatia singhiozzò, ridendo, e si tirò indietro per guardarlo. «Sei proprio un bravo fratello, Cedric.» Si allontanò delicatamente dall'abbraccio e lui la lasciò andare.

Horatia si avvicinò alla toletta e rise del suo aspetto spettinato e selvaggio. «Cielo, ho un aspetto orribile.»

«Horatia, temo che dobbiamo parlare di qualcosa.»

«Oh, cielo. Non mi piace mai quando usi quel tono. Mi rende nervosa.» Cercò di stuzzicarlo, ma il suo cuore non ci stava.

«Hai detto che Lucien ti ha trovata, che è rimasto con te e ti ha vegliata ieri sera.»

«Sì» rispose cautamente.

«Con un altro uomo, potrei chiedere il matrimonio se ritenessi che si sia approfittato di te.»

«Ma non Lucien?» chiese lei, leggendo bene il tono del fratello.

«No. È per questo che sono qui. So che nutri ancora dei forti sentimenti per lui e mi sono chiesto se Lucien li abbia usati contro di te.»

«Cedric, cosa mi stai chiedendo esattamente?» gli chiese Horatia in preda a una frustrante stanchezza.

«Ti ha fatto del male? Devi dirmelo subito. Non posso permettergli di farlo.»

«No, non lo ha fatto.» Horatia esitò a rispondere, ma Cedric non riusciva a capire se lo stesse ingannando o meno.

«Non sarei arrabbiato con te se lo avesse fatto. I tuoi sentimenti per lui ti mettono in una posizione di svantaggio. Ti rendono vulnerabile e lui è abbastanza crudele da...»

«Lucien non è crudele» protestò Horatia. «È tuo amico!»

«E lo conosco molto meglio di te. Devo forse ricordarti

come ti ha trattata negli ultimi sette anni? Non ha fatto altro che disprezzarti in ogni occasione. Non capisco perché provi qualcosa per lui.»

«Cedric, se Lucien cambiasse, se ricambiasse i miei sentimenti, se si interessasse a me, ci permetteresti di sposarci?» Horatia non era mai stata titubante, non aveva mai esitato su nulla, eppure ora il suo stesso essere sembrava fragile e delicato.

«Non importa quali siano i suoi sentimenti o i suoi affetti. Non potrei mai permetterlo» rispose Cedric, senza mezzi termini.

«Ma perché? Non sarebbe più gradito avere un amico intimo come cognato?» Ancora una volta Horatia parlò con quella maledetta esitazione.

«Scegli qualsiasi uomo in tutta l'Inghilterra, ma non *lui*. Non permetterò che nessuna delle mie sorelle sia soggetta ai suoi desideri. Non sai nulla del suo passato amoroso, delle innumerevoli amanti, delle notti nei bordelli. Non come me. Anche se potessi ignorare tutto questo, non potrei dimenticare il modo in cui ti ha trattata in tutti questi anni, né smettere di temere che possa farlo di nuovo in seguito. Sono il capo della nostra famiglia. Se dico che non puoi sposarlo, accetta la mia decisione e vai avanti. Trova un uomo più degno di te.»

«Perché sei così veloce a condannarlo? Lucien ti ha sempre e solo sostenuto.» Le parole di Horatia pungevano e Cedric avrebbe voluto metterla a tacere. «Devo ricordarti che è stato lui a portarmi a casa quel giorno in cui mamma e papà sono morti? È stato lui a salvarmi, Cedric, e a consolarti! Per me questo significa qualcosa e se sei così cieco da non vedere il suo valore, allora per favore lascia subito la mia stanza. Non abbiamo più nulla da dirci.» Horatia si diresse verso la porta della camera e aspettò che Cedric se ne andasse.

Il giovane si fermò a metà del corridoio, studiandola.

Pensava di poter andare contro i suoi ordini? Di certo non sarebbe stata così sfacciata. Doveva essere chiaro: non poteva stare con Lucien. Questo era definitivo.

«Tu non lo conosci come me, Horatia. Fa alle sue donne cose che... beh, non vorrei che accadessero a te.»

L'improvviso arrossire di lei gli fece salire la rabbia come un'onda anomala.

«Che importanza ha per te? E se mi piace come mi sento quando sono con lui?»

Cedric le puntò un dito contro. «Non sai nulla del suo vero io. Come amico, posso tollerare il suo comportamento, perfino comprenderlo, e so che c'è chi sarebbe più consono ai suoi gusti. Ma tu, come moglie, non conosceresti la felicità con lui.»

Gli occhi di Horatia si scurirono di rabbia. «Non conoscerei la felicità? Cedric, io lo *amo*. Con ogni respiro del mio corpo, io appartengo a lui e lui a me. Non puoi cambiare questo. È fatta.»

Significava quello che pensava? Horatia e Lucien avevano...?

«Mio Dio» mormorò Cedric, respirò, facendo un passo indietro. «Sei stata con lui, vero?»

Horatia non batté ciglio. Non disse una parola. Fece solo un piccolo ma deciso cenno di assenso ed il cuore di Cedric affondò. Se solo lei avesse saputo com'era Lucien, come gli piaceva legare le sue donne al letto e dominarle e altro ancora. Horatia non era il tipo di donna che voleva questo nella sua vita. Ma ne era innamorata. Come poteva rompere l'incantesimo?

«Dicevo sul serio, Horatia. Non lo sposerai e se penserai di lasciarti trascinare a Gretna Green non sarai più la benvenuta nella mia casa o nelle mie proprietà. Sarai un'estranea per me. È chiaro?»

Era un bluff, non avrebbe mai potuto ripudiarla... ma non

poteva permettere che lei pensasse che le avrebbe permesso di sposare un uomo simile.

«Hai un cuore così freddo. No, mi rimangio quello che ho detto. Non hai affatto un cuore» sussurrò tristemente Horatia, con gli occhi che si appannavano di lacrime mentre chiudeva la porta.

«Perdonatemi, mio signore, avete bisogno di qualcosa?» gli chiese un cameriere uscendo da una camera vicina, portando della biancheria fresca.

«In realtà, sì.» Cedric fece una pausa, scrutando il cameriere. «Hai visto la signorina Sheridan uscire da sola con Lord Rochester in qualche momento da quando siamo arrivati?»

Il cameriere esitò, si leccò le labbra nervosamente. «Mi dispiace, signore, ma non sarebbe opportuno parlare di questi argomenti. Spero che comprendiate.»

«Sì. Grazie.» Il cameriere gli aveva fatto capire che Horatia e Lucien si incontravano di nascosto.

Non c'era nulla che potesse dire per far capire alla sorella perché non poteva stare con Lucien. Era intrappolato e gli rimanevano poche opzioni. Tutto ciò che Cedric aveva fatto era per proteggerla, anche se dai suoi stessi amici. Solo allora, quando vide un cameriere portare dei rami di agrifoglio, si ricordò che era la vigilia di Natale.

✕ 27 ✕

Quella mattina la sala da pranzo era scomodamente silenziosa. Horatia mangiava solo perché non sapeva cos'altro fare e spingeva il cibo da una parte all'altra del piatto. Lady Rochester cercò di coinvolgerla in una conversazione, ma il cuore di Horatia era troppo ferito per rispondere con entusiasmo alle domande cortesi della donna.

Lo sguardo di Horatia era diviso tra il fratello all'estremità del tavolo e Lucien che sedeva a due posti di distanza. Avrebbe dovuto essere una mattinata meravigliosa e gioiosa. Era una donna ormai, aveva varcato la soglia da fanciulla innocente a dea sensuale tra le braccia di Lucien la sera precedente, eppure si sentiva derubata della sua felicità. L'ordine di Cedric di scegliere le aveva lasciato una fossa inquietante nello stomaco.

Alzò gli occhi dal piatto per scoprire che Lucien osservava ogni sua mossa. Tutto il dolore per le parole del fratello sembrò svanire. Prese la sua decisione. Avrebbe dato tempo a Lucien, lasciandogli decidere come si sentiva. Se alla fine l'avesse voluta, sarebbe stata con lui. Amava Cedric e Audrey, ma un giorno Audrey si sarebbe sposata. Forse anche Cedric si sarebbe sposato. Se avesse scelto loro, sarebbe rimasta sola. E negare Lucien era come negare al suo corpo di respirare.

Lady Rochester ruppe finalmente quello scomodo silenzio. «Come tutti sapete, stasera è la vigilia di Natale. Per alleggerire il nostro spirito, credo che dovremmo scambiarci i regali questa sera dopo cena. Siete d'accordo?» Ci furono mormorii di assenso e sorrisi ristoratori. Horatia incrociò lo sguardo di Lucien, che le rivolse un sorriso che le scaldò il sangue. I camerieri vennero a ritirare i piatti e tutti si alzarono per proseguire la loro giornata.

Horatia si attardò nel corridoio a osservare divertita il turbinio di attività, finché un cameriere le si avvicinò.

«Mi perdoni, signorina Sheridan. Sua Signoria mi ha incaricato di consegnarle questo biglietto e di mostrarle un modo segreto per raggiungerlo quando sarà pronta.» Le fece scivolare in mano un foglietto con discrezione.

«Grazie, Gordon.» Horatia si rifugiò in un riparo vicino per leggere il biglietto in pace.

*Vieni nel nostro cottage, mia piccola cercatrice di stelle.*

Il corpo di Horatia cominciò a ronzare per la promessa di quella singola battuta.

Gordon si schiarì la gola. «Se necessario, ho ricevuto l'ordine di mostrarvi un passaggio che vi farà uscire all'esterno senza che il resto della casa se ne accorga.»

«Sì, lo apprezzerei molto.» Horatia recuperò il mantello e si diresse verso il passaggio che conduceva ai giardini. Si guardò alle spalle per assicurarsi di non essere seguita, poi si diresse rapidamente verso la lontana casetta del giardiniere. Il camino della casetta sbuffava già di fumo fresco, un rifugio invitante. Trovò la porta aperta e la vista dell'interno le fece battere il cuore. Dei petali cremisi disseminavano l'ingresso e il corridoio fino alla camera da letto. Il profumo delle orchidee e di altri fiori le riempì i sensi.

«Lucien?» chiamò nervosamente.

«In camera da letto, amore. Vieni da me.» La voce sensuale del giovane la spronò ad andare avanti. Quando entrò nella stanza, lo trovò ad attenderla su una sedia accanto al fuoco. I fiori che aveva sentito entrando coprivano ogni superficie. Horatia si sentì in colpa anche solo a calpestare i petali che circondavano il suo amante e il letto come un fossato cremisi.

«Come hai fatto a fare tutto questo?» gli chiese, ammirata. «Come hai fatto a trovare il tempo?»

«Dopo averti accompagnata nella sala, ho convinto alcuni camerieri ad aiutarmi a saccheggiare la serra di mia madre per trovare i fiori migliori e li ho fatti portare qui. Avresti meritato che fosse calda, soleggiata e piena di fiori, ma temo che questo sia il massimo che posso fare nel bel mezzo dell'inverno inglese.» Lucien si alzò, ma lei percepì del nervosismo in lui, come se temesse che lei non avrebbe apprezzato i suoi sforzi.

«Oh Lucien, è così bello!» Horatia gli rivolse un sorriso luminoso e sincero, lasciando cadere il mantello sul pavimento e facendo ondeggiare i petali verso l'esterno. Si avvicinò a lui in punta di piedi, appoggiò delicatamente una mano sul suo petto e lo spinse di nuovo sulla sedia. Il respiro del giovane accelerò quando lei scivolò sulle sue ginocchia e gli avvolse le braccia intorno al collo. Lucien attese che lei si chinasse su di lui, ricompensandolo con un bacio. Ringhiò di piacere quando le labbra di lei incontrarono le sue, ma terminò il bacio troppo in fretta.

«Ho un regalo per te.» Fece un gesto verso il letto. Solo allora Horatia scorse la grande scatola posta al centro.

«Ma stasera dobbiamo aprire i nostri regali» gli ricordò in quello che sperava fosse un tono di ammonimento. Lui si limitò ad abbassare la testa e a mordicchiarle la gola finché lei non fu pronta ad acconsentire a qualsiasi richiesta.

«È un regalo che non posso darti davanti agli altri. Vai, amore mio. Aprilo ora.»

La mise delicatamente in piedi e la spinse verso il letto. Horatia sollevò il coperchio della scatola color crema e scostò la carta sottile, rivelando l'abito più bello che avesse mai visto. Fu allora che si ricordò di ciò che lui le aveva detto: che le aveva comprato un abito per sostituire quello che era stato rovinato.

L'idea dell'abito, che un tempo aveva creduto che Lucien avesse comprato per reagire all'attacco di Waverly, ora aveva un significato molto diverso. Tirò fuori l'abito e lo alzò per vederlo in tutto il suo splendore. Una melodia di seta rossa e verde con pizzi belgi e ricami delicati si dispiegava davanti a lei. Un rametto di vischio finto decorava la scollatura in modo quasi scandaloso. Lucien aveva sicuramente messo lo zampino nella creazione di quell'abito, ne era certa.

«Allora?» le chiese Lucien, in piedi dietro di lei. Il calore emanava da lui in ondate inebrianti. Horatia chiuse per un istante gli occhi, assaporando quel momento di paradiso privato.

«È troppo costoso. Non avresti dovuto spendere così tanto per me.» Nonostante il rimprovero, si strinse l'abito al petto e si girò verso di lui, facendo capire che non avrebbe restituito volentieri il regalo.

Le labbra di Lucien scivolarono in un sorriso storto. «Se lo ritieni troppo prezioso... posso sempre permetterti di ripagarmi con dei favori.»

«Hmm... e quali sarebbero questi favori, esattamente?» Horatia voleva sembrare una donna fredda e sicura di sé che contrattava il suo fascino, ma non riusciva a nascondere il suo desiderio.

«Per un abito, ti farò pagare questa mattina e questo pomeriggio tra le lenzuola. Esigo membra aggrovigliate, gemiti di piacere e abbandono selvaggio.» Le strappò il vestito dalle mani, lo piegò e lo rimise nella scatola con una tenerezza che fece tremare di piacere il corpo di Horatia, poi lo posò sul pavimento, fuori dai piedi.

«Vuoi essere pagato adesso?» Horatia fece una mezza smorfia, finché non vide lo sguardo predatorio di lui. La brama selvaggia nei suoi occhi le tolse il fiato.

«Arrenditi a me ora, Horatia. Lascia che ti abbia in mille modi, mille volte.» Era quanto di più vicino alla supplica Lucien avesse mai fatto e la eccitò come non si aspettava.

Desiderava il potere di farlo implorare, non per il dolore, ma per il desiderio e la necessità di controllare quella passione, lasciandola scivolare solo quando lo sceglieva lei. Era così che l'aveva fatta sentire quella notte al *Midnight Garden* e voleva sperimentarlo lei stessa, prima di cedere di nuovo a lui. Quando lui la guardava in quel modo era come se fosse l'ultima donna che avrebbe mai baciato, l'unica che avrebbe mai acceso il fuoco nei suoi occhi e forse un giorno il suo cuore...

«Se mi vuoi, sei tu che ti arrendi a me, credo. Io avrò il controllo.» Improvvisamente lei tese una mano, richiedendo le stringhe di seta rossa, sapendo che lui le teneva con sé. Con uno sguardo di sorpresa, le consegnò i nastri. La giovane indicò la camicia e il gilet.

«Toglili» ordinò.

Lucien lo fece, ma Horatia alzò una mano. «Non troppo in fretta, ora.» L'espressione di Lucien era cupa e illeggibile, mentre lei rallentava i suoi movimenti. «I tuoi stivali.» Anche in questo caso Lucien obbedì senza dire una parola, facendo attenzione a prendere tempo. Dopo essere rimasto solo con i pantaloni, che gli fasciavano le cosce muscolose come amanti, Horatia gli indicò il letto.

«Sdraiati sulla schiena. Allarga le braccia.»

Lucien fece come lei gli aveva ordinato e Horatia si morse il labbro guardando i muscoli della sua schiena incresparsi come il manto lucido di una pantera. Si sdraiò e aspettò che lei si avvicinasse a lui. Con mani sorprendentemente ferme, gli prese un polso e lo fissò a una delle colonne del letto. Gli passò alcuni polpastrelli lungo il bicipite e i suoi muscoli si contorsero sotto di lei mentre si spostava per fissare l'altro polso. Gli lasciò le gambe libere, in modo che potesse avere un po' di mobilità, ma senza la possibilità di capovolgersi. Lucien provò i lacci, con gli occhi ancora imperscrutabili.

Quando Horatia fu certa che lui non poteva liberarsi, si posizionò in fondo al letto e cominciò a spogliarsi. Per fortuna l'abito che indossava si abbottonava sul davanti. La lingua di Lucien scivolò fuori per bagnarsi le labbra e Horatia immaginò che quella lingua leccasse lei, ma solo se si fosse lasciata raggiungere. Non si era mai sentita così potente, così consapevole del suo potere su un uomo.

Con Lucien si sentiva a suo agio; con lui non poteva sbagliare e lui non l'avrebbe mai più giudicata per colpe non sue. Era un pensiero liberatorio, sapere che lui era lì con lei e che erano liberi dalle tenebre del loro passato.

Dopo aver sbottonato l'abito, lo fece scivolare sui fianchi con una lentezza stuzzicante che fece provare a Lucien la forza dei suoi legami e lo fece sobbalzare contro il materasso. Lasciò cadere l'abito a terra e iniziò a togliersi il corpetto e la sottoveste. Il viso di Lucien arrossì quando lei rimase lì, con indosso solo la sottoveste. I seni erano gonfi e i capezzoli si inturgidivano contro la stoffa trasparente. Horatia si accarezzò, godendo della sensazione delle sue mani lungo il corpo tanto quanto del modo in cui torturava Lucien.

Aveva imparato molto sul fare l'amore nelle poche ore in

cui lui le aveva insegnato. Avevano parlato fino a tarda notte delle cose che un uomo e una donna potevano fare insieme. Horatia era intenzionata a esplorare alcune di queste cose.

«Lascia che ti tocchi, amore» la implorò. «Fammi toccare quei seni perfetti.»

«Silenzio, mio signore.»

Horatia sSi avvicinò al bordo del letto e si arrampicò tra le gambe divaricate di Lucien. Strisciò fino a raggiungere la sua bocca e lo baciò, spingendo la lingua in profondità, ma ritirandosi prima che lui potesse prenderla con le labbra. Poi si spostò all'orecchio sinistro, succhiando il lobo. Lucien gemette e si contorse sotto di lei. Poteva sentire la tensione del suo corpo, il bisogno di catturarla con le braccia, ma non era in grado di farlo. Lucien, il Marchese di Rochester, era alla mercé di lei ed era bello, così bello.

«State fermo, mio signore, o sarete punito.» Gli morse il collo in modo giocoso.

«Dannazione!» mormorò Lucien mentre la sua erezione era visibile nei pantaloni. Horatia passò un palmo della mano sul rigonfiamento, una lenta carezza esplorativa che fece imprecare Lucien. La giovane sorrise e gli stampò sulle labbra un altro bacio ardente. Poi, ispirata, gli stuzzicò un capezzolo. Lui, in risposta, si alzò di scatto dal letto.

«Maledizione, donna! Se lo fai di nuovo, sono finito!»

«No, non lo farai. Se vieni prima che te lo dica, allora mi fermerò e ti lascerò qui finché non sarai pronto a obbedirmi.» Horatia ripeté il gesto sull'altro capezzolo, ma questa volta con i denti. Lui sopportò in silenzio, tendendosi sotto di lei. Era soddisfatta che lui mantenesse il controllo, ma la sua vera soddisfazione consisteva nel torturarlo. Quello era per tutti i sorrisi cupi e beffardi che le aveva rivolto, per tutti i baci punitivi, per tutte le carezze ruvide che avevano lo scopo di spaventarla e allontanarla da lui. Non aveva più paura. Sarebbe stata la sua padrona.

Baciandogli il petto, leccandogli l'addome, raggiunse i pantaloni e cominciò a slacciarli. Quando liberò il suo membro, la sua lunghezza balzò in piena attenzione davanti a lei. Prese l'organo rigido tra le mani e con una risatina ne leccò la dura lunghezza e fece girare la lingua intorno alla punta. Lucien gettò la testa all'indietro, con gli occhi chiusi, ansimando e cercando di combattere la risposta del suo corpo. Il letto scricchiolò mentre lui tirava le cinghie.

«Ora potete accettare il vostro piacere, mio signore. Lo permetterò» disse Horatia, prima di prenderlo completamente in bocca. Non aveva mai fatto una cosa del genere, ma aveva sentito le cameriere parlarne e decise che valeva la pena di rischiare. Sembrava che a lui piacesse. Lucien mormorò un incoraggiamento e riuscì a malapena a respirare mentre sollevava i fianchi verso la bocca di lei.

«Sì, lì, Dio, sì! Non fermarti. Ti prego, amore mio, non fermarti...» La testa di Lucien si rovesciò contro il cuscino mentre lei lo succhiava e lo leccava.

Tremando violentemente, le venne in bocca con un grido disperato. La sorpresa la attraversò, assaggiandolo. Era suo e ne trasse un piacere profondamente carnale. Il respiro di Lucien era accelerato, mentre cercava di calmarsi, ma Horatia non aveva ancora finito con lui. Risalì lungo il corpo di lui e reclamò la sua bocca, mentre le sue mani si spostarono sui polsi e li tennero stretti.

«A chi appartieni, Lucien?» gli chiese tra baci caldi.

«A te, amore mio. Solo a te» rispose Lucien, senza esitare mentre il suo corpo si rilassava sotto quelli di lei.

«Non dimenticare mai che in questo momento sei stato mio.» Gli sfiorò le labbra prima di sciogliere la seta e liberarlo. Lucien rimase disteso sotto di lei per un po', immobile, mentre si riprendeva dalla liberazione.

«Non mi sono mai fidato di una donna per fare quello che tu hai appena fatto a me» disse lui, infine.

«Davvero?» Horatia, con il corpo ancora disteso su quello di lui, lo guardò sorpresa.

«Non sono mai stato in grado di abbandonare il controllo prima d'ora. Non l'ho mai ritenuto possibile. Tu sei la prima.» C'era un'importanza in tutto ciò, ma la sua profondità al momento le sfuggiva. La sua mente era troppo annebbiata dalla passione che avevano condiviso.

«Ora è il mio turno.» Con un sorriso seducente, Lucien la fece rotolare sotto di sé, le tirò la sottoveste sopra la testa e la gettò via. Le prese le mani e le legò i polsi insieme sopra la testa, fissandoli a una delle colonne del letto. Questa posizione costrinse i suoi seni a sollevarsi e la sua schiena a inarcarsi sotto di lui. Le passò un dito sulle labbra e poi lungo la gola fino ai seni. Lo stesso polpastrello stuzzicò i cerchi intorno al capezzolo prima di far scendere la bocca sul suo apice. Morse il bocciolo e Horatia sussultò di dolore e di piacere.

«Vedi quanto è difficile controllarsi quando qualcuno lo fa? Dovrei punirti, amore mio, per essere stata così dannatamente innocente da avermi quasi ucciso con la voglia.» Il respiro caldo del giovane le accarezzò la pelle prima di abbassare la testa sull'altro seno, succhiando e mordendo fino a farla tremare.

Le divaricò le cosce e inserì un dito per trovare l'umidità che lo attendeva. Lodò con parole dolci la sua disponibilità nei suoi confronti e le accarezzò teneramente le pieghe interne prima di immergersi più a fondo in lei. Dopo averla torturata per un'eternità, le allargò le gambe e si spostò indietro per posizionarsi alla sua entrata. Non si tolse nemmeno i pantaloni; la stoffa ruvida scivolò contro la pelle setosa dell'interno cosce e lei sussultò impotente per la sensazione. Quando si spinse in profondità dentro di lei, Horatia gridò per il dolore misto al piacere, la dura invasione che la faceva impazzire di estasi.

Lucien si spostò per sedersi sui talloni, ancora dentro di lei, guardando il punto in cui i loro corpi si univano. Si ritrasse e spinse così forte che lei si sollevò dal letto, offrendosi. Lucien si protese in avanti e le afferrò la gola con la mano, poi fece scivolare la mano tra i seni e sul ventre liscio e leggermente arrotondato fino all'apice delle cosce. Quella stessa mano vagante ora circondava il fascio di nervi che prima aveva solo stuzzicato. Pizzicò e Horatia urlò per l'orgasmo che la scosse nel profondo. Si sentiva come uno specchio in frantumi, con pezzi di sé sparsi in mille piccoli riflessi.

«Oh, mio Dio» gemette la giovane mentre lui la pizzicava di nuovo e lei si sentiva disfare dall'interno.

«Preferisco essere chiamato Lucien.»

Horatia era troppo persa nel brivido di essere legata a lui per condividere il suo scherzo, mentre lui continuava a pompare in profondità dentro di lei. Era una rivendicazione selvaggia di lei come sua donna e lei godeva della sua ferocia mentre lui la teneva prigioniera.

Stava per venire, lei lo vedeva nei suoi occhi. Ma all'improvviso Lucien si tirò fuori e la fece girare a pancia in giù. La raggiunse, prese due cuscini e le sollevò i fianchi per far scivolare i cuscini sotto di loro. Il suo sedere era in aria e si sentiva terribilmente esposta.

«Così bella, mia adorabile, peccaminosa Horatia.» La voce di Lucien era bassa, accarezzandola dalla nuca lungo la spina dorsale prima di raggiungere il sedere. Le diede un colpetto sulla schiena e lei sussultò in risposta. Un brivido di fuoco le salì lungo il corpo e una pulsazione dolorosa le tornò di nuovo tra le cosce.

«Questo è per avermi torturato. Considerati punita, amore.» Le baciò ogni natica e il bruciore del colpo si trasformò in un delizioso calore. Horatia era scioccata da quanto fosse eccitante. Non poteva vederlo, a meno che non sollevasse la testa. Doveva fidarsi completamente di lui.

«Lucien... ti prego...» La giovane scostò il sedere, desiderosa di invogliarlo a entrare di nuovo in lei. Lui si spostò su di lei, il suo petto scivolò lungo la schiena mentre le baciava il collo. Poi Horatia sentì una mano che le divideva le pieghe, permettendogli di spingersi all'interno.

«Sì, sì, lì!» L'animale che era in lei prese il sopravvento e gioì quando lui si spinse dentro. Lo accolse con una spinta dei fianchi e lui entrò fino in fondo, tenendo le mani appoggiate sulle spalle mentre ogni spinta colpiva un punto profondo di lei che la privava di ogni pensiero. Horatia gridò mentre lui la prendeva, con la pelle madida di sudore e l'aroma del loro amore che annebbiava i loro sensi.

Quel momento per poco non privò Horatia della sua anima. Quando raggiunse l'orgasmo fu duro, sconvolgente e primitivo. Dimenticò chi era lei, chi era lui. C'era solo quel momento, quell'esplosione del più grande piacere che avesse mai conosciuto. Vagamente si accorse che Lucien la stava penetrando con un ritmo e una durezza che avrebbero fatto vergognare uno stallone e anche quel pensiero la fece precipitare in un altro orgasmo selvaggio.

Lucien urlò in modo incoerente e si accasciò su di lei, con i corpi ancora fusi insieme. Dopo un attimo, si spostò e Horatia si girò verso di lui. Le membra si aggrovigliarono e le anime si unirono, condividendo respiri e sorrisi. Le parole non erano necessarie. Lo sguardo di desiderio era così profondamente impresso sul volto di Lucien che Horatia sentì gli occhi bruciare di lacrime.

«Sono stato uno sciocco ad aspettare così a lungo.» Le slegò delicatamente i polsi e la fece rotolare sulla schiena sotto di lui. Horatia assaporò il calore del corpo di Lucien, godendosi il battito rapido del cuore contro la sua guancia. «Ti prego, dimmi che mi apparterrai sempre.» Le baciò la bocca, le guance, il naso e la fronte.

«L'ho sempre fatto.» Le mani di lei scivolarono sulle spalle e lungo le braccia di lui, accarezzandolo.

«Voglio poterti fare questo ogni sera e ogni mattina. Voglio condividere la mia vita, il mio nome e la mia anima con te, Horatia.»

«Ho sempre e solo desiderato il tuo cuore» rispose lei. Lucien le sorrise teneramente e le pose dei baci lungo la mascella. Ma ora lei era timida e insicura. «Per tutti questi anni, sei stato con altre donne, potresti mai essere soddisfatto solo di me? Come posso bastarti?» Era terrorizzata dalla risposta di lui.

«Non posso liberarmi del mio passato, amore, ma sappi che non sei mai stata lontana dal mio cuore o dalla mia mente. Anche quando ero deciso a essere freddo con te, tu mi rendevi difficile farlo. Ora è impossibile stare senza di te. Quando sono con te non riesco a saziarmi, quando mi lasci ti rivoglio al mio fianco. Mi manca il profumo della tua pelle, la consistenza setosa dei tuoi capelli contro le mie labbra, il sorriso accecante che così spesso nascondi al mondo con la tua timidezza. Desidero i tuoi racconti sulle stelle e la tua lealtà verso coloro che ami. Non sono sicuro che i poeti concordino su cosa sia l'amore ma credo di essermi innamorato di te, in qualche modo, lungo la strada. E temo di esserci caduto pesantemente. Posso affidarti il mio cuore, Horatia?» La voce di Lucien era tremolante e non aveva nulla a che fare con la loro recente esplosione di passione.

«Oh Lucien...» Lo baciò profondamente. «Considera il tuo cuore al sicuro nelle mie mani.» Lui inclinò la bocca su quella di lei, insinuando la lingua tra le sue labbra. Quando finalmente Horatia riuscì a respirare di nuovo, si ricordò che non tutto andava bene.

«Cedric sa tutto. Mi ha dato un ultimatum. Dovevo scegliere tra te e la mia famiglia. Non posso avere entrambe le cose. Non mi accoglierà mai più a casa se scelgo te.» Cercò di spiegare con la massima calma possibile, ma la gola le si strinse per la tristezza. Che senso aveva per suo fratello negarle questo? Sapeva che la vita non era giusta, molto meglio di tante altre, ma suo fratello non avrebbe dovuto cercare di pareggiare l'ingiustizia con la bontà della sua vita? O almeno non avrebbe dovuto negarle il diritto di essere felice.

Lucien si accigliò. «Gli parlerò. Non è giusto che tu debba scegliere. Nessuno di noi due dovrebbe scegliere tra il nostro amore e lui.» Lucien tirò indietro le coperte per farla scivolare sotto, in modo che fossero più caldi. Una volta che lei fu appoggiata al suo fianco, calda e sonnolenta nel suo abbraccio, lui nascose le labbra tra i suoi capelli, respirando il suo profumo.

«Se dobbiamo scegliere» disse Horatia, «io scelgo te, Lucien. Sceglierò sempre te.» Gli accarezzò il collo prima che il sonno la prendesse. Non sentì la risposta silenziosa di Lucien.

«E io scelgo te, mia piccola stella di mare. Ma farò tutto ciò che è in mio potere perché tu non debba farlo.»

$\maltese$   28   $\maltese$

Mezz'ora prima della cena della vigilia di Natale, Lucien camminava nervosamente all'interno dell'ampia biblioteca, in attesa dell'arrivo di Cedric. Erano spariti gli ultimi residui della sua freddezza fuori luogo nei confronti di Horatia. Era rimasto solo un profondo seme d'amore. Aveva passato anni a salare la sua anima cercando di impedire a quel seme di attecchire. Ma Horatia era diventata il suo sole, la sua acqua, e aveva alimentato quel seme profondo. I petali si stavano dispiegando, le radici si stavano avvolgendo nel profondo del suo cuore. Avrebbe fatto una lunga chiacchierata con il suo amico e Cedric avrebbe visto la luce e avrebbe permesso a Horatia di stare con lui e tutto sarebbe finito lì. Non si poteva tornare indietro; aveva attraversato l'ultimo ponte e lo aveva ridotto in cenere.

La porta della biblioteca si aprì e Cedric entrò, con l'aria fredda come l'armatura vuota che la custodiva.

«Ho ricevuto la tua convocazione.» Il suo amico sembrò scegliere con cura le parole.

Lucien cercò di sorridere, ma aveva i nervi a fior di pelle. «Non intendevo *convocarti*. Volevo discutere di una cosa importante.» Sentiva il suo stomaco come se qualcuno avesse scatenato una marea di farfalle. Era quasi ridicolo essere così spaventati, come un bambino che affronta la maestra.

Cedric chiuse la porta della biblioteca e si avvicinò a Lucien con passi misurati, tenendo le mani strette dietro la schiena. «Eccomi qua. Di cosa vuoi parlare?»

Il linguaggio del corpo di Cedric non lasciava presagire nulla di buono, affatto.

«Negli ultimi due mesi ho cambiato idea. Un cambiamento profondo. Molto profondo.» Non era la frase più lusinghiera o elegante, ma doveva iniziare questa temuta conversazione in qualche modo.

«Non lo avevo notato.» La voce di Cedric conteneva una discreta dose di sospetto.

«Volevo che nessuno lo vedesse, Cedric. Senti, quello che sto cercando di dirti...» Le parole erano lì, ma gli occhi duri di Cedric le fermarono sulla lingua di Lucien, sfidandolo a chiedere qualcosa che non aveva il diritto di chiedere. Lucien trasse un respiro tremante prima di continuare.

«Chiedo il permesso di sposare Horatia.» Non era da lui, ma doveva mantenere il controllo per quel breve momento e la formalità era il modo più semplice per farlo.

«Allora è vero? Hai messo gli occhi su mia sorella?»

Lucien conosceva Cedric come possono farlo solo i veri amici riconobbe quella familiare sfumatura di pericolo nel tono di Cedric.

«La amo, Cedric...»

«Basta! *Non* la ami. Potrai anche amare il suo corpo e il piacere che dà, ma non sarà un'altra signora nella schiera di donne che lascerai dietro di te con il cuore spezzato. Non la mia Horatia.» Cedric strinse i pugni sui fianchi. Anche a sei metri di distanza Lucien non si sentiva al sicuro.

«Calma, Cedric. Non sono più quell'uomo. Lascia che ti spieghi...»

«Non ascolterò le tue bugie, Lucien.» Cedric si avvicinò furioso e conficcò un dito nel petto dell'amico. «Risparmiatela per il prossimo bocconcino che ti piace! Stai infrangendo le regole su cui è stato costruito il nostro Circolo. Esigo che tu stia lontano da Horatia. Che tu non la *guardi* nemmeno.»

«No.» Lucien era stanco di controllarsi. Cedric lo avrebbe ascoltato, anche se avesse dovuto legarlo a una sedia.

Gli occhi di Cedric si restrinsero. «Cosa?»

«Ho detto di no. Abbiamo accettato la seconda regola perché non ci fidavamo l'uno dell'altro con il gentil sesso, e giustamente. Ma il tempo ci cambia tutti. Amo Horatia e desidero sposarla. Voglio una schiera di figli e il suo amore nella mia vita per il resto dei miei giorni. Le ho chiesto di sposarmi e lei ha accettato. Sono venuto da te per la nostra amicizia e perché sei la sua famiglia. Non ho *bisogno* del tuo permesso per averla, perché ce l'ho già.» Era la cosa peggiore da dire e Lucien se ne rese conto troppo tardi.

Il pugno di Cedric si conficcò nello stomaco di Lucien, facendolo barcollare all'indietro. Cedric continuò e sferrò un altro colpo secco al petto dell'amico, così forte che questi cadde all'indietro e colpì una libreria.

«Come *osi rivendicarla*? Lei non è tua!» Cedric sferrò un altro pugno e Lucien fu colpito ancora una volta, mentre veniva messo alle strette contro lo scaffale.

«E non è tua per rinchiuderla! Horatia è sempre stata e sarà sempre la sua persona. Mi ha donato il suo cuore e, sebbene io non la meriti nemmeno lontanamente, lei vuole me e nessun altro. Perciò la prenderò come moglie e farò del mio meglio per esserne degno. Puoi anche non appoggiare la sua decisione, ma, dannazione, non la punirai per avermi amato.» Il corpo di Lucien tremò di rabbia mentre Cedric lo tirava indietro e gli sferrava un altro pugno. Cedric inciampò in una delle armature della biblioteca, facendola cadere con fragore e rumore.

«L'hai già avuta, brutto traditore?»

Lucien non disse nulla.

«Ha riscaldato il tuo letto. Potrebbe essere con tuo figlio anche adesso!» L'accusa punse Lucien più per la verità che per altro. Cedric lo conosceva troppo bene.

«Sì» disse Lucien. «E se ora in lei stesse crescendo un bambino, il pensiero mi riempie di un amore che non riesco a comprendere.»

«Lo dici adesso. Forse ci credi anche. Ma non importa. So come sei, quanto sei stato freddo non solo con lei, ma anche con altre donne. Non mi importa se mia sorella è la tua unica possibilità di salvezza, non l'avrai. Non finché avrò fiato.»

La minaccia colpì Lucien come un fulmine. I suoi sensi si affannarono mentre Cedric lo assaliva ancora una volta con pugni martellanti, sbattendolo di nuovo contro lo scaffale. Lucien non reagì. Non sarebbe servito a nulla.

«Che cosa vuoi dire con questo?» gli chiese Lucien.

Cedric gonfiò il petto, come se si rivolgesse a un condannato. «Esigo soddisfazione, come è mio diritto. Domani all'alba. Scegli un secondo e l'arma che preferisci.»

«Non voglio duellare con te, Cedric.» Lucien non riusciva a credere che si potesse arrivare a tanto. Il Circolo scherzava spesso sul fatto che Cedric fosse in grado di fare certe cose, ma nessuno ci credeva.

«Lo farai, oppure convocherò qui il resto del Circolo e decideremo come metterti in riga per aver infranto la seconda regola.»

Lucien sapeva che Cedric sarebbe stato inflessibile sulla questione, anche se gli altri si fossero opposti. Il pensiero gli fece gelare il sangue. «Molto bene. Sarò nel campo a nord all'alba con il mio secondo. Porterò la mia arma preferita.»

«Bene.» Gli occhi di Cedric erano pieni di rabbia e di rammarico, ma non disse altro e si girò per andarsene.

Lucien avrebbe voluto cancellare le parole che li avevano portati a quel punto, ma Cedric se n'era andato e Lucien era solo nella biblioteca. Il dolore lo attraversava, ricordando tutti i colpi che il suo amico gli aveva inferto.

Rimase in piedi accanto alla libreria per quella che gli sembrò un'eternità, riprendendo fiato, finché si rese conto di non essere solo. Sua sorella, Lysandra, uscì da dietro lo scaffale a cui si era appoggiato.

«Da quanto tempo sei lì?» Cercò di sembrare duro, ma le sue parole uscirono senza tono.

Lysandra si passò un polpastrello sugli occhi, asciugando le lacrime dagli angoli. «Oh Lucien!»

Corse da lui che si accasciò debolmente tra le sue braccia. Caduto in ginocchio sul pavimento di legno, Lysandra fu trascinata giù con lui, continuando a cullarlo mentre ansimava. Che follia era quella? Amare Horatia e nel frattempo perdere Cedric? Non era giusto e lui non doveva scegliere.

«Ecco, ecco» disse Lysandra, accarezzandogli i capelli come lui aveva fatto innumerevoli volte per lei. Dopo qualche minuto, riuscì a controllarsi di nuovo.

«Non devi dirlo a nessuno, Lysa. Nessuno deve sapere cosa è successo qui. Hai capito?»

«Va bene. La mamma non ti perdonerà mai per aver fatto un duello a Natale.»

«Potrei non essere presente per subire il suo malumore.» Lucien non temeva la morte, nemmeno per mano dell'amico, ma il pensiero di tutti quegli anni sprecati senza Horatia gli stringeva il cuore come nient'altro.

«Il duello è illegale. Non sei obbligato a farlo.»

«È una questione di onore. Di amore.»

«A cosa servono quelle parole su una lapide?»

«Cedric non si arrenderà solo perché gli dico di no. Mi bollerà come codardo, oltre a tutto il resto. Horatia non può sposare un codardo. E anche se sposare un codardo non è illegale, dovrebbe esserlo.»

«Sei ridicolo e non puoi deviare un proiettile con la tua arguzia.»

Lucien si fermò alle parole di Lysandra. «Sì... I duelli sono ridicoli, vero? Non importa. Facciamo quello che dobbiamo, anche quando è ridicolo.» Guardò il disordine che la lotta unilaterale aveva lasciato sulla sua scia. Cominciò a formarsi un'idea, certamente ridicola.

«Quindi hai intenzione di sparargli?» gli chiese Lysandra.

«Gli voglio bene come a un fratello. Finora non ho mai sparato a nessuno dei miei veri fratelli e non inizierò con Cedric. Forse è troppo sciocco per capire la verità, ma comunque vada, non gli sparerò con la mia pistola.»


Quella sera, dopo cena, Horatia era la donna più bella della sala. Lucien se ne accorse con una profonda fitta al cuore, il rimpianto e la nostalgia per un futuro che forse non avrebbe mai avuto lo lasciarono senza parole. Tutti avevano goduto di un banchetto meraviglioso, guastato solo dal silenzio di Cedric e Lucien l'uno verso l'altro. Ora, la famiglia e gli amici si trovavano nella sala da ballo e ballavano al ritmo di un quartetto d'archi che eseguiva musiche natalizie. L'intera serata assunse per Lucien un'importanza mai vista prima.

Ballò una volta con tutte le dame, ma continuò a tornare da Horatia, come se tenerla tra le braccia potesse garantire che la notte non finisse e che l'alba non avesse modo di arrivare. Cedric, dal canto suo, si tenne a distanza, concedendogli quella notte come un ultimo desiderio prima del patibolo.

La mano di Lucien si posò sulla piccola schiena di lei. Poteva sentire il calore del corpo di lei sotto il suo palmo. La mano guantata di lei si posò sulla spalla larga di lui, le dita si arricciarono leggermente in una tenera possessività. Horatia indossava il suo abito e le calzava a pennello, le sete ricamate le aderivano come lui avrebbe voluto. Quella sera aveva solo sorrisi radiosi, e tutta la tristezza era bandita dall'allegria della stagione natalizia. Non era mai stata così bella ai suoi occhi e lui glielo disse.

«Sono felice, Lucien. Tu mi hai reso tale.» Horatia strinse la presa sulla spalla e sulla mano di Lucien durante il loro interminabile valzer.

«Vorrei poterti rendere sempre così felice, amore mio» mormorò lui troppo dolcemente perché lei potesse sentirlo sopra la musica.

Quando finalmente la musica svanì, Lady Rochester batté le mani.

«Bene, basta ballare. È il momento dei regali!» L'annuncio fu seguito da applausi calorosi da parte dei più giovani presenti nella sala. Il gruppo si diresse verso l'ampio salone adiacente alla sala da ballo, dove un fuoco ruggente li accolse e un rinfresco a base di piccoli pudding natalizi e *wassail* appena fatto era pronto per essere gustato. Lucien, però, non pensava ai pudding natalizi. Fece del suo meglio per ignorare gli sguardi preoccupati che sua sorella continuava a lanciargli dall'altra parte della stanza.

*Lasciami godere queste ultime ore... ti prego,* implorava.

Lucien si sentiva quasi imprudente, volendo stringere Horatia tra le braccia senza curarsi di chi li vedesse. Dio, come la desiderava, come l'amava. Horatia sembrava incoraggiata dalla serata, mentre si spostavano su un piccolo divano. Sotto le onde di seta rossa dell'abito di lei, la mano di lui trovò la sua e la strinse come un uomo che muore di sete vorrebbe un calice d'acqua.

Dall'altra parte della stanza gli occhi di Cedric erano acuti, ma non fece alcuna mossa per contrastarli. Il corpo di Lucien soffriva per il ricordo della giusta furia di Cedric. Ogni respiro, ogni torsione del suo corpo ricordava l'animosità che gli aveva rubato l'amicizia di Cedric come un ladro crudele. Era un'agonia, quella scelta che non era affatto una scelta.

«Ecco, Lucien. Questo è per te» disse Horatia con voce trafelata.

Sembrava che temesse che non sarebbe stato di suo gradimento. Lucien le sorrise, grato per la distrazione, mentre prendeva il pacchetto e lo apriva. In grembo trovò un libro intitolato *Astronomia e mitologia*. Si trattava di storie celate dietro le costellazioni.

Sorridendo come lo sciocco innamorato che era, aprì l'interno della copertina e trovò un'iscrizione: *Buon Natale, Lucien, che possiamo condividere per sempre le stelle*. Non era mai stato un amante delle poesie, ma quella singola riga gli fece battere il cuore e lo fece crollare. Dopo l'alba non ci sarebbero state più stelle, né racconti, né amore... non senza perdere il suo migliore amico. Le probabilità di morire in duello non erano così alte come alcuni facevano credere. Quello era l'effetto dell'orgoglio su coloro che vi partecipavano. Ma la verità era che, a prescindere dal risultato, sarebbe stato devastante perché avrebbe lacerato le famiglie. Horatia avrebbe perso il fratello o la sorella. Nessuno ne sarebbe uscito indenne.

«C'è dell'altro.» Horatia lo incalzò con un sorriso sfacciato, indicando il centro del libro. Lucien tirò fuori dalle pagine centrali una striscia lunga e sottile di seta color cremisi. Troppo lunga per essere un segnalibro, era ricamata con stelle e mezzelune d'argento.

«Ho pensato che avresti potuto trovare altri usi per questa.» Horatia si mordicchiò il labbro inferiore con un luccichio negli occhi. Accidenti a quella donna, era perfetta. Troppo maledettamente perfetta.

L'attenzione degli altri presenti nella stanza fu distolta da

Lucinda e Lysandra che ammiravano i nuovi guanti fulvi di Audrey.

«Ti amo» boccheggiò lui, silenziosamente.

«Anch'io ti amo» ribatté Horatia.

«E questo è il tuo regalo» disse Lucien a bassa voce, facendole scivolare un piccolo pacchetto dietro le gonne.

«Ma me lo hai già dato» gli disse la giovane.

«Quando si tratta di te, amore mio, non riesco a controllarmi.» Lucien sorrise mentre lei iniziava a scartare il piccolo regalo, scoprendo un sacchetto di velluto. Con uno sguardo curioso allentò i lacci e lo rovesciò. Un bracciale sottile di zaffiri circondato da diamanti le cadde in grembo. Horatia si portò le mani alla bocca.

«Era di mia nonna materna. Me lo diede quando avevo quindici anni. Mi disse di darlo alla donna che aveva il mio cuore. Ricordo che risi, dicendole che nessuna avrebbe mai avuto il mio cuore, ma quella vecchia furba mi conosceva meglio di me stesso. Mi disse di tenerlo e che un giorno avrei saputo a chi darlo. Quella notte al *Midnight Garden.* quando hai parlato delle stelle... ho capito che questo era destinato a te. Anche quando mi sono arrabbiato con te quella sera, sapevo che dovevi avere questo braccialetto. Tu sei la custode del mio cuore. Prendi questo regalo e indossalo quando pensi a me. Questi gioielli sono il massimo che posso fare per rubare le stelle e adornarti con esse.» Le prese la mano destra e le fissò delicatamente il braccialetto intorno al polso.

Horatia si meravigliò dello splendido scintillio delle gemme alla luce del fuoco, prima che Lucien facesse scivolare il guanto sul braccialetto e lo coprisse. Horatia lo guardò senza parole. Non era mai stata così bella, così meravigliosa. Gli angeli impallidivano al confronto, e nessun santo possedeva aureole di innocenza e purezza d'animo più luminose della sua cara dolce Horatia.

«Lucien.» Horatia cercò di dire altro ma Lucien poté

avvertire l'emozione nella voce di lei. Era felicissima, piena d'amore e questo lo umiliava.

Quando gli ultimi regali furono scartati, Sir John iniziò a intonare canti con un tono baritono ricco e profondo. Suo figlio, Avery e Lawrence si unirono a lui, mentre Lysandra e Audrey si scioglievano in risatine ogni volta che i quattro uomini sbagliavano le parole. Linus era in piedi accanto al fuoco a giocherellare con una sciarpa di lana blu navy che aveva ricevuto da Lucinda Cavendish che lo raggiunse e, con un piccolo sorriso, gli allontanò le mani e si mise a sistemargli la sciarpa. Linus la guardava con desiderio e ammirazione. Solo Lucien sembrò accorgersi quando Linus posò una mano sulla vita della giovane donna e la avvicinò a lui di qualche centimetro.

Una cameriera portò del sidro caldo e ancora una volta la conversazione si diffuse nella stanza come il lontano ronzio delle api in un giorno d'estate.

«Vorrei che fosse sempre così» sospirò Horatia, sognante.

Lucien era d'accordo. Non c'era niente di più bello che stare al caldo e assopiti in un salotto illuminato dal fuoco, circondati dalla propria famiglia e dai propri amici, mentre fuori la neve ricopriva il mondo.

«Anch'io.» Lucien strinse la mano di Horatia e si godette la vista di lei e della sua famiglia: lo scintillio degli occhi di sua sorella e i sorrisi maliziosi dei suoi fratelli. Persino il sorriso riluttante di Cedric, che permetteva ad Audrey di occuparsi di lui mentre provava il suo nuovo cappotto rosso da caccia.

Era ormai passata la mezzanotte quando tutti decisero di andare a letto e la festa si disperse a malincuore. Lucien si ritirò nella sua stanza e lasciò che il suo valletto, Felix, lo preparasse per andare a letto. Felix cercò di nascondere uno sbadiglio e fece un sorriso stanco a Lucien, dirigendosi verso gli alloggi della servitù. Lucien indossò i suoi abiti da notte e stava per avvolgere la vestaglia sul suo corpo contuso quando bussarono alla porta della sua camera.

Andò ad aprire e trovò Horatia in camicia da notte che lo scrutava nella luce fioca del corridoio.

«Posso entrare?» Horatia si infilò prima che lui potesse rispondere e andò dritta verso il letto, infilandosi tra le coperte abbassate.

«E Ursula? Non si preoccuperà della tua assenza?» Lucien chiuse la porta della stanza.

«Sa dove sono e che deve mantenere il silenzio sulla mia posizione. Credo che tu le piaccia, anche se pensa che tu sia una canaglia.»

«Sono una canaglia.» Lucien drizzò la schiena e la guardò con finto cipiglio.

«Certo che sì» rispose lei con il tono che si usa per placare un bambino capriccioso e accarezzò le lenzuola accanto a sé. «Il vostro letto è gelido, mio signore, venite a riscaldarmi.» Parlava come una principessa che desiderava che il suo devoto cavaliere esaudisse ogni suo desiderio. E Lucien era quel cavaliere.

«Sì, mia signora.» Lucien si inchinò con un sorriso beffardo e lei gli lanciò un cuscino.

«Ci vorrà ben altro che dei cuscini per fermarmi, amore.» Spense le candele rimaste prima di togliersi la vestaglia. Non voleva che Horatia vedesse i lividi che Cedric gli aveva procurato sul corpo.

«Ora, per quanto riguarda il riscaldamento.» Lucien la strinse tra le braccia sotto le coperte.

Quello che seguì fu un tipo di amore che il giovane non aveva mai provato prima. Non c'erano freni, non ci si addentrava nelle passioni più oscure. Era tenero e lento, e riversava la sua anima in ogni bacio e le dava il suo cuore con ogni carezza. Horatia gridò ancora e ancora sotto di lui. Lucien dipinse il volto di lei nella sua mente, l'estasi che devastava i suoi lineamenti al chiaro di luna. Voleva catturare la bellezza che era solo di Horatia.

*Questo*... pensò mentre finalmente si concedeva di liberarsi tra le sue braccia verso l'alba, questo *vale la pena di morire*. Chiuse brevemente gli occhi, sperando di riuscire a dormire un'ora prima che Felix andasse a svegliarlo.

«È ora, mio signore» sussurrò Felix, destando Lucien dai suoi sogni agrodolci. Prestando attenzione si allontanò da Horatia che rimase addormentata, ma allargò un braccio cercando inconsciamente il calore scomparso e Lucien sentì quella perdita come un colpo. Non osò toccarla, non osò avvicinarsi troppo o l'avrebbe svegliata e non sarebbe più riuscito ad andarsene.

Indossò frettolosamente un paio di pantaloni, una camicia e un gilet verde. Senza preoccuparsi della cravatta, infilò gli stivali e uscì dalla stanza. Con un solo sguardo al letto, Lucien si accomiatò silenziosamente.

«Dormi, mia cara, e sogna le stelle.»

Scivolò lungo il corridoio fino a raggiungere la camera di Lawrence. Trovò la porta aperta e lo vide disteso a pancia in giù, completamente nudo da quello che Lucien poteva vedere. Si avvicinò al letto del fratello e gli scosse la spalla.

«Svegliati, Lawrence.»

Lawrence diede un colpo di mano verso il fratello.

«Ancora cinque minuti, Tom.» Tom era il valletto di

Lawrence. Il giovane cercò di girarsi e di allontanarsi da Lucien che gli restituì il favore colpendogli la nuca.

«Alzati, Lawrence. Ho bisogno di te.»

«Hmph... Lucien?»

«Vieni. Devi venire subito con me al campo nord.»

«Il campo nord? Per quale motivo?» Lawrence si mise a sedere, strofinandosi gli occhi e sbattendo le palpebre.

«Ho un appuntamento con una pistola» rispose Lucien, attirando l'attenzione del fratello che balzò fuori dal letto.

«Cosa?»

«Vestiti e ti spiegherò lungo la strada.» Lucien aspettò impaziente accanto alla porta mentre Lawrence si rivestiva. Solo quando furono fuori nel corridoio Lucien gli spiegò del duello.

«Vuoi davvero sfidare Sheridan? Non ci credo. Non voi due.»

«Credici, Lawrence. Do la colpa a nostra madre. Se non si fosse adoperata per forzare la mia mano con Horatia, forse avrei potuto proporre a Cedric l'idea di corteggiare Horatia con calma, senza scatenare questa reazione.»

Lawrence trasalì. «È colpa mia. Posso spiegarlo a Sheridan. Forse capirà e non continuerà con questa assurdità.»

Lucien continuò a camminare, mentre il fratello teneva il passo. «È meglio che sia solo io ad affrontare la sua ira. Spero che si sia calmato durante la notte. Altrimenti...»

Camminarono in silenzio attraverso i corridoi e Lucien si fermò appena fuori dalle porte della biblioteca, porgendo a Lawrence il suo grande cappotto.

«Aspetta qui, ho bisogno di un'altra cosa prima di andare.»

Raggiunsero il campo più a nord, dove Cedric attendeva insieme a Gregory Cavendish, confuso e assonnato. Lawrence e Gregory si scambiarono sguardi preoccupati mentre Lucien porgeva un paio di pistole in una scatola. Gregory e Lawrence si assunsero il compito di ispezionare le armi alla ricerca di eventuali difetti o manomissioni. Una volta accertato che le pistole erano perfettamente funzionanti, gli uomini fecero un passo indietro. Cedric e Lucien presero una pistola ciascuno e si misero l'uno di fronte all'altro. Il silenzio tra loro era accentuato solo dagli sbuffi torbidi del loro respiro nella pallida luce dell'alba.

«Ultima possibilità di annullare il duello, signori.» Gregory attese, ma nessuna delle due parti tentò di porre fine al duello.

Cedric si spostò in piedi, le labbra si aprirono come se volesse parlare, ma poi scosse leggermente la testa.

«Venti passi ciascuno» disse Cedric.

«Sono d'accordo» rispose Lucien. Il cuore gli urlò nel petto, voltandosi e cominciando a misurare i passi. *Per favore, Dio, fallo tornare in sé.* Si assicurò di fare passi lenti e misurati, trasalendo ogni volta che i piccoli tintinnii e gli scricchiolii tradivano la sua migliore speranza di sopravvivere a tutto ciò se la sanità mentale non lo avesse abbandonato.

Quando i due furono a quaranta passi l'uno dall'altro, alzarono le pistole in segno di saluto, in attesa. Lucien sfilò l'indice dall'anello di metallo che racchiudeva il grilletto, in modo che se fosse stato colpito non avrebbe sparato involontariamente.

L'aria fredda lo attraversò come un fuoco, ogni senso era in stato di massima allerta. L'odore dell'erba morta e la neve croccante sotto gli stivali, il freddo pungente dell'aria e l'infinito cielo grigio che si fondeva con vasti campi di neve vergine. *È triste che quest'ultima visione sia così fredda e senza vita.*

«Farete fuoco al tre» annunciò Gregory, la cui voce si diffuse in tutto il campo.

«Uno...»

*Stai indietro, idiota*, pensò Lucien, e inclinò il corpo di lato per dare a Cedric il minor bersaglio possibile.

«Due...»

Cedric abbassò la pistola per prendere la mira. Lucien

abbassò di più il braccio, puntando invece verso i piedi. La mente di Lucien ripercorreva ogni momento della notte precedente. Si sforzò di tirare fuori l'ultimo grammo di forza emotiva per difendere Horatia.

«Tre...»

La mano di Cedric tremò visibilmente, poi imprecò e sparò.

*Poom!*

Il proiettile colpì la spalla di Lucien e rimbalzò, sfiorandogli la testa. Lucien tirò un sospiro di sollievo, anche se il dolore era lancinante. Non era morto. Il dolore si attenuò leggermente. Bene, si sarebbe ripreso, in fondo cos'era una ferita superficiale?

«Devi rispondere al fuoco» disse Lawrence a malincuore. C'erano delle regole in queste cose.

Lucien sparò a terra. Era fatta.

Come se quell'atto lo avesse in qualche modo liberato, il suo corpo si sentì improvvisamente leggero e debole. Si accasciò a terra, sferragliando rumorosamente. Forse la ferita alla testa era più grave di quanto pensasse.

«Dannato idiota!» Cedric lanciò la pistola contro Gregory prima di precipitarsi dove giaceva Lucien.

«Aiutami a togliermi questo.» Lucien scavò con le mani nel cappotto, sperando di togliere le piastre metalliche dell'armatura sottostante.

«Buon Dio, ma che diavolo...» chiese Gregory quando intravide l'armatura sulla spalla di Lucien, che scendeva lungo il braccio.

«È questo che hai recuperato dalla biblioteca?» Lawrence gli esaminò la testa. «Davvero, Lucien, dove ti vengono queste idee? È quasi peggio di quella volta che sei sgattaiolato fuori dalla casa di Lady Godfrey passando davanti a suo marito, vestito da cameriere.»

Con una risatina sofferta, Lucien annuì. «Forse. Ma questo

mi ha anche salvato la vita. Cedric è un ottimo tiratore e non volevo rischiare.» Abbassò lo sguardo sulla spalla.

Il cremisi macchiò il metallo lucido, dove il sangue gocciolava dalla tempia. «Anche se forse ho sbagliato un po' i calcoli.» Guardò Cedric. «Maledetto idiota. Hai sparato davvero!»

«Perché non hai risposto al fuoco?» La voce di Cedric era carica di disperazione. La ferita era ancora più grave di quanto pensasse?

«Ho risposto al fuoco.»

«Sì. A terra. Avresti dovuto spararmi.»

«E a cosa sarebbe servito?» Lucien sospirò. «Ho scommesso la mia vita che ti saresti tirato indietro, o che avresti fatto cilecca. Speravo che ci ripensassi o che ti calmassi prima di arrivare a questo. L'armatura era un piano disperato nel caso in cui tutto ciò fosse fallito. A quanto pare avevo ragione a farlo.»

Cedric sembrò sofferente. «Non intendevo affatto sparare. Intendevo fissarti finché non avresti ceduto. Quando hai abbassato la pistola, mi sono innervosito e la mia mano... ha tremato.»

Il sorriso di Lucien si spense e divenne serio. «A prescindere da quello che pensi, dicevo sul serio. Amo Horatia più di ogni altra cosa... ma non potrei mai uccidere il mio più caro amico, né il fratello del mio più grande amore.» Lucien cercò di ignorare il dolore bruciante alla testa. Sembrava che qualcuno gli stesse marchiando il cranio.

«Tu... tu la ami davvero?» gli chiese Cedric. Il dolore negli occhi del suo amico ferì Lucien più del proiettile.

«Lei è tutto per me. Lo è sempre stata. Prima non riuscivo ad affrontarlo. Ho cercato di allontanarla.» Lucien trasalì. «Non la merito.» Chiuse gli occhi mentre il dolore lo invadeva. Un'oscurità fredda gli avvolse le membra, intorpidendo ogni altra sensazione.

«Aiutatemi ad alzarlo!» gridò Cedric ai loro secondi.

Lucien aprì gli occhi e cercò di ridere. «Ho sempre saputo che sarebbe stata la mia morte» disse prima di intorpidirsi di nuovo.

«Se mi muori addosso, ti ammazzo» ringhiò Cedric mentre le palpebre di Lucien si chiudevano di nuovo pesantemente.

«Non è previsto» rispose Lucien, ma la sua visione a spirale lo avvertì del contrario.

I ricordi di Horatia gli offuscarono la mente, mentre cercava di concentrarsi sui momenti più belli trascorsi con lei. Ma la morte era crudele, supponeva, perché gli venivano in mente solo i momenti tristi e terribili. Le grida nel *Midnight Garden*. Le sue parole dure, i baci forzati e gli sguardi sprezzanti. Sono *stato un dannato sciocco*, pensò mentre veniva inghiottito dalle tenebre.

HORATIA SI SVEGLIÒ NEL LETTO VUOTO E SI ACCIGLIÒ. C'era qualcosa che non andava. Un senso di presagio la attraversò come i resti di un incubo che stuzzicava i bordi della sua mente sveglia. Scivolò fuori dal letto e indossò la sottoveste e la vestaglia. Voleva cercare Lucien immediatamente, ma le sembrava meglio essere completamente vestita, nel caso avesse dovuto girare per l'enorme villa per trovarlo. Percorse il corridoio e si infilò nella sua stanza.

Scelse un abito abbottonato sul davanti, per evitare di chiamare Ursula. Un attimo dopo aver allacciato l'ultimo bottone, sentì in lontananza il rumore di uno sparo. Horatia si precipitò alla finestra, che si affacciava sul campo nord. Vide quattro sagome lontane e un secondo sparo attraversò il campo. Una delle figure si accasciò a terra.

Un duello! Perché non aveva chiesto a Lucien? La sera precedente aveva percepito che qualcosa non andava, ma aveva fatto finta di niente. Perché lo aveva fatto? Nel panico sentì a malapena la porta aprirsi dietro di lei.

«Una cosa terribile, non è vero, signorina Sheridan?», disse dolcemente una voce da appena sopra la sua spalla. Cercò di urlare, ma un braccio le si strinse intorno al collo, soffocandola, mentre una mano le tappava la bocca. «Ma temo di avere poco tempo a disposizione e c'è ancora molto da fare.» La voce era stranamente familiare. Ma anche se si dimenava contro il suo rapitore, Horatia non riusciva a vederlo in volto.

«Non avrei mai immaginato che una piccola e tranquilla idiota come te potesse spingere gli uomini a duellare. Forse ti assaggerò io stesso, giusto per capire il motivo di tanto clamore.» Una lingua le passò intorno all'orecchio. Horatia cercò di afferrare il braccio dell'uomo, ma questo non fece altro che stringerle la gola. Macchie nere e grigie le offuscarono la vista mentre lottava per respirare.

«Piccola gatta infernale. Non me l'aspettavo da una come te.»

Horatia vide una breve opportunità e abbandonò il tentativo di artigliargli il braccio. Invece, spinse la testa in avanti e poi la gettò indietro, facendo scontrare la testa con quella di lui. Il suo aggressore imprecò e allentò la presa. Horatia cadde in ginocchio, sfuggendo al braccio che le cingeva il collo. Si girò appena in tempo per vedere il volto dell'uomo che l'aveva aggredita.

«Tu!» respirò, scioccata.

Qualcosa le colpì la tempia e Horatia non vide più nulla.


Cedric imprecò mentre lui e Lawrence trasportavano il corpo di Lucien attraverso il campo fino a casa. Gregory era andato avanti per avvisare e mandare qualcuno a Hexby. Mentre Cedric e Lawrence si avvicinavano alle stalle, seppero che quel qualcuno era proprio Gregory.

«Vado dal dottore» gridò e passò davanti a loro in groppa a

uno stallone grigio pezzato. Avery e Sir John furono le prime due persone a raggiungerli alla porta d'ingresso.

«Buon Dio!» Avery sussultò alla vista della ferita sanguinante sulla testa di Lucien e dell'espressione addolorata di Cedric.

«Stavate duellando?» Sir John ringhiò. «Sciocchi.» Aiutò Lawrence a portare il marchese svenuto su per le scale fino a una camera da letto vuota. Non appena Lucien fu sul letto, Lady Rochester irruppe nella stanza con il fuoco negli occhi.

«È morto?» chiese la donna, mentre il panico si insinuava in lei.

«Il colpo ha sfiorato il cranio» rispose Lawrence. «Potrebbe essere ancora vivo.»

«Potrebbe? Oh, non morirà. Voglio ucciderlo io stessa e lui non me lo negherà.» Ma quando vide il suo primogenito sanguinante sul letto, si accasciò sulle ginocchia. Avery afferrò la madre prima che potesse svenire.

«Portala fuori di qui, ragazzo» gridò Sir John. Avery obbedì, portando la madre fuori dalla stanza. Sir John riportò l'attenzione su Lucien e iniziò a strappargli la camicia e a togliere l'armatura per vedere meglio le ferite. Gli uomini trasalirono per i lividi che andavano dalla clavicola ai fianchi di Lucien.

«Chi diavolo è stato?» chiese Lawrence.

«Sono stato io» rispose Cedric, impassibile. «Abbiamo litigato ieri sera prima di cena.»

«Cosa mai vi ha spinto a ingaggiare una scazzottata e poi un duello?» Sir John ringhiò in modo tale da affermare di essere il maschio dominante tra quei giovani sciocchi.

«Si è portato a letto mia sorella» si difese Cedric, ma il suo tono non era molto accalorato.

«Sei un dannato sciocco, Sheridan. Lucien la ama» intervenne Lawrence.

«Me ne rendo conto... ora» ammise Cedric.

«Ora potrebbe essere troppo tardi» rispose Lawrence.

«Credi che non me ne sia pentito?» Cedric scattò come un animale ferito e Lawrence vide la disperazione nei suoi occhi. «Non volevo nemmeno sparargli, ma la mano mi tremava tantissimo e io...»

«Allora perché duellare?» gli chiese Lawrence.

«Speravo che si tirasse indietro. Avevo troppa paura di affidargli il cuore di mia sorella. Non potevo permettere che le facesse del male. Non di nuovo.»

«Penso che dovreste andare a svegliare vostra sorella, Sheridan. Dovrebbe essere preparata al peggio.» Sir John mise una mano ferma sulla spalla di Cedric e lo spinse verso la porta.

«Avete ragione. Horatia deve saperlo.» Lasciò la stanza dove Lucien giaceva sanguinante e privo di sensi. Che cosa avrebbe potuto dirle?

«Cedric?» La voce esitante di Audrey tagliò il suo dolore. Lei e Lucinda Cavendish erano all'altro capo del corridoio, indossando solo la camicia da notte e la vestaglia.

«Dov'è Horatia?» le chiese Cedric mentre si incontravano a metà strada.

«Non l'ho vista. È vero? Hai sparato a Lucien in duello?» La voce di Audrey era tremante e stava sul punto di piangere.

«Sì.»

«È tutta colpa mia!» si lamentò Audrey. «Non avrei dovuto parlarti di loro. Lucien morirà, Horatia non sarà mai felice e tu sarai impiccato per omicidio!» Si avvicinò a Cedric, cercando conforto da lui, ma il fratello la spinse verso Lucinda.

«Mi dispiace. In questo momento è molto più importante che io trovi Horatia» si scusò. Doveva anteporre Horatia ad Audrey.

Non era nella sua stanza. Il letto era sfatto e vuoto, e la camicia da notte abbandonata sul pavimento. L'armadio era aperto e Cedric pensò che si fosse vestita prima di uscire. Si voltò per cercarla altrove, ma un foglio di carta, appoggiato sul cuscino, attirò la sua attenzione. Lo recuperò e lo lesse frettolosamente.

*AL VINCITORE DEL DUELLO: CONGRATULAZIONI! IL TUO PREMIO aspetta te, e solo te, nella casetta del giardiniere.*

NON ERA FIRMATO. LA FORMULAZIONE AMBIGUA ERA SIMILE a quella del biglietto dopo l'incidente della carrozza. Una minaccia velata. Non sapeva chi avesse sua sorella, ma sapeva chi doveva tirare le fila di quell'uomo. Imprecando, Cedric accartocciò il biglietto e lo gettò a terra prima di correre fuori dalla porta. Pregò di arrivare in tempo.

La casa era in fermento, mentre la servitù si aggirava per i corridoi. Cedric li superò di corsa fino alle scale e uscì dalla porta sul retro per raggiungere i giardini. Il destino di Lucien era ormai fuori dalle sue mani, ma poteva ancora aiutare Horatia.

Non aveva né un piano né un'arma. Doveva trattarsi di una trappola, lo sapeva, eppure in qualche modo gli sembrava che il diavolo glielo dovesse concedere. Quando finalmente raggiunse il cottage, il suo respiro era affannoso. Praticamente strappò la porta dal telaio, precipitandosi all'interno.

Il cottage era buio e silenzioso, ma sentì un mugolio doloroso in fondo al corridoio. Cedric si pentì immediatamente del rumore che aveva fatto, entrando. Senza dubbio il rapitore di sua sorella sapeva che era lì. Ci fu un grido soffocato e Cedric si precipitò a capofitto nel corridoio.

Entrò e trovò Horatia accartocciata sul pavimento accanto al letto. Petali di rosa erano sparsi sul pavimento e sul letto intorno a lei, mescolandosi al sangue sul labbro e ai tagli sulle braccia. Un uomo era in piedi con una pistola in una mano e un coltello nell'altra. Alzò la pistola verso il petto di Cedric.

«Sono lieto che vi siate unito a noi, Lord Sheridan. Accomodatevi.» L'uomo indicò una sedia accanto a Horatia.

Davanti a lui stava uno dei camerieri di Rochester, Gordon, vestito con la livrea verde di Rochester Hall. Lo stesso servitore che gli aveva indirettamente confermato che Lucien e Horatia si erano allontanati insieme.

«Sedetevi. Ora» gli ordinò Gordon, armando la pistola.

«Cedric, esci da qui!» mormorò Horatia.

«Non ti lascio.» Cedric non si sedette, ma non fece alcuna mossa per andarsene.

Gordon brandì con calma la pistola verso Horatia.

«La situazione è abbastanza semplice. Vi siederete su quella sedia, Sheridan, o farò schizzare il cervello di vostra sorella su quella parete.»

Cedric si sedette lentamente e aspettò. Gordon calciò una bobina di corda verso Horatia.

«Legategli mani e piedi alla sedia. Legatelo bene, altrimenti.» Horatia prese la corda con mani tremanti e si alzò in piedi.

«Va tutto bene» sussurrò Cedric. «Fai come dice.» Cedric rimase esteriormente calmo, ma la furia nei suoi occhi la avvertì che non si era ancora arreso. Horatia gli legò la corda intorno agli stivali e ai polsi. Cedric si stiracchiò e fletté i lacci una volta che lei ebbe finito e lo sguardo omicida che lanciò a Gordon fece sorridere il cameriere.

«A essere sincero, non è così che volevo gestire questo incarico. Se fosse stato per me, vi avrei ucciso il primo giorno qui e me ne sarei andato prima che qualcuno si svegliasse. Ma temo che le mie istruzioni fossero piuttosto specifiche su alcuni punti, come il prolungamento del vostro disagio.»

«Chi vi ha assunto?» chiese Cedric.

«Credo che voi lo sappiate» rispose Gordon con semplicità. «E se non lo sapete, beh, non avrà più molta importanza. Ora, signorina Sheridan, siate così gentile da sdraiarvi sul letto. Voglio divertirmi con voi davanti a vostro fratello. È Natale, dopotutto.»

Horatia si allontanò dal letto, inorridita

«Non toccarla!» gridò Cedric, tirando le corde. «Mi hai già preso, finiscimi e falla finita.»

Gordon fece finta di essere confuso. «Oh? Mi dispiace. Dovete aver capito male. Le mie istruzioni riguardanti il disagio prolungato e la morte erano per vostra sorella. Mi è stato ordinato di non uccidervi se non fosse assolutamente necessario.» Gordon iniziò ad avvicinarsi a Horatia, con un bagliore nei suoi freddi occhi grigi.

«Corri! Per l'amor di Dio, corri!» gridò Cedric alla sorella.


HORATIA ARRIVÒ A METÀ DEL CORRIDOIO PRIMA CHE Gordon la raggiungesse. La afferrò per i capelli e la tirò all'indietro. La giovane gridò quando Gordon le riportò il coltello alla gola, facendo uscire un rivolo di sangue. Horatia smise di lottare e lui la trascinò in camera da letto.

«Per favore. Puoi fare di me ciò che vuoi... ma non costringere mio fratello a guardare.»

«Credo che il mio datore di lavoro preferirebbe che lo facesse.» Gordon spinse Horatia sul letto. Lei emise un grugnito di dolore e rotolò sulla schiena proprio mentre Gordon si lanciava verso di lei.

«Lucien ti ucciderà» promise lei.

Il cameriere si limitò a ridere. «Dubito fortemente che lo farà. Sarò già lontano prima che venga qui, ammesso che riesca a sopravvivere. Comunque non dovete preoccuparvi molto di lui, è di voi che dovete preoccuparvi.»

«Quanto era grave la ferita?» Horatia chiese a Cedric. «Quanto lo hai ferito?»

«Non ne sono sicuro. Quando sono uscito di casa era privo di sensi e perdeva molto sangue» rispose Cedric, distogliendo lo sguardo.

Gordon sorrise a Horatia che rimase in silenzio per un lungo minuto, osservando le braci morenti nel camino. «Sembra che la gattina indemoniata abbia perso le sue abitudini infernali. Come siete facile da sconfiggere.»

Poi Horatia si alzò in piedi e, tra lo sconcerto di Cedric e Gordon, aggiunse qualche ceppo al fuoco.

«Che cosa state facendo?» le chiese Gordon con sospetto. «Tornate qui, subito.»

Il volto della giovane era così cupo e spassionato che Gordon lanciò un'occhiata a Cedric, come per verificare se ci fosse un piano in atto tra i due fratelli. Ma il volto di Cedric bruciava solo di vergogna e di sconfitta.

Horatia si avventò su Gordon con l'attizzatoio proprio quando l'uomo alzò la pistola. Il colpo andò a vuoto, mentre la punta affilata dell'attizzatoio gli lambiva il petto. Horatia gli colpì il braccio prima che lui potesse estrarre il coltello. Gordon gridò di dolore mentre il braccio si piegava in modo innaturale, ma prima che lei potesse sferrare un secondo colpo, lui le strappò l'attizzatoio con il braccio sano.

«È stato molto stupido.» Gordon la colpì in testa. Le stelle le attraversarono gli occhi prima che tutto diventasse buio.

Gordon guardò accigliato Horatia. Le strappò un lembo del vestito e si fasciò il braccio.

«Beh, non ha senso prenderla adesso. In verità, non desidero soffermarmi ancora qui. Ma un contratto è un contratto. Ma ora che siamo soli, devo chiedervelo. Che cosa avete fatto per guadagnarvi una tale inimicizia? Quale peccato fa guadagnare a un uomo questo livello di attenzione personale?»

Cedric non rispose. Non gli importava nulla di ciò che

quell'uomo aveva in serbo per lui. Si concentrò unicamente su sua sorella e sul modo in cui giaceva in un mucchio accartocciato contro il muro.

Non ricevendo risposta, Gordon si avvicinò al camino. Usò l'attizzatoio per trascinare un ceppo fuori dal camino e sul pavimento. Lentamente le fiamme cominciarono a lambire i bordi del pavimento. Poi si avvicinò a Cedric e con il braccio sano gli tagliò le corde. Prima che Cedric potesse opporsi, Gordon gli conficcò la pistola nello stomaco.

«Muovetevi. Voglio che usciate prima di me. Potrei aver bisogno di voi se arriva qualcuno.»

«Non lascerò mia sorella» ringhiò Cedric.

«Sì, lo farete, altrimenti vi trafiggerò con una pallottola e non sarete in grado di salvare nessuno. Vi è rimasta una sorella. Avete intenzione di abbandonare anche lei?»

La paura esplose in Cedric, ma non avrebbe rinunciato a Horatia. *Non* avrebbe *mai rinunciato* a lei.

«Horatia! Horatia svegliati!» gridò mentre veniva trascinato via. Le fiamme del ceppo cominciarono a propagarsi sul pavimento e sulle tende della finestra.

Horatia non si mosse. Il sangue le colava dalla fronte. Doveva essere viva, doveva esserlo! Mentre il piccolo fuoco danzava, i petali di rosa cremisi si accendevano uno ad uno, le fiamme li divoravano a sprazzi come lucciole. Quando uscirono dalla casa, Gordon inciampò sul gradino più basso.

Cedric si voltò e si scontrò con lui. Cedric spinse contro il braccio ferito del cameriere, facendolo gridare e facendo cadere la pistola. Cedric la calciò via e spinse l'uomo all'indietro. Aveva solo pochi secondi per combattere e ribaltare la situazione, oppure per tornare di corsa nel cottage a salvare sua sorella.

La scelta era chiara.

Si rituffò nella porta buia e si precipitò a capofitto verso il fuoco.

❦ 30 ❦

I pensieri si muovevano nelle acque torbide della mente di Lucien. I sorrisi teneri e i sospiri tremanti di Horatia, lo sguardo tormentato di Cedric che gli puntava contro la pistola.

Gli occhi non si aprivano e non riusciva a muoversi.

«Lawrence, prova questo» disse una voce femminile.

Qualcosa di pungente penetrò nel naso di Lucien e gli arrivò dritto al cervello. I suoi occhi si aprirono di scatto e si alzò in piedi, con un mal di testa martellante e un dolore al fianco che lo fece quasi gridare. Sali odorosi. Non ci si abitua mai.

Lucinda e Lawrence, con Sir John, rimasero a guardarlo con occhi spalancati e preoccupati.

«Cedric!» gridò Lucien. La paura per l'amico gli esplose dentro mentre ricordava il duello. Era vivo? Dove si trovava adesso? Nella sua camera da letto.

«Calma, Lucien, sta bene.» Lawrence cercò di fermarlo con la mano, ma Lucien la allontanò. Un pensiero si formò più chiaramente. Era stato troppo distratto per prestare attenzione fino a quel momento.

«Lasciatemi andare, dannazione! Dov'è Cedric? Dov'è Horatia?» Lottò per liberarsi dalle lenzuola aggrovigliate e cadde a terra. Il dolore gli lacerava la testa e sentiva una grossa benda legata intorno alla testa dove il proiettile lo aveva colpito. Sir John gli afferrò il braccio sano e lo tirò in piedi, riportandolo verso il letto.

«Devi riposare, Lucien» disse Lawrence.

Lucien imprecò e si strinse una mano alla testa, ma continuò a camminare verso la porta.

Avery e Linus entrarono di corsa nella stanza dal corridoio.

«La casetta del giardiniere è in fiamme!» gridò Avery. «Dobbiamo prendere secchi e acqua. Venite tutti con me nelle cucine.»

«Qualcuno ha visto Horatia?» urlò Lucien mentre tutti si precipitavano verso le cucine.

«No...» Audrey gli corse incontro, senza fiato. «La sua stanza era vuota, ma c'era questo.» Gli porse un foglio di carta e lui lo scrutò frettolosamente.

«È stata rapita!»

Le parole sulla pagina confermarono i suoi timori peggiori. Horatia era stata presa come esca per attirare lui o Cedric al cottage.

«Dannazione, forse siamo arrivati troppo tardi! Avvisa gli altri!» Lucien si mise a correre. Doveva raggiungere il cottage! Per poco non cadde dalle scale nella fretta, mentre la gente gli passava davanti per trovare i secchi da riempire. Quando uscì nei giardini, vide in lontananza un fumo nero come l'inchiostro.

«Ti prego, sii viva» sussurrò, correndo verso il cottage. La domanda a cui non riusciva a dare una risposta era: chi era stato? Doveva essere qualcuno del personale, lo sapeva. Nessun estraneo era apparso dal nulla, quello era il gesto di qualcuno che aveva aspettato nell'ombra il momento giusto.

Quando Lucien si trovò a meno di sei metri dal cottage, vide il nuovo cameriere uscire dalla porta d'ingresso, costringendo Cedric a mettersi davanti a lui con una pistola puntata. Gordon inciampò e i due uomini lottarono prima che Cedric fuggisse nel cottage in fiamme.

Il cameriere fissò Lucien. «Pensavo foste morto, Rochester. Buon per voi.» Lucien fece un passo avanti, con l'intenzione di trattenere il demonio, ma Gordon alzò un dito sul suo braccio sano. «Il vostro amico è tornato dentro per salvare la vostra amata. Non sono venuto qua per ucciderlo, ma lo sciocco probabilmente morirà lo stesso. Che ne pensate?»

Gordon aggirò Lucien e passò oltre, ma a Lucien non importava. Cedric e Horatia erano all'interno del cottage in fiamme. Si tuffò nell'interno fumoso senza pensarci due volte, abbassandosi il più possibile e coprendosi il viso con la camicia intrisa di sangue.

«Cedric! Horatia!» gridò.

«Lucien?» Una voce stentata rispose dal fondo del corridoio, seguita da un colpo di tosse rauca.

«Cedric!» Lucien corse verso la camera da letto aperta. Il calore delle fiamme lo respinse. Tossendo, agitò la mano in aria, cercando di spostare il fumo avvolgente e intravide Cedric, a terra, a malapena cosciente, mentre Horatia era molto più vicina al fuoco, accartocciata sul pavimento.

«Portala fuori di qui» gemette Cedric.

«Sono troppo egoista per rinunciare a uno di voi due» gridò Lucien. Prima corse da Horatia, trascinando il suo corpo lontano dalle fiamme, poi aiutò Cedric ad alzarsi. «Dovrei pensare che, in quanto mio amico, dovresti conoscermi meglio ormai.»

«Cercherò di seguirvi» Cedric tossì, barcollando verso la porta. «Vai, portala fuori di qui.»

Lucien si inginocchiò e sollevò la donna svenuta tra le sue braccia, mordendo il dolore che ancora gli attraversava la testa. Il corpo di Horatia era madido di sudore; la sensazione di lei esanime tra le sue braccia lo faceva star male per il terrore.

«Continua a muoverti» disse Lucien a denti stretti, avviandosi verso la porta.

Incontrò lo sguardo di Cedric attraverso la distesa nebulosa della stanza. Sapevano entrambi che non ce l'avrebbe fatta da solo. Qualcosa si strinse nel cuore di Lucien quando vide la cupa rassegnazione negli occhi dell'amico.

«Prenditi cura di lei per me» la voce di Cedric era appena udibile al di sopra del gemito della casa intorno a loro.

Lucien annuì e strinse la presa su Horatia mentre la portava fuori. Quando raggiunse la porta, corse per una buona distanza dal cottage prima di cadere in ginocchio. Una piccola folla di servitori e ospiti stava formando una fila di secchi, gettando secchi d'acqua sul lato più lontano del cottage, dove l'incendio era più grande.

Horatia rotolò dalle braccia di Lucien e sul terreno innevato, lasciando dietro di sé una scia nera di fuliggine. Si chinò su di lei, le prese il viso tra le mani tremanti e la baciò. Lei si agitò sotto di lui, poi tossì violentemente.

«Lucien?»

«Ti amo. Non dimenticarlo mai» le disse, baciandola ancora una volta prima di allontanarsi per rientrare nel cottage.

«Lucien!» gridò Horatia.

Il marchese si fermò all'ingresso del cottage, guardandosi indietro, poi si immerse nel fumo vorticoso.

Lucien portò la manica insanguinata sul viso e si abbassò il più possibile. Era a metà del corridoio quando le travi sopraelevate stridettero. Una di esse si spostò e si schiantò alle sue spalle mentre varcava la soglia della camera da letto. Trovò Cedric accasciato a terra davanti a lui.

Lucien scacciò alcune fiamme che si erano attaccate alla

sua gamba. Il fuoco lo bruciava, ma lo spense e si avvicinò a Cedric.

Un'altra trave si schiantò vicino al camino. Le scintille si sprigionarono intorno ai due uomini e Lucien chiuse gli occhi e si allontanò dalle fiamme fino a quando il calore non si attenuò. Un attimo dopo aver sollevato Cedric, un enorme pezzo di soffitto cadde e colpì Cedric da dietro, facendo cadere Lucien a terra e la trave su entrambi. Lucien urlò di dolore perché la trave gli intrappolò le gambe e bloccò Cedric sulla schiena. Lucien artigliò il legno, anche se le schegge infuocate gli scavavano i palmi delle mani. Alzò lo sguardo, sperando di trovare qualcosa che potesse aiutarlo, quando vide un'ombra in fondo al corridoio.

«Andate via!» urlò disperato. «Il tetto sta crollando!»

Ma l'ombra si avvicinò, rivelandosi come Horatia avvolta in un pesante mantello bagnato. Saltò su legni e pietre in fiamme fino a inginocchiarsi accanto alle gambe di Lucien e, usando il mantello bagnato per coprire le fiamme, colpì la trave con tutte le sue forze. Lucien si trascinò fuori e lui e Horatia lavorarono entrambi per togliere i detriti da Cedric.

Ognuno di loro afferrò un braccio di Cedric e lo portarono verso l'uscita. Più di una volta le fiamme e il fumo ebbero quasi la meglio, ma alla fine i tre uscirono dalla casetta con Cedric, proprio mentre il tetto crollava. Il sollievo e il dolore attraversarono Lucien mentre l'ultima goccia di adrenalina in lui si esauriva.

Si accasciò accanto a Cedric e perse conoscenza.

Horatia si accoccolò contro il corpo di Lucien che dormiva nel suo letto. Nessuno osò far notare la scorrettezza della cosa e, se lo avessero fatto, Horatia avrebbe urlato. Invece erano tutti molto educati, persino il medico di Hexby, con cui Gregory era tornato dieci minuti dopo che lei, Lucien e Cedric erano fuggiti dal cottage.

La ferita riportata da Lucien durante il duello era stata effettivamente lieve, un graffio. Il medico aveva assicurato che le ferite alla testa, anche quelle di striscio, tendevano a sanguinare abbondantemente. La commozione cerebrale era stata molto più preoccupante, ma anche quella era passata. A meno che Lucien non avesse contratto un'infezione inaspettata, sarebbe stato bene. Da quando erano tornati a casa, Horatia non aveva mai lasciato Lucien, se non per lavarsi e cambiarsi velocemente. Ora il medico si stava occupando di Cedric, che riposava nella stanza di fronte. Horatia scostò i capelli di Lucien e lo baciò delicatamente sulla fronte.

«Non posso credere che Gordon sia riuscito a fuggire»,

sussurrò. L'idea che l'uomo che aveva cercato di ucciderla fosse ancora là fuori la terrorizzava.

«Non tornerà» disse Lucien con tale sicurezza che lei si allontanò un po' per fissarlo.

«Come lo sai?»

«Sappiamo chi è e cosa è stato ingaggiato per fare. Siamo al sicuro da lui.» L'espressione implicita *ma non del tutto* pendeva pesantemente nell'aria.

«Horatia? Il dottore vorrebbe parlarti» disse Lady Rochester a bassa voce dalla porta. I suoi occhi si posarono su Horatia e Lucien, ma non disse nulla, un sorriso triste le attraversò le labbra.

La povera Lady Rochester era pallida e le rughe intorno agli occhi, che un tempo erano state solo quelle della gioia e del riso, sembravano invecchiate dalla preoccupazione per il figlio.

«Va tutto bene?» chiese Horatia, alzandosi a sedere.

«Lui... il dottore ha notizie su tuo fratello.»

Horatia scivolò dal letto e si mise in piedi. «Brutte notizie?»

L'esitazione di Lady Rochester preoccupò Horatia. «Sì. Desidera parlare con te e Audrey da sole. Cedric ora sta dormendo. Il dottore vi riceverà nella sua stanza.»

Horatia non riusciva a muoversi. Il suo corpo sembrava essere diventato di marmo. Non poteva resistere ancora a lungo. Era come se tutto il suo corpo fosse teso come le corde di un'arpa e fosse a pochi secondi dallo spezzarsi.

Horatia attraversò il corridoio e trovò Audrey e il dottore che l'aspettavano nell'altra stanza. Si chiuse la porta alle spalle.

«Avete novità?» Non riuscì a distogliere lo sguardo dalla forma addormentata del fratello.

Il medico dai capelli grigi si schiarì la gola. «Sì. Sembra che

Lord Sheridan abbia subito una ferita molto grave alla testa. Temo che abbia perso la vista... completamente.»

Audrey si aggrappò alla spalliera del letto per sostenersi. Le lacrime cominciarono a scenderle sulle guance, ma non disse nulla.

«È cieco?» chiese Horatia.

«Non sono sicuro che la condizione sia permanente, ma ho pensato di avvisarvi subito in modo che possiate prepararvi al peggio. La vita di una persona senza vista può essere molto difficile, ma resa più facile dal sostegno della famiglia...»

Il dottore continuava a parlare, ma Horatia smise di ascoltare. La sua testa tornò verso Cedric. Una striscia di garza gli era stata avvolta intorno alla testa, sugli occhi.

Cieco. Suo fratello era cieco. La sua stessa vista sembrava macchiarsi e oscurarsi prima che si ricordasse di respirare e la sua vista si schiarisse.

«Grazie, dottore» disse lei. Il medico lasciò lei e Audrey da sole per un po'.

«Audrey... perché non vai a farci portare del tè?» Horatia suggerì, e la sorella uscì di corsa dalla stanza. Sarebbe stato meglio per Audrey avere il suo tempo per piangere. Horatia non riusciva a pensare in modo logico con la sorella nella stessa stanza. Si sedette sul bordo del letto e quasi saltò quando Cedric parlò.

«Non piangere, Horatia. Per favore. Ne avrò abbastanza da Audrey.» Cedric si strinse la benda, allontanandola dal viso, mentre apriva gli occhi e la guardava, ma nel suo sguardo c'era un vuoto inquietante che squarciava l'anima di Horatia. Quanto della vita di una persona esisteva dietro i suoi occhi? Cedric aveva perso molte espressioni, emozioni e comprensione. Si morse il labbro per non piangere.

«Non sopporto di avere gli occhi coperti, anche se non vedo. Avvicinati. Dammi la tua mano» disse Cedric con dolcezza, la mano destra che cercava il conforto di quella della sorella. Horatia si gettò contro il petto del fratello e lui la avvolse con le braccia. Le baciò la sommità del capo e la strinse forte. Quel semplice e dolce gesto la lacerò. Non c'era modo di fermare le lacrime. Era strano che il conforto la facesse piangere spesso. Era come se fosse forte solo quando era sola, o forse era che si fidava solo di coloro che amava per permettersi tali sentimenti. Chi si sarebbe preso cura di Cedric? Avrebbe avuto lei e Audrey... ma non sarebbe stato sufficiente.

La mano del fratello le accarezzò i capelli. Lei infilò la testa nella sua spalla come aveva fatto quando era più giovane, solo che quella volta sperava che fosse lui a essere confortato.

«Ti prego, perdonami, Horatia» gli si spezzò la voce. «Ho commesso così tanti errori negli ultimi tempi. Non mi sono fidato del tuo giudizio e non ho avuto fiducia nel cuore di Lucien. Mi ha chiesto di credere nel suo amore per te, ma non ci sono riuscito. Ho deluso entrambi e questo è costato molto a tutti noi.»

«Non dire così» esordì Horatia, ma Cedric la zittì.

«Devo, Horatia. La verità è che Lucien ti ama e ti merita come moglie. Io do la mia benedizione liberamente. Qualsiasi uomo che sia abbastanza testardo da tenere a entrambi anche quando il mondo sta bruciando intorno a lui... a quell'uomo è permesso di sposare mia sorella.»

«Oh Cedric.»

Il senso di colpa si scontrava con la gioia di poter sposare Lucien. Non era giusto provare una tale felicità quando suo fratello avrebbe dovuto affrontare una vita di oscurità.

«Ti avevo chiesto di non piangere» disse lui, asciugandole le lacrime dal viso.

«Posso piangere di felicità?» gli chiese Horatia.

«Suppongo di poter sopportare le lacrime di gioia.» Cedric ridacchiò. «Sarai felice con lui. Con Lucien, voglio dire?»

«Sì. Mi ama e quando sono con lui mi sento libera. Gloriosamente libera di essere me stessa. Lo amo così tanto.» Avrebbe voluto che Cedric potesse vedere la verità nei suoi occhi, ma sapeva che era anche nella sua voce.

«Allora non c'è altro da fare che pubblicare i bandi sui giornali e preparare la chiesa di Saint George. Il tuo matrimonio con Lucien non sarà così negativo come temevo. Dopotutto, è uno dei miei più cari amici e ora diventerà mio cognato.» Cedric rise come se fosse sinceramente divertito. «Che strana idea. Ma non è più un'idea sgradita.»

«Mi accompagnerai all'altare?» gli chiese Horatia, dopo un attimo.

«Desideri che un uomo cieco ti conduca all'altare? Sembra un cattivo presagio, mia cara.»

Horatia abbracciò il fratello e fece finta di non vedere le lacrime che gli rigavano il viso. In quel momento, avrebbe dato la vita in cambio della sua vista.

«Non devi condurmi. Tieni il mio braccio e fidati di me che ti guido. Ti sei sempre preso cura di me. Ora lascia che sia io a prendermi cura di te.»

Il sorriso di Cedric tremò. «Allora guidami, perché io sarò sicuramente lì per darti via.»

«Non potresti mai darmi via. Siamo legati l'uno all'altra. Sposando Lucien non credo che ti libererai mai più di nessuno dei due.» Horatia sospirò, pensando a quanto fosse stata felice la vigilia di Natale della sera precedente. «Buon Natale, Cedric.»

Suo fratello ridacchiò. «Spero che l'anno prossimo avremo la vacanza più noiosa di sempre.»

Audrey tornò con una cameriera che portava un vassoio di tè, con gli occhi ancora rossi e gonfi.

«Qualcuno vuole un po' di tè?» chiese con un tono falsamente brillante che avrebbe potuto ingannare un bambino piccolo.

Cedric si mise a sedere. «Ne vorrei un po'.»

Quando lo liberò, Horatia si unì alla sorella per aiutarla con il vassoio. Le mani di Audrey tremavano così tanto che Horatia prese la tazza e il piattino prima che andassero in frantumi. Horatia preparò il tè di Cedric proprio come piaceva a lui prima di tornare al letto e prendergli le mani. Gli pose la tazza tra i palmi aperti e lui la portò lentamente alle labbra, sorseggiando con attenzione per non rovesciarla.

«Beh... è stato più facile di quanto mi aspettassi. Grazie al cielo che posso apprezzare le piccole cose» osservò Cedric. La cameriera tornò e si rivolse a Horatia.

«Sua Signoria è sveglio e chiede di lei, signora.»

Horatia guardò il volto del fratello e, anche se lui non poteva vederla, doveva aver percepito il suo sguardo.

«Beh, cosa stai aspettando? Vai da lui.» Cedric la scacciò dalla stanza. «Lucien non sopporta i ritardi.»

Horatia si precipitò nella camera da letto di Lucien, attraversando il corridoio. Era seduto, con il petto nudo fasciato intorno alla vita. I suoi occhi nocciola si illuminarono come pietre di topazio quando la vide.

«Grazie a Dio stai bene» disse.

Le tese le braccia e lei si rannicchiò nell'abbraccio come se non lo avesse mai lasciato. Lui grugnì e trasalì.

«Forse sto esagerando un po' con le mie condizioni.» Ridacchiò.

Lucien la baciò dolcemente, un'espressione compassionevole del suo amore, ma ben presto il fuoco divampò, minacciando di consumarli entrambi. Dopo un lungo e delizioso momento, le liberò le labbra e la strinse a sé.

«Cedric ci ha dato la sua benedizione. Se mi vuoi ancora...» Horatia era improvvisamente incerta. Forse Lucien non l'avrebbe voluta a causa di tutti i guai che aveva causato. Duelli e assassini non erano esattamente ostacoli facili da schivare.

«Dopo tutto quello che ho sopportato per averti? Se pensi

che dopo questo ti lascerò scappare, ti sbagli di grosso. Ho intenzione di sposarti al più presto e se questo richiede di legarti al mio letto, lo farò sicuramente.» Le mani di Lucien scivolarono lungo la schiena di lei per toccarle il sedere in modo stuzzicante. Horatia cercò di non sorridere.

«Mi hai già legata al tuo letto e mi è piaciuta molto quell'esperienza. Dovrei fingere di scappare per assicurarmi che tu lo faccia di nuovo?» Gli accarezzò il petto, assaporando la sensazione della pelle calda. Non avrebbe mai dimenticato quanto fosse facile stare con lui, stuzzicarlo e giocare come aveva sempre desiderato.

«Sembra un gioco che mi piacerebbe fare, non appena non sarò più in balia di mia madre.» Lucien trasalì. «O del dottore.»

«È meglio che tu guarisca presto, tesoro, perché ho un disperato bisogno di te.» Horatia gli sfiorò leggermente le labbra. «Di tutti voi...»

«E Cedric?» Lucien chiese a Horatia. «Nessuno mi ha detto come sta.»

Horatia diventò tesa e un'oscurità calò su di lei.

«Cosa c'è che non va?» Il cuore gli si fermò in gola quando vide le lacrime scintillare agli angoli degli occhi della giovane.

Horatia si morse il labbro e distolse lo sguardo. Quando ancora non rispose, lui le afferrò il mento e le riportò il viso verso il suo.

«Cosa c'è, amore mio? Dimmelo e basta.»

Il cenno tremante di lei lo straziò. «Cedric è vivo ma... è cieco.»

«Cieco? Dannazione!» imprecò Lucien. Non riusciva a comprendere la tortura di quell'afflizione. Non vedere mai più nulla? Le braccia di Lucien si strinsero attorno a Horatia.

«Non possiamo fare nulla?» le chiese.

«Il medico non sa se sia temporaneo o permanente. Dobbiamo essere presenti per lui. Sostenerlo. La vita sarà difficile per lui d'ora in poi e avrà bisogno della sua famiglia e dei suoi amici per superare questo momento.»

«Sei sempre così coraggiosa, amore mio. E hai ragione. Avrà bisogno di noi, ora più che mai.» Lucien chiuse gli occhi e strinse Horatia, per farle capire che non l'avrebbe mai più lasciata andare.

«Sai, quando stamattina sono andato al campo, ho pensato che il mio più grande rimpianto era tutto il tempo che avevo sprecato senza di te» le sussurrò tra i morbidi capelli castani.

«Non preoccuparti, Lucien. Ho intenzione di rimediare.» Horatia lo baciò con tutto l'amore che aveva conservato per lui e solo per lui.

Quando le loro bocche si separarono, lui le coprì la nuca, premendo la fronte su quella di lei.

Era come un uomo che guarda la sua prima alba e ne vede la straordinaria bellezza: era così che si sentiva sapendo che lui e Horatia sarebbero stati felici. Era impressionato dalla consapevolezza di quanto fosse fortunato e benedetto ad averla nella sua vita e nel suo cuore. Avevano combattuto attraverso le fiamme stesse dell'inferno per stare insieme e ora meritavano la gioia, una grande gioia.

Forse non era poi così male essere un libertino redento.

Sorrise e le rubò un altro bacio.

*Avremo solo cose belle,* le promise silenziosamente con le labbra e con il cuore.

# EPILOGO

Anne Chessley sembrava sempre dimenticare come
respirare ogni volta che si trovava vicino al visconte
Sheridan. Con il fiato corto lo guardò percorrere la
navata di St. George. La luce trafiggeva le vetrate della
facciata della chiesa, riversando un arcobaleno di colori sull'altare e sulle persone raccolte nei banchi.

La signorina Sheridan e suo fratello si spostarono a braccetto lungo la navata. La mano libera di lui impugnava un
bastone che passava sul pavimento davanti a loro. La musica
riecheggiava sulle pareti e fluttuava verso il soffitto in un
fragore di suoni meravigliosi. Nella parte anteriore della
chiesa, vicino all'altare, il Marchese di Rochester attendeva di
ricevere la sua sposa.

Un matrimonio epocale. Un libertino redento - così aveva
riportato il *Quizing Glass* - e una donna tranquilla e bellissima,
che sbocciava d'amore. Anne sentì una piccola fitta al petto
mentre desiderava essere così fortunata.

Ben presto tornò a rivolgere la sua attenzione su Cedric.
Anche solo pensare a lui la rendeva felice. Eppure la tristezza
indugiava ai margini della sua gioia come un'ombra. Gli occhi

scuri di Cedric vagavano sulla folla, senza vedere. Anne strinse le dita nel fazzoletto.

Cieco. L'uomo con cui aveva fatto molti sogni durante la notte era cieco.

Suo padre si chinò per sussurrarle all'orecchio: «Un uomo coraggioso, quello Sheridan. Mi era sempre piaciuto prima, ma ora, beh, è dannatamente coraggioso.»

Anne era d'accordo. Chiuse gli occhi, chiedendosi se sarebbe stata coraggiosa come lui a percorrere la navata senza poter vedere.

No. Il solo pensiero la terrorizzava. Essere così indifesa... così dipendente. Come faceva a sopportarlo? Non era così coraggiosa. Cedric non aveva scelta. Doveva affrontare quell'eterna oscurità ogni secondo di ogni ora di ogni giorno. Un brivido le avvolse il corpo e si avvicinò al padre che le mise un braccio intorno alle spalle. Era un uomo così buono, un buon padre.

Anne sapeva quanto fosse fortunata ad averlo. Sua madre era morta tanto tempo prima, ma quella morte non lo aveva spezzato. Aveva raddoppiato il suo amore per Anne ed erano diventati inseparabili. Era un bene che non avesse mai avuto intenzione di sposarsi. Non poteva sopportare il pensiero di lasciare il suo povero papà da solo.

I suoi occhi ritrovarono Cedric e non riuscì a distogliere lo sguardo da lui a lungo. Adorava il modo in cui lui rivolgeva alla sorella un sorriso malizioso e le baciava la guancia prima di allontanarsi per permetterle di raggiungere Lord Rochester. Lord Lennox si alzò dal primo banco, sussurrò qualcosa a Cedric e poi, guidandolo, lo aiutò a tornare al suo banco per sedersi.

Vedendo ciò, Anne si commosse. Il Circolo delle Canaglie l'aveva sempre affascinata con i suoi modi scandalosi, ma ciò che ammirava era la loro gentilezza reciproca. Come una grande famiglia. Desiderava solo poterne far parte. Ahimè, quella strada non faceva per lei. Non era come Emily, la duchessa di Essex, o come Horatia, la futura Lady Rochester.

La cerimonia in sé era stata un po' confusa per Anne. Si era invece concentrata su Cedric. Il modo in cui i suoi capelli castani erano un po' troppo lunghi e arricciati alle estremità. Era così bello da vedere, eppure in qualche modo la sua personalità, persino la sua anima, emergeva anche dalle sue espressioni.

Cedric era diverso. C'era un calore nei suoi sorrisi. Le lievi rughe intorno agli occhi e alla bocca si increspavano quando sorrideva e rideva. Guardarlo, adorarlo, sapendo che non le sarebbe mai appartenuto, era dolceamaro. Era come imbattersi in un dipinto in una galleria segreta. Poteva guardare, ammirare, amare da lontano, ma non poteva mai entrare in quel mondo attraverso la tela dipinta.

*Se solo tu fossi mio, Cedric. Se solo io fossi tua...*


CEDRIC ERA APPOGGIATO ALL'ULTIMO BANCO DI LEGNO IN fondo alla chiesa e parlava con gli ultimi invitati che uscivano a piccoli passi verso l'esterno. Lucien e Horatia erano già andati in carrozza a casa di Lucien per preparare il rinfresco di nozze.

Una voragine si aprì nel petto di Cedric al pensiero di tornare a casa e trovare vuota la camera di Horatia. Ci sarebbero stati solo lui e Audrey... e Mittens, naturalmente. Alla povera vecchia gatta mancava terribilmente il suo compagno di cucciolata Muff. Le prime settimane dopo la sua morte vagò per la casa a tutte le ore, piangendo, senza mai sentire il richiamo di Muff.

Dopo un mese si era arresa e aveva iniziato a pedinare di notte Cedric, trovandolo ovunque fosse e alla fine si sistemava per dormire, che fosse il suo letto, un divano del salotto o altrove. All'inizio Cedric aveva odiato quelle attenzioni dirette, soprattutto il modo in cui gli piombava addosso senza preavviso, con gli artigli che gli scavavano dentro mentre impastava in uno stato beato di appagamento. Ma una volta abituatosi alle improvvisate apparizioni notturne di Mittens, si era adattato e aveva apprezzato il calore di quel piccolo corpo e le fusa costanti che emetteva. Il suono era forse l'aspetto più confortante della sistemazione. Lo rassicurava sul fatto che nulla incombeva dall'oscurità per nuocergli quando non poteva vederlo. I suoi nemici non avrebbero avuto alcuna possibilità di avvicinarlo di soppiatto, non finché Mittens avesse presidiato la sua postazione.

Audrey infilò la mano in quella del fratello, facendogli rivolgere l'attenzione sui loro ospiti.

«Lord Chessley! Anne!» Audrey salutò con impazienza.

«Signorina Sheridan.» La profonda voce baritonale di Lord Chessley era piena di divertimento. «Per ora siete davvero Miss Sheridan, visto che vostra sorella si è sposata. Che bella cerimonia, vero? Anne ed io vi siamo grati per aver pensato di invitarci.»

«Certo!» Audrey rispose senza esitare.

«Sì, siamo stati molto felici di venire» disse Anne.

A Cedric si mozzò il fiato. Aveva sempre amato il suono di quella voce, caldo come un bicchiere di buon brandy.

«Grazie mille per averci invitato. Vostra sorella era così bella. Posso dire che lei e Lord Rochester saranno molto felici.»

Audrey rise. «È meglio che lo siano, visto tutto quello che è successo.»

Cedric percepì la nota di ansia nel tono della sorella e le diede una leggera gomitata sulle costole per ricordarle di fare silenzio. La notizia della sua cecità era stata inevitabile. Tuttavia, la questione di come avesse perso la vista - a parte 'in un incendio' - era una questione che era meglio lasciare in sospeso. Se solo fosse riuscito a scacciare gli incubi, a liberarsi dagli orrori dei ricordi perduti. La cosa peggiore era sapere che Charles soffriva dello stesso tipo di sogni, ormai da anni. Riviveva troppo spesso l'annegamento nel fiume Cam. Un uomo può mai tornare indietro da una cosa del genere? Forse no.

«Bene, Anne ed io dobbiamo andare. Grazie ancora per averci permesso di venire. Lord Sheridan, Miss Sheridan.» Lord Chessley si congedò.

Cedric allungò la mano, stringendo quella dell'uomo, e poi attese che anche Anne prendesse la sua. Un attimo di esitazione, poi Anne fece scivolare le sue dita guantate nella presa e Cedric le portò alle labbra, sfiorandole con un morbido bacio il dorso delle nocche. Un filo di nostalgia si intrecciò in lui, come un filo d'erba sottile e delicato dopo una dura gelata.

In un'altra vita, l'avrebbe reclamata per un ballo al quale si erano incontrati per la prima volta. In un'altra vita sarebbe stato il primo e unico uomo a baciarle le labbra, a vederla sorridere e a sentirla ridere.

*In un'altra vita, avrebbe potuto essere mia...*

Hugo Waverly aspettava nella sua carrozza appena fuori dalla chiesa. Lo sportello si aprì e Daniel Shefford scivolò dentro. Waverly batté il bastone sul tetto e la carrozza partì. Si posò il bastone sulle ginocchia, passando un dito guantato sulla testa d'argento. Una volta aveva avuto un bastone con la testa di leone. Un regalo di suo padre, un regalo che Cedric Sheridan gli aveva rubato quando erano a Cambridge. Ora il bastone aveva una testa di lupo. I denti della creatura mostravano un ringhio silenzioso e minaccioso. Perché era così che si vedeva. Un lupo in mezzo a un gregge di pecore insipide. Era solo questione di tempo prima che si cibasse della sua preda.

«Che cosa hai da riferire?» chiese a Shefford.

«Per lo più buone notizie. Gordon ha raggiunto la vostra nave a Brighton. Partirà subito per la Spagna. Sarà utile lì perché conosce bene la lingua.»

«Eccellente.» Hugo non era rimasto troppo deluso dal rapporto sul fallimento di Gordon nell'uccidere Horatia Sheridan. Dopo tutto, il vero scopo era stato raggiunto. I membri del Circolo sapevano che i loro cari non erano più al sicuro così come loro stessi. L'esercitazione era stata fruttuosa perché aveva rivelato le debolezze del Circolo. Quelle che avrebbe potuto sfruttare nel tempo, finché non fosse stato pronto. E non poteva negare che il dolore causato lungo il percorso fosse piacevole. Come un gatto che picchia un topo, ma che evita il colpo di grazia, affascinato dalla piccola creatura stordita che giace floscia sotto le sue zampe.

«Signore, Avery Russell è stato attivo nel nostro ufficio negli ultimi mesi. Dovremmo riassegnarlo altrove mentre ci occupiamo di questa attività in corso?»

«No, lasciate Russell dov'è. Possiamo usarlo per tenere d'occhio suo fratello. Potrebbe anche tornarci utile in seguito. Voglio che vi concentriate sui nostri collegamenti con Brighton. C'è un piccolo traffico clandestino di schiavi che voglio eliminare dal porto.»

«Schiavi?» Shefford aggrottò le sopracciglia.

«Sì.»

«Molto bene, signore.»

Waverly si accomodò sul sedile.

«A proposito, com'è andato il matrimonio?» chiese a Shefford.

Shefford alzò le spalle. «Bello, direi. Non mi interessano molto. Da quando Sheridan ha perso la vista, è diventato una fonte di pietà per la maggior parte del *ton*. Lo evitano quando è possibile.»

«Veramente?» Waverly non riuscì a reprimere un sorriso. Che bella svolta era stata quella di venire a sapere della cecità di Sheridan. Una fine appropriata per il ladro. Il fatto che il *ton* gli avesse voltato le spalle era un'ulteriore ricompensa.

«Credo che ci sia una persona che trascura la sua condizione. Una donna di nome Anne Chessley. Lei e Sheridan stavano parlando poco prima che io me ne andassi.»

Waverly aveva sentito parlare dei Chessley. Suo padre era un barone, un ricco barone. La situazione sarebbe stata da tenere d'occhio. Non avrebbe permesso a Sheridan di avere una sposa. Non meritava la felicità. Forse avrebbe potuto sfruttare la situazione della schiavitù a Brighton prima di farla chiudere. Non c'erano sempre mercati all'estero per le belle signore e con la pelle chiara? Se Sheridan si fosse mai sposato, non sarebbe stato per molto tempo.

*GRAZIE PER AVER LETTO SEDUZIONE PECCAMINOSA! IL prossimo della serie è Proposta peccaminosa, la storia di Anne Chessley e Cedric Sheridan! Girate la pagina per leggere subito il primo capitolo o acquistate il libro QUI!*

# PROPOSTA PECCAMINOSA

**Regola numero 5 del Circolo:**

La migliore amante di un uomo è una donna vivace, ma bisogna trattare le donne vivaci come si fa con un cavallo selvaggio, con una stretta decisa e una voce gentile.

*Estratto da The Quizzing Glass Gazette, 21 aprile 1821, The Lady Society Column:*

*Lady Society è in lutto. Il pericoloso libertino Visconte Sheridan è diventato cieco. Non può fare a meno di sentire la mancanza di quegli occhi castani che hanno bruciato il cuore di più di una giovane donna innocente mentre lui le osservava dall'ombra di una sala da ballo. Oh, mio caro Visconte Sheridan, non volete tornare in società? Lady Society vi sta lanciando una sfida. Non nascondetevi, altrimenti porterà alla luce i segreti a voi più cari.*

*Forse c'è una donna che potrebbe ancora tentare i vostri occhi senza vista e convincervi a vivere di nuovo. Non vorreste una donna che scaldi ancora una volta il vostro letto? Una donna che domi il vostro cuore peccaminoso?*

### Londra, aprile 1821

Usando il suo bastone d'argento, Cedric, Visconte Sheridan, lo batteva con forza contro i ciottoli del tortuoso sentiero del giardino della sua casa di Londra, cercando di orientarsi verso la fontana. Intorno a lui il mondo era grigio come l'inverno. Eppure gli altri sensi gli assicuravano che era primavera. La luce del sole gli scaldava il viso e le braccia sulle quali si era rimboccato le maniche. Una brezza profumata di fiori gli solleticava il naso e gli scompigliava i capelli. Cedric fece sette passi misurati, contandoli nella sua testa.

*Sette gradini fino al centro del giardino, poi cinque gradini fino a...* Si impigliò con la punta dello stivale in una pietra rialzata, inciampò e cadde. Soffocò un grido mentre le pietre gli ferivano i palmi delle mani e sbatteva a terra le ginocchia.

Ansimando, con ogni muscolo teso, rimase a terra per un lungo istante, combattendo le ondate di vergogna e l'impulso infantile a piagnucolare per il dolore. La vista non era l'unica cosa che aveva perso. Sembrava che anche il senso e l'equilibrio lo avessero abbandonato.

Alla fine si rialzò, tastò il terreno intorno a sé per trovare il bastone e si alzò instabilmente in piedi. Era un uomo adulto di trentadue anni, poteva *e voleva* sopportare quel dolore come ci si aspettava da qualsiasi gentiluomo di buona famiglia.

Era stata una piccola fortuna che nessuno dei suoi servitori fosse presente per assistere a quel momento di debolezza.

*Ancora una volta. Cinque passi fino alla fontana*, ricordò a sé stesso e, facendo attenzione a sollevare i piedi più in alto, evitò altre pietre sconnesse. Ormai avrebbe dovuto conoscere quel sentiero, visto che lo aveva percorso centinaia di volte. Eppure, nella sua testa, non riusciva ancora a vederlo così chiaramente come sapeva che avrebbe dovuto. Quando la punta del suo bastone batté leggermente sulla base della fontana di pietra, si chinò, allungò la mano per trovare la sporgenza e, con un grande sospiro di sollievo, si sedette.

Ogni ora di ogni giorno, dal momento in cui si alzava fino a quando si coricava, viveva nel costante timore di rovesciare preziosi cimeli di famiglia, di mettersi in imbarazzo di fronte agli amici o alla famiglia o, peggio, di ferirsi di nuovo. Era uno scherzo crudele del destino essere stato un tempo un uomo virile che non aveva paura di nulla e ridursi a qualcuno che si svegliava ogni mattina solo per ricordare di essere per sempre intrappolato nell'oscurità.

Troppo spesso, nelle ultime settimane, si era seduto alla scrivania, con la testa nascosta tra le mani, i palmi delle mani premuti sugli occhi per cercare di recuperare la visione di cui aveva disperatamente bisogno.

La sua disperazione era troppo forte e non riusciva a trovare la volontà di preoccuparsi.

Grazie a Dio per quel giardino. Pace, tranquillità, nessuno che lo vedesse in quello stato. Momenti come quello erano una benedizione. Non c'erano persone che lo chiamavano in società, non c'erano visite imbarazzanti da parte di persone che non capivano le difficoltà dell'essere ciechi. Nel suo giardino poteva vivere senza preoccupazioni, senza ansie. L'aria fresca, il sole caldo e i suoni degli uccelli e degli insetti lo facevano sentire di nuovo vivo, per quanto potesse esserlo un uomo distrutto. La tentazione di rimanere all'aperto per sempre era forte, ma le mani gli bruciavano per averle raschiate e doveva rientrare in casa per dormire e mangiare.

Un'ape ronzava da qualche parte alla sua destra, probabilmente sfiorando i fiori in boccio. Il cinguettio degli uccelli di un albero vicino gli stuzzicava le orecchie, riempiendo il silenzio con un delicato trillo distinto e chiaro. Riusciva a distinguere ogni nota, ogni singola melodia e i cambiamenti di tempo e di intonazione quando gli uccelli parlavano tra loro.

Non poteva più concentrarsi sui piccoli dettagli della vista, come i volti delle sue sorelle e dei suoi amici mentre ridevano e parlavano, o il modo in cui il vento agitava gli alberi in onde increspate di smeraldo in estate, o il modo in cui la bocca di una donna diventava quella perfetta tonalità di rosso quando veniva baciata da un amante. Suoni, profumi e tatto erano i suoi unici compagni in quel momento. Si aggrappava al suono delle risatine delicate di Audrey e alla morbidezza della mano di Horatia quando la stringeva mentre lo guidava in giro.

I passi leggeri di un cameriere sulla ghiaia lo distolsero dai suoi pensieri. I passi sicuri dovevano essere di Benjamin Abbot, uno dei camerieri più anziani. Negli ultimi mesi aveva imparato molto sulla sua servitù. Riconosceva le cameriere dalle loro voci e dal rumore delle loro gonne, i camerieri dai loro passi più pesanti. Ogni servitore era unico. Era una delle cose che aveva imparato ad apprezzare di più dopo aver perso la vista. Prima aveva sempre avuto un buon rapporto con i suoi servitori, ma ora faceva affidamento su di loro più che mai.

«C'è una giovane donna che vuole vedervi, mio signore.»

«Oh?» Cedric non si preoccupò di guardare nella direzione di Benjamin. Sembrava che non avesse molto senso guardare una persona se non la si poteva vedere. «Questa signora ti ha detto il suo nome?» chiese al cameriere.

«La signorina Chessley. La figlia del barone Chessley» rispose il cameriere.

Cedric inspirò bruscamente.

*Anne è qui? Perché?*

Nel corso degli anni era stato con molte donne, seducendole da un letto all'altro. Ma non con Anne Chessley. Lei era diversa. Lo aveva intrigato, resistito e sfidato. Una vera e propria fanciulla di ghiaccio nella sua torre d'avorio, eppure ogni volta che incrociava il suo sguardo, per un breve istante il calore si accendeva, così vivo e caldo da renderlo affamato. Lei era una sfida, e lui aveva sempre amato le sfide.

L'anno precedente l'aveva corteggiata, ma lei non lo aveva lasciato avvicinare nemmeno per un bacio. Aveva speso una fortuna per inviarle sontuosi bouquet e aveva acquistato dei posti nel palchetto dell'opera, di fronte a quello del barone, per poterla guardare mentre si godeva la musica dall'altra parte del teatro. Eppure lei era rimasta irraggiungibile. Sempre gentile, ma mai veramente aperta. Dopo mesi di tentativi, Cedric era stato costretto ad ammettere la sconfitta. Lei non si sarebbe mai arresa a lui o ai suoi tentativi di seduzione.

E poi aveva perso la vista. Il pensiero del matrimonio era ormai inconcepibile. Sebbene la sua fortuna fosse ancora un'attrattiva per alcune signore idonee, non riusciva più a sopportare la macabra danza del corteggiamento. Non quando tutto ciò che sentiva erano i sussurri sgarbati delle signore dietro i loro ventagli sulla sua condizione. Non voleva che la sua futura moglie lo respingesse o lo compatisse.

Anne lo avrebbe certamente compatito o sarebbe stata infastidita dalla sua nuova goffaggine. Era troppo fredda per preoccuparsi che lui riuscisse a fare un metro e mezzo senza farsi male o danneggiare qualcosa intorno a lui. Non riusciva a capire cosa ci facesse proprio lì, non quando aveva passato così tanto tempo a evitarlo. Inoltre, lei non era una persona che amava le visite di cortesia e non avrebbe mai osato fargli una visita. Se a ciò si aggiungeva la notizia che aveva sentito di recente su di lei, non riusciva a capire perché fosse lì.

La settimana precedente, quando il suo amico Lucien e sua sorella Horatia erano passati per la loro visita settimanale, Cedric aveva saputo che il barone Chessley, padre di Anne, era morto nel sonno. Anne ora era una ricca ereditiera e non aveva bisogno di nessuno, tanto meno di Cedric. Il che lo riportava a quella domanda infernale: perché *era venuta?*

Era così devastata dal dolore per la perdita del suo unico parente in vita da andare da lui per trovare conforto? Ne dubitava. Cosa poteva offrire a una donna come lei? Era un uomo a metà, distrutto, danneggiato. Un maledetto pazzo.

L'avrebbe trattata come trattava tutte le giovani donne che incontrava da quando aveva perso la vista, con cortese distanza. Il suo orgoglio gli imponeva di tenere le distanze, soprattutto con Anne. Lei non doveva mai sapere che lui la desiderava ancora, che la bramava ancora con una follia che sfuggiva alla logica.

Le visioni dei suoi occhi grigi giocavano brutti scherzi alla sua mente. Ricordarla così vividamente, le labbra rosa pallido che si incurvavano in un sorriso solo quando lei abbassava la guardia e il modo in cui il suo naso si arricciava quando era in disaccordo con lui. Il petto gli si strinse al ricordo delle loro discussioni spesso appassionate sui cavalli, il loro interesse comune. Era l'unico modo in cui era riuscito a convincerla a rispondergli, facendola uscire allo scoperto con le sue forti opinioni. La piccola e gelida diavoletta amava discutere e lui si era divertito a farla arrossire.

*Dannazione. Sono diventato uno sciocco sentimentale.*

Il cameriere tossì educatamente, ricordando a Cedric che stava aspettando.

«Per favore, accompagnala da me» ordinò.

Era una perdita di tempo eccessiva trovare la strada per tornare dentro. Era molto più semplice farla accompagnare nei giardini. Il tempo era bello e lui conosceva Anne abbastanza bene da sapere che le piaceva stare all'aria aperta.

I passi del cameriere si ritirarono e un minuto dopo Cedric percepì il rumore dei passi di una signora sul sentiero del giardino. La sentì sussultare quando si avvicinò abbastanza da vederlo.

«Mio signore! State sanguinando!» Anne si precipitò su di lui. Il suo profumo lo colpì, un profumo seducente di orchidee che era unicamente suo. Avvertì il calore delle mani di Anne vicino alle sue mentre lo raggiungeva alla fontana. Gli strinse i palmi e gli toccò delicatamente la pelle pungente. Si era talmente abituato ai tagli e ai graffi che quasi non li notava più.

Cedric represse un brivido. Senza la vista, tutto ciò che gli rimaneva per dare un senso al mondo erano il tatto, il gusto e l'olfatto. Il tocco di Anne accese un accenno di fuoco sotto la sua pelle.

«Sanguina?» le chiese, troppo preso dalla sensazione delle gonne di seta che gli sfioravano gli stinchi. Le mani ferite erano state dimenticate da tempo. L'eccitazione gli bruciava nelle vene e l'antico desiderio di sedurre saliva in superficie. Non riusciva a ricordare una volta in cui lei fosse stata così vicina a lui di sua spontanea volontà.

«Sì, mio signore. Ci sono pezzi di ghiaia nei vostri palmi. Siete...» Anne esitò a continuare.

Il bisogno che aveva di lei si affievolì di fronte alla pietà del suo tono. «Sono caduto? Sì» rispose lui bruscamente. Non aveva mai avuto bisogno di pietà e non la voleva ora, di certo non da lei. Gonfiò il petto e guardò nella sua direzione. Un silenzio inquietante riempì l'aria tra loro. Anne aveva sempre il potere di metterlo in agitazione, di rendere ogni muscolo teso. Che espressione aveva quel viso? Quelle delicate sopracciglia che ricordava si inarcavano sopra i suoi begli occhi con sorpresa, o erano aggrottate? Dannazione, avrebbe voluto poterla vedere.

«Permettete che vi aiuti?» gli chiese Anne a bassa voce.

«Come?» Lo scetticismo riempì il tono di Cedric.

Invece di rispondere, Anne si tolse i guanti e gli afferrò le mani, mettendole nell'acqua fredda e frizzante della fontana, e le sue dita sfregarono e strofinarono delicatamente i palmi pungenti. Poi gli riportò le mani in alto.

«Avete un fazzoletto?» gli chiese.

«Nel taschino» rispose Cedric. Sentì la mano di lei scavare nella tasca della giacca per prendere il fazzoletto. Quella semplice azione era stranamente erotica e gli fece battere il polso. Era sempre stato lui a infilare una mano sotto il corpetto o la gonna di una signora. Era un'esperienza del tutto diversa avere la mano di una donna che si muoveva sotto i suoi vestiti. Poteva sentire il calore della pelle della giovane vicino al petto. Sorridendo dentro di sé, Cedric assaporò la sensazione delle mani morbide di lei che invadevano i suoi vestiti.

Quando Anne trovò il fazzoletto, gli tamponò le mani per asciugarle e poi gli tenne i palmi in alto. Il respiro caldo della giovane scivolò sulla pelle di Cedric, mentre soffiava delicatamente sui tagli per asciugarli.

«Non credo che sanguineranno ulteriormente. Dovete fare attenzione a non fare nulla di brusco per qualche giorno, in modo da non riaprire i tagli.»

Il tono di rimprovero di lei lo colse di sorpresa e infranse la calda bolla di desiderio che lo circondava. «Grazie, signora» rispose Cedric, rigido, più per lo shock che per altro. «Perdonate la mia franchezza, ma perché siete venuta?» La domanda bruciante sul *perché* lo tormentava ancora.

Anne rimase a lungo in silenzio prima di parlare. Quando lo fece, le sue mani si staccarono da quelle di lui, interrompendo il loro contatto.

«Sono sicura che avete sentito parlare di mio padre.»

«Sì» disse Cedric, dolcemente. «Era un brav'uomo, e non lo dico della maggior parte degli uomini che conosco. Vi porgo le mie più sentite condoglianze.»

Il dolore lo attraversò, acuto e improvviso, dietro le costole. *La bara dei suoi genitori che veniva calata in due tombe gemelle. Le sue due sorelline che gli stringevano le braccia ai fianchi, i loro visi cherubini macchiati di lacrime.* Erano ricordi che non voleva, ricordi che lottava ogni giorno per tenere sepolti.

«Grazie.» La voce della giovane era ferma, ma lui sapeva quanto Anne fosse forte e questo lo rendeva orgoglioso di lei.

Allo stesso tempo, avrebbe voluto avvicinarla e sussurrarle cose dolci e delicate all'orecchio, per confortarla.

*Questo* lo sconvolse. Da quando era il tipo di uomo che consolava? Era un mascalzone, un seduttore e una canaglia della peggior specie. Non uno che coccolava una donna con il suo corpo.

«È proprio la sua morte che mi ha portata da voi.»

«Oh? Non riesco a immaginare come...»

«Se mi perdonate la franchezza, mio signore, la verità è che ho bisogno di sposarmi. La morte di mio padre mi ha lasciata ricca e, purtroppo, più bersaglio dei cacciatori di fortuna del *ton di* quanto avrei voluto.»

A Cedric non sfuggì la sfumatura di disperazione nella voce di lei. Da quando la conosceva, aveva sempre evitato di farsi vedere in pubblico e il peso di essere un'ereditiera doveva essere molto grande.

«E cosa ha a che fare con me?» le chiese Cedric. Di certo non pensava... era troppo sperare che gli chiedesse di corteggiarla di nuovo.

«Ho bisogno di un marito, e la maggior parte degli uomini idonei in cerca di una sposa non sono quelli che considererei mai adatti. Sono venuta qui... sperando che forse...» Gli afferrò le mani, facendolo trasalire, ma lui mantenne la calma e la strinse dolcemente a sé.

Che cosa sperava? Gli si strinse il petto. «Dite quello che pensate, signorina Chessley» chiese Cedric, forse con un po' troppa forza. La presa di lei sulle mani si allentò e le mani di lui caddero in grembo.

«Forse è stato un errore. Non avrei dovuto disturbarvi» mormorò Anne, scusandosi. La sentì alzarsi per andarsene.

Cedric si mise in piedi e allungò una mano alla cieca verso di lei, sperando di afferrarle il polso per fermarla. Invece, la sua mano si arricciò intorno a un fianco pieno e femminile. Piuttosto che liberarla, scavò con le dita, con la forza necessaria a fermarla. Il contatto improvviso provocò un sussulto di sorpresa.

«Ditemi perché siete venuta» la supplicò, non volendo che lei se ne andasse.

Negli ultimi tempi aveva trascorso molto tempo da solo, cosa che pensava di preferire date le sue condizioni. Ma la compagnia di Anne era benvenuta. Gli ricordava tempi migliori, ma non gli lasciava il peso della vista perduta. Anzi, gli accendeva un fuoco nel sangue, ricordandogli il modo in cui la stuzzicava e il modo in cui lei gli resisteva con le sue deliziose schermaglie verbali. Si trattenne dal sorridere quando lei non cercò di sottrarsi alla sua presa.

«Sono venuta a chiedervi se prendereste in considerazione il matrimonio... con me.» Le ultime due parole furono un sussurro senza fiato, così flebile che Cedric si chiese se le avesse immaginate.

«Volete sposarmi?»

Finalmente poteva avere Anne! Eppure aveva giurato a sé stesso che il matrimonio non era possibile, che qualsiasi donna che si fosse legata a lui non sarebbe mai stata felice con un guscio danneggiato di un uomo. Come poteva Anne pensare che lui sarebbe stato una buona scelta? Se pensava di poter essere sua moglie solo di nome, si sbagliava.

Se si fossero sposati, l'avrebbe messa sotto di sé in un letto e lì avrebbe trovato il paradiso che sapeva lo attendeva. Se il matrimonio era l'unica via per trovare il paradiso, allora avrebbe fatto leggere immediatamente il bando. Tuttavia, se conosceva Anne, e la conosceva, doveva esserci una fregatura.

«Sì. Beh... *voglio* è forse una parola forte. Ma vi sposerei se me lo chiedeste.»

«Perché io?» Se aveva la possibilità di scegliere tra i cacciatori di fortuna e gli altri giovani, perché accontentarsi di uno sciocco cieco e patetico? Non aveva molto senso.

«Di tutti gli uomini che ho incontrato, voi siete rimasto

interessato a me e non avete voluto perseguirmi per la mia fortuna, poiché è risaputo che la vostra è di gran lunga superiore alla mia. Non mi illudo sul vero motivo del vostro interesse. Gli stalloni di mio padre diventerebbero vostri, naturalmente, se ci sposassimo. Sareste libero di allevare le vostre giumente con loro. Ho pensato che questo potesse allettarvi. Sarei disposta a collaborare con voi nell'allevamento, visto che si tratta di un interesse comune. Credo anche che potremmo piacerci abbastanza da andare d'accordo. Avete l'approvazione di mio padre e di Emily, e questo mi rassicura sul vostro carattere.»

Cedric rise tra sé e sé. Anche con la sua reputazione di mascalzone tra il *ton* e le voci sui giornali, suo padre lo aveva approvato? Si erano incontrati spesso a Tattersalls per discutere di carne di cavallo pregiata. Lui e il defunto barone erano stati d'accordo su quasi tutto, tranne che sulla politica, ma quei dibattiti erano stati vivaci e ben argomentati da entrambe le parti davanti a bicchieri di porto in locali come il *White's*.

Una fitta profonda lo colpì allora per l'improvviso senso di perdita del barone. Aveva lasciato che la sua cecità diventasse un motivo per crogiolarsi nelle proprie tenebre e non aveva nemmeno pensato a come dovesse sentirsi Anne. Suo padre, un uomo a cui era molto legata da quando aveva perso la madre così giovane.

*E si è rivolta a me per essere protetta dai cacciatori di fortuna...*

Il pensiero lo fece sentire caldo in un luogo profondo che era rimasto freddo in questi lunghi mesi da quando aveva perso la vista.

«Volete sposarmi sinceramente? Devo avvertirvi, signorina Chessley, che non sono più il seduttore di una volta. La mia vita è diventata... complicata.» L'ammissione lo ferì come un colpo, ma era inevitabile. Aveva il diritto di sapere a cosa sarebbe andata incontro se lo avesse sposato.

«Lo so, mio signore. Avevo uno spaniel preferito che è diventato cieco quando ero bambina. Conosco le difficoltà che dovete affrontare.» La voce della giovane era ancora un po' trafelata.

«Non credo che paragonarmi a un cane sia d'aiuto al vostro caso, signorina Chessley.» Rise ironicamente prima di diventare più serio. «Non rispondo bene alla pietà, e se ci sposassimo sarei vostro marito a tutti gli effetti. Sono sicuro che sappiate cosa significa. Per questo motivo, dovreste andare via.»

Le sfuggì un breve rantolo, ma Cedric non riuscì a capire se si trattasse di shock o di indignazione. Dannazione, non riusciva a leggerla, non come faceva prima. Un leggero tremore la attraversò e lui lo percepì attraverso la mano che ancora poggiava possessivamente sul fianco di lei.

«Mi offrirei di accompagnarvi alla porta, ma ci metto un po' a trovare la strada per uscire dai giardini una volta arrivato qui.» Nonostante le avesse detto di andarsene, Cedric non aveva allentato la presa su di lei.

*Combatti contro di me, Anne. Non andare.*

Odiava dirle di andarsene, ma sapeva come sarebbe andata tra loro. Lei sarebbe rimasta gelida, lui sarebbe rimasto cieco e nessuno dei due avrebbe mai capito cosa fare l'uno dell'altra al di fuori della camera da letto. Un simile pensiero non lo avrebbe preoccupato prima, una parte di lui si era sempre aspettata un matrimonio solo di facciata, ma dopo i matrimoni felici dei suoi due amici intimi, aveva scoperto di desiderare qualcosa di più della soddisfazione sensuale con sua moglie, se mai ne avesse avuta una.

All'inizio l'aveva presa come un sentimentalismo, ma l'essere circondato da coppie di innamorati aveva modificato la sua percezione e, rivedendo la sua infanzia con maggiore frequenza dopo l'incidente, ricordava il rapporto facile dei suoi genitori. Si rese conto che una grande parte di lui aveva sempre desiderato qualcosa di simile. Voleva quello che avevano i suoi amici e i suoi genitori: amore *e* amicizia. Di solito rideva di quelle cose, come se fossero aspirazioni ingenue di poeti, ma in quel momento ne aveva bisogno.

«Sono consapevole che avreste diritto ai vostri diritti di marito. Non ve li negherò.» La frase fu pronunciata in modo rigido e coraggioso, ma Anne non si tirò indietro e non gli chiese di smettere di toccarla.

Le labbra di Cedric si contorsero. Aveva abbastanza memoria di lei da sapere quale espressione accompagnasse quel tono di voce. Il mento di lei sarebbe stato sollevato, i suoi zigomi alti rosei per l'imbarazzo e i suoi begli occhi lampeggianti di una tacita indignazione. La mano di lui si staccò dal fianco, ma non la sentì allontanarsi. Lei rimase vicina, il suono del suo respiro gli stuzzicava le orecchie.

«Potreste anche accettare di rimanere impassibile sotto di me, ma non voglio questo in una moglie. Desidero una compagna di letto disponibile, cosa che la scorsa primavera mi avete detto chiaramente che non sareste mai stata.»

«Le persone cambiano» rispose lei.

«Forse, ma la natura di una donna spesso non lo fa. Siete sempre stata di ghiaccio, signorina Chessley, e non ho intenzione di peggiorare la mia vita già fatiscente, morendo di freddo nel vostro letto. Il semplice fatto di sfuggire ai cacciatori di dote non è sufficiente perché voi mi cerchiate. Mi credete forse stupido oltre che cieco?»

Sentì l'aria spostarsi prima che lo schiaffo lo colpisse in pieno viso. L'attacco scatenò in lui un fuoco di eccitazione piuttosto che di rabbia. Forse, dopo tutto, poteva scioglierla.

«Come *osate* parlare in questo modo!» sibilò Anne.

«Mi scuso se la verità fa male, ma sono stanco dei convenevoli. Ora, vi prego di andarvene, altrimenti potrei spiattellare altre verità che potrebbero sconvolgervi.»

«Spietato mascalzone!» Anne si mosse per colpirlo di nuovo, ma lui aveva il vantaggio di anticiparla.

Solo per un colpo di fortuna, Cedric le afferrò il polso e le strattonò il corpo contro di sé. L'altra mano si posò sulla spalla di lei e si spostò sulla nuca. La tenne ferma nella sua forte presa e si mosse delicatamente verso il suo viso. Riuscì a trovare la sua guancia e a baciare un morbido sentiero verso le sue labbra. Una volta trovata, abbandonò ogni pretesa di tenerezza e le devastò la bocca.

Anna tremò nel suo abbraccio, la sua lingua si ritrasse da quella di lui all'inizio. Ma lui continuò la sua campagna, strofinandole le dita sul collo finché lei non si rilassò. L'ondata di trionfo che Cedric provò quando la lingua di lei scivolò tra le sue labbra fu gloriosa. E poi Cedric si ritirò, indietreggiando, con il respiro accelerato.

«Se giurate di rispondermi così a letto, allora vi chiederò di sposarmi.» Era una sfida che non si aspettava che lei raccogliesse, ma pregava che lo facesse. Il desiderio che nutriva per lei, che aveva covato per anni, proteggendo il fuoco a bassa intensità, ora si trasformava in un inferno che cresceva lentamente. Se solo lei avesse accettato di aprirsi a lui...

«Io... posso.» La risposta di Anne, roca e senza fiato, stuzzicò il lato più basso di Cedric e le sue parti intime si indurirono per il bisogno. Lei continuò a parlare, ignara dell'effetto che stava avendo su di lui. «Quello che voglio dire è che baciate molto meglio di quanto mi aspettassi.»

«Giurate allora? Di rispondere in questo modo ogni volta che mi rivolgerò a voi?» incalzò Cedric.

«Lo giuro» promise Anne, ma Cedric sentì l'esitazione nella sua voce.

Allentò la presa su di lei e cercò di ammorbidire la voce. «Non vi costringerò mai, se questo vi interessa. Ma vi avverto che il mio appetito per il piacere è vorace.» Le sfoggiò un sorriso con il quale aveva spezzato molti cuori e avrebbe voluto vedere la sua reazione.

«Preferirei gestire i vostri appetiti, mio signore, piuttosto che soffrire un'altra notte di ballo con quegli sciocchi che mi vedono solo come un mucchio d'oro in abito da ballo» dichiarò Anne.

Cedric fu sul punto di ridere. Ecco la diavoletta che ricordava, quella che raccoglieva ogni sfida che lui lanciava. Forse era solo una debole immaginazione che lei fosse venuta da lui per pietà o per la convinzione che lui non le avrebbe fatto pressioni per una relazione matrimoniale completa ora che era cieco. Era un uomo che scommetteva per natura e, vista la risposta di lei, avrebbe scommesso che lei amava giocare con lui tanto quanto lui amava farlo con lei. Forse, dopo tutto, c'era una possibilità per loro.

«Suppongo che questo risolva la questione. Allora cercherò di fare le cose per bene.» Cedric allungò la mano per trovare il bordo della base della fontana e lo usò come punto per mettersi in ginocchio. Tese una mano verso di lei.

«Datemi la mano, signorina Chessley.» Le strinse la mano, sentendo i bordi dei calli, una mano appartenente a una donna il cui mondo era il cavallo. Non indossava guanti. Strano, non l'aveva notato fino a quel momento.

«Signorina Chessley, mi fareste il grande onore di diventare mia moglie?» Cedric sorrise, l'assurdità del momento era troppo divertente per rimanere imbottigliata. Era una tragedia che il giovane non potesse vedere gli occhi di lei. Le loro grigie profondità avrebbero brillato di passione o sarebbero state torbide per l'incertezza?

«Sì, mio signore» rispose Anne, di nuovo senza fiato.

Cedric si chiese se il suo sorriso avesse colpito Anne. Si alzò aiutato dalla giovane e cercò il bastone. Lei glielo mise in mano e lui sentì la sua stretta mentre sorrideva di nuovo.

Il suo sorriso l'aveva colpita? O era sinceramente felice

che lui le avesse fatto la proposta? Dannazione, avrebbe voluto poter vedere. Per troppo tempo si era affidato al linguaggio degli occhi. Ora si sentiva perso, un uomo goffo con solo le orecchie e le mani a guidarlo.

«Eccellente. Quando preferite annunciarlo? Credo che sia tradizione aspettare sei mesi, fino a quando non vi sarà concesso di entrare nel mezzo lutto.»

Una mano impaurita si aggrappò alla sua manica. «No! Desidero sposarmi entro la settimana. La stagione è in pieno svolgimento e un matrimonio rapido porrà fine ai numerosi assalti a *Chessley Manor* da parte degli scapoli di Londra.»

L'intonazione della voce di Anne cambiò quando parlò di cacciatori di fortuna, e Cedric si chiese se fosse la verità. Tuttavia, non le avrebbe fatto domande se fosse venuta da lui. L'idea di sposarsi esercitava un fascino che non aveva mai ritenuto possibile. Non sarebbe stato solo. Non più. La voce di lei avrebbe squarciato l'oscurità e gli avrebbe impedito di cadere nella disperazione.

Tuttavia, ci sarebbero state delle conseguenze. «Sapete che il *ton* griderà allo scandalo. Penseranno che voi siate incinta, o immagineranno motivi peggiori per tanta fretta.»

«Non pensavo foste il tipo che teme gli scandali, mio signore.» Il tono di sfida di lei gli fece trattenere un'altra risata. Come lo conosceva bene la signora! Dopo tutto, si sarebbero davvero trovati bene, ne era convinto.

«Certo che no. Io ne traggo profitto. Non sapevo che voi voleste condividere la mia... *brama* di attenzioni.» Avrebbe voluto vedere la sua faccia. Era arrossita per le sue parole allusive?

«Forse non lo *bramo*, come dite voi, ma non lo temo.» Il suo tono suggeriva la verità. Se avesse mentito, avrebbe sentito i suoi respiri irregolari o un tremito nella voce.

«Preferireste allora che mi procurassi una licenza speciale?»

«Sì, se non è troppo disturbo» rispose Anne.

«Molto bene. Scriverò domani.»

«Grazie, mio signore.» Le mani di Anne si strinsero nelle sue mentre si chinava in avanti e gli sfiorava le labbra sulla guancia in un bacio fantasma. La passione combatté con la tenerezza dentro di lui per quel contatto inaspettato. Lei rimase vicina. «Volete che vi accompagni a casa?»

Questa volta fu lui a esitare. Osare accettare e ammettere la sua paura di inciampare? O rifiutare l'avrebbe fatta arrabbiare? Dannazione, avrebbe voluto capire meglio le donne. Aveva vissuto per anni con le sue sorelle ed era abbastanza intelligente da ammettere di non sapere quasi nulla della specie femminile o della loro complessa e spesso insondabile visione del genere umano. Forse era più saggio accettare la sua offerta che farla arrabbiare. «Sì, sarebbe bello da parte vostra.»

Cedric fu sorpreso quando lei infilò il braccio nel suo e procedettero in silenzio lungo il sentiero lastricato. Ma non era un silenzio rigido come si aspettava. Qualcosa tra loro era cambiato. Avrebbe solo voluto sapere cosa significasse. Ma lo avrebbe scoperto presto. Dopotutto, dovevano sposarsi. Era strano che fosse combattuto tra il timore e il fascino.

**Volete sapere cosa succede dopo? Acquistate QUI Proposta Peccaminosa!**

# NOTE



## CAPITOLO 23

1. Tally-ho: espressione Britannica, utilizzata durante la caccia alla volpe e urlata quando un cavaliere avvista la volpe

# L'AUTORE

**USA TODAY Bestselling Author Lauren Smith is an Oklahoma attorney by day, who pens adventurous and edgy romance stories by the light of her smart phone flashlight app. She knew she was destined to be a romance writer when she attempted to re-write the entire *Titanic* movie just to save Jack from drowning. Connecting with readers by writing emotionally moving, realistic and sexy romances no matter what time period is her passion. She's won multiple awards in several romance subgenres including: New England Reader's Choice Awards, Greater Detroit BookSeller's Best Awards, and a Semi-Finalist award for the Mary Wollstonecraft Shelley Award.**

*To connect with Lauren, visit her at:*
www.laurensmithbooks.com
lauren@Laurensmithbooks.com

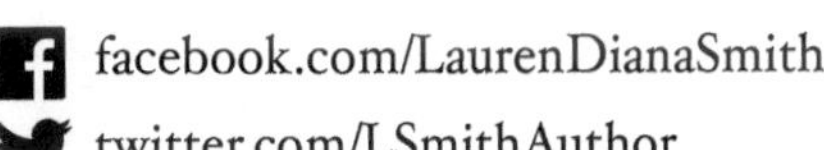

facebook.com/LaurenDianaSmith
twitter.com/LSmithAuthor
instagram.com/LaurenSmithbooks
bookbub.com/authors/lauren-smith

www.ingramcontent.com/pod-product-compliance
Lightning Source LLC
Chambersburg PA
CBHW050954210726
48287CB00004B/1220